KB088342

당시 일백수

당시 일백수

송재소 역해

2021년 6월 28일 초판 1쇄 발행
2021년 10월 8일 초판 2쇄 발행

펴낸이	한철희
펴낸곳	돌베개
등록	1979년 8월 25일 제406-2003-000018호
주소	(10881) 경기도 파주시 회동길 77-20 (문발동)
전화	(031) 955-5020
팩스	(031) 955-5050
홈페이지	www.dolbegae.co.kr
전자우편	book@dolbegae.co.kr
블로그	blog.naver.com/imdol79
페이스북	/dolbegae
트위터	@Dolbegae79

편집	이경아
표지디자인	민진기
본문디자인	민진기·이연경
마케팅	심찬식·고운성·한광재
제작·관리	윤국중·이수민·한누리
인쇄·제본	한영문화사

ISBN 979-11-91438-05-5 (03820)

책값은 뒤표지에 있습니다.

당시 일백수

송재소 역해

돌베개

대학에서 한시(漢詩)를 강의하면서 한국 한시를 공부하기 위한
보조 수단으로 당시(唐詩)를 읽다가 나도 모르게 당시의 매력에
빠져 버렸다. 그러나 당시가 좋다는 것을 주관적으로 느끼기만
했을 뿐이지 왜 좋은가를 설명할 방도가 없었다. 이렇게 수십
년간 당시의 언저리를 맴돌다가 당시의 아름다움을 객관적으로
설명하고 싶은 지적 호기심이 일어났고, 또 당시를 널리 알리고
싶은 마음에 그동안 여기저기에 단편적인 글을 써 왔는데
이왕이면 한 권의 책으로 엮으면 좋겠다는 생각이 들어 이 책을
쓰게 되었다.

　책을 쓰면서 두 가지 어려움이 따랐다. 첫째는 선시(選詩)의
문제다. 자고로 '선시가 작시(作詩)보다 어렵다'는 말이
있거니와, 5만여 수나 되는 당시 중에서 100수를 고른다는
것은 결코 쉬운 일이 아니다. 이것은 나의 능력 밖의 일이다.
다행히 중국에 역대로 수많은 『당시선집』이 간행되어 이들을
참고할 수 있었지만 이 책들도 선자(選者)에 따라 기준이
일정하지 않았다. 선자의 주관이 강하게 작용한 것이다. 그러나
모든 선자들이 공통적으로 그 가치를 인정하는 시가 적어도
500여 수 정도는 되어서 이 중에서 100수를 골랐다. 마지막
100수를 뽑는 기준이 따로 있었던 것은 아니고 그냥 내가

좋아하는 시를 뽑았다.

두 번째의 어려움은 한시를 번역하는 일이다. 한시를 옳게
번역하려면 먼저 한시 원문의 뜻을 정확하게 이해해야 하는데
여기서부터 어려움에 봉착한다. 일반적으로 산문의 이해보다
시의 이해가 훨씬 더 어려운 것인데 한시의 경우는 더더욱
어렵다. 이것은 한자가 지닌 표의적(表意的) 상징성과 함축적
간결성에 기인한 바가 크다. 그렇기 때문에 율시나 절구와 같은
짧은 시를 해독하려면 때로는 작가 이상의 상상력을 필요로
하기도 한다. 게다가 한시를 온전히 해독하기 위해서는 수많은
고사(故事)를 알아야 하고 작가의 생애와 그 시가 쓰인
역사적인 배경에 대해서도 일정한 지식이 있어야 한다. 뿐만
아니라 당시의 경우에는, 수준 높은 문학적 기교와 예술성이
녹아 있기 때문에 시의 내용과 예술성이 함께 어우러진 시
작품을 옳게 이해하기란 여간 어려운 일이 아니다.

어느 정도 이해가 되었다고 해도 이를 우리말로 옮기는
어려움이 뒤따른다. 무릇 번역의 대전제는 충실한 번역과
정확한 번역이다. 충실성과 정확성이란 개념은 상당히
포괄적이고 막연한 개념이지만, 우선 일차적으로 원문의
내용이 왜곡됨이 없이 전달되어야 한다. 그리고 원문이 당시
독자들에게 주었던 이해와 감동을, 번역문을 읽는 현대의
독자들에게도 비슷하게나마 전달해 줄 수 있어야 좋은
번역이라 할 수 있을 것이다. 말하자면 번역문이 원문과
등가적(等價的) 가치를 지닐 수 있을 때 최상의 번역이 될 수
있다. 이렇게 최상의 번역을 하기 위한 기본적인 요건이

충실성과 정확성이다.

여기에다 한시의 경우에는 한시 특유의 리듬감을 살린 아름다운 번역이 되어야 한다. 충실성과 정확성을 기하기 위한 의도를 앞세워 한시를 산문식으로 번역해서는 좋은 번역이라 하기 어렵다. 시의 원문을 보지 않고 번역문만 읽어도 어느 정도 이해할 수 있고 즐길 수 있는 번역, 즉 번역된 시 자체가 하나의 문학 작품이 될 수 있도록 번역하는 것이 바람직한 번역일 것이다. 그러나 이러한 번역은 번역자가 도달해야 할 이상적인 목표일 뿐이지 실제 한시 번역에서는 불가능에 가까운 일이다.

이를 해결하기 위해서는, 원시의 뜻을 최대한 살리고 번역문의 아름다움도 고려하되 충실한 주석과 친절한 해설을 붙이는 것이 최선의 방법이라고 생각한다. 번역문만으로는 한시에 사용된 수많은 고사를 풀이하고 한시에 내장된 함축적인 뜻을 제대로 전달할 수 없기 때문이다. 여기에다 해당 한시를 온전히 이해하기 위해서는 작가의 전기적 사실, 당시의 정치적 상황과 사상적 조류, 작품이 쓰인 시기 등을 종합적으로 검토해야 하는데 이런 일은 주석과 해설 없이는 불가능하다. 그래서 이 책에는 상세한 주석과 해설을 달아 번역문에서의 미진한 점을 보충하고자 했다.

'시 삼백'(詩三百)으로 통칭되는 『시경』에는 305수의 시가 수록되어 있고 『당시 300수』에도 310수의 시가 실려 있다. 이런 선례도 있고 해서 이 책에서 다룬 시가 101수임에도 불구하고 표제에 '당시 일백수'라 표기했다. '100'이라는 숫자가 갖는 상징성을 취하고자 함이다. 그리고 101수 이외에도 해설 등에서 보충하여 소개한 시까지 합하면 이 책은 모두 116수의 당시를 수록하고 있음을 밝혀 둔다.

영원한 방조교(房助敎) 김영죽 박사는 이 책의 작가 소전(作家小傳)을 작성해 주었다. 고맙다. 흔쾌히 책을 출판해 준 한철희 사장과 실무진 그리고 편집을 맡은 이경아 팀장에게도 고마운 마음을 전한다. 이경아 팀장은 인문고전 분야의 뛰어난 편집자로, 전문적인 영역에 속하는 한시를 꼼꼼히 교정하고 편집해 주어서 이렇게 번듯한 책이 나올 수 있었다.

2021년 5월 지산시실(止山詩室)에서
송재소

차
례

당시
일백수

왕
발

王勃, 649~676

자(字)는 자안(子安). 초당사걸(初唐四傑)의 한 사람. 어려서부터
시와 부(賦)를 지었으며 이른 나이에 급제하여 조산랑(朝散郎)이
되었다. 당시 투계(鬪鷄)가 성행했는데, 왕족들의 우열을
닭싸움에 비유한「투계격문」(鬪鷄檄文)을 지어 고종의 노여움을
사 쫓겨나기도 했다. 후에 죄 지은 관노를 숨겼다가 발각된 일로
그의 아버지가 연좌되어 교지(交趾: 지금의 베트남 하노이 부근)
영(令)으로 폄직되었는데 아버지를 만나러 가는 길에
남해(지금의 광동성)를 건너다가 28세의 나이로 물에 빠져
죽었다. 여정 도중 홍주(洪州: 지금의 강서성 남창南昌)를 지날 때
지은「등왕각서」(滕王閣序)가 유명하다.『왕자안집』(王子安集)에
96수의 시가 전한다.

1 　촉주로 부임하는 두소부를 보내며

삼진(三秦)의 보좌 받는 장안성에서
바람에 안개 날리는 오진(五津)을 바라본다

그대와 이별하는 마음이야
똑같이 외지(外地)로 떠도는 사람 마음

이 세상에 마음 맞는 친구 있다면
하늘 끝도 바로 이웃인 듯하리니

이별하는 이 갈림길에서
아녀자처럼 수건을 적시지는 마세나

送杜少府之任蜀州

城闕輔三秦　風烟望五津
與君離別意　同是宦游人
海內存知己　天涯若比鄰
無爲在歧路　兒女共沾巾

17

少府(소부)-현위(縣尉). 지방 장관인 현령(縣令) 밑에 문사(文事)를
관장하는 현승(縣丞)과 무사(武事)를 관장하는 현위가 있는데, 현령을
명부(明府), 현승을 찬부(贊府), 현위를 소부라 칭했다. • 之(지)-가다
• 城闕(성궐)-여기서는 장안성을 가리킨다. • 三秦(삼진)-항우(項羽)가
진(秦)을 깨뜨리고 관중 땅을 3등분하여 항복한 진나라 장군들에게 나누어
준 세 나라 • 五津(오진)-사천성 민강(岷江)에 있던 5개의 나루터
• 宦游人(환유인)-외지에 부임한 관리 • 知己(지기)-자기를 알아주는 친구
• 比鄰(비린)-이웃 • 沾巾(첨건)-(눈물로) 수건을 적시다

촉주(蜀州)의 현위로 부임하는 친구를 송별하는 시이다.
제1구는 송별하는 지점인 장안을, 제2구는 친구가 부임하러
가는 촉주를 묘사했다. 장안에서 촉주가 보이지는 않지만 그곳
다섯 나루에는 안개가 바람에 날리고 있을 것이라 했다. 촉주가
그만큼 아득히 먼 곳이라는 암시이다. 그 먼 곳으로 떠나면
다시 만나기가 쉽지 않다. 이별의 슬픔이 없을 수 없다.
그런데도 시인은 3, 4구에서 슬픈 감정을 보이지 않고 친구를
위로한다. 나와 그대는 청운의 뜻을 품고 이제 막 벼슬길에
나선 젊은 사람이기에 고향을 떠나 지방관으로 떠도는 것이니
마음을 넉넉하게 가지라는 것이다. 이는 벼슬길에 나선 사람이
으레 밟아 가는 당연한 과정이라 말하며 오히려 친구의 부임을
축하한다는 뜻마저 내포하고 있다.
  작자 왕발은 16세의 젊은 나이에 조정에 출사하여 이름을
떨친 천재적인 시인이었다. 그는 교지(交趾)에 귀양 가 있는
부친을 만나러 가다가 바다에 빠져 28세의 아까운 나이에

죽었지만 아마 이 시를 쓸 당시에 그는 10대 후반이거나 20대 초반이었을 것이다. 이 패기만만한 젊은이에게 이별의 슬픔 따위는 끼어들 여지가 없었다. "이 세상에 마음 맞는 친구 있다면/하늘 끝도 바로 이웃인 듯하리니"라 말하며 떠나는 친구를 다독이며 위로하는 한편 둘 사이의 변함없는 우정을 다짐하고 있다. 내가 이곳에 있고 그대가 그곳에 가 있을지라도 우리의 우정이 변치 않는다면 이웃에 있는 것과 마찬가지라는 말이다. 이 5, 6구는 천고의 절창으로 널리 애송되는 명구(名句)이다.

　그래서 이별하는 마당에 아녀자처럼 눈물을 보이지 말자고 제안한다. 이 시는 일반적인 송별시와 다르다. 버들가지를 꺾어 준다거나 눈물을 흘린다거나 술잔을 나누며 마지막 석별을 고하는 그런 상투적인 장면이 없다. 시인의 활달하고 진취적인 기상이 이별의 분위기를 슬픔보다 희망 쪽으로 끌고 간다. 후인들이 이 시를 송별시의 명작으로 칭송하는 이유가 여기에 있다.

유
희
이

劉希夷, 651~679

하남성(河南省) 여주(汝州) 사람. 자는 정지(廷芝) 또는
정지(庭芝)이다. 어린 시절부터 문재(文才)가 있어서 675년에
진사에 급제했지만, 관직을 지낸 적은 없다. 모습이 아름답고
담소 나누기를 좋아했으며 비파를 잘 연주하였다. 주량이 세서
아무리 마셔도 취하는 법이 없었다고 한다. 자유로운 태도로
일상에 얽매이지 않았다. 가행(歌行)을 잘 지었고, 여인의 정서를
노래한 작품이 많다. 시상이 부드럽고 완려(婉麗)했으며,
감상적(感傷的)인 정조를 띠었다. 문집 10권이 있었다고 하지만
전하지 않는다.

20

2 백발의 노인을 대신 슬퍼하다

낙양성 동쪽의 복사꽃 오얏꽃은
이리저리 날아서 뉘 집에 떨어지나

낙양의 아가씨는 얼굴빛을 아끼어
떨어지는 꽃잎 보며 길게길게 탄식하네

금년에 꽃 지면 얼굴빛도 바뀔 것
내년에 꽃 필 땐 뉘 얼굴 그대롤까

이미 봤네, 소나무 잣나무 꺾여 땔감이 되는 것을
다시 또 들었네, 상전(桑田)이 벽해(碧海)가 된다는 말

옛사람은 낙양성 동쪽으로 다시 오지 못하는데
지금 사람은 꽃 지는 바람 앞에 서 있네

해마다 해마다 꽃은 비슷하지만
해마다 해마다 사람은 같지 않네

붉은 얼굴 싱싱한 젊은이에게 말하노니
반쯤 죽은 백발노인을 가련히 여기게

이 늙은이 백발이 정말 가련하지만
옛날엔 붉은 얼굴 미소년이라

귀한 집 자제들과 아름다운 나무 아래
꽃 앞에서 맑은 노래 묘한 춤도 추었다네

비단 깔아 놓은 듯한 광록훈(光祿勳)의 지대(池臺)와
신선이 그려진 장군 누각에 살다가도

하루아침 병들어 아는 친구 없어지니
봄날의 행락이 뉘 곁에 있으리오

아름다운 얼굴이 언제까지 이어지리
삽시간에 백발이 실처럼 흩날리네

예부터 노래하고 춤추던 곳에
황혼녘 작은 새들 나는 것만 볼 뿐이네

代悲白頭翁

洛陽城東桃李花　飛來飛去落誰家
洛陽女兒惜顔色　坐見落花長嘆息
今年花落顔色改　明年花開復誰在

已見松柏摧爲薪　更聞桑田變成海

古人無復洛城東　今人還對落花風

年年歲歲花相似　歲歲年年人不同

寄言全盛紅顔子　應憐半死白頭翁

此翁白頭眞可憐　伊昔紅顔美少年

公子王孫芳樹下　淸歌妙舞落花前

光祿池臺文錦繡　將軍樓閣畵神仙

一朝臥病無相識　三春行樂在誰邊

宛轉蛾眉能幾時　須臾鶴髮亂如絲

但看古來歌舞地　唯有黃昏鳥雀飛

惜顔色(석안색)-예쁜 얼굴에 주름이 지는 것을 안타까워하다
• 桑田變成海(상전변성해)-뽕나무 밭이 바다가 되듯 세상일이 덧없이
변한다는 뜻 • 伊(이)-이것. 여기서는 백두옹을 가리킨다.
• 光祿池臺文錦繡(광록지대문금수)-光祿은 한나라 때의 관직명인
광록훈(光祿勳). 여기서는 광록훈을 지낸 곡양후(曲陽侯) 왕근(王根)을
가리킨다. 연못(池)과 누대(樓臺)가 딸린 그의 저택은 비단을 깔아 놓은 듯
호화로웠다고 한다. 광록훈을 마원(馬援)의 아들인 마방(馬防)으로 보기도
한다. • 將軍樓閣畵神仙(장군누각화신선)-장군은 후한의 귀척(貴戚)
양기(梁冀)로 그는 자신의 호화 저택에 신선을 그려 놓았다고 한다.
• 상식(相識)-친한 친구 • 三春(삼춘)-맹춘(孟春), 중춘(仲春),
계춘(季春)의 석 달 동안의 봄 • 宛轉蛾眉(완전아미)-아름다운 미인
• 鶴髮(학발)-학의 깃처럼 하얀 머리털 • 鳥雀(조작)-참새와 같이 작은 새들

초당(初唐) 시의 걸작 중 하나이다. 시의 전반부는, 낙양의

23

아가씨가 떨어지는 꽃잎을 바라보며 자신의 얼굴도 언젠가는
저 시들어 떨어지는 꽃잎처럼 늙을 것이라 생각하며 탄식하는
모습을 그리고 있다. 시간의 흐름은 거스를 수 없는 것이기에
청청한 소나무, 잣나무가 꺾여 땔감이 되듯, 상전이 벽해가
되듯 청춘은 쉽게 가 버린다. 특히 "해마다 해마다 꽃은
비슷하지만/해마다 해마다 사람은 같지 않네"라는 구절은
천고의 절창으로 지금까지도 널리 애송되고 있다.

　"붉은 얼굴 싱싱한 젊은이에게 말하노니"로 시작하는
후반부는 탄식의 주체가 낙양의 아가씨에서 백발의 노인으로
바뀐다. 그러나 이 부분은 탄식이라기보다 젊은이들에게
전하는 경계의 성격을 띤다. 자신도 한때는 젊음을 한껏
누렸지만 지금은 "백발이 실처럼 흩날리는" 노인이 되었다.
그것도 "삽시간에." 청춘이 쉽게 가 버리듯 부귀영화 또한
한때일 뿐이다. 보라, 광록훈 왕근(王根)과 대장군 양기(梁冀)가
부귀영화를 누렸던 호화로운 저택이 지금 어떻게 되었는가를.
황혼녘에 작은 새들만 날아다니는 폐허가 되지 않았는가.

　이 시는 금년과 내년, 옛사람과 지금 사람의 대비를 통해
인생의 무상함을 노래한 작품이다. 낙양 아가씨의 미래는
백발노인의 현재를 면치 못하고, 백발노인의 과거는 또한 낙양
아가씨의 오늘이다.

　작자 유희이는 자기가 쓴 시의 "年年歲歲花相似
歲歲年年人不同" 구절을 두고 "시참(詩讖)이 될 것 같다"고

말했다 한다. 시참이란, 자기가 지은 시가 우연히 자기의 신상에 관한 예언이 되는 것을 말한다.

"歲歲年年人不同"(해마다 해마다 사람은 같지 않다)은 '해마다 늙어 가면서 모습이 같지 않다'는 뜻으로 쓰였지만, '금년엔 사람의 모습을 하고 있으나 내년에는 귀신의 모습을 하고 있을 것이다'로 해석될 여지가 있다. 아니나 다를까 그는 이 시를 쓴 지 1년이 되지 않아 29세의 젊은 나이에 죽고 말았다. 그의 예감대로 시참이 된 것이다.

『구당서』(舊唐書)는 그의 죽음에 관해서 "간악한 사람에게 피살되었다"라고만 기록하고 간악한 사람이 누구인지는 밝히지 않고 있다. 이를 두고 후대 필기류(筆記類)의 글에서 수많은 이야기가 만들어졌다. 그중에서 가장 널리 알려진 이야기는 그를 살해한 간악한 사람이 그의 장인 송지문(宋之問)이라는 것이다. 사위가 지은 시를 보고 몹시 탐이 난 송지문은 그 시를 자기에게 달라고 한다. 자기 시로 하자는 것인데 사위가 이를 거절한다. 이에 송지문은 사람을 시켜 흙 포대(土袋)로 사위를 눌러 죽이고 그 시를 자기 이름으로 세상에 내놓았다는 내용이다. 흙 포대는 당시 형벌을 가하는 기구였다고 한다.

이것은 어디까지나 전해 오는 이야기일 뿐이지 확인된 사실은 아니다. 아마 송지문이 측천무후(則天武后) 밑에서 아첨하며 출세를 꾀했던 인물이라는 부정적인 평가도 이런 이야기 형성에 일조했을 것으로 보인다. 그리고 또 유희이가 송지문의 사위라는 확실한 증거도 없다. 다만 이런 이야기가

25

만들어진 것은, 유희이의 「백발의 노인을 대신 슬퍼하다」가
그만큼 빼어난 시라는 반증이라 하겠다.

하
지
장

賀知章, 659~744

절강성 회계군(會稽郡) 영흥(永興) 출신으로 자는 계진(季眞),
자호(自號)는 사명광객(四明狂客)이다. 장열(張說)의 추천으로
벼슬을 시작하여 예부시랑, 비서감 등을 지냈다. 744년, 86세에
도사(道士)가 되기를 청하여 벼슬을 버리고 고향으로 돌아갈 때
황태자 이하 문무백관이 송별연을 베풀어 주었다고 한다. 소년
시절부터 시로 명성이 있었고 서예가로도 유명한데 특히 예서와
초서에 능했다. 성품이 광달했고 담론과 해학을 즐겼는데,
귀향하던 그해에 86세를 일기로 세상을 떠났다. 『전당시』에 시
19수가 전한다.

3 고향에 돌아와서 우연히 쓰다

1

어려서 고향 떠나 늙어서야 돌아오니
고향 말은 그대론데 머리털만 성글었네

아이들은 만나도 알아보지 못하여
웃으며 묻는다네, 어디서 왔느냐고

2

고향을 이별한 지 세월이 많이 흘러
요 근래 인사(人事)가 반이나 없어졌네

문 앞의 경호수(鏡湖水)만 오직 남아서
봄바람에 옛날 물결 변하지 않았구려

回鄕偶書

少小離家老大回　鄕音無改鬢毛衰
兒童相見不相識　笑問客從何處來

離別家鄕歲月多　近來人事半銷磨

唯有門前鏡湖水　春風不改舊時波

少小(소소) - 아주 젊어서 · 老大(노대) - 아주 늙어서 · 鄕音(향음) - 고향
사투리 · 鬢毛(빈모) - '귀밑머리'지만 여기서는 머리털 전체
· 衰(쇠) - 머리털이 희어지고 빠져 볼품없어짐. · 人事(인사) - 사람과 문물
· 銷磨(소마) - 소멸해 없어짐 · 鏡湖(경호) - 지금 절강성 소흥(紹興)
회계산(會稽山) 북쪽에 있는 호수. 감호(鑒湖) 또는 장호(長湖)라고도 한다.
하지장의 집이 이 호수 근처에 있었다고 한다.

하지장은 86세 때 관직을 사퇴하고 고향인 영흥(永興: 지금의
절강성 소산蕭山)으로 돌아갔는데 그가 고향을 떠난 지 50여 년
만이었다. 이 시는 고향을 다시 찾은 감회를 노래한 작품이다.
　50년 만에 다시 찾은 고향은 모든 것이 변해 있었다.
제1수는 이렇게 변해 버린 고향을 보고 느낀 감회를 그리고
있다. "어려서" 떠난 고향을 "늙어서야" 돌아왔다고
말함으로써 떠나 있은 기간이 길었음을 말한다. 그동안 변한
것과 변하지 않은 것을 대조시키는 수법을 사용하여 역시
오랜만의 귀향임을 강조하고 있다. 고향의 사투리는 변하지
않는데 자신의 머리털은 반백(斑白)이 되어 성글어졌다. 검은
머리로 고향을 떠나 반백이 되어 돌아왔으니 고향 사람들은
나를 알아볼까? 과연 만나는 아이들은 자기를 알아보지 못하고
"손님께서는 어디서 오셨습니까?"라고 웃으며 물어 온다.
아이들이 그를 알아보지 못하는 것은 당연한 일이다. 그리고

아이들의 물음은 낯선 사람에게 무심코 던진 뜻 없는 질문이다. 그런데도 그는 마음으로 충격을 받는다. 마치 주인인 자기가 손님이 된 듯한 야릇한 소외감에 휩싸인다. 아이들의 물음으로 끝을 맺은 이 시는 긴 여운을 남긴다.

제2수는 고향에 돌아온 후의 사정을 그리고 있다. 주위의 말을 들으니 옛날 사람들과 문물이 반이나 죽고 없어졌다고 한다. 자신만 변한 것이 아니라 이웃과 문물도 변했다. 새삼 그동안의 변화를 실감하고 인생의 무상함을 느낀다. "오직" 봄바람에 찰랑이는 경호(鏡湖)의 물결만이 옛 모습 그대로이다. 그러나 변하지 않은 경호의 모습이 반갑다기보다, "오직" 경호만 변하지 않았다고 말함으로써 경호 이외의 모든 것이 다 변했음을 암시하고 있다. 고향에 돌아온 후 그는 도사(道士)가 되었다고 한다.

중국 절강성 소흥시(紹興市)에 하지장의 사당인 하비감사(賀秘監祀)가 있다. '비감'(秘監)은 비서감(祕書監)의 줄인 말로 그가 역임한 마지막 관직이다. 이 사당에는 숭현당(崇賢堂), 천추루(千秋樓), 회하정(懷賀亭) 등의 건물이 있다. 숭현당 안에 하지장의 좌상(坐像)이 있고 그 뒤편 오석(烏石)에 이 시 제1수가 모택동의 글씨로 새겨져 있다.

하지장을 얘기할 때 빠뜨릴 수 없는 것이 이백과의 인연이다. 이백이 아직 무명 시절인 30세 때 70여 세의 하지장을 장안에서 만나 그의 시 「촉도난」(蜀道難)을 보여 주자

이를 읽고 난 하지장이 "당신은 태백금성(太白金星)의
화신으로 이 세상에 귀양 온 신선(謫仙)이오"라 했다. 사람의
능력으로는 이렇게 뛰어난 시를 지을 수 없다는 찬사이다.
이로부터 '적선'(謫仙)은 이백의 별칭이 되었다. 이렇게 처음
만난 후 술을 좋아했던 풍류남아 하지장은 이백과 어울려
나이를 잊고 술잔을 나누었다. 한번은 술값이 없어 하지장이
차고 있던 금구(金龜: 조정의 3품 이상 관원이 차던 거북 모양의
금배지. 황제의 하사품)를 떼어 술값을 치렀다는 이야기가
전한다. 이로부터 '금구환주'(金龜換酒: 금구를 술과 바꾸다)라는
성어가 생겼다. 이백은 자기의 재능을 알아준 하지장을 잊을
수 없어 하지장이 죽은 후 소흥을 방문하여 그를 조문하는 시
「술을 마시며 하감을 추억하다」(對酒憶賀監)를 썼다.

사명산(四明山)에 광객 있으니
풍류남아 하계진(賀季眞)이라

장안에서 한번 만나
나를 불러 적선(謫仙)이라 했도다

옛날엔 술 무척 좋아했는데
지금은 소나무 아래 먼지 되었네

금구와 술 바꾸던 그때 그곳을
생각하면 눈물이 수건을 적시네

四明有狂客　風流賀季眞

長安一相見　呼我謫仙人

昔好杯中物　今爲松下塵

金龜換酒處　却憶淚沾巾

　　사명산은 하지장의 고향 근처의 산인데 그는 자신을
'사명광객'(四明狂客)이라 불렀다. 계진(季眞)은 하지장의
자(字)이다.

4   버드나무를 읊다

벽옥으로 치장한 높은 나무 한 그루
일만 가지 푸른 실이 아래로 드리웠네

가느다란 잎새를 누가 재단해 내었는가?
이월달 봄바람이 가위와 같네

咏柳

碧玉裝成一樹高　萬條垂下綠絲條
不知細葉誰裁出　二月春風似剪刀

綠絲條(녹사조)-푸른 실끈 · 裁出(재출)-재단해 내다 · 剪刀(전도)-가위

이 시에 묘사된 버드나무는 가지가 밑으로 늘어진 이른바
'수양버들'이다. 버드나무는 봄이 왔음을 가장 먼저 알리는
봄의 전령이다. 그래서 수많은 시인들이 봄과 관련해서
버드나무를 읊어 왔지만 이 시에 그려진 버드나무는
독창적이다. 제1구는 버드나무의 개괄적인 모습인데 여기서

버드나무가 벽옥으로 치장하고 있다고 했다. 벽옥으로 치장하는 것은 여자가 하는 일이다. 버드나무를 여인으로 의인화한 것이다. 여자의 장식품으로 벽옥을 선택한 것은 벽옥과 버드나무가 다 같이 푸른색이란 점에 착안한 발상이다. 또 벽옥은 고시가(古詩歌)에서 예쁜 소녀에 비유되어 오기도 했다. 악부시「벽옥가」(碧玉歌)에 "碧玉破瓜時"(벽옥파과시)란 구절이 있는데 '파과'(破瓜)는 나이 16세를 말한다. 그러니 버드나무를 의인화한 여자는 열여섯 살 소녀인 것이다.

버드나무를 열여섯 살 소녀로 묘사한 것은, 시인이 바라보는 버드나무가 초봄에 돋아난 새싹이기 때문이다. 제4구의 "이월달 봄바람"이 초봄임을 말해 주고 제3구의 "가느다란 잎새"가 새싹임을 지시하고 있다. 시인은 초봄에 새싹을 틔우는 버드나무를 열여섯 살 소녀에 비유함으로써 소녀처럼 싱그럽고 풋풋한 봄의 정경을 노래하고 있다.

제1구가 버드나무의 개괄적인 모습이라면 제2구는 버드나무의 구체적인 모습이다. 버드나무의 가장 특징적인 모습은 아래로 드리워진 수많은 버들가지이다. 이를 이 시에서는 "일만 가지 푸른 실이 아래로 드리웠네"라고 묘사하고 있다. 그리고 버드나무를 소녀에 비유했으니 "일만 가지 푸른 실"은 봄바람에 하늘거리는 소녀의 치맛자락으로 볼 수 있겠다.

제3구와 제4구는 인구에 회자되는 절창이다. "가느다란 잎새를 누가 재단해 내었는가?"라는 물음도 묘하고 "이월달 봄바람이 가위와 같네"라는 대답도 절묘하다. 봄을 맞아 돋아나는 여리고 청신한 새싹을 보고 시인은 경이로운 감탄을 금치 못한다. 재단사가 가위로 옷감을 일일이 재단하듯 하지 않고서는 어떻게 이토록 경이로운 "일만 가지 푸른 실"을 만들어 낼 수 있겠는가? 생각이 여기에 미치자 시인은 '버들잎'과 '가위'라는 전혀 상관없는 두 사물을 연결시킨다. 천지 만물의 형상을 만든 재단사 조물주가 '봄바람'이라는 '가위'로 버드나무의 '가느다란 잎새'를 재단하여 '벽옥으로 장식한' 푸르고 아름다운 버드나무를 세상에 내어 놓았다는 것이다. 뛰어난 시적 감수성을 지니지 않고서는 나올 수 없는 표현이다.

장
열

張說, 667~730

하남성 낙양 출신으로 자는 도제(道濟) 또는 열지(說之)이다.
현종(玄宗) 때의 명재상으로 연국공(燕國公)에 봉해졌는데
문장에도 뛰어나 허국공(許國公) 소정(蘇頲)과 함께
'연허대수필'(燕許大手筆)로 병칭되었다. 그의 관직 생활은
평탄하지 않아 정적들의 견제로 여러 차례 귀양살이를 했다.
『장열지문집』(張說之文集) 25권이 전한다.

5   촉도에서 예정보다 늦어

나그네 마음이 해와 달과 다투는 것은
오고 가는 일정을 미리 정했기 때문인데

가을바람은 나를 기다려 주지 않고
제 먼저 낙양성에 이르러 버렸네

蜀道後期

客心爭日月　來往豫期程
秋風不相待　先至洛陽城

蜀道(촉도)-촉 지방을 오가는 험준한 길 • 後期(후기)-예정된 일정보다 늦다
• 豫期程(예기정)-미리(豫) 일정을 정하다

시인은 낙양에서 교서랑(校書郎)으로 있다가 촉 지방으로
파견되어 모종의 임무를 수행하고 있다. "해와 달과 다투는
것"은 빡빡한 일정을 바쁘게 소화하고 있음을 말한다.
왜냐하면 낙양에서 떠날 때 "오고 가는 일정을 미리 정했기

때문"이다. 언제 떠나 언제 돌아올지를 미리 정해 놓고 가서 업무를 처리하고 있음에도 불구하고 객지에서의 일정에 차질이 생겼다. 예상보다 늦어지고 있는 것이다. 그래서 정해진 일정에 맞추기 위해 '해와 달과 다툴 만큼' 서둘러 일을 처리한다.

아마 그는 떠날 때 낙양의 가족과 친지들에게 '가을 전에는 돌아오겠다'고 말했을 것이다. 그런데 가을바람이 부는데도 일이 끝나지 않아 마음이 초조하다. 그렇지 않아도 오랜 객지 생활에 지쳐 있는데다, 가을바람이 부는 것을 보고 낙양의 가족들이 자기가 돌아오기를 기다리고 있을 것을 생각하니 마음이 더욱 스산해진다.

여기서 시인은 이렇게 스산하고 초조한 마음을 직접 서술하지 않고 "가을바람은 나를 기다려 주지 않고/제 먼저 낙양성에 이르러 버렸네"라 말함으로써 늦는 이유를 가을바람 탓으로 돌린다. 가을바람에게 '함께 가자'고 했건만 가을바람이 무정하게도 제 먼저 낙양으로 가 버린 것이다. 계절에 앞서 먼저 가을바람이 불어올 리 없을 터인데 가을바람을 의인화하여, 내가 늦은 것이 아니라 가을바람이 약속을 어기고 먼저 갔기 때문이라 말하고 있다. 참으로 절묘한 상상력이다. 이 시와 거의 같은 시기에 썼을 것으로 보이는 「촉 땅에 사신 가서」(被使在蜀)라는 시와 함께 읽으면 당시 시인의 심정을 더 잘 이해할 수 있다.

지금은 삼복(三伏)도 다 지났는데
아직도 임공(臨邛)에 머물러 있네

돌아갈 길은 천 리 밖이라
가을 달과 정히 만날 수 있으려나

卽今三伏盡　尙自在臨邛
歸途千里外　秋月定相逢

'임공'은 촉에 있는 지명이다. "삼복도 다 지났다"는 것은
가을이 왔다는 것을 의미한다. 여기서도 가을이면
돌아가리라는 기약이 어긋났음을 한탄하고 있다.

왕
지
환

王之渙, 688~742

산서성(山西省) 병주(幷州) 출신으로 자는 계릉(季凌)이다. 젊은
시절에 협기가 있어 늘 칼을 차고 술에 취해 다니다가, 뒤늦게
뉘우치고 공부하여 기주(冀州) 형영현(衡永縣) 주부(主簿)를
역임했다. 후에 모함을 받자 분노하여 관직을 버리고 고향에서
15년간 머물렀으며, 다시 하남성 문안(文安) 현위를 지내던 중
얼마 되지 않아 관사에서 사망했다. 성당(盛唐)의 대표적인 시인
고적(高適)·왕창령(王昌齡)·최국보(崔國輔) 등과 창화하며
당대에 명성을 떨쳤는데, 특히 변방의 풍광 묘사에 탁월하다는
평가를 받았다. 시의 기세가 웅장하고 의경이 광활하며 음조가
조화로워 시 대부분이 곡조가 붙여져 노래로 불렸다고 하는데,
『전당시』에 시 6수만이 전한다.

6   관작루에 올라

하얀 해는 산 너머로 떨어지고
황하는 바다로 흘러 들어간다

천 리 밖 풍경을 끝까지 보고 싶어
다시 누각을 한 층 더 올라간다

登鸛鵲樓

白日依山盡　黃河入海流
欲窮千里目　更上一層樓

依山盡(의산진)-산에 의지해서(붙어서) 지다 · 黃河(황하)-
감숙성(甘肅省)에서 발원하여 관작루가 있는 이곳 산서성을 거쳐 마지막으로
산동성에서 발해만(渤海灣)으로 흘러 들어간다. · 千里目(천리목)-천리를
바라보다, '目'은 눈사 · 更(갱)-나시, 또

관작루는 지금의 산서성 영제현(永濟縣) 서남쪽 황하 지역의
높은 곳에 있는 3층의 누각이다. 이 시는 시인이 관작루에 올라
눈앞에 펼쳐진 광경을 묘사한 것이다. 1, 2구는 아마도 2층에

올라서 본 풍경일 것이다. 관작루가 원래 높은 곳에 위치하고
있는데다 2층에 올라 보니 일망무제(一望無際)한 광활한 천지가
눈앞에 펼쳐진다. 멀리 서쪽으로는 지는 해가 산마루에 걸려
있고 눈 아래에는 도도한 황하가 흐르고 있다. 이어 동쪽으로
눈을 돌려 황하가 바다로 들어가는 모습을 상상해 본다. 이렇게
1, 2구는 해와 바다와 산과 강을 동원하여 드넓은 천지 사방의
풍경을 웅혼한 기세로 묘사하고 있어 읽는 사람의 가슴을 툭
트이게 한다.

여기에서 경치의 묘사는 끝난 듯 보인다. 2층이면 충분히
높은 곳이다. 여기서 시인은 모든 걸 다 보았고 본 것을 다
묘사했다. 그런데 또다시 한 층을 더 오른다고 했다. 왜?
"천 리 밖 풍경을 끝까지 보고 싶어"서이다. 그가 한 층을 더
올라가서 본 "천 리 밖 풍경"이 무엇인지는 말하지 않고 있다.
아니 말할 필요가 없다. 한 층을 더 올라간다고 해서 천 리 밖
풍경이 보일 리도 없겠지만 무엇이 보이는지를 말하는 것이
시인의 의도가 아니기 때문이다. 애초에 시인의 의도는 눈앞의
경물을 묘사하는 데 있지 않았다.

시인은 단순한 풍경의 묘사에 그치지 않고, 분발하여 부단히
추구하려는 향상의 의지를 말하고 있는 것이다. 즉 '높은 곳에
서면 먼 곳이 보인다'는 교훈을 말하려는 것이다. 이 말은 '높은
곳에 올라 멀리 볼 수 있는 사람이라야 앞을 내다볼 수 있는
탁견(卓見)을 가질 수 있다'는 뜻이다. 그래서 이 시는
서경시(敍景詩)가 아닌 철리시(哲理詩) 또는 이취시(理趣詩)로
평가되고 있다. '시기설리'(詩忌說理)라는 말이 있다. 시에서는

이론을 늘어놓는 것을 꺼린다는 말이다. 이론을 개진하는 것은 시의 역할이 아니고 학술 논문이 담당해야 할 몫이다. 시는 이론을 생경하게 노출하지 않고 형상화를 통해 이를 제시해야 한다. 생경한 이론을 노출시킨 시를 이어시(理語詩)라 하고 이론을 형상화시킨 시를 이취시라 한다.

그런 면에서 이 시는 훌륭한 이취시라 할 만하다. 끊임없이 향상하려는 진취적 기상을, 관작루라는 경물을 통하여 표현하고 있는 것이다. 읽는 사람으로 하여금 그 속에 어떤 교훈이나 이론이 담겨 있다는 것을 느끼지 않게 하고도, 한 층 더 올라간다는 표현 속에는 교훈이나 이론이 함축되어 있다. 이 시의 3, 4구가 그토록 후인들의 칭송을 받는 이유가 여기에 있다. 아마 3, 4구가 없었다면 이 시가 오늘까지도 인구에 회자되는 작품이 될 수 없었을 것이다. 청나라 심덕잠(沈德潛, 1673~1769)은 이 시를 평하여 "현(鉉) 밖의 음(音)이 있고 맛 밖의 맛이 있다"(有鉉外音味外味)라고 말한 바 있다.

이 시의 형식상의 특징은 1, 2구와 3, 4구가 대구(對句)로 되어 있다는 점이다. 절구(絶句)에서는 굳이 대구를 구사하지 않아도 되는데 이 작품은 전체가 대구로 이루어져 있다. 절구와 같은 짧은 시에서 대(對)를 맞추려면 인위적으로 고심한 흔적이 드러나게 마련인데 이 시에서는 독자가 대구임을 느끼지 못할 만큼 자연스럽게 구성되어 있다. 이런 대구를 '유수대'(流水對)라고 한다. 물 흐르듯 자연스럽게 시상이 전개되면서도 대구를 이룬다는 뜻이다. 이것은 웬만한 시적 재능이 없고서는 구사하기 어려운 기법이다.

『전당시』에 수록된 왕지환의 시는 6수뿐이지만 「관작루에 올라」와 「양주의 노래」(凉州詞) 두 편만으로도 그는 당시(唐詩)의 높은 봉우리를 접하고 있다.

황하는 저 멀리 구름 속으로 올라가고
만 길 높은 산에 한 조각 외로운 성

피리 소리 왜 하필 버들가지 원망하나
봄바람은 옥문관(玉門關)을 넘어오지 않는 것을

凉州詞

黃河遠上白雲間　一片孤城萬仞山
羌笛何須怨楊柳　春風不度玉門關

凉州詞(양주사)-악부(樂府)의 제목. 양주는 지금의 감숙성
무위현(武威縣)인데 '양주사'는 변방에 출정 나간 병사들의 애환을 노래한
시를 총칭하는 말로 쓰인다. • 羌笛(강적)-오랑캐의 피리 • 怨楊柳(원양류)-
楊柳는 '절양류곡'(折楊柳曲)을 말하는데, 당시 이별하는 사람이 버들가지를
꺾어 주는(折楊柳) 풍습이 있었다. '절양류곡'은 이별을 원망하며 부르는
곡조 • 度(도)-渡와 같은 뜻으로 '건너다가' '넘어가다'의 뜻
• 玉門關(옥문관)-감숙성 돈황현(敦煌縣) 서쪽에 있는 관문으로
서역(西域)으로 통하는 요로

왕지환은 성격이 호방하고 얽매임이 없어 술을 마시면 칼을
치며 슬픈 노래를 부르곤 했다고 전한다. 그의 시는 6수밖에
전하지 않지만 당시사(唐詩史)에서 빼놓을 수 없는 인물이다.
그의 작품 중 「관작루에 올라」와 함께 「양주의 노래」는
후대에까지 널리 전송되는 절창으로 일컬어지고 있다.

　이 시는 변방에 출정 나간 병졸들의 생활상을 노래한
변새시(邊塞詩)이다. 1구와 2구는 변방의 풍광을 묘사하고
있다. 1구에서 황하가 "저 멀리 구름 속으로 올라간다"고 했다.
이 구절은 만고의 절창으로 찬탄을 받아 왔지만 또 그만큼
말썽이 많은 구절이기도 하다. 시인의 시선이 황하의 상류
쪽으로 멀리까지 옮아가니 마침내 물줄기가 하늘의 구름과
맞닿아 있다는 표현이다. 황하의 묘사로는 이백의
「장진주」(將進酒)에 나오는 "황하의 물결이 하늘에서
내려와"(黃河之水天上來)라는 구절이 유명한데, 이백의 구절이
상류로부터 내려오는 물길을 동태적(動態的)으로 그렸다면,
왕지환의 구절은 상류로 거슬러 올라가면서 보이는 황하를
정태적(靜態的)으로 그린 것이다. 이렇게 유장(悠長)한 황하의
묘사를 통해 변방의 광활함을 부각시키고 있다.

　이 구절이 말썽이 많은 이유는 이렇다. 이 시의 배경을
양주로 보아야 할 터인데, 황하의 상류는 양주에서 서쪽으로
천여 리나 떨어져 있어 양주에서는 도저히 볼 수가 없다. 이런
논리적인 모순을 해결하기 위하여 이 구절을
"黃沙直上白雲間"(누런 모래가 구름 속으로 곧장 올라간다)이

와전된 것으로 보는 견해도 있다. '황하'가 아니라 '황사'로
보아야 한다는 말이다. 어느 견해가 옳은지 알 수 없지만,
지리적인 정확성과 시인의 상상력이 반드시 일치하지 않을
수도 있다고 생각하면 그만일 것이다. 2구의 "한 조각 외로운
성"은 병사들이 수자리하는 장소이다. "한 조각"(一片),
"외로운"(孤) 등의 시어(詩語)를 동원하여 세상과 동떨어진
황량한 변방에서 생활하는 병사들의 고단함을 나타내고 있다.

　이 황량한 "한 조각 외로운 성"에서 병졸들이 피리를 불고
있다는 3구는 두 가지로 해석할 수 있다. 피리 소리를
"버들가지를 원망하는" 곡조라 했다. '지금쯤 봄이 왔을 텐데
왜 이곳엔 버드나무가 푸르지 않나?' 서북쪽 변방은 추운
곳이기 때문에 봄이 늦게 오거나 봄이 오지 않을지도 모른다.
봄인데도 오지 않는 봄, 푸르지 않는 버들가지를 원망하며
피리를 불고 있다는 해석이다. 또 하나의 해석은
"양류"(楊柳)를 '절양류곡'(折楊柳曲)으로 보는 것이다.
절양류곡은 이별할 때 버들가지를 꺾어 주며 부르는 노래이다.
병사들은 고향을 떠나올 때 불러 주던 절양류곡을 연주하면서
고향 생각에 잠겨 있다. 지독한 향수병에 시달리고 있는
것이다.

　그래서 시인은 병사들을 위로한다. '봄바람은 본래 옥문관을
넘어 이곳에 오지 않는다. 이곳은 봄이 없는 지역이다. 봄이
오지 않는 곳에 버드나무가 푸를 리 없다. 버드나무가 푸르지
않는데 버들가지를 꺾어 주면서 부르는 절양류곡을 연주할
필요가 어디 있겠는가.' 봄이 없는 곳에서, 버드나무가 푸르지

않는 곳에서 구태여 절양류곡을 부를 필요가 없다는 이 표현은 병사들의 고독과 향수를 더욱 애절하게 강조하고 있다. 4구의 논리적인 모순도 지적된다. 옥문관은 양주에서 서쪽으로 천여 리나 떨어져 있다. 봄바람은 동쪽에서 온다. 동쪽에서 불어오는 봄바람이 서쪽의 옥문관을 넘어 양주로 불어온다는 것은 말이 안 되는 소리이다. 그러나 이것도 굳이 따질 필요가 없을 것이다.

당나라 설용약(薛用弱)이 쓴 『집이기』(集異記)란 책에 다음과 같은 이야기가 전한다.

"개원(開元) 연간에 왕지환은 왕창령(王昌齡), 고적(高適)과 이름을 나란히 했다. 세 사람이 함께 술집에 가서 외상술을 마시고 있는데 이원(梨園: 당시의 궁중 음악원)의 관원 십수 인이 연회를 벌이고 있었다. 그래서 세 사람은 구석으로 자리를 피하여 화로를 끼고 구경했다. 이윽고 아름다운 기생 4인이 음악을 연주하는데 모두 당시 교방(教坊: 궁중 음악을 관장하는 곳)에 이름을 올리고 있었다. 왕창령 등이 서로 약속하기를 '우리들이 시로 유명하지만 스스로 우열을 가리지 못했는데 오늘 저 관원들이 노래하는 것을 몰래 보아, 시(詩)가 노래 가사로 많이 채택되는 사람이 이기는 것으로 하자'라 했다. 처음에 왕창령의 시를 부르고 다음에 고적의 시를 부르더니 그다음에 또 왕창령의 시를 노래했다. 왕지환은 스스로 이름을 얻은 지 오랜지라 여러 기생들 중 가장 예쁜

기생을 가리키며 '저 여자가 노래하는 것을 기다려 만일 나의
시를 부르지 않으면 죽을 때까지 그대들과 감히 우열을 다투지
않겠네'라고 했다. 다음에 그 기생이 노래를 부르는데 과연
'황하는…' 하고 그의 시를 노래해서 모두 크게 웃었다. 여러
관원들이 와서 물어보기에 세 사람이 내기했다는 사실을
말했더니 절하고 세 사람을 연석에 초청했다. 세 사람이 이에
하루 종일 마시고 취했다."

사실인지 아닌지 모르지만 세 사람의 시가 당시에 널리
불리고 있었다는 것을 알 수 있다.

맹
호
연

孟浩然, 689~740

호북성(湖北省) 양양현(襄陽縣) 출신으로 자가 호연(浩然)이고
본명은 맹호(孟浩)이다. 40세에 진사 시험에 응시했으나
낙방하고 고향에 돌아와 녹문산(鹿門山)에서 은둔 생활을 했다.
만년에 재상 장구령(張九齡)의 부탁으로 잠시 일한 것 이외에는
관직에 오르지 못하고 일생을 마쳤다. 은둔 생활을 하면서
도연명을 존경하여 고독한 전원생활을 즐기고 자연의 정취를
읊은 작품을 남겨 왕유와 함께 성당의 산수전원시파를 대표한다.
그래서 흔히 '왕맹'(王孟)으로 병칭된다. 그는 특히 오언시에
뛰어나 그의 작품은 건안(建安)의 기풍을 되살린 명편으로
평가받는다. 이백이 존경했던 시인이다.『맹호연집』(孟浩然集)에
263수의 시가 전한다.

팔월달 호수물이 언덕까지 넘실넘실
허공을 품고서 하늘과 뒤섞였네

기운은 운몽택(雲夢澤)을 쪄 내고
물결은 악양성(岳陽城)을 뒤흔든다

건너고 싶어도 배와 노 없고
일 없이 지내노라 성명(聖明)에 부끄럽네

낚싯대 드리운 자, 앉아서 보노라니
다만지 고기가 부러운 맘뿐이네

臨洞庭湖贈張丞相

八月湖水平　涵虛混太淸
氣蒸雲夢澤　波撼岳陽城
欲濟無舟楫　端居恥聖明
坐觀垂釣者　徒有羨魚情

張丞相(장승상)-장구령 또는 장열(張說)·湖水平(호수평)-물이 불어
수면이 육지와 평평하게 됨.·涵虛(함허)-허공을 물에 담그다, 즉 하늘이
물에 비치는 것. 虛는 허공, 하늘·太淸(태청)-하늘·雲夢澤(운몽택)-
옛날에 있었던 두 개의 호수. 장강 이남의 것을 몽택(夢澤), 장강 이북의 것을
운택(雲澤)이라 했는데 후에 연결된 것으로 지금의 동정호 주위 지역을
가리킨다. 또는 호북성 안륙(安陸)에 있는 호수라고도 한다.·撼(감)-흔들다
·端居(단거)-벼슬 없이 은거하는 것·聖明(성명)-천자의 고명한 덕
·徒(도)-공연히, 헛되이, 다만

장승상이 누구인지에 관해서는 견해가 갈린다. 연구자들은
장구령과 장열과 맹호연의 행적을 꼼꼼히 고증하여 혹은
장구령이라 하고 혹은 장열이라 하지만 누구를 가리키는지
확정하기는 어렵다. 장구령이든 장열이든 시를 이해하는 데는
큰 지장이 없다. 시의 전반부는 제목의 '臨洞庭湖'(임동정호) 즉
동정호를 바라보면서 느낀 바를 노래한 것이고, 후반부는
'贈張丞相'(증장승상) 즉 장승상에게 드리는 내용으로 되어
있다.

어느 가을 날 시인은 악양루에 올라 동정호를 바라본다.
여름철 내린 비에 물이 불어 넘실거리는 호수에 하늘이 비쳐
있다. 크고 넓은 호수다. 그런데 '하늘이 비쳐 있다'라 말하지
않고 호수가 '하늘을 담고 있다'라 말했다. 수동적으로 비쳐
있는 것이 아니라 호수가 주체가 되어 능동적으로 하늘을
품는다고 말함으로써 광활한 호수의 역동적인 모습을 그리고
있다. 당시 시인의 눈에 비친 호수가 그렇게 강렬한 인상을

심어 준 것이다.

　광대무변한 호수의 역동적인 모습은 3, 4구에서 더 구체적으로 묘사된다. "기운은 운몽택을 쪄 내고/물결은 악양성을 뒤흔든다"는 구절은, 두보의 「악양루에 올라」(登岳陽樓)에 묘사된 "오(吳)나라 초(楚)나라는 동남으로 갈라졌고/하늘과 땅은 밤낮으로 떠 있네"와 우열을 가릴 수 없는 명구(名句)로 인구에 회자되고 있다. 고대의 '운몽택'은 정확한 위치를 확정하기 어렵다. 여기서는 동정호를 가리킨다고 보는 것이 옳다고 생각한다. 제3구에 대해서도 여러 해석이 많지만, 넓은 호수에 아득히 물안개가 피어오르는 광경으로 보아도 무방하다. 제4구는 청각적인 묘사다. 악양성을 뒤흔들 만큼 파도 소리가 크게 들린다는 것인데 이것도 동정호의 웅장함을 나타낸 것이다. 이러한 묘사는 그의 여타 산수시(山水詩)에서는 좀처럼 보기 힘든 장면이다.

　이상 전4구는 동정호에 대한 묘사다. 동정호를 이렇게 광활하고 웅장하게 묘사한 것은 자신의 포부가 동정호만큼 웅대하다는 이상의 표출이기도 하다. 그러다가 문득 동정호를 건너고 싶은 마음이 일어난다. 동정호를 건너고 싶다는 것은 또한 자신의 포부를 실현하고 싶다는 것이기도 하다. 그러나 건너갈 배가 없다. 여기 "건너고 싶어도 배와 노 없고"(欲濟無舟楫)라는 표현에서 '濟'는 '건너다'라는 뜻과 함께 경세제민(經世濟民)의 뜻을 함축하고 있다. 그러므로 건너갈 배가 없다는 말은 경세제민의 포부를 실현할 수단이 없다는 뜻도 암시하고 있다. 즉 경세제민의 포부를 실현할 직위가 없다는 말이다.

그는 또 『논어』「태백」(泰伯) 편의 "나라에 도(道)가 있는데
빈천한 것은 부끄러운 일이고 나라에 도가 없는데 부귀한 것도
부끄러운 일이다"(邦有道 貧且賤焉 恥也 邦無道 富且貴焉
恥也)라고 한 공자의 말을 떠올리며 성군이 다스리는 세상에서
자기처럼 벼슬하지 못하는 것은 부끄러운 일이라 했다. 이런
부끄러움을 씻기 위해서 벼슬자리에 올라 나라를 위해서 공을
세우고 싶지만 그럴 수 없는 처지를 한탄하고 있다.

다만 낚싯대를 드리우고 고기를 낚아 올리는 옆 사람을
부러워할 뿐이다. 이 말 속에는 자신에게 낚싯대를 잡게 해
준다면 능히 고기를 낚을 수 있다는 뜻이 담겨 있다. "낚싯대
드리운 자"는 구체적으로는 장승상을 지칭한다. 장승상이
자신을 천거해 주기를 은근히 바란다. 이 7, 8구를 좀 다른
각도에서 해석할 수도 있다. 장승상이 고기 낚는 것을, 인재를
선발해서 천거하는 행위로 보고, 자기도 장승상의 낚싯대에
낚이는 고기가 되고 싶다는 바람을 나타낸다고 해석한다.
그래서 낚이는 고기가 부러운 것이다.

이 시는 표면적으로는, 건너고 싶어도 건널 수 없고,
낚싯대를 잡고 싶어도 잡을 수 없는 신세를 한탄하고 있지만
장승상이 자기를 천거해 주기를 바라는 속마음을 나타낸
것인데 이를 겉으로 드러내지 않고 은근히 속되지 않게
표현하고 있다.

9 친구의 시골집에 들러

친구가 닭 잡고 기장밥 마련하여
나를 초대해 시골집에 이르는데

푸른 나무는 마을 가를 빙 둘러 있고
푸른 산은 성곽 밖에 비스듬하네

창문 열어 앞마당 채마밭 마주하고
술잔 들며 농사일 얘기하노라

중양절 오기를 기다렸다가
다시 와서 국화 곁에 나아가리다

過故人莊

故人具鷄黍　邀我至田家
綠樹村邊合　靑山郭外斜
開軒面場圃　把酒話桑麻
待到重陽日　還來就菊花

過(과)-방문하다 • 故人(고인)-친구 • 開軒(개헌)-창문을 열다
• 場圃(장포)-채마밭 • 桑麻(상마)-뽕나무와 삼, 농사일 • 重陽日(중양일)-
음력 9월 9일. 양수인 9가 겹치는 날이어서 붙여진 명칭인데 이날 산에 올라
산수유를 옷에 꽂고 국화주를 마시는 풍습이 있다.

맹호연 시의 두드러진 특징은 '평담'(平淡)인데 이 시는 그의
평담한 풍격을 잘 드러낸 대표작이다. 도입부부터 매우
평담하게 시작된다. 1, 2구는 닭 잡고 기장밥을 마련하여
초청한 친구가 시인을 마중하여 함께 시골집으로 가는
장면이다. 닭과 기장밥은 농가 특유의 풍미가 담긴 음식이다.
또 닭과 기장밥은 그리 부유하지 않은 친구가 나름대로 손님을
접대하는 융숭한 음식일 것이다. 그런데 친구의 집에
도착하기도 전에 어떻게 닭과 기장밥이 나오리라는 것을
알았을까? 아마도 친구는 사전에 "닭이나 잡아 놓을 테니 와서
술 한잔합시다"라 말했을 것이다. 이는 특별할 것이 없는
너무나 일상적이고 평범한 일이다.
　3, 4구는 친구의 집으로 가는 도중의 경치를 묘사한 것인데
제3구는 근경을 제4구는 원경을 그렸다. 마을은 푸른 나무로
둘러싸여 있고 마을 밖엔 푸른 산이 비껴 있다. 이 또한
특별하지 않은 풍경이다. 그런데도 이 3, 4구는 천고의 명구로
애송되고 있다. 한 연구자는 이렇게 분석했다. '마을을 둘러싼
푸른 나무는 어머니처럼 마을을 품고 있으며 푸른 산은
초소(哨所)처럼 마을을 지켜보고 있다. 이렇게 안락하고

평화로운 환경 속에 살고 있는 친구의 품성이 어떠하리라는
것을 짐작할 수 있다.' 친구는 자연과 조화를 이룬 그윽한
분위기에서 살고 있는 것이다. 그러한 친구의 초청을 받은
시인의 마음 또한 즐거움으로 가득 차 있을 것이다.

　5, 6구에서는 중간 과정이 생략된 채 곧장 술자리의 장면이
묘사된다. 창밖으론 앞마당과 채마밭이 보인다. 전형적인
농가의 풍경이다. 이 속에서 나누는 대화는 농사일이다. 친구와
시인은 세속의 명리(名利)를 초월한 지극히 일상적인 대화를
나누고 있지만 두 사람이 대화하는 장면은 탈속한 듯한
고아(高雅)한 분위기를 자아낸다. 푸른 나무로 둘러싸인
시골집, 창 너머로 앞마당과 채마밭이 보이는 방에 앉아
닭고기와 기장밥을 앞에 두고 술을 마시며 농사 얘기를 나누는
극히 평범한 일상사를 극히 평담하게 묘사하고 있다.

　7, 8구는 떠나는 장면이다. 시인은 떠나면서 중양절에 다시
오겠다고 했다. 이번엔 초청을 받고 왔지만 중양절에는
자진해서 오겠다고 했다. 이 7, 8구에서 가장 빛나는 글자는 '就'
자라는 것이 연구자들의 한결같은 평가다. 명나라 양신(楊愼,
1488~1559)의 『승암시화』(升庵詩話)에 이런 기록이 있다.
"『맹호연집』의 '待到重陽日 還來就菊花' 구절의
판각본(板刻本)에 '就' 자가 탈락되어 있었는데 보충하려는
자가 혹은 '醉'로, 혹은 '賞'으로, 혹은 '泛'으로, 혹은 '對'로
하자고 했다. 후에 선본(善本)을 얻어 보니 '就' 자여서 이에 그
묘함을 알았다." 또 명나라 종성(鍾惺)도 "就 자가 묘하다. 한
편의 시가 이 한 글자를 빌려서 빛이 났다"라 했다.

왜 '就' 자가 그토록 묘한 것인지 나는 아직 잘 모르겠다.
'醉'로 하면 '국화주에 취하겠다'는 뜻이 되고, '賞'으로 하면
'국화를 구경하겠다'는 뜻이 되고, '泛'으로 하면 '술에 국화
꽃잎을 띄우겠다'는 뜻이 되며, '對'로 하면 '국화를
마주하겠다'는 뜻이 된다. 한 연구자에 의하면 醉, 賞, 泛, 對를
쓰면 시인이 주체가 되고 국화는 객체가 되지만, 就 자를 쓰면
동작을 일으키는 자는 시인이지만 동작을 유발하는 것은
국화가 된다는 것이다. 즉 시인을 다시 오게끔 하는 주체가
국화라는 얘기다. 시인은 국화의 고결함에 이끌려 다시 올
생각을 한 것이다. 그러나 시인이 국화만 보러 오겠다는 것은
아니고 국화처럼 고결한 주인을 보러 오겠다는 것이다. 하지만
'就' 자의 오묘한 뜻을 파악하려면 한시에 대한 나의 내공이 더
쌓이기를 기다려야 할 것 같다.

아무런 과장도 없고 세련된 수식도 없이 소박한 구어체로
평담하게 쓴 시이다. 그렇기 때문에 특별히 반짝이는 구절도
없다. 그럼에도 불구하고 이 시가 많은 사람들의 사랑을 받는
데는 분명 까닭이 있을 것이다.

10　봄날의 새벽

봄잠에 취하여 새벽인 줄 몰랐는데
여기저기 새소리 들리어오네

밤사이 비바람 소리 들리더니만
꽃잎이 얼마나 떨어졌는지?

春曉

春眠不覺曉　處處聞啼鳥
夜來風雨聲　花落知多少

夜來(야래)-(지난)밤에, 來는 조사 • 知多少(지다소)-얼마인지 모르겠다.
多少는 '얼마'의 뜻. 이 구절은 '不知多少'의 뜻으로 새겨야 한다. 시에 쓰이는
독특한 용법

시인은 봄날의 풍경을 그리고 있다. 그러나 여기서 묘사하고
있는 봄날 풍경은 일반적인 봄의 풍경과는 다르다. 어느 봄날
새벽, 시인은 방 안에 앉아서 방 밖의 봄 경치를 순전히

59

청각에만 의존해서 그리고 있다. 그것도 봄날 새벽이라는 찰나적인 순간에 포착한 방 밖의 소리를 바탕으로 봄의 아름다운 풍경을 상상하여 노래하고 있다. 이것이 이 시의 특징이다.

봄잠은 깊이 들게 마련이다. 새벽이 된 줄도 모른 채 노곤한 봄잠에 취해 있는데 잠을 깨운 것은 새소리이다. 새소리는 "여기저기"에서 들려온다. "여기저기"에서 들려오는 새소리, 곤한 잠을 깨울 만큼 사방에서 지저귀는 새소리는 바로 봄의 소리이다. 그리고 여기저기에서 새들이 지저귄다는 것은 맑고 화창한 봄날임을 말해 준다. 비가 오는 날은 새들이 이렇게 지저귀지 않는다. 시인은 방 안에서 새소리를 듣고 바깥의 화창한 봄 풍경을 상상한다. 그러다가 문득 어젯밤의 비바람 소리를 회상한다. '어젯밤엔 비바람이 몰아쳤는데 오늘 아침은 이렇게 맑게 개었구나' 이런 생각 끝에 그 비바람에 떨어졌을 꽃잎을 떠올린다. 생각이 여기에 미치자 저무는 봄날이 아쉬워진다. 꽃잎이 진다는 것은 봄이 가 버리는 것을 의미하기 때문이다.

이 시에는 기발한 표현이 없다. 시를 아름답게 하기 위하여 다듬고 꾸민 흔적도 없다. 그러면서도 봄날 새벽의 아름다운 풍경과 가는 봄에 대한 아쉬움을 잘 그리고 있다. 이것이, 당시(唐詩) 중에서도 사람들의 사랑을 가장 많이 받는 시가 된 이유일 것이다.

11 건덕강에 숙박하며

배를 옮겨 안개 낀 모래톱에 정박하니
날 저물어 나그네 수심 새롭게 일어나고

들은 넓어 하늘이 나무에 나직하고
강은 맑아 달이 사람과 가깝구나

宿建德江

移舟泊煙渚 日暮客愁新
野曠天低樹 江淸月近人

建德江(건덕강)-절강성의 신안강(新安江)이 건덕현(建德縣)으로 흘러들어
가는 일단의 강물 • 煙渚(연저)-안개가 자욱한 강가의 모래톱

맹호연은 728년 40세의 늦은 나이에 과거에 응시했으나
낙방하고 이듬해에 적적한 심경을 달래기 위해 장기간에 걸쳐
오월(吳越) 지방을 여행했다. 이 시는 그 무렵에 쓴 것으로
보인다.

시인은 배를 타고 가다가 안개 낀 모래톱에 배를
정박시킨다. 날이 저물어 배 안에서 노숙을 해야 하기
때문이다. 저녁 무렵, 물안개가 자욱한 모래톱에 배를 대고
나니 나그네의 수심이 새롭게 일어난다. 시에서는 이 새로운
수심이 무엇에 촉발되어 일어난 것인지 그 정체가 밝혀져 있지
않다. "나그네의 수심"(客愁)이라 했으니 기본적으로는 고향을
떠난 나그네가 느낄 수 있는 수심일 것이다. 더구나 "날이
저물어"(日暮) 사람들은 집으로 돌아가는데 시인은 타향에서
떠돌고 있다. 그러니 수심이 일어나는 것은 당연한 일이다.
그러나 이때 시인에게 엄습한 수심은 그렇게 단순하지 않다.
"수심이 새롭다(新)"는 것은 그 이전에도 수심이 있었다는
것을 말해 준다. 그렇다면 이 새롭게 일어난 수심의 정체가
무엇일까? 이 시와 비슷한 시기에 쓴 시 「낙양에서 월로
가며」(自洛之越)에 당시 맹호연의 내면세계가 좀 더 구체적으로
나타나 있다.

허둥지둥 보내 버린 삼십 년 세월
글과 칼 양쪽에 이룬 것 하나 없어

오월(吳越)의 산수를 찾아가는 건
낙양의 바람 먼지에 염증이 났기 때문

강과 바다에 조각배 띄우려 하여
길게 절하고 공경(公卿)들께 하직하네

내 장차 술이나 즐기려는데
세상의 공명을 뉘라서 논하는가

遑遑三十載　書劍兩無成
山水尋吳越　風塵厭洛京
扁舟泛湖海　長揖謝公卿
且樂杯中物　誰論世上名

늦은 나이에 응시한 과거 시험에 낙방한 후 맹호연은 심한
좌절감으로 실의에 빠져 있었다. 돌이켜 보면 삼십 년 동안
문무(文武) 어느 쪽에도 이룬 것이 없고 게다가 낙양의
벼슬아치들이 벌이는 냉혹한 정치 현실에 염증을 느꼈다.
그래서 오월(吳越)의 산수를 찾아 떠난다고 했다.「건덕강에
숙박하며」는 이 오월의 산수를 찾아 떠도는 도중에 쓴 시이다.
겉으로는 술이나 즐기면서 세상의 공명을 논하지 않겠다고
했지만 내면의 갈등이 없을 수 없다. 새로운 수심은 이 심적
갈등으로 인해 일어난 수심이 아니겠는가?
　「건덕강에 숙박하며」의 제3구는 배를 정박한 직후의 초저녁
풍경이다. 배 안에서 바라본 시인의 시야에 넓은 들판이
들어온다. 들이 너무 넓어 지평선이 보인다. 지평선은 하늘과
땅이 맞닿는 지점이다. 그래서 멀리 보이는 나무 위에 하늘이
나직하게 내려앉았다. 참으로 절묘한 표현이다. 제3구가
원경(遠景)을 그렸다면 제4구는 근경(近景)이다. 시간이 지나
어느덧 하늘에 달이 떴다. 그런데 하늘에 떠 있는 달이 사람과

가깝다고 했다. 어떻게 그럴 수 있을까? 강물이 맑기 때문이다.
강물이 맑기 때문에 물속에 달이 비친 것이고 물속의 달은 배
안에 있는 사람과 가깝다.

들이 광활하기 때문에 하늘이 나직하고, 강이 맑기 때문에
달이 사람과 가깝다는 3, 4구는 인구에 회자되는 명구로
"신운"(神韻)이라는 평가를 받는다. 또 3, 4구는 이 시의
시안(詩眼)이라 할 수 있는 '수심'(愁心)을, 들판과 달이라는
풍경을 빌려서 나타내고 있다. 즉 제3구에서 광활한 들판을
묘사함으로써 그 속에 홀로 서 있는 자신의 고적감(孤寂感)을
그리고, 제4구에서는 달이 자신과 가깝다고 말함으로써 세상은
무정한데 달은 유정하다는 것을 암시하고 있다. 달이 자신의
수심을 달래 주는 친구인 것이다. 물에 비친 달이 가깝게
느껴지는 것은 그만큼 수심이 깊기 때문이다. 심덕잠은 "이 시
후반부는 경치를 묘사했지만 나그네의 수심이 저절로
드러난다"고 말했다.

이 시의 또 하나의 특징은 기승전결로 전개되는 신체시의
일반적인 규율을 파괴한 데 있다. 이 시는 오언절구이다.
그렇다면 3구의 전(轉)에 이어 4구에서 결(結)에 이르러야
한다. 그런데 이 시의 3구와 4구는 대구로 이루어져 있다. 즉
병렬구(竝列句)로 되어 있다. 호응린(胡應麟, 1551~1602)은 그의
저서 『시수』(詩藪)에서 이 시를 절구가 아닌 율시로 보았다.
율시에서는 3, 4구와 5, 6구가 대구여야 한다. 그래서 이 시를
8구로 된 율시의 전반부로 본 것이다. 그는 나머지 후반 4구를
볼 수 없는 것이 아쉽다고 했다. 전혀 엉뚱한 말은 아닌 듯하다.

64

왕창령

王昌齡, 689?~756

섬서성(陝西省) 장안 출신으로 자는 소백(少伯)이다. 개원
15년(727)에 진사에 급제, 순탄치 않은 벼슬 생활을 했는데
740년에는 강녕승(江寧丞)에 부임했다가 용표위(龍標尉)로
좌천을 당하기도 했다. 이 때문에 그는 왕강녕(王江寧),
왕용표(王龍標)라고 칭해진다. 안록산(安祿山)의 난이 일어나자
고향으로 돌아가려고 호주(濠洲)를 지나다가 자사
여구효(閭丘曉)에게 살해되었다. 시로 명성이 높아
'시가천자'(詩歌天子)리는 칭송을 들었으며, 칠언절구는 이백과
더불어 쌍벽을 이룬 것으로 평가받는다. 여인의 사랑과 비탄을
노래한 규원시(閨怨詩)와 변경의 풍물과 병사의 향수를 노래한
변새시(邊塞詩)가 유명하며 180수의 시를 남겼다. 명대에
『왕창령전집』(王昌齡全集)이 편집되었으며, 시론서인
『시격』(詩格)과 『시중밀지』(詩中密旨)가 전한다.

12 출새

진(秦)나라 때 밝은 달, 한(漢)나라 때 관문
만 리 원정 병사들 돌아오지 못하는데

다만 용성(龍城)의 날랜 장수 있다면야
오랑캐 말 음산(陰山)을 못 넘게 할 텐데

出塞

秦時明月漢時關　萬里長征人未還
但使龍城飛將在　不敎胡馬度陰山

龍城飛將(용성비장)-용성의 비장군(飛將軍). 한나라의 이광(李廣)이
우북평(右北平: 지금의 내몽고에 있는 지명으로 하북성까지 관할) 태수로
있을 때 흉노가 그를 '한나라 비장군'으로 부르며 피하여 몇 년 동안 감히
우북평에 침입하지 못했다고 한다. '비장군'은 '날아다니는 장군' 즉 '날랜
장군'의 뜻. 비장군은 위청(衛靑)을 가리킨다는 설과 이광을 가리킨다는 설,
두 사람을 함께 가리킨다는 설로 나뉜다. 용성의 위치에 대해서도 여러 가지
설이 분분하다. • 敎(교)--로 하여금(사역동사) • 陰山(음산)-지금의
하북성에서 내몽고 자치주에 걸쳐 있는 음산산맥으로 고대 북방 민족의
침입을 방어하는 천연의 요새 역할을 했다.

성당 변새시(邊塞詩) 중의 명작이다. 명나라 이반룡(李攀龍, 1514~1570)이 이 시를 '당나라 칠언절구 중의 압권'이라 평한 이래 "이반룡이 이 시를 압권으로 삼았는데 좀 더 검토해 봐야 한다"는 명나라 호진형(胡震亨)의 반론이 나오기는 했지만 대체로 후대의 평가는 "신품(神品)에 들 만하다"는 찬사가 주류를 이루고 있다.

이 시를 높이 평가하는 주된 근거는 제1구에 있다. 시인은 지금 변방에 나와 있다. 황량한 변방에서 시인은 왜 하필 진나라와 한나라를 떠올리는가? 변방의 외적과 가장 빈번한 전쟁을 벌인 나라가 진, 한이고 외적을 격퇴한 가장 강성한 국가가 진, 한이기 때문이다. 또 왜 하필 달과 관문인가? 변새의 특징을 가장 잘 드러내는 전형적인 사물이 달과 관문이기 때문이다. 진나라 이래 무수히 축조한 관문들과 밤이면 원정 나온 병사들이 고향을 그리며 바라보는 달은 변방의 필수적인 구성 요소이다. 여기 진나라 때의 달과 한나라 때의 관문은 한나라 때의 달과 진나라 때의 관문이라 해도 상관없다.

시인은 시간적으로 진, 한 시대부터 오늘까지, 공간적으로 끝없이 축조된 관문을 떠올리면서 이 시공간에서 일어난 수많은 전쟁 때문에 얼마나 커다란 비극이 초래되었는가를 생각한다. 지금도 "만 리 원정 병사들이 돌아오지 못하고" 있다. 그나마 진, 한 시대에는 이민족과의 전쟁에서 승리하고 돌아온 경우가 많았다. 진나라의 몽염(蒙恬) 장군과 한나라의 위청, 곽거병(霍去病), 이광 장군은 모두 적을 무찌르고 개선하여 외환(外患)을 제거했다. 그런데 지금 변방의 병사들은 돌아오지 못하고 있다. 병사들이 돌아오지 못한다는 것은 아직도 전쟁이 계속되고 있다는 것이고 전쟁이 계속되고 있다는 것은 변방을 성공적으로 수비하지 못하고 있다는 것을 의미한다. 당시 현종은 영토 확장에 대한 욕심으로 토번(吐蕃)과 잦은 전쟁을 일으켰는데 현종의 이러한 무력 남용에 대한 경계의 뜻도 담겨 있다.

생각이 여기에 미치자 시인은 한나라 때의 위청이나 이광과 같은 비장군(飛將軍)이 그리워진다. 제3구의 '용성'이 어디인지, '비장군'이 누구인지에 대해서는 많은 주석가들이 각기 다른 견해를 내놓고 있는데, 이와 관련하여 근래의 시칩존(施蟄存, 1905~2003)의 견해가 눈길을 끈다. 그는 저서 『당시백화』(唐詩百話, 1987)에서 용성과 비장군을 역사적으로 고증할 필요가 없다고 말했다. 용성이란 지명은 무수히 많아서 어느 특정 지역을 가리키는지 판단하기 어렵고, '비장군'도 시인들이 늘 사용하는 용어이기 때문에 '맹장' '용장'을 지시하는 범칭으로 보는 것이 옳다고 했다. 위청이든 이광이든 날랜 장군이 있었으면 하는 바람이다. 상당히 일리가 있는 견해이다.

시인은, 변방을 누구에게 맡겨 수비하게 하느냐가 중요하다는 사실을 설파하고 있다. 아울러 올바른 인재 등용의 중요성도 함께 제시하고 있다. 왕충사(王忠嗣)와 같은 훌륭한 신하가 안록산의 야심을 예견하여 조정에 알렸지만 오히려 참혹하게 숙청당하는 것을 그는 보았다. 아마 왕충사의 건의를 받아들였더라면 안록산의 난을 미리 막을 수 있었을지도 모른다. 부패한 조정에서 어진 인재를 적재적소에 기용하지 않은 결과, 지금 변방의 병사들이 돌아오지 못하고 고통에 시달리고 있다. 이렇게 이 시는 많은 뜻을 함축하고 있다.

13 아씨의 원망

규방의 젊은 아씨 근심을 몰랐는데
봄날 곱게 단장하고 누각에 올랐다가

갑자기 길가의 버들 빛 보고서
서방님 출셋길에 내보낸 걸 후회하네

閨怨

閨中少婦不知愁　春日凝妝上翠樓
忽見陌頭楊柳色　悔敎夫婿覓封侯

凝妝(응장)-정성을 다하여 화장하다 • 翠樓(취루)-푸른색을 칠한 아름다운
누대 • 陌頭(맥두)-길가 • 夫婿(부서)-남편 • 覓封侯(멱봉후)-제후로
봉해지는 방법을 찾다. 제후에 봉해지는 것이 여기서는 출세한다는 넓은
의미로 쓰였다. 당시는 출정하여 전공을 세우는 것이 출세의 지름길이었기
때문에 '覓封侯'가 '종군'(從軍)의 대명사로도 쓰였다.

규방의 젊은 아씨가 근심을 모른다고 했다. 낭군을 전쟁터로
보내고 홀로 지내는데도 근심을 모른다고 한 것은 아씨가

아직은 어려서 천진난만하기 때문일 것이다. 세상의 풍파를 겪어 보지 못한 결혼 초에 낭군이 출정한다고 했을 때 낭군의 출세를 위해서 기꺼이 격려까지 하면서 보냈을 것이다. 그러던 어느 봄날 아씨는 곱게 단장하고 취루(翠樓)에 오른다. 봄 경치를 즐기기 위함이다. 낭군이 원정 중인데도 "곱게 단장하고" 누각에 올라 봄 경치를 즐기는 행위는 근심을 모른다는 구체적인 표현이다.

그러다가 갑자기 길가의 버드나무를 보고 낭군을 원정길에 내보낸 것을 후회한다. '근심을 모른다'에서 '후회한다'로 순간적으로 심리 상태가 변한 것이다. 이 갑작스러운 심리의 변화가 왜 일어났는지 그 구체적인 과정을 시인은 말하지 않는다. 그 원인을 서술하는 것은 시의 영역에 속하지 않는다. 독자들이 자유롭게 상상하도록 내버려 둔다. 여기에 이 시의 묘미가 있다.

독자가 이 심리 변화의 원인을 추적하기는 어렵지 않다. 시 속에 하나의 힌트가 있기 때문이다. 바로 '봄'과 '버드나무'다. 봄은 여인의 마음을 설레게 하는 계절이다. 그 봄날, 봄바람에 휘날리는 버드나무가 눈에 들어온다. 순간 아씨는 낭군이 떠날 때 버드나무 가지를 꺾어 주며 송별했던 기억이 되살아난다. 이별할 때 버들가지를 꺾어 주는 것이 당시의 관습이었다. 또 봄날은 짧다. 왔다가 금방 가 버리는 것이 봄이다. '내 청춘도 이 봄처럼 쉬 가 버릴 텐데.' 생각이 여기에 미치자 새삼 임의 부재(不在)가 아씨의 가슴을 울린다. 그러므로 아씨의 후회는 아름다운 봄의 풍광을 낭군과 함께 즐기지 못한 데에서 오는

회한(悔恨)이다. '그때에 낭군을 가지 못하게 말렸어야
했는데….'

　이렇게 이 시는, 근심을 모르다가 '봄날의 버드나무'를
계기로 근심에 싸이게 되고 급기야 원망(怨)에 이르게 되는
여인의 심리 변화의 미묘한 순간을 포착한 작품이다.

왕
유

王維, 701~759

산서성 태원(太原) 출신으로 자는 마힐(摩詰)이다. 서화와
음악에도 조예가 깊어 예술계의 거장으로 추앙받는다. 개원
9년(721) 21세에 진사가 되어, 벼슬의 부침을 겪은 뒤 중년
이후에는 종남산(終南山) 망천(輞川)에 별장을 마련하고 은거와
관직 생활을 오갔다. 산수 전원의 한가하고 탈속한 정취를 담고,
불교 섭리를 주요 주제로 다루어 시성(詩聖) 두보, 시선(詩仙)
이백과 병칭해 시불(詩佛)이라 칭해졌다. 그의 시 세계는 도연명,
사령운의 시풍을 창조적으로 계승하여 함축미와 여운미가
생동하며, 맹호연, 위응물, 유종원 등과 함께 산수전원시인으로
분류된다. 후대에 이들의 시풍을 따르는 유파가 지속적으로
등장해 큰 흐름을 이루었는데 두보, 한유로 이어지는 유파와
대별해 순수예술성을 추구하는 계보를 형성했다. 그는 그림에도
일가를 이루어 명나라 동기창(董其昌, 1555~1636)은
남종산수화의 시조로 추숭했고, 청나라 왕사정(王士禎,
1634~1711)은 왕유의 시풍을 신운설(神韻說)의 종지로 삼았다.
『왕우승집』(王右丞集)에 398수의 시가 전한다.

14   향적사를 찾아서

향적사가 어딘지 알지 못한 채
몇 리를 걸으니 구름 봉우리에 들었네

고목 우거진 오솔길엔 사람 없는데
깊은 산 어디선가 종소리 들려오네

시냇물은 높은 바위에서 목메어 울고
햇볕은 푸른 솔에 싸늘하구나

초저녁 텅 빈 연못가에서
참선(參禪)하며 독룡(毒龍)을 제압하도다

過香積寺

不知香積寺　數里入雲峰
古木無人徑　深山何處鍾
泉聲咽危石　日色冷青松
薄暮空潭曲　安禪制毒龍

過(과)-찾다, 방문하다 · 雲峰(운봉)-구름에 싸여 있는 봉우리, 즉 높은 산
· 無人徑(무인경)-사람이 없는 오솔길 · 危石(위석)-높고 뾰족한 바위
· 薄暮(박모)-초저녁 · 安禪(안선)-앉아서 참선하다 · 制(제)-제압하다,
굴복시키다 · 毒龍(독룡)-『법원주림』(法苑珠林)에 이런 기록이 전한다.
서방의 한 연못에 독기를 뿜는 용이 살고 있었다. 어느 날 500명의 상인이
연못가에 숙박하고 있는데 용이 노하여 상인들을 모두 잡아먹었다. 한 노승이
용에게 주문을 외니 용이 잘못을 뉘우치고 물러갔다고 한다. 불교에서는
'독룡'을 '마음속의 망령된 생각' '세속적인 욕망'에 비유한다.

시인은 향적사를 찾아가면서도 "어딘지 모른다"고 했다.
그래서 무턱대고 몇 리를 걸어가니 구름이 걸려 있는 높은
산속에 와 있다. 고목이 우거졌고 오솔길엔 사람도 다니지 않는
고요하고 깊은 신속이다. 이미 깊은 산속에 왔음에도 향적사는
보이지 않는데 어디선가 종소리가 들려 향적사가 있음을
비로소 알게 된다. 그런데 이 종소리는 "어디선가" 들려오는
종소리다(何處鍾). 그러니 아직도 향적사가 어디 있는지 분명히
모르고 있다. 이 말은 제1구의 "향적사가 어딘지 모른다"는
묘사의 연장선상에 있다.

그래도 시인은 계속해서 향적사를 찾아간다. 5, 6구는
찾아가는 도중의 산중 풍경을 묘사하고 있다. 5구는 청각적인
묘사이고 6구는 시각적인 묘사이다. 시냇물이 "목메어 우는"
것은 높고 뾰족한 바위를 뚫고 흐르기 때문이다. 이렇게
시냇물이 바위에 부딪치며 흐르는 소리를 "목메어 운다"고
표현했다. 목메어 우는 것은 소리를 죽여 흐느끼는 것이다.

폭포 소리를 대성통곡에 비유한다면 산골짝의 시냇물 소리는 흐느끼는 소리에 비유될 수 있겠다. 숨죽이고 흐느끼는 이 시냇물 소리는 깊고 그윽한 산중 분위기와 절묘한 조화를 이룬다. 6구의 표현 또한 범상치 않다. 햇볕은 원래 따뜻한 것인데 여기에서는 "싸늘하다"고 했다. 빽빽하게 들어선 푸른 소나무 사이로 비치는 햇볕이 싸늘한 느낌을 주는 것이다. 따뜻한 햇볕도 싸늘하게 느껴질 만큼 숲속 분위기가 맑고 고요하다는 표현이다. 햇볕이 싸늘하다는 것은 또 그때가 해질 무렵이라는 것을 암시하고 있다. 이는 7구의 "초저녁"과 연결된다.

시인은 드디어 해질 무렵 황혼녘에 향적사에 도착한다. 그리고 향적사 앞 연못가에서 모든 세속적인 욕망으로부터 벗어난 선(禪)의 경지에 든다. 왕유가 향적사를 찾았을 당시 절 앞에 연못이 있었는지 없었는지 알 수는 없다. 아마 있었을 것이다. 그런데 연못이 "텅 비었다"고 했다. "텅 비었다"(空)는 것은 연못의 물이 비었다는 말이 아니다. 직접적으로는 연못과 관련하여 "참선하며 독룡을 제압했기" 때문에 연못의 독룡이 사라져 없어졌음을 나타낸다. 독룡을 제압했다는 것은 마음속의 망령된 생각을 물리쳤다는 의미이다. 이 '공'(空)을 더 넓게 해석하면 '空卽是色 色卽是空'의 '空'이라 말할 수도 있겠다.

향적사 앞에 실제 연못이 없었더라도 상관없다. 향적사에 도착한 시인은, 불법(佛法)의 힘으로 독룡을 제압한 이야기를 상기하면서 자신이 그런 경지에 이르렀음을 나타낸다고 볼 수

있다. 마지막 7구와 8구는 시인 자신의 청정(淸靜)한 마음을
나타낸 것이기도 하고, 향적사 스님들의 수행(修行)을 암시하는
것이기도 하다.

이 시는 전 8구 중에서 6개 구가 풍경에 대한 묘사로
이루어져 있다. 그렇다고 이 시가 사경시(寫景詩)는 아니다.
풍경 묘사는, 세속의 티끌이 묻지 않은 맑고 깨끗한 향적사를
그리기 위한 보조 수단이다. 향적사에 대한 직접적인 묘사가
한마디도 없지만 그 속에 향적사가 지니고 있는 불법의
묘리(妙理)를 함축하고 있다. 그리고 마지막
7, 8구는 이 점에 대한 화룡점정(畵龍點睛)이다. 그러므로 이
시는 독실한 불교신자인 왕유의 '선리시'(禪理詩)로 봐야 한다.

향적사는 불교 정토종(淨土宗)의 실질적인 창시자인
선도대사(善導大師, 613~681)를 기념해서 그의 제자 회운(懷惲)
스님이 681년에 창건한 사원이다. 원래 정토종의 초조(初祖)라
할 수 있는 스님은 강서성 여산 동림사(東林寺)의
혜원대사(慧遠大師, 334~416)이다. 그러나 혜원대사 이후
200여 년간 정토사상이 널리 보급되지 못하다가 선도대사에
이르러 정식 종파로 성립되었기 때문에 그를 정토종의
실질적인 창시자라고 하는 것이다. 그래서 동림사를 정토종의
발원지로, 향적사를 정토종의 조정(祖庭)으로 부른다. 이후
파괴와 중수를 거듭하다가 가장 최근에는 문혁(文革) 때
파괴된 것을 1979년과 1987년 두 차례의 중수를 거쳐 오늘에

이르고 있다.

향적사는 현재 서안시(西安市) 중심으로부터 약 17.5km 떨어져 있는 서안시 장안구(長安區)에 위치하고 있는데 나는 2018년에 처음으로 향적사를 관람하고 나서 적지 않게 당황했다. 향적사 가는 길이 왕유의 시에 묘사된 것과 너무도 달랐기 때문이다. 왕유 시에 묘사된 구름 걸린 봉우리며 깊은 산속 고목들의 흔적을 찾을 수 없었다. 높은 산은커녕 조그마한 언덕도 없었다. 비록 왕유의 시대로부터 1400여 년의 긴 세월이 흐르긴 했지만 이렇게까지 변할 수는 없다. 상전(桑田)이 벽해(碧海)가 되지 않고서는 이렇게 바뀔 수 없는 일이다. 여러 차례의 중수를 거치면서 원래 위치에서 이곳으로 옮긴 것이 아닐까 하는 생각도 들었으나, 향적사의 상징적인 구조물인 선도탑(先導塔)이 고색창연한 모습으로 서 있는 것을 보면 여기가 옛날의 향적사 터임은 분명한 것 같았다. 그래서 어떤 연구자는 왕유 시의 향적사가 서안에 있는 향적사가 아니고 사천성 부성현(涪城縣)에 있는 향적사일 것이라는 의견을 제시하기도 했다.

향적사 경내에서 마침 지나가는 한 노승에게 연못이 있었냐고 물었더니 이렇게 대답했다. 향적사의 경내가 원래는 지금의 10배나 되어 말을 타고 다닐 정도였는데 그 후 축소하는 과정에서 연못도 없어진 것 같다고 했다. 그래도 왕유의 시로 인해 유명한 연못인데…. 2019년에 다시 찾은 향적사에서 어느 스님에게 또 물었더니, 연못이 있었는데 문혁 때 파괴되었다는 답이 돌아왔지만 믿기지 않았다. 왕유의 시에

그려진 향적사와 지금의 향적사가 너무나 다른 것에 대한
의문은 아직도 풀리지 않는다.

15 산중의 가을 저녁

빈산에 내리던 비 이제 막 그친 후
저녁 되니 하늘 기운 가을이라네

밝은 달은 솔 사이로 비쳐 들고요
맑은 물은 바위 위로 흐르고 있네

대숲이 떠들썩하니 빨래하고 가는 여인
연잎이 흔들리니 내려가는 고깃배

어느새 봄꽃은 시들었지만
왕손(王孫)은 스스로 머물 만하네

山居秋暝

空山新雨後　天氣晚來秋
明月松間照　淸泉石上流
竹喧歸浣女　蓮動下漁舟
隨意春芳歇　王孫自可留

竹喧(죽훤)-대나무 숲 사이에서 떠들썩한 소리가 나다·浣女(완녀)-
빨래하는 여자·隨意(수의)-(계절이 바뀌어) 어느덧, 어느새·王孫(왕손)-
원래는 왕족이거나 귀족의 자제를 가리키나, 여기서는 세상을 멀리하고 숨어
사는 은사(隱士) 곧 왕유 자신을 지칭한다.『초사』(楚辭)
「초은사」(招隱士)에 "왕손은 멀리 가서 돌아오지 않는데, 봄풀은 돋아나
무성하구나"(王孫游兮不歸 春草生兮萋萋)라는 구절이 있다.

왕유의 산수시를 대표하는 작품으로, 비 온 뒤 산촌의 가을날
저녁 풍경을 그리고 있다. 1연은 산중의 경색(景色)을
전체적으로 조망하고 계절과 시간을 밝혔다. 2연에서는 산중의
밤 풍경을 구체적으로 그려 놓았다. 소나무 사이로 달빛이
쏟아져 들어오고 바위 위로 맑은 물이 흐른다. 밤이라 물이
보이지 않았을 테지만 맑은 물이 달빛을 받아 반짝이고 있었을
것이다. 그리고 비 내린 뒤라 고요한 산중의 물소리가 더욱
크게 들렸을 것이다. 2연이 산중의 경물을 묘사한 반면 3연은
산중의 인물을 그리고 있다. 빨래하고 돌아가는 부녀자들과
어부들이다. 이 인물들은 산촌에 사는 평범하고 소박한
사람들이고 이들의 행동도 매일 반복되는 극히 일상적인
일들이다. 산촌에서 자족(自足)하며 살아가는 이들도 자연의
일부다. 이익을 위하여 서로 다투고 권력 때문에 시기하고
모함하는 바깥세상의 사람들과 달리 순박하게 사는
사람들이다.
  2연과 3연은 절묘한 대구로 유명하다. 3, 4구는

"비친다"(照), "흐른다"(流)라는 동사로 끝나는 반면에,
5, 6구는 "빨래하는 여인"(浣女), "고깃배"(漁舟)라는 명사로
끝난다. 자칫 밋밋해지기 쉬운 율시(律詩)의 대구에 변화를 준
것이다. 또한 3구는 보이는 것, 4구는 들리는 것, 5구는 들리는
것, 6구는 보이는 것을 묘사했다. 이렇게 시각과 청각을
교체시킴으로써 예술적 효과를 극대화하고 있다. 3연의 묘사
역시 탁월하다. 밤이기 때문에 시인의 눈에는 빨래하고
돌아가는 아낙네들과 고깃배가 보이지 않는다. 대숲에서
떠들썩하게 들리는 말소리 웃음소리로 아낙네들의 존재를
짐작하고, 연잎이 흔들리는 모습을 보고 고깃배가 그 사이로
지나간다는 것을 짐작한다. 적막한 가을밤, 산촌의 경물과
인물이 한데 어우러져 그윽한 분위기를 자아내고 있다.

1연에서 3연까지는 서경(敍景)이다. 아무런 꾸밈없이
평담하게 산중의 경치를 묘사한 후 마지막 연에서 자신의
감회를 펼치고 있다. 즉 서정(抒情)이다. 지금은 가을이라
화려했던 봄꽃은 다 시들었지만 그래도 이곳에 "머물
만하다"고 말한다. 여기서 "왕손"은 왕유 자신을 가리킨다. 이
부분은 『초사』의 구절을 거꾸로 이용한 것이다. 『초사』에서는
돌아오지 않는 왕손을 향해 '산중은 너무나 적막해서 오래 머물
수 없으니 어서 돌아오시오'라고 하여, 산중에서 은거하는
왕손을 부르는 내용으로 되어 있다. 그런데 이 시에서는 산중
생활이 "머물 만하다"고 하여 번잡한 인사(人事)의 현장으로
돌아가지 않겠다는 심정을 함축적으로 밝히고 있다. 이러한
산중 생활에 대한 애정이, 3연까지의 산중 경치와 자연스럽게

조화를 이루고 있다.

　왕유는 21세에 과거에 급제하여 관직에 나아갔으나 30대 중반, 그를 인정해 주었던 장구령이 실각한 후 벼슬에 대한 열의를 상실하고 반관반은(半官半隱)의 생활을 이어갔다. 드디어 47세에는 장안(長安) 근교의 망천(輞川)에 별장을 매입하여 본격적인 은거에 들어갔는데 이 시는 망천 생활 초기의 작품으로 추정된다. 이후에도 비록 관직의 직함은 가지고 있었지만 그는 주로 망천에서 은거하며 유유자적한 생활을 영위했다.

16   녹채

텅 빈 산에 사람은 보이지 않고
메아리치는 말소리만 들릴 뿐이네

저녁볕이 깊은 숲에 비쳐 들더니
다시금 푸른 이끼 위를 비추네

鹿柴

空山人不見 但聞人語響
返景入深林 復照靑苔上

鹿柴(녹채)-왕유가 만년에 은거한 망천 별장의 한 건물 이름·響(향)-
메아리·返景(반경)-반조(返照), 해질 무렵 서쪽에서 동쪽으로 비치는 빛
·復(부)-다시, 또

왕유는 만년에 망천(지금의 섬서성陝西省 남전현藍田縣 근처)에
은거하면서 자연을 벗하고 살았는데 이곳에서 친구인
배적(裴迪)과 왕래하면서 각각 망천 20경(景)을 읊은 오언절구

20수씩을 지어 『망천집』(輞川集)이라 이름했다. 이 시는 왕유의 시 20수 중 제5수로 가장 유명한 시이다. 그는 시뿐만 아니라 그림에도 능하고 음악에도 조예가 깊었다고 한다. 그래서 소식은 왕유의 시와 그림을 평하여 "시 속에 그림이 있고 그림 속에 시가 있다"고 말한 바 있다.

이 시는 녹채 부근의 고요하고 그윽한 경치를 묘사하고 있다. 제1구에서는 사람의 그림자 하나 없는 빈산의 정적을 그리고 있는데, 그런데도 제2구에서는 사람들의 말소리가 메아리쳐 들려온다고 했다. 이 메아리는 얼핏 빈산의 고요함을 깨뜨리는 것 같지만 사실은 산의 정적을 배가(倍加)시켜 준다. 어디선가 사람들의 말소리가 빈 골짝에 잠시 메아리치다가 다시 긴 고요가 이어진다. 이때의 고요함은 절대적인 고요함이다. 이 절대적인 정적을 표현하기 위하여 메아리를 등장시킨 것이다. '소리'를 통하여 '소리 없음'을 나타낸 왕유의 솜씨가 비범하다.

3, 4구는 그윽하고 깊숙한 산속의 숲을 묘사하고 있다. 대낮에도 햇볕이 뚫고 들어가지 못할 만큼 깊고 빽빽한 숲이다. 그러기에 저녁나절에야 겨우 한 줄기 햇볕이 스포트라이트처럼 숲속에 비쳐 든다고 했다. 그것도 숲속에 있는 바위의 푸른 이끼 위를 비출 뿐이다. 어두컴컴한 깊은 숲을 묘사하면서 푸른 이끼 위를 비추는 밝은 햇볕을 등장시킨 것 역시 왕유의 계산된 의도에서 나왔다. 이끼 위를 비추는 저녁 햇살은 지나가는 햇살이고 곧 사라질 햇살이다. 잠깐 동안 머물던 저녁 햇살이 지나가고 나면 숲은 다시 그야말로 어둠의 세계가 된다. 이

어두움 또한 절대적인 어두움이다. 깊고 어두운 숲과, 햇볕을
받은 푸른 이끼라는 이 현란한 색채의 대비를 통해 우리는 "시
속에 그림이 있다"는 말을 실감할 수 있다. 1, 2구에서 소리를
통해 소리 없음을 나타냈듯이 여기서도 빛을 통해 어두움을
강조하고 있는 것이다.

이 시는 녹채 부근의 적막한 산과 짙은 숲을 묘사한
것이지만 여기에는 왕유의 불교적 세계관이 간접적으로
반영되어 있다. 왕유는 독실한 불교신자로 평생 화려한 옷을
입지 않고 기름진 고기를 먹지 않았다고 한다. 두보를
시성(詩聖)이라 하고 이백을 시선(詩仙)이라 한 반면에 왕유를
시불(詩佛)이라 부른 까닭이 여기에 있다. 이 시에서의 메아리
소리와 저녁 햇볕은 일시적이고 찰나적인 것이다. "무릇 형상을
가진 것은 모두 허망한 것이다"라는 『금강경』(金剛經)의
말처럼 이 세상의 현상은 순식간에 지나가 버리는 환상에
불과하다. 그는 빈산, 깊은 숲속에서 메아리 소리를 듣고 이끼
위의 햇볕을 보면서 이러한 불교적 진리를 문득 깨달은 것이
아닐까? 그는 다른 시에서도 "산속에서 정(靜) 익히느라
무궁화꽃을 본다"(山中習靜觀朝槿)고 했다. '정'(靜)은
공정(空靜) 곧 텅 비고 고요한 마음의 상태를 말하는데 이러한
마음의 상태를 유지해야 '색즉시공'(色卽是空)의 진리를 터득할
수 있는 것이다. 그런데 이 정(靜)을 익히기 위해서 무궁화꽃을
본다고 했다. 무궁화는 아침에 피었다가 저녁에 지는 꽃이다.
하루밖에 피지 못하고 시드는 무궁화를 보면서 인생의
덧없음을 배운다는 말이다.

17   죽리관

깊은 대숲 속에 홀로 앉아서
거문고 타고 또 휘파람 길게 부네

깊은 숲속이라 사람들은 모르는데
밝은 달은 찾아와서 비쳐 주누나

竹里館

獨坐幽篁裏　彈琴復長嘯
深林人不知　明月來相照

竹里館(죽리관)-왕유가 만년에 은거했던 망천의 20경 중 하나
· 幽篁(유황)-그윽하고 깊은 대나무 숲 · 長嘯(장소)-길게 휘파람을 불다
또는 시를 읊조리다

앞에서 말한 『망천집』에 수록된 왕유의 시 20수 중
제17수이다. 탈속한 자연시인 왕유의 모습이 온전하게 드러나
있다. 시인은 깊은 대숲 속에 홀로 앉아서 거문고를 타기도

하고 휘파람을 불기도 한다. 시인이 그러한 상황에 있다는 것을
사람들은 알지 못한다. 왜냐하면 시인은 "깊은 대숲" 속에
"홀로" 앉아 있기 때문이다. 깊은 대숲 속에 들어간 것은
시인이 선택한 일이다. 시끄러운 인간사를 멀리하고 자연과
벗하기 위하여 이곳으로 들어온 것이다. 그러므로 시인의
동작과 주위의 경물이 혼연일체가 되었다. 시인의 동작이라 할
만한 것은 '홀로 앉아 있는 것'과 '거문고를 타는 것'과
'휘파람을 부는 것'인데, 이런 동작들은 인위적이라기보다 매우
자연스러운 행동이다. 시인은 자연에 자신을 내맡기고 자연의
절주(節奏)에 따라 거문고를 타기도 하고 휘파람을 불기도
한다. 시인과 자연이 융합되어 있다.

　　그렇기 때문에 이 시에는 아무런 꾸밈이 없다. 아무런 시적
기교를 사용함이 없이 평담하게 노래하고 있다. "彈琴"이나
"長嘯"나 "明月"과 같은 시어들은 지극히 평범한 말들이다.
또한 제1구의 "깊은 대숲"(幽篁)과 제3구의 "깊은
숲속"(深林)은 같은 말이다. 짧은 시에서 같은 뜻의 말을
중복해서 사용하는 것이 시의 예술적 완성도에 결코 보탬이
되지 못하는 일이지만, 이 시에서는 중복되었다는 느낌을 주지
않는다. 그만큼 자연스럽다.

　　마지막 구절에서 시인의 마음가짐이 어떠한가를 알 수 있다.
인간세상은 냉정한데 달은 따뜻하게 자신을 비쳐 주고 있다.
"사람들은 모르는데" 달은 자기를 알아준다. 냉정한
인간세상을 멀리하고 자연과 교감하려는 시인의 자세를 읽을
수 있다.

18   산중의 송별

산중에서 서로를 보내고 나서
날 저물어 사립문을 닫는다

봄풀은 내년에도 푸르련마는
그대는 정녕 돌아올는지

山中送別

山中相送罷　日暮掩柴扉
春草明年綠　王孫歸不歸

王孫(왕손)-원래는 왕의 자손을 가리키지만 여기서는 상대방에 대한
존칭으로 왕유와 이별하는 친구를 가리킨다. • 歸不歸(귀불귀)-돌아올
것인가, 돌아오지 않을 것인가?

친구를 떠나보내는 송별시인데 일반적인 송별시와는 자못
다르다. 4구 중 이별의 장면을 묘사한 것은 제1구뿐인데
이마저도 매우 간단하게 처리했다. 그저 산중에서 서로

헤어졌다는 말밖에 없다. 이별의 슬픔을 나타내는 정감 어린 글자가 하나도 없다. 애틋한 이별임을 지시하는 말 한마디 없이 무미건조하게 그냥 헤어졌다고만 했다.

제2구는 헤어진 후 한참 시간이 흐른 저녁 무렵을 묘사하고 있다. "날 저물어 사립문을 닫는다"는 동작 또한 극히 일상적이다. 어느 날이나 날이 저물면 사립문을 닫게 마련이다. 그러므로 사립문을 닫는 동작은 산중에서의 한낮의 이별과 무관한 것처럼 보인다. 그러나 매일 닫는 사립문이지만 이날은 달랐다. 사립문을 닫고 나서야 비로소 이별의 슬픔이 밀려오고 애틋한 그리움이 가슴을 적신다.

3, 4구는 이 슬픔과 그리움의 표현이다. 이 구절은 『초사』 「초은사」에 있는 "그대는 멀리 가서 돌아오지 않는데 / 봄풀은 돋아나 무성하구나"(王孫游兮不歸 春草生兮萋萋)라는 말을 변용시킨 것이다. 왕유는 이를 적절히 활용하여 떠난 친구에 대한 그리움을 애절하게 노래하고 있다. 봄풀이 파랗게 돋아나는 화창한 명년 봄에 그대가 돌아오기를 바라는 심정이 담겨 있다. 또한 "그대는 정녕 돌아올는지" 라는 표현 속에는 아마도 명년 봄에 다시 만나는 것을 기필할 수 없으리라는 근심이 서려 있다. 그리고 또한 명년 봄에는 꼭 돌아오라는 다짐과 당부의 뜻도 포함되어 있다. 봄이 되면 어김없이 풀이 돋는다. 이 봄풀과 같이 그대도 어김없이 돌아오라는 당부인 것이다. 친구와 헤어진 날 저녁, 사립문을 닫고 혼자 앉아서 이런저런 착잡한 심정에 가슴 아파하는 시인을 우리는 그려 볼 수 있다.

90

19   그리움

남방에서 자라는 저 홍두(紅豆) 나무에
이 봄엔 몇 가지나 뻗어 났는고

권하건대 그대는 많이 따 두게
이것이 가장 사무치는 그리움이니

相思

紅豆生南國　春來發幾枝
勸君多採擷　此物最相思

紅豆(홍두)-중국 남방에서 생산되는 선홍색의 단단한 나무 열매. 전설에
의하면 전장에 나간 남편이 돌아오지 않자 그 아내가 이 나무 밑에서 울다가
죽었는데 아내가 뿌린 눈물이 빨간 열매로 맺어졌다고 한다. 그래서 이
나무를 상사목(相思木), 그 열매를 상사자(相思子)라 부르기도 한다.
• 春來(춘래)-'春'이 '秋'로 된 본도 있다. • 勸(권)-'願'으로 된 본도 있다.
• 採擷(채힐)-따다, 채취하다

홍두는 남녀 간의 애정을 상징하기도 하고 친구 간의 우정을

상징하기도 한다. 제1구에서 홍두가 남방에서 난다고
새삼스럽게 말한 것은 사랑하는 사람 또는 친구가 지금 남방에
있기 때문이다. 북방에 있는 시인은 먼 남방에 있는 사람을
몹시 그리워하고 있다. 그러나 이 절절한 그리움을 시인은
직설적으로 토로하지 않는다. 그냥 담담하게 그곳 남방에서
자라는 홍두 나무에 이 봄엔 가지가 몇이나 뻗었냐고 묻는다.
이 물음으로 애절한 그리움을 대신하고 있다. 왜냐하면
홍두야말로 그리움의 상징이기 때문이다. 다른 수천 마디의
말이 필요 없다.

　그러고는 남방에 있는 사람에게 홍두를 많이 따라고 권한다.
홍두를 많이 따라는 말은, 나를 잊지 말고 생각해 달라는
부탁이다. 그러나 나를 잊지 말라는 표면적인 부탁의 이면에는
상대방에 대한 그리움이 짙게 배어 있다. '내가 그대를 잊지
못한다'는 그리움을 우회적으로 표현한 것이다. 이 시는
처음부터 끝까지 시인 자신의 감정을 개입시키지 않고
전적으로 상대방의 정황만 묘사하고 있다. 그러면서도 홍두를
매개로 하여 사무치는 자신의 그리움을 잔잔히 전하고 있다.

　이 시의 제목이 「강상증이귀년」(江上贈李龜年 : 강가에서
이귀년에게 주다)으로 된 것도 있다. 당나라의 저명한
가인(歌人)이었던 이귀년은 안록산의 난 이후 강남땅에서 유랑
생활을 하며 사람들을 모아 노래를 불러 주고 살았는데, 그가
왕유의 이 시를 노래하면 듣는 사람들이 모두 비통해했다고
한다. 사실인지 아닌지 알 수 없지만 만일 그렇다면 이 시는
친구인 이귀년에 대한 왕유의 우정을 노래한 작품이 된다.

형계(荊溪)엔 하얀 바위 드러나 있고
찬 하늘에 드문드문 붉은 잎 보이네

산길엔 원래 비 내리지 않았는데
텅 빈 푸른색이 사람 옷을 적시네

山中

荊溪白石出   天寒紅葉稀
山路元無雨   空翠濕人衣

荊溪(형계)-왕유가 만년에 은거한 남전현 산속의 시내

소식은 왕유의 시와 그림을 평하여 "마힐(摩詰: 왕유의 자字)의
시를 맛보면 시 속에 그림이 있고, 마힐의 그림을 관찰하면
그림 속에 시가 있다"(味摩詰之詩 詩中有畵 觀摩詰之畵
畵中有詩)라 말하면서 왕유의 「산속에서」 시를 그 예로 들었다.
소식의 논지는 '그림 같은 시'가 좋은 시이고, '시정(詩情)이

넘치는 그림'이 좋은 그림이라는 것이다. 이래로
'시중유화(詩中有畵) 화중유시(畵中有詩)'는 시화론(詩畵論)의
전범으로 자리 잡았다. 그래서 좋은 시를 '유성지화'(有聲之畵)
즉 '소리가 있는 그림'이라 부르고, 좋은 그림을
'무성지시'(無聲之詩) 즉 '소리가 없는 시'라 부르게 된 것이다.
'소리가 있다'라 한 것은 시가 원래 성조에 맞추어 낭독하는
것이기 때문이다.

왕유는 시인이자 화가였기 때문에 '시중유화'라 할 만한
시를 많이 창작했다. 이 「산속에서」 시도 그림 같은 시의 면모를
유감없이 보여 주고 있다. 시의 공간적 배경은 산속이고 계절은
늦가을 또는 초겨울이다. 산속 시내에는 물이 줄어 물속에 잠겨
있던 바위들이 하얀 모습을 드러내고 있다. 현란한 색깔을
자랑했을 시냇가 나뭇잎은 시들어 떨어지고 아직 남은 붉은
잎이 드문드문 보인다. 여기까지는 꼼꼼하게 그린
공필화(工筆畵)를 보는 듯하다. 특히 흰색과 붉은 색이 화면의
색채감을 잘 조화시켜 주고 있다.

3, 4구는 발묵화법(潑墨畵法)으로 그린 수묵화다. 1, 2구가
산길을 걸어가면서 보이는 근경을 그렸다면 3, 4구는 산 전체의
모습을 그리고 있다. 초겨울은 비가 적어 건조한 계절인데도
옷이 젖는다고 했다. 비에 젖는 것이 아니라 산 가득한 푸른
이내에 젖는다. 단풍잎은 떨어졌지만 서리 맞은 소나무,
측백나무가 뿜어내는 짙고 푸른 산기운이 산을 가득 채워 뚝뚝
떨어지는 푸른 물이 옷을 적신다고 한 것이다. 여기에 이르면
이 시는 시각적인 그림 이상의 분위기를 그려 낸다. 시인은

시각과 촉각과 감각이 어우러진 환상적인 산속 풍경을 언어로 표출하고 있다.

제4구의 "空翠"를 "텅 빈 푸른색"이라 번역했지만 적절한 번역은 아니라고 생각한다. "공취"는 산에 가득 찬, 손으로 만질 수는 없고 느낌으로만 포착할 수 있는 허령(虛靈)한 어떤 기운을 말한다. 우리말로 도저히 옮길 수 없는 표현이다.

21

안서로 가는 원이를 송별하다

위성의 아침 비가 가벼운 먼지 적시니
객사는 푸르고 버들 빛은 싱그럽네

그대에게 권하노니 한 잔 더 비우시게
서쪽 양관 벗어나면 친한 벗 없다네

送元二使安西

渭城朝雨浥輕塵　客舍靑靑柳色新
勸君更盡一杯酒　西出陽關無故人

元二(원이)-누구인지 미상 • 安西(안서)-지금의 신강성 고차(庫車)
부근으로 당시 안서도호부(安西都護府) 소재지 • 渭城(위성)-섬서성
함양(咸陽). 장안 서쪽 위수(渭水) 북쪽에 있다. • 浥(읍)-적시다
• 客舍(객사)-나그네가 묵는 여관 • 陽關(양관)-돈황 서남쪽에 있던
관문으로 북쪽의 옥문관과 함께 서역으로 통하는 길목

위성(渭城)은 당나라 때 서역으로 가는 사람을 마지막으로
떠나보내는 송별 장소였다. 장안에서 이곳으로 가는 데 하루가

걸렸다고 한다. 아마 시인은 서역으로 떠나는 원이(元二)와
함께 장안으로부터 위성에 가서 객사에서 하룻밤을 묵고
이튿날 아침에 술잔을 나누며 이별을 고한 듯하다. 집에서 작별
인사를 고하지 않고 이렇게 멀리까지 가서 전별하는 것이
옛사람들의 아름다운 풍속이었다. 우리나라에서도 친구가 와서
며칠 지내다가 떠날 때는 주인이 동구 밖까지 나가서 주막이나
느티나무 아래에 주연을 베풀고 마지막 작별을 고하는 풍속이
있었다. 참으로 아름다운 풍속이다. 가는 데 하루가 걸리는 먼
곳까지 가서 배웅한 것으로 보아 친구에 대한 시인의 우정의
깊이를 느낄 수 있다.

　떠나는 날 위성의 분위기는 맑고 깨끗하다. 평상시엔
서쪽으로 가는 길에 먼지가 날렸을 터인데 이날엔 잠깐 내린
보슬비가 가벼운 먼지를 적셔 준다. 그래서 주위의 버드나무도
더없이 싱그럽다. 이곳이 이별의 장소이기에 버드나무가 많은
것이다. 떠나는 사람에게 버드나무 가지를 꺾어 주는 것이
오래된 풍습이다. "객사가 푸르다"는 것은 객사의 색채가
푸르다기보다는 주위의 버드나무가 비쳐 푸르다고 함이 옳을
듯하다. 이 청신하고 싱그러운 분위기를 뒤로하고 떠나야
하다니…. 친구를 만류하여 주저앉히고 아름다운 풍광을 함께
더 즐기고 싶지만 버들가지를 꺾어 주며 작별해야 하는 시인의
마음이 어떠하리라는 것은 짐작할 수 있다.

　3, 4구는 마지막 술잔을 권하는 장면이다. "한 잔 더
비우시게"라 말한 것으로 보아 그동안 술잔이 여러 순배
돌았을 것이고 많은 이야기가 오갔을 것이다. 그러나 이 모든

것이 생략되었다. 이제 일어서야 할 마지막 순간에 시인은 가슴에 품은 만단정회(萬端情懷)를 한 잔의 술에 담아서 마시라고 권한다. "서쪽 양관 벗어나면 친한 벗 없을 테니까." 또 "한 잔 더 비우시게"라 권하는 것은 조금이라도 더 출발을 미루고 싶은 마음이 작용했을 것이다. 여기서 시인과 원이의 깊은 우정을 읽을 수 있다. 황량한 서역으로 친구를 떠나보내면서 1, 2구에서는 밝고 명랑한 분위기를 그려 내었고 3, 4구에서도 석별의 감정을 노골적으로 드러내지 않았다. 그러면서도 친구에 대한 진정한 우정을 28개의 글자 속에 잔잔하면서도 강렬하게 표현했다.

이 시는 천고의 절창으로 평가받아 후대에 널리 애송되며 송별시의 대명사로 자리 잡았고, 악보에 실려 가창되기도 했다. 이 시의 제목이 「위성곡」(渭城曲) 또는 「양관삼첩」(陽關三疊)으로 되어 있기도 한데 '위성' '양관'은 악보에 실릴 때의 곡조 명이다. 명나라 이동양(李東陽, 1447~1516)은 이 작품을 이렇게 평했다.

왕마힐(王摩詰)의 '양관무고인'(陽關無故人) 구는 성당 이전에는 누구도 말하지 않은 것이었다. 이 시가 한번 세상에 나오자 일시에 전송되다가 이것도 부족해서 세 번 반복해서(三疊) 노래하는 지경에까지 이르렀다. 후에 이별을 노래하는 사람들이 천만 마디 말을 해도 거의 이 시의 뜻을 벗어나지 못했다.

'삼첩'(三疊)은 세 번 반복해서 부른다는 뜻인데 이 시를 '양관삼첩'이라 한 것에 대해서는 여러 가지 설이 있다. 지금 식으로 말하자면 3절로 된 노래의 가사 중 매절마다 이 시를 삽입해서 '삼첩'이라 일컫는다는 설과, 이 시의 마지막 제4구를 세 번 반복한다는 설이 있다. 자세한 것은 잘 모르겠다. 어쨌든 송별가로 널리 애창되었던 것은 분명한 사실이다.

이
백

李白, 701~762

자는 태백(太白)이며, 호는 청련거사(靑蓮居士)이다. 지금의
키르기스스탄 토크마크 부근(당나라 때 안서도호부에 속함)에서
출생했다. 5세에 아버지를 따라 촉(蜀) 땅으로 이주하여 이곳에서
학문을 배우며 자유롭게 노닐었다. 25세에는 장대한 뜻을 품고
촉을 떠나 천하를 만유(漫遊)하다가 742년에 오균(吳筠)을 따라
장안(長安)으로 들어가 한림대조(翰林待詔)란 벼슬을 얻었지만 곧
고력사(高力士) 등의 모함을 받고 장안을 떠나게 된다. 이때부터
다시 만유를 시작했는데, 안사(安史)의 난이 일어난 후
영왕(永王) 이린(李璘)의 반란에 가담했다가 체포되고, 이듬해
야랑(夜郎)으로 유배 가던 도중에 사면된다. 두보, 왕유와 더불어
성당을 대표하는 시인으로 두보의 현실주의적 경향에 비하여
낭만주의 문학을 꽃피웠다. 만년에는 도교(道敎)에 빠져 유랑
생활을 하다가 62세에 안휘성(安徽省) 당도(當塗)에서 병사했다.
『이태백전집』(李太白全集)에 1049수의 시가 전한다.

그대 보지 못하였나, 황하의 물이 하늘에서 내려와
바다로 흘러가 다시 돌아오지 못하는 걸

또 보지 못하였나, 고당(高堂)에서 거울 속 백발
　　슬퍼하는 걸
아침에 검던 머리 저녁엔 눈이 되니

인생에서 뜻 얻으면 모름지기 즐겨야지
금 술잔, 달 앞에서 헛되게 하지 말라

하늘이 날 낳을 땐 쓸모가 있었을 터
천금이 흩어지면 다시 또 돌아오리

양 삶고 소 잡아 즐길 일이니
한 번에 모름지기 삼백 잔은 마셔야지

잠부자(岑夫子), 단구생(丹丘生)아
술 권하노니 그대는 멈추지 마시게나

그대 위해 노래 한 곡 불러 보리니
그대는 나를 위해 귀 기울여 들어 주게

종고(鐘鼓)와 찬옥(饌玉)은 귀할 것 없네
다만 길이 취(醉)하여 깨지 않길 바랄 뿐

예부터 성현들은 모두 적막하건만
술 마시던 사람만 그 이름 남겨서

그 옛날 진왕(陳王)이 평락궁(平樂宮)서 잔치할 때
한 말에 일만 냥 술 맘껏 마시며 즐겼다네

주인 어찌 돈 적다 말하겠으리
당장 술 사와서 그대와 대작하리

오화마(五花馬), 천금구(千金裘)를
아이 시켜 좋은 술과 바꾸게 하여
그대와 함께 만고의 시름 씻어 내리라

將進酒

君不見
黃河之水天上來　奔流到海不復回
又不見
高堂明鏡悲白髮　朝如青絲暮成雪
人生得意須盡歡　莫使金樽空對月

天生我材必有用　千金散盡還復來

烹羊宰牛且爲樂　會須一飮三百杯

岑夫子 丹丘生　　將進酒 杯莫停

與君歌一曲　　　請君爲我傾耳聽

鐘鼓饌玉不足貴　但願長醉不願醒

古來聖賢皆寂寞　惟有飮者留其名

陳王昔時宴平樂　斗酒十千恣歡謔

主人何爲言少錢　徑須沽酒對君酌

五花馬 千金裘　呼兒將出換美酒　與爾同銷萬古愁

高堂(고당)-권세 있는 자의 훌륭한 집 • 得意(득의)-뜻을 성취한 것 또는
하는 일이 뜻에 맞아 기분이 좋은 것 • 烹羊宰牛(팽양재우)-양을 삶고 소를
잡다. 宰는 고기를 저며 요리하는 것 • 且(차)-장차 • 會須(회수)-모름지기
• 岑夫子(잠부자)-잠훈(岑勛). 夫子는 존칭 • 丹丘生(단구생)-
원단구(元丹丘) • 鐘鼓饌玉(종고찬옥)-鐘鼓는 부귀한 가정의 연회 때
연주하는 악기, 饌玉은 진귀한 음식 • 寂寞(적막)-이름도 흔적도 전해지지
않다 • 陳王(진왕)-진왕에 봉해진 조조(曹操)의 셋째 아들 조식(曹植). 그가
쓴 「명도편」(名都篇)에 "돌아와 평락궁에서 잔치를 베푸니 아름다운 술 한
말이 만금이라네"(歸來宴平樂 美酒斗十千)라는 구절이 있다. • 徑須(경수)-
지금 바로 • 五花馬(오화마)-털빛이 다섯 가지 꽃문양을 띤 명마
• 千金裘(천금구)-천금의 값이 나가는 털가죽 옷

이 작품의 창작 시기에 대해서는 733년, 735년, 744년, 752년
등 여러 설이 있는데 여기서는 일단 752년으로 추정한다.

103

이해에 이백은 잠훈(岑勛)과 함께 원단구(元丹丘)의 거처를
방문하여 술판을 벌인다. 원단구는 이백의 오랜 친구로 그는
당시 숭산(嵩山)에 은거하고 있었다. 이때 이백은 744년
조정에서 방출된 이래 9년째 유랑 생활을 하고 있었다.

그의 나이 52세, 어느덧 인생의 황혼기에 접어들었다.
세월이 참 빠르기도 하다. 하늘에서 내려 쏟는 듯한 웅장한
황하의 물결이 바다로 흘러가서 다시 돌아오지 않듯이 우리
인생도 한 번 가면 돌이킬 수 없다. 하물며 "아침에 검던 머리가
저녁엔 눈처럼 희게" 될 만큼 인생은 짧아서 순식간에 가
버린다. 그러니 이 짧은 인생에서 뜻 맞는 일을 만나면
모름지기 즐겨야 한다. 인생이 짧은 것을 한탄할 겨를이 어디
있겠는가? 그러나 이백은 생애에서 뜻 맞는 일을 만난 적이
없다. 그야말로 좌절과 실의의 연속이었을 뿐이다. 그런데 이날
세 사람이 만났으니 이보다 더 뜻 맞는 일이 있을 수 없다.
그래서 "금 술잔, 달 앞에서 헛되게 하지 말라"고 한 것이다. 금
술잔에 술을 가득 부어 마시며 마음껏 즐기자는 것이다.

"하늘이 날 낳을 땐 쓸모가 있었을 터"라고 말한 데에는,
장차 등용되기를 바라는 마음과 함께 '지금은 불우하지만
언젠가는 하늘이 나를 다시 쓸 것이다'라는 낙관적인
자신감마저 엿보인다. 까짓 술값이야 걱정할 필요가 없다.
"천금이 흩어지면 다시 또 돌아오리라" 믿으니까. 그는 34세 때
안륙(安陸)에 있으면서 당시 현령에게 자신을 천거해 주기를
바라는 편지를 보냈는데 그 가운데 "제가 전에 동쪽 유양(維揚:
지금의 양주揚州)으로 유람할 때 1년이 안 되는 동안에 30여만

냥을 풀어 어려움을 당한 공자(公子)가 있으면 모두
구제하였는데 이는 제가 재물을 가볍게 여기고 베풀기를
좋아한 것입니다"(「안주의 배장사에게」上安州裵長史書)라는
구절이 있다. 그만큼 자기는 금전의 지배를 받지 않는 사람임을
밝히고 있다. 그러니 "천금이 흩어지면 다시 돌아오리라"는
말은 호언장담이 아니다. 술판이 점차 무르익자 그는 더욱
호기를 부린다. "양 삶고 소 잡아 즐길 일이니/한 번에 모름지기
삼백 잔은 마셔야지." 이쯤 되면 도도한 주흥(酒興)이 최고조에
달했다.

　드디어 그는 "술 권하노니 그대는 멈추지 마시게나"라고
말하며 두 사람에게 노래를 불러 주는데 노래에는 지금까지의
호방한 자세와는 달리 가슴속 깊은 곳에서 솟아나는 울분이
섞여 있다. "예부터 성현들은 모두 적막했다"고 말한 것은
공자와 맹자 같은 성현이 모두 보잘것없었다는 말이 아니다.
자고로 성현들도 명주(明主)를 만나 큰 뜻을 펼친 이가
드물다는 말이다. 그래서 적막하다고 했다. 이백 자신도
적막하기는 마찬가지다. 진왕(陳王) 조식(曹植)도 뛰어난
재주를 지녔으나 형인 조비(曹丕)로부터 시기를 받고 소외되어
41세의 나이로 죽었으니 적막하다고 해야 할 것이다. 그러나
그는 평락궁에서 "한 말에 일만 냥이나 하는 술을 맘껏 마시며
즐겼기 때문에" 그 이름이 지금까지 전해 온다. 이백은 성현과
진왕을 빌려 자신의 불평과 울분을 토로하였다. 어차피 적막할
바에는 진왕처럼 술이나 맘껏 마시자고 다짐한다. "다만 길이
취하여 깨지 않길 바랄 뿐"이다. 이것은 현실에 대한 격분의

표출이다.

"주인 어찌 돈 적다 말하겠으리/당장 술 사와서 그대와 대작하리"란 대목에서는 주객이 전도된 느낌을 준다. 술자리의 주인은 원단구인데도 이백은 자신이 주인인 양 행세하고 있다. 여기서 '주인'을 누구로 보느냐에 대해서는 해석이 구구하지만 아무래도 이백으로 보아야 할 것이다. 오화마, 천금구와 같이 진귀한 물건을 술과 바꾸겠다는 말은 "천금이 흩어지면 다시 돌아오리라"는 말과 맥을 같이한다. 이렇게 술을 마시지 않을 수 없는 것은 "만고의 시름을 씻어 내기" 위함이다. 술을 빌려 광달한 호기를 부려 보기도 했지만 결국 그를 휩싸고 있는 것은 시름, 수심이다. 그러므로 이 시는 호방하면서도 수심에 잠겨 있는 52세 무렵 이백의 쓸쓸한 자화상이라 할 수 있다.

지금 중국 안휘성 마안산시(馬鞍山市)의 이백기념관 경내에 모택동이 쓴 「장진주」 시가 대리석판에 새겨져 있다. 아마 그가 이곳을 방문한 기념으로 썼을 터인데 그 시기가 언제인지는 알 수 없지만, 1948년 이전에는 항일투쟁, 국공내전, 혁명 활동 등으로 바빴을 것이고 그 이후에도 신중국 건설에 여념이 없었을 그가 이곳에 와서 이백의 장편시를 모필(毛筆)로 썼다는 것은 놀라운 일이다. 더구나 「장진주」는 그가 추구하는 '사회주의 리얼리즘'과는 거리가 먼 작품이다. 사회주의적 관점에서는 퇴폐적인 시로 평가 받을 수도 있는 작품이다. 그럼에도 불구하고 이 시를 쓴 데에서 자국의 고전문학에 대한 그의 애정을 읽을 수 있다. 더 놀라운 것은 이 시비(詩碑) 끝에 "기억에 의존하여 쓰다"라는 문구가 있는 것으로 보아 그는 이 시를 외우고 있었음이 분명하다. 이 밖에도 중국 전역에서 중국의 고전시가를 쓴 모택동의 글씨를 많이 볼 수 있다. 그만큼 그는 인문학적 소양이 풍부한 지도자였다. 그 자신이 적지 않은 시를 남긴 시인이기도 했다. 이념을 떠나서 이 정도는 되어야 훌륭한 지도자라 할 수 있지 않겠는가? '권력은 총구(銃口)로부터 나온다'고 말했던 냉혹한 현실감각과 고전문학을 애호한 인문학적 감수성이 적절한 조화를 이루었기 때문에 그가 거대한 중국을 이끌 수 있었을 것이라는 생각이 든다. 오늘의 우리나라 지도자들이 다산 정약용의 시나 매월당 김시습의 시, 「춘향전」이나 「홍길동전」을 얼마나 알고 있을지….

23　섬돌의 원망

옥 같은 섬돌에 하얀 이슬 맺혀서
밤 깊자 비단 버선 적시는구나

방에 들어 수정 발 내려놓고는
영롱한 가을 달을 올려다보네

玉階怨

玉階生白露　夜久侵羅襪
却下水晶簾　玲瓏望秋月

羅襪(라말)-비단 버선 · 却下(각하)-도로 내리다

━━━━━━━━━━

이 시에 묘사된 인물은 누군가를 기다리는 여인이다. 여인은
방에서 나와 방 앞 섬돌에 앉아 있다. 섬돌에 이슬이 맺히는
것으로 보아 밤이 깊었다. 밤이 깊은 줄도 모르고 기다리다가
비단 버선이 이슬에 젖어서야 체념하고 다시 방으로 돌아간다.
기다리는 사람이 끝내 오지 않은 것이다. 방에 들어와서

수정으로 만든 주렴을 내린다. 주렴을 내린다는 것은 더 이상 기다리지 않고 잠을 자겠다는 의지의 표현이다. 또한 주렴을 내림으로써 방 안으로 쏟아지는 달빛을 차단하려는 것이다. 달빛은 기다리는 사람을 생각나게 하기 때문이다. 그러나 여인은 발을 내리고도 잠을 이루지 못한다. 그래서 다시 "영롱한 가을 달을" 주렴 사이로 올려다본다. 기다려도 기다려도 오지 않는 야속한 사람을 원망하면서.

이 시의 제목이 「섬돌의 원망」인데 원망을 나타내는 글자를 하나도 쓰지 않고 여인의 원망을 절절히 묘사하고 있다. 여기에 이백의 솜씨가 유감없이 드러나 있다. 이백은 여인의 행동을 지극히 객관적으로 그리고 있다. 시인은 자신의 감정을 극도로 억제하고 있다. 시인은 여인과 일정한 거리를 유지한 채 여인의 행동만 묘사할 뿐이지 여인의 심리 묘사는 철저히 배제하고 있다. 마치 카메라로 촬영한 듯한 묘사이다. 이렇게 시인의 주관이나 여인의 심리를 철저히 배제한 객관적인 묘사임에도 여인의 기다림과 원망을 성공적으로 그리고 있다. 이백의 천재(天才)가 만들어 낸 아름다운 시라 하겠다. 그리고 이 시의 여인은 오지 않는 사람을 기다리다 지쳐서 슬픔과 원망에 싸여 있다. 그런데도 시어 들은 한결같이 슬픔이나 원망과는 거리가 먼 아름다운 말로 수식되어 있다. "옥 같은" 섬돌이 그렇고 "비단" 버선이 그렇고 "수정" 발이 그렇고 "영롱한" 가을 달이 그렇다. 이렇게 아름다운 시어를 구사함으로써 여인의 슬픔과 원망을 극대화시킨다. 이것은 마치 비극의 여주인공이 아름답기 때문에 더 큰 비극적 효과를 이끌어 내는 것과 같다.

109

백발이 삼천 장이라
수심으로 이렇듯 길어졌다네

모르겠네, 거울 속에 비친 모습이
어디서 가을 서리를 맞았는지를

秋浦歌

白髮三千丈　緣愁似箇長
不知明鏡裏　何處得秋霜

丈(장)-길이의 단위, 1장은 10척 · 緣(연)-~때문에 · 似箇(사개)-당나라
때의 속어(俗語)로 '이렇게'의 뜻

이 시는 754년(이백 54세)에 쓴 작품이다. 추포(秋浦)는 지금의
안휘성 귀지시(貴池市)로, 근처에 추포수(秋浦水)가 흐르고
있기 때문에 붙여진 이름이다. 이백은 이곳을 세 번이나
방문하여 70여 수의 시를 남겼는데 「추포가」는 그가 두 번째

찾았을 때 쓴 시로, 추포의 풍물에 가탁하여 자신의 감회를 읊은 작품이다. 모두 17수의 연작시인데 여기 소개하는 시는 제15수이다.

"백발이 삼천 장"이라는 제1구가 기발하다. '마치 폭죽이 터지는 듯하다', '화산이 폭발한 듯하다', '높은 산에서 바위가 떨어진 것 같다', '허공을 쪼개고 날아온 듯, 큰 물결이 용솟음치는 듯하다'는 평가가 잇따를 정도로 돌올(突兀)한 표현이다. "백발이 삼천 장"이라는 표현은 심해도 너무나 심한 과장이라 시 첫머리에 불쑥 나온 이 구절을 읽는 사람이 놀라고 당황하지 않을 수 없다. 그러나 제2구에서 이 당혹감은 곧 해결된다. 수심 때문에 백발이 삼천 장이나 길어졌다고 했다. 머리칼은 수심으로 희게 되는데 수심이 길어졌으니 흰 머리칼 또한 길어졌다는 것이다. 그만큼 수심이 깊다는 말이기 때문에 '백발 삼천 장'은 지나친 과장이 아닌 셈이다. 수심의 깊이를 삼천 장의 백발로 가시적으로 형상화한 이백 특유의 예술적인 재능이 돋보인다. 범상한 시인들은 도저히 해낼 수 없는 탁월한 표현 기법이다.

백발이 삼천 장인지 어떤지는 거울을 봐야 알 수 있다. 그래서 제3구에 "거울"(明鏡)이 등장한다. 이 거울을 종래에는 일반적인 거울로 해석했는데 최근엔 해석을 달리하는 주장이 나와 주목을 끈다. 해석을 달리해야 한다는 이유의 하나로, 「추포가」 17수는 모두 추포 지방의 풍물을 노래한 것인데 제15수에만 추포의 풍물이 없다는 것이다. 그래서 이 '거울'을 추포의 명승인 옥경담(玉鏡潭)으로 보자는 견해가 나왔다.

「추포가」와 같은 시기에 쓴 것으로 보이는 이백의 「주강과 청계 옥경담에서 연회를 베풀고 헤어지다」(與周剛淸溪玉鏡潭宴別)란 제목의 시가 있는데 제목 밑의 원주(原注)에 "옥경담은 추포의 도호피(桃胡陂) 아래에 있는데 내가 새로 붙인 이름이다"라고 쓰여 있다. 그리고 주필대(周必大, 1126~1204)의 「범주유산록」(泛舟遊山錄)에 의하면 청계수(淸溪水)가 아래로 몇 리를 흘러 옥경담에 이른다고 한다.

이 새로운 해석에 따르면, 제2구 "緣愁似箇長"의 '개'(箇)는 청계수가 된다. "사개장"(似箇長)은 '개(箇)와 같이 길다'는 말인데 이 '개'(箇)를 청계수로 본 것이다. 정리하면 이백이 옥경담 물에 비친 백발을 보고 수심 때문에 길어진 백발이, 멀리서 옥경담으로 흘러드는 청계수만큼이나 길다고 탄식한 것이다. 이 연못을(사실은 큰 호수였을 것이다) 이백 자신이 옥경담으로 명명한 것을 보면 시에서의 '명경'을 옥경담으로 볼 여지가 있다고 하겠다.

3, 4구에서는, 거울을 보고 또는 옥경담에 비친 자신의 모습을 보고, 어디서 가을 서리를 맞았는지 모르겠다고 했다. 가을 서리는 백발을 말한다. '모르겠다'고 했지만 정말 모르는 것이 아니다. 이 시는 장안에서 한림대조로 있다가 고력사, 양귀비(楊貴妃) 등의 모함으로 추방당한 후 천하를 유랑하며 간고(艱苦)한 세월을 보낸 지 10년 만에 쓴 작품이다. 그러니 백발 삼천 장으로 비유된 깊은 수심이 어디에서 왔는지 그가 모를 리 없다. 그런데도 짐짓 모르겠다고 말함으로써 그는 그동안 쌓였던 울분을 우회적으로 쏟아 내고 있다.

112

744년(44세) 경세제민의 큰 포부가 무참히 짓밟혀 장안을
떠났고 이후 10년 동안 극심한 실의와 좌절을 겪으면서 이룬 것
하나 없이 초라하게 늙은 쇠약한 자신을 돌아보면서 자신을
이렇게 만든 현실에 대하여 침통한 탄식과 함께 격분의 심정을
토로한 것이다. 그래서 이 작품을 '서분시'(抒憤詩)로 성격을
짓기도 한다.

우리나라의 성호(星湖) 이익(李瀷, 1681~1763)은 그의 저서
『성호사설』(星湖僿說)「시문문」(詩文門)에서 '백발 삼천 장'을
새롭게 해석했다. 그는 백발 삼천 장이 사람의 머리칼이
아니라 추포 서남쪽에 있는 수거령(水車嶺)이 물에 비친
모습이라고 주장했다. 그 근거로「추포가」제8수와 송나라
곽상정(郭祥正)의 시를 예로 들었다.「추포가」제8수는 이렇다.

추포라 일천 겹의 산봉우리 가운데
수거령이 가장 기이하다오

하늘이 기울어 바위가 떨어지려 하는데
강물은 기생 가지를 스치는도다

秋浦千重嶺　水車嶺最奇
天傾欲墮石　水拂寄生枝

여기서 수거령의 높고 험준한 모습을 그렸는데, 성호는
이어서 수거령을 좀 더 자세히 묘사한 곽상정의 시를
인용한다.

만 길이나 높은 저 수거령은
도리어 아홉 첩 병풍과 같네

북풍이 끊임없이 불어 닥치니
유월에도 얼음이 얼어붙는다

萬丈水車嶺　還如九疊屛
北風來不斷　六月亦生氷

이 두 시를 인용하고 난 후의 결론은 이렇다. 성호의 글을
그대로 옮겨 본다.
　"그렇다면 이른바 수거령이란 위급하고 험준함이 이와
같을뿐더러, 또 반드시 샘물과 폭포가 어울려 쏟아져서 바람이
차갑고 기운이 써늘하며 얼음과 눈이 녹지 않아 항상 백두와
같은 모양이다. 이와 같은 형상으로 물 가운데 비쳐 있으니,
마치 머리털이 거울 속에 비치는 것과 같으므로, '저 머리털이
하얀 것도 역시 시름 때문에 얻어진 것 같다' 라 하였다."
　실증을 중시하는 성호다운 해석이지만 예술 작품은 과학적
논리만으로 분석되지 않는 면이 있다는 사실을 간과한
해석이다.

114

나는 사랑하노라 맹부자(孟夫子)를
풍류가 천하에 알려졌으니

젊은 시절 벼슬을 내팽개치고
늙어선 솔 구름에 누워 있도다

달에 취하여 술 자주 마시고
꽃에 홀려서 임금 섬길 마음 없네

높은 산을 어찌 감히 우러르리오
다만지 맑은 향기 본받을 밖에

贈孟浩然

吾愛孟夫子　風流天下聞
紅顔棄軒冕　白首臥松雲
醉月頻中聖　迷花不事君
高山安可仰　徒此挹淸芬

孟夫子(맹부자)-맹호연(孟浩然)·紅顔(홍안)-젊은 사람의 얼굴
·軒冕(헌면)-軒은 벼슬아치들이 타는 수레 즉 초헌(軺軒), 冕은
벼슬아치들이 쓰는 면류관·中聖(중성)-옛날 술꾼들의 은어로 술을
취하도록 마신다는 뜻.『삼국지』(三國志)「서막전」(徐邈傳)에 "평소
취객들이 맑은 술을 성인(聖人)이라 하고 탁한 술을 현인(賢人)이라 했다"는
데에서 나온 것으로 '청성탁현'(淸聖濁賢)이라는 말이 생겼다.·迷花(미화)-
꽃에 미혹(迷惑)되다, 꽃에 홀리다·事君(사군)-임금을 섬기다·徒(도)-
다만·挹(읍)-본받다. '揖'으로 된 본도 있다. 이 경우에는 '절하다'는 뜻

이백은 평소 맹호연을 매우 존경했다. 맹호연은 40세 무렵에
잠시 장안과 낙양을 다녀간 것을 제외하고는 평생을 고향인
녹문(鹿門)에 은거하며 자연을 벗 삼아 산 고결한 선비였다.
아마 이 시는 이백이 30대 초반에 맹호연을 방문했다가 만나지
못하고 쓴 작품으로 보인다.

　　이 시의 주제는 그가 맹호연을 "사랑한다"는 것이다.
사랑하는 이유는 "풍류가 천하에 알려졌기" 때문이다. 즉 그의
풍류를 사랑하는 것이다. 제2연과 제3연은 이 풍류의 내용인데
제2연은 젊었을 때부터 노년에 이르기까지 풍류로 일관한 그의
일생을 종적(縱的)으로 묘사한 것이고 제3연은 이를
횡적(橫的)으로 그린 것이다. 그는 젊은 시절에 이미 벼슬을
팽개치고 늙도록 소나무와 구름에 누워 있다. 그가 버린 것은
벼슬이요 취한 것은 솔과 구름이다. 솔과 구름에 누워, 달에
취하고 꽃에 홀려서 살아가고 있다. 달에 취했기 때문에 술을
마시고 꽃에 홀렸기 때문에 임금을 섬길 겨를이 없다. 25세에

116

천하를 경륜하겠다는 웅지를 품고 촉(蜀) 땅을 떠나 중국 천지를 주유(周遊)하면서 벼슬을 구하던 이백 자신이 가지지 못한 풍류를 맹호연은 지니고 있었다. 그는 맹호연의 이 도도한 풍류에 한없는 존경과 애정을 표하고 있다. 마지막 연에서는 맹호연을 "높은 산"에 비유하고 있다. 자기는 도저히 미칠 수 없는 높은 산과 같은 존재이기 때문에 다만 여기서 바라보며 그의 맑은 향기를 본받으려 할 뿐이라는 것이다.

제2연과 제3연에서 맹호연 평생의 자취와 인품을 단 20개의 글자로 축약시켜 놓았는데 이는 맹호연에 대한 수백, 수천 마디의 설명보다 더 정곡을 찌른 묘사이다. 이런 묘사가 가능할 수 있었던 것은, 그가 맹호연을 진심으로 존경하고 사랑했기 때문일 것이다.

금화(金花)로 장식한 절풍모(折風帽) 쓰고
백마 타고 유유히 거닐고 있네

너울너울 춤추는 넓은 소매 날아갈 듯
해동(海東)에서 날아온 새와 같구나

高句麗

金花折風帽 白馬小遲回
翩翩舞廣袖 似鳥海東來

金花折風帽(금화절풍모)-『북사』(北史) 권94, 고구려조에 고구려인의
복식에 대하여 "사람들은 머리에 모두 절풍모를 썼는데 모양이 고깔과
같으며, 선비들은 여기에 두 개의 새 깃털을 꽂았다. 귀인(貴人)이 쓰는
소골(蘇骨)이란 관은 자줏빛 비단으로 만들었고 금은으로 장식했으며 큰
소매 달린 적삼과 주둥이가 큰 바지를 입었고, 흰 가죽 혁대와 누런 가죽신을
신었다"고 기록되어 있다. · 遲回(지회)-느릿느릿 걷는 모습 · 翩翩(편편)-
나부끼는 모양

이 시는 이백이 장안에서 한림대조로 있던 742년에서 744년 사이에 쓴 작품으로 추정된다. 당시 조정에 있으면서 당나라에 온 고구려 사신 일행을 보고 쓴 시이다. 25세에 웅지를 품고 고향을 떠난 이백은 갖은 풍상을 겪으며 떠돌다가 42세(742)에야 장안에서 조그마한 벼슬을 얻는다. 그러나 그나마도 고력사, 양귀비 등의 모함으로 2년 남짓한 짧은 벼슬 생활을 청산하고 다시 정처 없는 방랑의 길을 떠난다. 그는 자신을 용납하지 않는 당시 현실에 대한 불만과 고독 속에서 일생을 보낸 불우한 시인이었다. 따라서 그의 시에는 낭만적인 상상력으로 불만의 현실을 뛰어넘으려는 초월 의지가 강하게 나타나 있다. 그가 취향(醉鄕)의 세계로 빠져든 것도 이러한 불만의 현실을 잊기 위한 몸부림이었다. 그래서 그는 모순과 부조리로 가득 찬 현실 너머에 있는 이상적인 세계를 항상 동경했다. 그 이상적인 세계가 천상(天上)의 선계(仙界)로 나타나기도 했고 낯설고 신기한 이국 풍경으로 나타나기도 했다.

　이국 풍경에 대한 동경은 낭만주의 시인들의 일반적인 경향인데 이백 또한 먼 나라 고구려 사신의 행차를 보고 그 이색적인 모습에 마음을 빼앗긴다. 꽃으로 장식한 절풍모를 쓰고서 백마를 타고 여유롭게 움직이는 고구려인은 그에게 낯선 풍경이다. 낯선 풍경일 뿐만 아니라 현실을 초탈한 듯한 고결한 분위기마저 느낀다. 음모와 술수로 권력투쟁을 일삼는 당나라 조정의 관리들과는 무언가 다르다고 생각한다. 특히

119

넓은 소매가 너울너울 날아갈 듯 춤추는 모습에서 문득 하늘로 날아오르고 싶은 충동을 느끼기도 한다. 급기야 그는 고구려인을 "해동에서 날아온 새와 같구나"라고 말한다. 새는 자유를 상징한다. 새는 가고 싶은 곳을 자유롭게 날아갈 수 있다. 아마도 이백은 이들과 같이 한 마리 새가 되어 자유롭게 날고 싶었는지도 모른다.

27 왕륜에게 드리다

이백이 배를 타고 떠나려 하는데
갑자기 언덕에서 답가성(踏歌聲)이 들려오네

도화담(桃花潭) 물 깊이가 천 척이나 되지만
날 보내는 왕륜(汪倫)의 정엔 미치지 못한다네

贈汪倫

李白乘舟將欲行　忽聞岸上踏歌聲
桃花潭水深千尺　不及汪倫送我情

踏歌(답가)-여러 사람이 손을 잡고 발을 구르며 부르는 노래
• 桃花潭(도화담)-안휘성 경현(涇縣) 서남쪽 40km 지점에 있는 연못
• 不及(불급)-미치지 못하다, ~보다 못하다

이 시는 754년(54세) 또는 755년에 쓴 작품이다. 이 시를 쓴
배경에 대해서 청나라 원매(袁枚, 1716~1797)의
『수원시화』(隨園詩話)에 이런 일화가 전한다. 이백이 근처를

지난다는 소식을 듣고 왕륜이 이백을 초청하는 편지를 보냈다.
편지 내용에 "선생은 유람하기를 좋아하시지요? 이곳에
십리도화(十里桃花)가 있습니다. 선생은 술을 좋아하시지요?
이곳에 만가주점(萬家酒店)이 있습니다"란 구절이 있었다.
복사꽃이 10리에 걸쳐 피어 있고, 1만 개의 주점이 있다는데
초청에 응하지 않을 이유가 없다. 그런데 이백이 가서 보니
복사꽃도 없고 술집도 없었다. 그 연유를 물으니 왕륜이
답하기를 "도화(桃花)는 호수 이름이지 실제 도화가 있는 것이
아닙니다. 만가주점(萬家酒店)은 만씨 성을 가진 사람이
경영하는 술집이지 실제로 일만 개의 술집이 있는 것이
아닙니다"라 했다. 이에 이백이 크게 웃었다고 한다. 왕륜은
이백을 며칠 동안 극진히 대접했다. 이 시는 왕륜에게 준
이별시로, 이백의 대표작 중의 하나이다.

　왕륜의 신분에 대해서는 두 가지 설이 있다. 하나는 송나라
때 출판된 『이태백문집』의 이 시 제목 밑에 있는 주(注)에
근거한 것이다. 즉 "이백이 경현의 도화담에 노닐 때 마을 사람
왕륜이 좋은 술로 이백을 대접했다. 왕륜의 후손이 지금까지 그
시를 보물로 여기고 있다"란 주석에 따라 그는 일개
촌민(村民)이라는 설이다. 또 하나의 설은 최근의 연구
결과인데, 그는 경현의 현령(縣令)을 역임했고 이백, 왕유와도
교유가 있는 부호였다는 설이다. 어느 설이 옳은지는 속단하기
어렵다.

　제1구는 이백이 배를 타고 도화담을 떠나는 장면이다.
떠나려는데 "갑자기 언덕에서 답가성이 들려온다."

'갑자기'(忽)란 말은 전혀 예상하지 못했다는 뜻이다. 이 갑작스러운 답가성은 왕륜이 마을 사람들을 데리고 와서 이백을 전송하는 의식인데 시에는 아직 왕륜의 모습이 나타나지 않는다. 사람은 보이지 않고 노랫소리만 들리지만 이백은 왕륜이 왔음을 직감한다. 제4구에 가서야 왕륜이 등장한다.

아마 이백은 그 전에 왕륜과 작별 인사를 했을 것이고 그때 왕륜은 사정이 있어서 떠나는 걸 보지 못한다고 미리 말해 두었을 것이다. 그래서 이백은 왕륜이 오지 못하리라는 것을 알고 있었다. 그런 그가 마을 사람들을 데리고 '갑자기' 나타나서 답가를 부른다. 이것은 계획된 왕륜의 '깜짝쇼' 인지도 모른다. 어쨌든 이를 보고 이백은 형언할 수 없는 감동을 받는다.

3, 4구는 이 감동의 표현이다. 사람의 정이 깊다는 것을 흔히 물의 깊이에 비유한다. 그러나 이 시는 이런 흔한 비유법을 넘어서고 있다. 청나라의 시인이자 학자인 심덕잠은 "왕륜의 정이 도화담 물처럼 깊다"고 말했으면 평범한 표현이었을 것이라 했다. 3, 4구가 평범한 표현을 넘어설 수 있었던 것은 '미치지 못한다'는 불급(不及) 두 글자에 있다는 것이 심덕잠의 관점이다. 그래서 "도화담 물 깊이가 천 척이나 되지만/날 보내는 왕륜의 정엔 미치지 못한다네"라 노래한 이 구절이 친고의 절창이 되었다는 것이다. 또 이백이 즉석에서 이 시를 썼는지, 떠난 후에 시를 써서 왕륜에게 보냈는지 알 수 없지만 이별하는 지점인 바로 그 도화담, 눈앞에 보이는 도화담과

왕륜의 우정을 교묘하게 연결시킨 이백의 솜씨도 놀랍다. 무형의 우정을 가시적으로 형상화한 것이다.

　일반적으로 시에서는 직설(直說)하는 것을 기피한다. 직설하면 함축하는 뜻이 얕기 때문이다. 그러나 이 시는 전고(典故)를 사용하지 않고 평범한 일상어로 직설했지만 결코 그 뜻이 얕지 않다. 또 시에서는 사람 이름을 직접 언급하는 것을 꺼리는데 이 시는 제1구에서 '이백'을 노출시키고 제4구에서 '왕륜'을 노출시키는 것으로 끝맺는다. 이렇게 해도 범속한 시로 떨어지지 않은 것 또한 이백의 솜씨라 하겠다.

　지금 안휘성 경현에 있는 도화담 동쪽 언덕에 '답가안각'(踏歌岸閣)을 지어 옛날 두 사람의 우정을 기념하고 있다. 2층에 '답가고안'(踏歌古岸)이란 편액이 걸려 있다. 또 바로 물가에는 이백과 왕륜의 소상(塑像)도 만들어 놓았다. 이백은 술잔을 들어 하늘을 올려다보고 왕륜은 앉아서 이를 쳐다보고 있다. 답가안각 밑에서 배를 타고 건너편 서쪽으로 가면 이백을 기념하는 '회선각'(懷仙閣)이 있고 왕륜의 무덤도 있다. 무명에 가까운 왕륜이 이 시 한 편으로 관광지가 된 것이다.
　또 서쪽 언덕에는 그 옛날 이백과 왕륜이 어울렸던 만가주점 옛터도 있다. 이백의 시로 인하여 후대에 '도화담수'(桃花潭水)는 석별의 정을 나타내는 상용어가 되었을 만큼 이 시가 인구에 회자되었다.

28   벗을 보내며

푸른 산은 성 북쪽에 가로놓였고
하얀 물은 성 동쪽을 두르고 있네

이곳에서 한번 이별하고 나면은
외로운 쑥대 풀은 만 리 길 가리니

뜬구름은 나그네 마음
지는 해는 친구의 정(情)

손 흔들며 이곳을 떠나가자니
말들도 헤어지며 서글피 우네

送友人

青山橫北郭　白水遶東城
此地一爲別　孤蓬萬里征
浮雲游子意　落日故人情
揮手自玆去　蕭蕭班馬鳴

125

北郭(북곽)-'내성외곽'(內城外郭)이라 하여 안쪽에 있는 것을 성(城), 바깥쪽에 있는 것을 곽(郭)이라 한다. • 征(정)-가다 • 自玆(자자)- 이곳으로부터 • 班馬(반마)-무리에서 떨어진 말

시인은 친구를 전송하기 위하여 나란히 말을 타고 성 밖에 이른다. 여기서 마지막 작별을 고하려는데 바라보니 북쪽으로는 푸른 산이 가로놓였고 동쪽으로는 시냇물이 성을 빙 둘러 흐르고 있다. 일반적으로 율시의 1, 2구는 대(對)를 맞출 필요가 없지만 이 시의 1, 2구는 정교한 대구로 짜여 있다. 즉 '靑山'과 '白水', '北郭'과 '東城', '橫'과 '遶'가 한 치의 어긋남 없이 대를 이루고 있다. 이러한 대구가 시의 내용과 크게 관계있는 것은 아니지만 짧은 정형시에서 형식적인 완성미(完成美)에 적지 않은 기여를 한다. 뿐만 아니라 1, 2구는 '靑'과 '白'의 색채가 대비되어 있고, 푸른 산의 정적인 모습과 하얀 물의 동적인 움직임이 대비되어 있다.

　제4구에서 떠나는 친구를 "외로운 쑥대 풀"로 표현함으로써 그가 일정한 거처 없이 혈혈단신으로 떠도는 정처 없는 나그네임을 밝히고 있다. 이러한 친구를 떠나보내는 시인의 심정이 어떠하리라는 것은 쉽게 짐작할 수 있다. 이 3, 4구는 율시에서 반드시 대를 이루어야 하는데 1, 2구만큼 엄밀하지 않다. 즉 허사(虛詞)인 '爲'와 실사(實詞)인 '里'의 대가 엉성하다. 허사는 허사끼리 실사는 실사끼리 대가 되는 것이

원칙이다. 만당(晚唐)의 시에서는 이러한 대가 절대 용납될 수 없지만 아직 근체시의 형식이 100%까지 완성되지 않은 초당(初唐)이나 성당(盛唐)에서는 어느 정도 허용되고 있었다. 그러나 이 3, 4구는 대구의 결함을 느낄 수 없을 만큼 시상(詩想)이 극히 자연스럽게 전개되고 있다.

5, 6구는 당시 눈앞에 보이는 실경(實景)을 빌려 이별의 정을 노래한 것으로 이 시에서 가장 빛나는 부분이다. "뜬구름은 나그네의 마음이요/지는 해는 친구의 정일레라"는 이백의 시적 재능을 유감없이 보여 주는 적절한 은유(隱喩)다. "외로운 쑥대 풀처럼" "만 리 길을 가는" 친구의 마음은 정처 없는 뜬구름과 같고, "지는 해"는 친구를 보내는 시인의 애틋한 감정이다. 산을 감싸고 차마 떠나지 못하는 듯한 지는 해처럼 시인도 친구를 차마 떠나보내지 못하고 있다는 것이다. 또 붉게 물든 저녁 해는 친구에 대한 시인의 짙은 우정을 암시하기도 한다.

제2구에서 "하얀 물"이 성 동쪽을 두르고 있다고 했는데 물이 하얗다는 것은 햇빛에 비쳐 하얗게 반짝인다는 말이다. 이로 미루어 보면 두 사람은 대낮부터 저녁 무렵까지 함께 지내다가 헤어졌다는 것을 알 수 있다. 옛 풍습대로 두 사람은 마지막 술잔을 나누며 환담하느라 황혼 무렵이 되어서야 작별을 고한 것이다. 송별시에서 종종 석양을 배경으로 헤어지는 장면이 나오는 것은 이 때문이다.

이제 보내기 싫어도 보내야 하고 떠나기 싫어도 떠나야 할 시간이 왔다. 손을 흔들어 작별을 고하는 시인의 심회(心懷)는 직접 표현되지 않고 대신 말들이 슬피 우는 묘사로 시가

끝난다. 떠나는 마당에 두 사람이 타고 왔던 말들도 서로
헤어지기 싫어 슬피 우는 것이다. 마치 주인의 심정을 아는
듯하다. 말이 이럴진대 사람의 마음이 어떠하리라는 것은
짐작할 수 있다. 이렇게 시는 강렬한 여운을 남기고 끝난다.

아침 일찍 백제성을 떠나다

채색 구름 백제성(白帝城)을 아침에 하직하고
천 리 길 강릉을 하루 만에 돌아왔네

양쪽 언덕 원숭이, 울음소리 멎잖은데
가벼운 배는 이미 만 겹 산을 지나왔네

早發白帝城

朝辭白帝彩雲間　千里江陵一日還
兩岸猿聲啼不住　輕舟已過萬重山

辭(사)-하직하다 • 不住(불주)-그치지 않다

너무나 유명한 이백의 대표작이다. 이백은 25세 때
웅지(雄志)를 품고 고향인 촉 땅을 떠나 천하를 유람하다가
42세에 장안에서 한림대조의 벼슬을 받았다. 그러나 고력사,
양귀비 등의 미움을 사서 44세에는 다시 정처 없는 유랑 길에
올랐다. 그러다가 57세 되던 해에는 현종의 열여섯 번째 태자인

영왕(永王)의 막하에 들어가 자신의 이상을 실현할 마지막 기회를 노리고 있었다. 그러나 하늘은 그에게 기회를 주지 않았다. 왕위 쟁탈전에 연루되어 영왕이 피살되고 이백도 야랑(夜郎)으로 유배되었다. 그런데 유배지 야랑으로 가던 중 무산(巫山)의 백제성에서 뜻밖의 사면령이 내렸다. 이 시는 사면령을 받고 백제성에서 양자강 물길을 타고 호북성(湖北省)의 강릉까지 단숨에 돌아온 직후에 쓴 것이다.

이 시에는 사면령을 받은 이백의 기쁨과, 한시라도 빨리 돌아가고 싶은 열망이 잘 표현되어 있다. 제1구에서 "채색 구름" 사이에서 백제성을 하직한다고 했다. 채색 구름은 아침노을일 터인데 이 아침노을 속에서 출발했다는 것은 해가 뜨기 전의 이른 새벽에 출발했음을 말한다. 그만큼 빨리 돌아가고 싶었던 것이다. 또한 이 말은, 출발점인 백제성이 구름 속에 솟아 있는 높은 곳이라는 뜻도 함께 지시한다. 실제로 백제성은 지대가 높은 곳에 위치하고 있다. 높은 곳에서 배를 타고 낮은 곳으로 가기 때문에 물살이 빠를 것이고 그러므로 "천 리 길 강릉을 하루 만에 돌아올" 수 있었다는 제2구를 위한 복선이다. 이렇게 그는, 마치 그의 사면을 축하하듯 아름답게 채색된 구름의 전송을 받으며 백제성을 떠난다. 그리고 천 리나 되는 강릉을 하루 만에 돌아왔다. 제2구는 "천 리"라는 먼 거리와 "하루"라는 짧은 시간을 교묘히 결합시켜 사면의 기쁨을 극대화하고 있다. 이 얼마나 가슴 벅찬 귀환인가.

이 시의 묘미는 제3구에 있다. 그는 삼협(三陜)의 급류를

130

타고 너무나 빠른 속도로 왔기 때문에 강 양쪽 언덕의 경치를 볼 겨를이 없었다. 또한, 오로지 빨리 가야겠다는 일념뿐이라 경치를 구경할 마음의 여유도 없었을 것이다. 그래서 이 시에는 주변 경관(景觀)에 대한 묘사가 하나도 없다. 오직 원숭이 울음소리만 들으며 지나왔다. 실제로 삼협은 원숭이들이 많이 사는 것으로 유명하다. 원숭이 울음소리는 귀를 기울이지 않더라도 그냥 들려오는 것이다. 그러나 사실은 이백이 이 시를 쓰면서 주변 경관 중에서 의도적으로 원숭이 울음소리만 선택한 것이다. 그렇게 함으로써, 즉 하루 종일 아무 것도 보지 않고 원숭이 소리만 들었다고 말함으로써 빨리 돌아가려는 그의 열망을 나타낸 것이다.

　"원숭이 울음소리 멎지 않았는데" 배는 이미 만 겹 산을 지나왔다는 표현은, 원숭이들이 사는 산을 벗어났는데도 아직 원숭이 울음소리가 귀에 쟁쟁하게 들리는 듯하다는 말이다. 이 말은 하루 종일 원숭이 울음소리만 들으며 왔다는 것을 강조한 것이다. 제4구의 "가벼운 배"라는 표현에는, 급한 물살을 타고 배가 빨리 간다는 뜻과, 사면이 되어 마음이 가볍다는 뜻이 함께 함축되어 있다.

　이 시는 이백이 죽기 3년 전에 쓴 작품으로 만년의 무르익은 필치가 녹아 있는 이백 최대의 걸작이다. 그래서 후인들은 이 작품을 평하여 '바람과 비를 놀라게 하고 귀신을 울리는 시'라 했고, '백 번을 읽어도 싫증나지 않는 시'라 했다.

꽃 사이에 한 병 술
친구도 없이 혼자서 마시다가

잔 들어 밝은 달 맞이해 오니
그림자 대하여 세 사람 되었네

달은 이미 술 마실 줄 모르거니와
그림자도 내 몸을 따라다닐 뿐이나

잠시나마 달과 그림자 짝이 되어서
모름지기 봄날을 즐겨야 하리

내가 노래하면 달도 서성거리고
내가 춤추면 그림자 어지러이 헝클어지네

깨었을 땐 함께 서로 즐거움 나누지만
취한 후엔 각각 나눠 흩어지기에

정 없는 교유를 길이길이 맺고자
아득한 은하수에 기약해 보네

月下獨酌

花間一壺酒　獨酌無相親
擧杯邀明月　對影成三人
月旣不解飮　影徒隨我身
暫伴月將影　行樂須及春
我歌月徘徊　我舞影零亂
醒時同交歡　醉後各分散
永結無情遊　相期邀雲漢

花間(화간)-'花下'로 된 본도 있다. · 相親(상친)-친한 사람
· 邀(요)-맞이하다 · 三人(삼인)-시인과 달과 그림자 · 不解飮(불해음)-
술을 마실 줄 모르다 · 徒(도)-다만 · 月將影(월장영)-달과 그림자. 將은
'~와'의 뜻 · 零亂(영란)-어지럽게 헝클어짐. '凌亂'으로 된 본도 있다.
· 無情遊(무정유)-인간세상의 이해관계를 떠난 순수한 교유 · 邈(막)-
아득히 먼 · 雲漢(운한)-은하수, 곧 천상(天上)의 선계(仙界)

이백이 쓴 「달 아래에서 홀로 술을 마시며」(月下獨酌)는
총 4수인데 이것은 제1수이다. 이백은 42세 때 도사(道士)
오균(吳筠)의 추천으로 한림대조란 벼슬을 얻어 장안에 머물게
된다. 조그마한 벼슬이나마 그의 이상과 포부를 실현할 수 있는
계기를 마련한 것이다. 그러나 그의 장안 시절은 오래가지
못한다. 당시의 실세인 고력사와 양귀비의 모함을 받아 44세에

133

조정에서 쫓겨난다. 이 시는 이 시기의 작품으로 추정된다.

시의 배경은 꽃이 피어 있는 뜰 또는 들판이다. 등장인물은 이백 한 사람이고 무대의 소도구(小道具)는 술 한 병이다. 극히 단조롭고 쓸쓸한 풍경이다. 술은 적어도 둘이서 마셔야 맛이 나는데 그는 혼자 술잔을 기울이고 있다. 이것은, 모함과 질시와 권모술수가 판치는 현실에서 환멸을 느낀 그의 고독한 내면 풍경이다. 이러한 고독을 달래기 위하여 그는 술잔 속에 비친 달과 자신의 그림자를 억지로 친구로 삼는다. 이백 한 사람이 이제 세 사람이 된 것이다. 인간에게 환멸을 느낀 이백이 인간 아닌 달과 그림자와 짝하여 술을 마시는 심경을 알 만하다. 그러나 달과 그림자는 본래 그의 술친구가 될 수 없었다. 달은 원래 술을 마실 줄 모르고 그림자는 자기 몸을 따라다니기만 할 뿐이다.

억지로 만든 친구인 달과 그림자가 허환(虛幻)인 줄 알면서도 이들과 어울리지 않을 수 없을 만큼 그는 고독했다. 그래서 "잠시나마" 이들과 짝이 되어서 "모름지기 봄날을 즐기자"고 다짐한다. 그가 노래를 부르니 달도 그의 노래를 경청하듯 하늘에서 서성이고, 그가 춤을 추니 그림자도 따라서 춤을 추듯 헝클어진다. 이제 세 사람은 마음 통하는 친구처럼 어울린다.

그러나 어쩌랴, 술에 취해 자고 나면 달도 지고 그림자도 없어질 것을. 그나마 짝이 되어 어울렸던 달과 그림자도 영원할 수 없었다. 인간세상에서는 달과 그림자와도 영원한 교유를 맺을 수 없었던 것이다. 마지막 연의 "정 없는 교유"는 달과

그림자와의 교유이다. "정 없는 교유"는 달이나 그림자처럼
정이 없는 사물과의 교유라는 단순한 뜻 이외에도, 인간끼리
맺는 '정이 있는 교유'에서 느낀 환멸의 깊이를 역설적으로
표현한 것이다. 인간세상에서는 "정 없는 교유"나마 영원히
유지할 수 없기에 "아득한 은하수"에서나 기약해 보자는
것이다. "아득한 은하수"는 추악한 인간세상이 아닌 천상의
선계를 가리킨다.

이백은 평생 달과 술을 무척 사랑했다. 그래서 달을 읊고
술을 노래한 시를 수없이 썼다. 이 시에서는 "홀로" 달을 보고
"홀로" 술을 마시는 이백의 고독한 모습을 엿볼 수 있다.

여기 「달 아래에서 홀로 술을 마시며」 제2수를 소개한다.

하늘이 술을 사랑하지 않았다면야
하늘엔 주성(酒星)이 없었을 것이고

대지(大地)가 술을 사랑하지 않았다면야
땅엔 응당 주천(酒泉)이 없었을 것이라

하늘과 땅이 이미 술을 사랑했으니
술 사랑, 하늘에 부끄럽지 않도다

들으니 청주(淸酒)는 성인(聖人)에 비유되고

135

탁주(濁酒)는 현인(賢人)에 비유된다 말했겠다

성인과 현인을 나 이미 마셨으니
구태여 신선을 구할 필요 있으리오

술 석 잔 마시니 대도(大道)에 통하고
한 말 술 마시니 자연과 합하도다

취중의 흥취를 얻으면 그만이지
술 마시지 않는 자에겐 말하지 말라

天若不愛酒　酒星不在天

地若不愛酒　地應無酒泉

天地旣愛酒　愛酒不愧天

已聞淸比聖　復道濁如賢

賢聖旣已飮　何必求神仙

三杯通大道　一斗合自然

但得醉中趣　勿爲醒者傳

31 홀로 경정산에 앉아

뭇 새들 높이 날아 다 없어지고
외로운 구름 홀로 한가롭게 가 버렸네

서로 봐도 양쪽 모두 싫지 않은 건
오직 저 경정산(敬亭山)이 있을 뿐이네

獨坐敬亭山

衆鳥高飛盡　孤雲獨去閑
相看兩不厭　只有敬亭山

敬亭山(경정산)-지금의 안휘성 선주(宣州)에 있는 산. 육조 이래
사령운(謝靈運), 사조(謝朓) 같은 대시인이 이곳의 태수를 역임했다. 이백은
일생 동안 일곱 번이나 이곳을 다녀갔다고 하는데, 그가 평소에 존경한
사조가 있었던 곳이기 때문이기도 하다.

이백의 나이 53세 때의 작품이다. 25세에 촉 땅을 떠나 천하를
만유(漫遊)하다가 42세에 어렵사리 벼슬을 얻어 장안에
머물렀으나 44세 때 주위의 모함을 견디지 못하여 벼슬을

버리고 다시 방랑의 길에 오른다. 이백의 제2차 만유다. 그는 장안에서 벼슬할 때 이미 냉혹한 정치 현실을 실감했고 뼈저린 좌절을 겪었다. 또한 장안을 떠나 10여 년 동안 유랑 생활을 하면서 인정세태의 차가움에 직면해야만 했다. 그러는 동안 현실에 대한 환멸과 인간에 대한 실망으로 그는 짙은 고독에 휩싸여 있었다. 이 시는 장안을 떠난 지 10여 년이 되는 어느 날 경정산에 홀로 올라 이러한 자신의 심회를 노래한 것이다.

시인은 울적한 심정을 달래기 위해 산에 오른다. 산에는 새들이 지저귀고 머리 위에는 구름이 떠 있다. 인간에 실망한 그에게 새와 구름은 그나마 위안이 되었다. 새와 구름은 그를 헐뜯지도 않았고 그를 배반하지도 않았다. 새 소리는 귀를 즐겁게 해 주었고 구름은 눈을 즐겁게 해 주었다. 그러나 저녁 무렵이 되자 새들은 둥지로 날아가 버리고 구름도 유유히 흩어져 보이지 않는다. 하루 종일 정을 붙이고 지냈던 새와 구름이 사라진 산속은 적막하기 짝이 없었다. 다시 고독이 엄습해 왔다. '새들과 구름, 너마저 나를 버리고 떠나는구나.'

그러나 그림자처럼 따라다니는 고독과 외로움 속에서도 그는 주저앉지 않는다. 새도 떠나고 구름도 떠났지만 산은 떠나지 않고 의연히 남아 있기 때문이다. 새나 구름과 달리 산은 그의 고독과 번뇌를 이해하고 위로해 주는 듯했다. 그래서 떠나지 않고 남아 있는 것이다. 그는 산을 바라보고 산도 그를 바라본다. 아무리 보아도 싫지 않다. 그도 싫지 않고 산도 싫어하지 않는다. 유정(有情)한 인간이 사는 세상은 무정한데, 원래 무정(無情)한 산은 도리어 유정하다. 그래서 다정한 벗처럼 "서로 바라보면서" 산과 그는 일체가 된다. 산이 곧 그이고 그가 곧 산이다. 마지막 구의 "오직 저 경정산이 있을 뿐이네"라고 했을 때의 경정산은 이백 자신이다. 여기에는, 자기를 알아주지 않는 불합리한 현실에 대한 그의 도전적인 오기와 비타협적인 기상이 서려 있다. 의연하게 변치 않고 버티고 있는 저 산처럼, 누가 뭐라 해도 뜻을 굽히지 않고 자신의 이상을 추구하겠다는 의지의 표현이다. 실제로 이백은 장안을 떠나 유랑 생활을 하면서도 자신의 정치적 이상을 실현해 보겠다는 꿈을 버리지 않았다.

경정산은 해발 317m로 높지는 않지만 이백이 쓴 「홀로 경정산에 앉아」 시 한 수로 천하의 명산이 되었다. 그 후 시인 묵객들이 이곳에 와서 경정산을 읊은 시가 1천여 수에 달한다고 한다. 그래서 이 산은 '강남시산'(江南詩山) 이란 명칭을 얻었다. 경정산 입구 광장에는 이곳을 유람한 백거이(白居易), 두목(杜牧), 한유(韓愈), 유우석(劉禹錫), 매요신(梅堯臣), 탕현조(湯顯祖) 등의 부조상(浮彫像)이 조각되어 있다. 이 산 중턱에 '태백독좌루'(太白獨坐樓)가 있다. 이백 사후에 「홀로 경정산에 앉아」를 기념하기 위하여 후인들이 지은 누각으로 원래의 명칭은 태백정(太白亭), 태백루(太白樓)였다고 하는데 수차례 파괴와 중건을 거듭하다가 1987년 최종적으로 누각을 중건하면서 '태백독좌루'로 개칭했다.

또 경정산 자락에는 옥진공주(玉眞公主)의 묘가 있다.
옥진공주는 당나라 예종(睿宗)의 열 번째 딸이며 현종의
누이동생이다. 옥진공주의 묘가 이곳에 있게 된 배경에는
전설처럼 전해 내려오는 이백과 옥진공주의 사랑 이야기가
있다. 묘 앞에 세워진 비석의 비문은 이렇다. 공주는 젊어서
여도사(女道士)가 된 후 천하의 명산을 유람하다가 이백을
알게 되었고 그를 현종에게 적극 추천하여 한림대조의 벼슬을
내리게 했다. 이백이 모함을 당하여 장안을 떠나자 그를
사모한 공주는 울적한 마음에 공주의 칭호를 박탈해 달라고
요청했다. 안사의 난이 끝난 후에 이백이 경정산에 은거하고
있다는 소식을 듣고 공주는 이 산으로 들어와 수도하다가
마지막 숨을 거두었다는 내용이다. 그런데 이 비석은 선성시
경정산 풍경명승구 관리처가 2001년에 세운 것으로 되어
있다. 묘를 비롯한 기타 구조물들도 이때 조성된 것으로
보인다. 아마 이곳 지방정부가 관광객 유치를 목적으로 조성한
것 같다. 이백과 옥진공주의 관계에 대해서는 이백 연구가들
사이에서도 학설이 분분하다. 공주가 마지막으로 수도한
장소도 경정산이라는 설과 하남성 왕옥산(王屋山)이라는 설로
나뉘고, 경정산설 중에서도 공주가 이백을 만나러 경정산으로
갔다는 설과 이백이 공주가 있는 경정산으로 갔다는 설로
나뉘는 등 어느 것 하나도 확인되지 않았다.

32 노노정

천하의 상심처(傷心處)는
임 보내는 노노정(勞勞亭)

봄바람이 이별의 괴로움 알고 있기에
버들가지 푸르게 하질 않고 있다네

勞勞亭

天下傷心處　勞勞送客亭
春風知別苦　不遣柳條靑

___

노노정은 옛날의 송별하는 장소라고 하는데, 삼국시대
오(吳)나라 때 세운 정자로 그 옛 터가 지금 강소성(江蘇省)
남경(南京) 남쪽에 있다고 한다. 아마 옛날 사람들은 이곳까지
와서 정다운 친구나 사랑하는 사람과 마지막 작별을 고했던
모양이다.
　천하의 "상심처" 즉 마음 아프게 하는 곳이 노노정이라고
했다. 노노정은 "임 보내는" 장소이다. 그러므로 마음을 아프게
하는 일은 이별 때문에 생긴 것이다. 인간세상에 마음을 아프게

하는 일들이 많지만 이별의 괴로움이 가장 견딜 수 없는
고통이다. 예나 지금이나 이별의 괴로움보다 더 큰 괴로움이
없다는 것을 말하기 위하여 "상심처" 앞에 "천하"라는
수식어를 붙였다. 즉 이 세상의 모든 마음 아픈 일 중에서도
이별의 고통이 가장 마음 아픈 일이라는 암시이다. '천하의
상심사(傷心事)는 이별'이라 말하지 않고, "천하의 상심처는 임
보내는 노노정"이라 하여 장소만 제시한 데서 이백의 솜씨를
엿볼 수 있다.

이 제1연에서 노노정에 관한 묘사가 끝나고 더 이상 덧붙일
말이 없는 듯이 보인다. 그러나 이백은 노노정에 올라 주위의
버드나무를 보고 그의 상상력을 비상(飛翔)시킨다. 중국에는
'절류송별'(折柳送別), 즉 송별할 때 버드나무 가지를 꺾어 주는
민간 풍속이 있다. 아마 '柳'와 '留'(머물다)가 음이 같기 때문에
버드나무를 꺾어 주면서도 '더 머물러 있어 달라'는 염원을
실어 보낸다는 의미일 것이다. 버들잎이 푸른 계절에는
사람마다 이 노노정에서 버들가지를 꺾어 주면서 이별의
아쉬움을 달랬을 것이다.

그런데 이백이 이 정자에 올랐을 때는 이른 봄이라 아직
버들잎이 나지 않았다. 이를 보고 그는 "봄바람이 이별의
괴로움 알아/버들가지 푸르게 하질 않고 있다네"라는
명구(名句)를 떠올린다. 봄바람은 원래 무정물(無情物)이다.
무정물이기에 이별의 괴로움을 알 리 없음에도 봄바람이
이별의 괴로움을 안다고 했다. 봄바람이 이별의 괴로움을 알기
때문에 그 이별을 차마 볼 수 없어서 일부러 버들잎을 푸르게

하지 않았다는 것이다. 그래서 지금 노노정 옆의 버드나무가 푸르지 않다는 발상이다. 무정물인 버드나무도 이별의 괴로움을 안다고 함으로써, 인간세상에서의 이별이 얼마나 괴로운 것인가를 강조하고 있다. 봄바람이라는 무정물을 의인화함으로써 이백과 봄바람이 같은 심정이 되어 이별의 슬픔을 공유하고 있다.

최
호

崔顥, 704?~754

하남성 변주(汴州) 출신으로 개원 11년(723)에 진사가 되었고,
벼슬이 사훈원외랑(司勛員外郎)에 이르렀다. 왕유와 더불어
'재명지사'(才名之士)로 칭해졌으나 젊은 시절에는 술과 도박,
여자를 좋아해 사람은 경박하고 시는 부염(浮艶)하다는 평가를
받았다. 후에 강남 지역을 유람하고 하동 막부(河東幕府)에서
변새 생활을 겪으며 시풍이 일변해 기골 있는 시를 지었다고
한다. 43수의 시가 전한다.

33 황학루

옛사람 황학 타고 이미 가 버렸는데
이곳엔 하릴없이 황학루(黃鶴樓)만 남았네

황학은 한번 간 후 다시는 오지 않고
흰 구름만 천년토록 유유히 떠 있네

맑은 강엔 한양(漢陽)의 나무 뚜렷이 보이고
앵무주(鸚鵡洲)엔 고운 풀이 우거졌도다

날 저무니, 고향 땅은 어드메 있는지
안개 낀 강 물결이 나의 수심 자아내네

黃鶴樓

昔人已乘黃鶴去　此地空餘黃鶴樓
黃鶴一去不復返　白雲千載空悠悠
晴川歷歷漢陽樹　芳草萋萋鸚鵡洲
日暮鄉關何處是　煙波江上使人愁

145

千載(천재)-천년·歷歷(역력)-뚜렷한 모양·漢陽(한양)-무창(武昌)의
서북쪽에 있으며 황학루와는 강을 사이에 두고 서로 바라보인다.
·萋萋(처처)-무성한 모양·鸚鵡洲(앵무주)-황학루 동북쪽 장강(長江)
가운데에 있었던 섬.「앵무부」(鸚鵡賦)를 지은 후한의 예형(禰衡)이
황조(黃祖)에게 죽임을 당한 곳이라 해서 앵무주란 이름이 붙었다.
·鄕關(향관)-고향

황학루의 유래에 대해서는 여러 가지 설이 있다. 신선
자안(子安)이 황학을 타고 와서 노닐었다고 해서 후인들이
이곳을 황학산이라 명명하고 또 산 위에 누각을 지어 황학루라
했다는 전설이 있고, 삼국시대 촉(蜀)의 명장인 비위(費褘)가
이곳에서 황학을 타고 신선이 되어 하늘로 올라갔다는 전설도
있다.

또 다음과 같은 재미있는 이야기도 전한다. 원래 이곳에
신씨주점(辛氏酒店)이 있었는데 어느 날 남루한 차림의 도사가
와서 술을 청했다. 주인 신씨는 가난한 선비에게 술값을 받지
않았다. 이렇게 신씨는 1년 동안 도사에게 술을 무료로
제공했다. 도사는 떠나면서 그동안의 후의(厚意)에 보답한다며
귤껍질로 벽에 학을 그려 주고 "손뼉을 치면 학이 춤을 출
것입니다"라고 했다. 과연 도사의 말대로 학이 춤을 추어 이를
보려는 손님이 많아지고 신씨는 이 때문에 큰 재산을 모았다.
10년 후에 도사가 다시 찾아와서 피리를 부니 학이 구름을 타고
벽에서 나와 춤을 추고는 도사를 태우고 하늘로 올라갔다.

신씨가 이를 기념해서 누각을 짓고 황학루로 이름했다. 굴껍질로 학을 그렸기 때문에 '백학'이 아닌 '황학'이 된 것이다. 후인들은 이 도사를 비위(費褘)라 여기기도 했다.

시인은 황학루에 올라 이곳에 얽힌 전설을 생각하며 회고의 염(念)에 잠긴다. "옛사람"(昔人)은 자안이거나 비위를 가리킨다. 그 옛사람은 황학을 타고 가 버린 후 천년토록 다시는 돌아오지 않고 있다. 지금 옛사람과 황학은 다시 볼 수 없고 오직 황학루와 흰 구름만 남아 옛일을 생각나게 할 뿐이다. 세월은 이렇게 돌이킬 수 없는 것인가…. 이런 상념에 빠져 있다가 눈앞에 펼쳐진 한양 땅의 나무와 앵무주의 풀을 바라보고 문득 현실로 돌아온다. 지금쯤 고향에도 저와 같이 나무들이 빽빽하고 고운 풀들이 우거져 있겠지. 어느덧 해가 저무니 고향 생각이 더욱 간절해진다. 해가 질 무렵은 모든 사람들이 집으로 돌아갈 때이다. 강 위에 가득 피어오르는 물안개처럼 고향 생각이 걷잡을 수 없이 피어오른다.

이 시는 황학루를 읊은 수많은 시들 중에서 단연 으뜸으로 꼽힌다. 뿐만 아니라 송나라 엄우(嚴羽)는 그의 저서 『창랑시화』(滄浪詩話)에서 "당나라 사람의 칠언율시는 마땅히 최호의 「황학루」를 제일로 쳐야 한다"고 말하기까지 했다. 그러나 엄격히 말하면 이 시는 칠언율시의 작법을 따르지 않고 있다. 율시와 같은 근체시에서는 한 편에서 같은 글자를 두 번 이상 쓰지 않는다. 그런데 이 시에서는 '黃鶴'이 세 번이나 나온다. 뿐만 아니라 '人' '去' '空' 자도 두 번씩 사용되었다. 또한 근체시의 평측(平仄)도 지키지 않고 있다. 제3구는 첫 '黃'

자만 평성(平聲)이고 나머지 여섯 글자는 모두 측성(仄聲)으로
되어 있다. 그래서 이 시는 '고시도 아니고 율시도 아니다'
'고시이기도 하고 율시이기도 하다'는 평을 받는다. 『당시
삼백수』에는 칠언율시로 분류하여 수록되어 있다.

　이러한 결함(?)을 지녔음에도 이 시가 후인들에게 높이
평가받는 이유는 무엇일까? 그것은 아마 '천성'(天成)의 시이기
때문일 것이다. 의도적으로 좋은 시를 쓰겠다는 의식 없이
가슴에서 우러나는 대로 자연스럽게 쓴 시를 천성의 시라 한다.
시에서는 이런 작품을 귀하게 여긴다. 이 작품도 황학루에 올라
옛 일을 회고하고 고향을 그리워한다는 특별하지 않은 정서를
담담하게 그리고 있다. 인위적으로 애쓴 흔적이 보이지 않는다.
제1구에서 제4구의 전반부는 그야말로 손 가는 대로 막힘없이
물 흐르듯 시상이 전개되기 때문에 '黃鶴'이 세 번 쓰였다고
느낄 겨를이 없다. 그만큼 자연스럽다. 시의 후반부도 기발한
비유법이나 남다른 시적 장치 없이 고향 그리는 마음을
진솔하게 표현하고 있다.

　이 시를 쓴 최호에 대한 후대의 평가는 좋은 편이 아니다.
그에 대한 평가는 '유문무행'(有文無行: 글을 잘 쓰지만 행실이
나쁘다)으로 요약된다. 기록에 의하면 그는 아내를 맞이할 때
오직 예쁜 여자만 선택하고 얼마 있다가 버리기를 4, 5차례나
반복했다고 한다. 성격이 경박하고 심지어 도박을 일삼았다는
기록도 보인다. 그러나 그의 「황학루」 시 한 편만은 누구도
부정하지 않는 천고의 절창으로 길이 살아남아 오늘까지
전송되고 있다.

148

이백이 황학루에 올라 시흥이 도도하여 시를 지으려다가 문득
붓을 던지며,

눈앞에 경치 있어도 말할 수 없는 것은
최호의 시가 머리 위에 있기 때문이네

眼前有景道不得 崔顥題詩在上頭

라 했다는 사실이 원나라 신문방(辛文房)이 쓴 『당재자전』
(唐才子傳)에 실려 있다. 두보가 "백야시무적"(白也詩無敵:
이백은 시에서 적수가 없다)이라 말한 그 이백이 강한 적수를
만난 것이다. 이백이 붓을 던진 것은 최호의 시를 능가할 만한
시를 쓸 자신이 없음을 의미한다. 이 사실을 어디까지 믿어야
할지 모르겠지만 이런 이야기가 만들어졌다는 자체가 최호
시의 우수성에 대한 하나의 반증이다. 지금 무한(武漢)의
황학루 경내에는 '각필정'(擱筆亭)을 지어 이 일을 기념하고
있다. '각필'은 붓을 던진다는 뜻이다. 그리고 각필정
맞은편에는 '최호제시도'(崔顥題詩圖) 비석이 있는데 여기에
「황학루」 시와 최호의 모습이 부조(浮彫)되어 있다. 또
모택동이 쓴 황학루 시비(詩碑)도 볼 수 있다.
　　한편 이백은 황학루에서 시 짓는 것을 포기하고 최호의
시에 필적할 만한 시를 지으려는 생각으로 금릉(金陵: 지금의
남경)의 봉황대(鳳凰臺)에 올라 「등금릉봉황대」
(登金陵鳳凰臺)를 지었다.

149

봉황새 놀던 봉황대 위엔
봉황 떠나 대(臺)는 비고 강물만 흐르네

오궁(吳宮)의 화초는 그윽한 길에 파묻혔고
진(晉)나라 고관들은 옛 무덤을 이루었네

삼산(三山)은 하늘 밖, 반쯤 드리워 있고
강물은 두 줄기로 백로주(白鷺洲)서 갈라지네

뜬구름이 태양을 가릴 수 있기에
장안이 보이잖아 시름겨워 하노매라

鳳凰臺上鳳凰游　鳳去臺空江自流
吳宮花草埋幽徑　晉代衣冠成古丘
三山半落靑天外　二水中分白鷺洲
總爲浮雲能蔽日　長安不見使人愁

　이백이 정말 최호의 시에 도전하려는 야심을 가지고 이
시를 썼는지는 확인할 길이 없으나, 시의 구상이나 전개
방식이 최호의 「황학루」와 비슷한 것은 분명하다. 이 점은 두
시의 운자(韻字)에서도 드러난다. 즉 「황학루」의 운자인 樓, 悠,
洲, 愁와 「등금릉봉황대」의 운자인 流, 丘, 洲, 愁가 모두
'尤'운이다. 특히 洲, 愁는 같은 글자를 사용했다.
　어느 시가 더 우수한가에 대한 후대의 평가는 엇갈린다.

150

엇갈리는 가운데 이백의 시가 최호의 시에 미치지 못한다는 평가가 약간 우세하다. 만일 그렇다면, 최호의 시가 '천성'(天成)의 시인 반면에 이백의 시는 그렇지 못한 데에 그 원인이 있을 것이다. 미리 최호의 시를 능가하려는 도전 의식을 가지고 시를 썼다면 천성의 시가 될 수 없기 때문이다.

황학루는 악양루(岳陽樓), 등왕각(滕王閣), 봉래각(蓬萊閣)과 더불어 중국의 4대 누각으로 꼽힌다. 원래는 223년 삼국시대 동오(東吳) 때 군사적인 목적으로 건립된 건물인데, 삼국이 통일된 후 군사적인 가치가 없어지자 시인 묵객들의 유람지가 되었다. 기록에 의하면 이곳을 다녀간 212명의 문인이 339수의 시를 남겼다고 한다. 최초로 건립된 이후 십수 차례나 파괴와 중건을 거듭하다가 현존 건물은 1985년에 다시 세운 것이다. 51.4m의 5층 누각으로 승강기가 설치되어 있다. 그리고 1층에는 대형 '백운황학'(白雲黃鶴) 도자(陶瓷) 벽화가 그려져 있고 3층에는 당·송·원·명·청대의 황학루 모형이 전시되어 있다.

왕
한

王翰, 687~726

산서성 병주(幷州) 출신으로 자는 자우(子羽)이다. 경운(景雲)
원년(710)에 진사에 급제한 후 당시 재상이던 장열(張說)의
인정을 받아 비서정자(秘書正字), 가부원외랑(駕部員外郞)에
발탁되었다. 호방한 성격으로 술과 풍류를 즐기며 방탕한 생활을
하다가 장열이 실각한 후 이곳저곳으로 좌천되었다가 마지막으로
호남성 도주사마(道州司馬)로 좌천되어 그곳에서 죽었다.
왕지환(王之渙)과 더불어 변새파 시인으로 이름이 높다. 14수의
시가 전한다.

34 양주의 노래

맛있는 포도주, 야광배(夜光杯)에 따르는데
말 위의 비파 소리, 마시길 재촉하네

모래밭에 취하여 누웠다고 웃지 마소
예로부터 전장에서 돌아온 자 몇이던가

凉州詞

葡萄美酒夜光杯　欲飮琵琶馬上催
醉臥沙場君莫笑　古來征戰幾人回

凉州(양주)-지금의 감숙성 무위현 · 葡萄美酒(포도미주)-포도주는
한무제(漢武帝) 때 서역에서 전래된 포도로 만든 술로 황실에서나 마시던
매우 귀한 술 · 夜光杯(야광배) - 밤에도 빛이 난다는 백옥으로 만든 귀한
술잔으로, 서호(西胡)가 주(周) 목왕(穆王)에게 바쳤다고 한다.
· 琵琶(비파)-원래 호족(胡族)의 악기로 말 위에서 탄다고 한다.
· 沙場(사장)-사막의 모래밭 · 征戰(정전)-전쟁

성당(盛唐) 변새시(邊塞詩)의 걸작으로 천고에 전송되는

명편이다. 이 시는 변새시이면서도 전쟁을 묘사하지 않고
음주(飮酒)를 그리고 있다. 제1구에서부터 포도주와 야광배가
등장한다. 극히 진귀한 포도주와 야광배를 등장시킴으로써 이
장면이 매우 성대한 술자리임을 암시한다. 말 위에서는 비파가
주흥을 돋우며 술 마시기를 재촉한다. 비파는 원래 말 위에서
연주하던 악기라고 한다. 변방의 전쟁터에서 병사들은 비파
소리에 이끌려 야광배에 포도주를 따라 마음껏 마시고 취하여
모래밭에 누워 있다. 열광적이고 질펀한 술자리의 묘사다.
이렇게 대취(大醉)하여 모래밭에 누워서 그들은 말한다.
"예로부터 전장에서 돌아온 자 몇이던가?" 예로부터 나라를
위하여 출정한 전사는 살아서 돌아갈 생각을 하지 않았다.
그것이 진정한 사나이다. 그러니 죽음을 두려워하지 말고
마시자는 것이다. 그러므로 제4구의 이 말은 일종의
권주사(勸酒辭)이다. 이는 생사를 초월한 병사들의 호방한
기상을 나타낸 것이다. 영웅본색(英雄本色)의 표출이라 할
만하다.

　이 시를 다른 각도에서 해석하기도 한다. 즉 1, 2구를
출정하기 전의 장면으로 보는 견해이다. 1구는 출정하기 전의
주연(酒筵)이고 2구는 말 위에서 대장이 병사들의 출발을
재촉한다는 것이다. 3구는 전쟁에 지친 병사들이 술로 시름을
달래는 모습이다. "예로부터 전장에서 돌아온 자 몇이던가?"
우리들도 돌아갈 희망 없이 여기서 죽고 말 것이다. 이런
비통한 심정을 달래기 위해서, 죽음의 공포로부터 벗어나기
위해서 술을 마신다는 것이다.

154

두 가지 견해에 다 일리가 있어서 어느 한쪽으로 단정하기
어렵지만, 이 시의 작자인 왕한의 평소 기질로 보아 전자의
해석이 보다 타당한 듯하다. 왕한은 평소 술을 좋아하고 그
무엇에도 얽매이지 않는 호방한 기상의 소유자였다고 한다.
그는 이 시의 배경인 서북쪽의 변방에 가 본 적이 없었다고
한다. 이러한 그에게, 포도주와 야광배와 비파가 있는 변방의
사막이라는 이국 풍정(異國風情)이 일종의 낭만적인 상상력을
자극했을 것이다. 직접 가 보지 않았기 때문에, 전쟁의
참상이나 병사들의 애상(哀傷)을 묘사하기보다, 생사를
초월하여 술 마시는 병사들의 호쾌한 기상을 그렸을 법하다.
이백 류의 낭만적인 상상력의 소산이 아닌가 한다. 또한 이것은
성당 변새시의 특징이기도 하다.

고
적

高適, 700?~765

하북성 발해(渤海) 출신으로 자는 달부(達夫) 또는
중무(仲武)이다. 젊었을 때 이백, 두보와 교유했으며 50세가
되어서야 급제하여 봉구위(封丘尉)로 임명되었으나 사퇴한 후
하서절도사(河西節度使) 가서한(哥舒翰)의 인정을 받아 그의
막료가 된다. 이후 벼슬길이 순탄했지만 권신(權臣)
이보국(李輔國)의 미움을 받아 팽주자사(彭州刺史),
검남절도사(劍南節度使) 등으로 좌천되었다가 후에는 벼슬이
좌산기상시(左散騎常侍)에 이르렀다. 50세에 시를 짓기
시작했지만 곧 문명을 날렸는데 특히 변새시에 뛰어나
잠삼(岑參)과 더불어 '고잠'(高岑)이라 병칭되었다. 또한 잠삼,
왕창령, 왕지환과 함께 '변새4시인'으로 일컬어졌다.
『고상시집』(高常侍集)에 243수의 시가 전한다.

35   인일에 두보에게 부치다

인일(人日)에 시를 지어 초당으로 부치면서
옛 친구의 고향 그리움을 멀리서 슬퍼하네

파릇파릇 버들가지 차마 볼 수 없어라
가지 가득 매화는 애간장을 끊게 하네

남쪽 변방 이 몸은 하는 일 없는데
마음엔 온갖 근심 걱정 품고 있다네

금년 인일엔 부질없이 서로 그리지만
명년 인일엔 어디에 가 있을는지…

동산에 한번 누워 삼십 년을 보냈는데
어찌 알았으랴, 책과 칼이 풍진에 늙을 줄을

늘그막에 도리어 이천 석 녹(祿) 받으니
동서남북인(東西南北人) 그대에게 부끄럽기만

人日寄杜二拾遺

人日題詩寄草堂　遙憐故人思故鄉
柳條弄色不忍見　梅花滿枝空斷腸
身在南藩無所預　心懷百憂復千慮
今年人日空相憶　明年人日知何處
一臥東山三十春　豈知書劍老風塵
龍鍾還忝二千石　愧爾東西南北人

人日(인일)-정월 초이렛날. 연초의 8일을 초하루부터 계(鷄), 견(犬),
시(豕), 양(羊), 우(牛), 마(馬), 인(人), 곡(穀)의 날로 정하는 풍속이 있다.
• 杜二拾遺(두이습유)-杜二는 두보를 가리킨다. 二는 6촌 이내 친족 중에서
항렬이 두 번째라는 뜻. 拾遺는 두보가 역임했던 벼슬 이름 • 草堂(초당)-
사천성 성도의 두보 초당 • 弄色(농색)-버들가지가 파랗게 물든 모양
• 南藩(남번)-남쪽 변방. 촉주(蜀州)를 가리킨다. 고적은 당시 촉주자사로
있었다. • 預(예)-참여하다. '無所預'는 변방의 한직(閑職)에 있기 때문에
조정의 정사에 참여하지 못한다는 말 • 東山(동산)-진(晉)나라
사안(謝安)이 은거하던 곳 • 서검(書劍)-선비가 항상 휴대하는 칼과 책
• 龍鍾(용종)-노쇠한 모양 • 忝(첨)-더럽히다. '말석을 더럽히다'와 같은
겸양어 • 二千石(이천석)-한(漢)나라 때 태수의 녹봉이 2천 석이었던 데서
유래하여 널리 지방 장관을 지칭 • 東西南北人(동서남북인)-『예기』(禮記)
「단궁」(檀弓)에 이런 기록이 있다. "공자가 이미 부모를 방(防) 땅에
합장하고 말하기를 '나는 들으니 옛날에는 무덤은 만들어도 봉분은 만들지
않았다고 한다. 이제 구(丘)는 동서남북을 떠돌아다니는 사람이니 표지를
만들지 않을 수 없다'라 하고 봉분을 만들었다." 후에 '동서남북인'은 거처가
일정하지 않은 사람을 뜻하게 되었다.

이 시는 고적이 761년 촉주자사로 있을 때의 작품이다. 그는
741년경에 두보를 처음 만나 깊은 우정을 나누고 함께
하남(河南), 산동(山東) 등지를 유람하기도 했다. 그는 749년
50세의 늦은 나이에 첫 벼슬길에 나선 이후 현종의 인정을 받아
조정에서 활동했고 755년 안록산의 난이 일어나자 공을
세움으로써 숙종(肅宗)이 그를 크게 중용했다. 그러나
직언(直言)으로 당시 권력자들을 비판하다가 권신 이보국 등의
참소로 759년엔 멀리 사천성의 팽주자사로 좌천되었다. 그해
12월 두보가 성도에 와서 우거(寓居)하자 곧 편지와 양식을
보내어 그를 위로하고 도와주었다. 760년 고적이 촉주자사로
옮겼을 때는 두보가 직접 고적을 찾아가 만날 만큼 두 사람의
우정은 돈독했다. 그 이듬해(761년)에 두보에게 써 보낸 시가
이 작품인데 고적 만년의 대표작이다.

시인은 난리를 피해 이곳에서 유랑하고 있는 두보가 얼마나
고향을 그리워하고 있을까를 생각하며 이를 안타까워하고
있다. 시의 문면에서는 두보의 사향(思鄉)을 슬퍼하지만 고향을
그리워하기는 자신도 마찬가지이다.
3, 4구는 사향의 구체적인 묘사이다. 봄이 되어 버들이
파릇파릇하고 매화가 만발했으나 이를 보고 즐길 처지가
아니다. 그래서 "차마 볼 수 없어" "애간장이 끊어진다."
이어 시인은 자신의 회포를 술회한다. 남쪽 변방에서 "하는
일이 없다"는 것은 조정의 국사에 참여할 길이 없다는 말이다.
안록산의 난은 아직도 끝나지 않았다. 국가가 위기에 처한

이러한 상황을 보고만 있는 그의 마음은 "온갖 근심 걱정"으로 가득 차 있다. 이 "온갖 근심 걱정"은 자신의 개인적인 불행과 국가의 불행이 합해져서 일어난 근심 걱정이다. 이런 근심 걱정 속에서도 금년엔 서로 만나지는 못해도 시로 서로의 안부를 물을 수는 있지만 내년 이맘때쯤엔 어떻게 될지 알 수 없다. 자신은 조정의 신하로 또 어디로 전임(轉任)될지 모르고 두보도 정처 없이 어디로 떠돌지 모를 일이다. 이를 생각하면 가슴이 미어진다.

　진(晉)나라 사안(謝安)은 출사(出仕)할 뜻이 없어 오랫동안 '동산'(東山)에 은거하다가 한번 벼슬길에 나와서는 큰 공을 세웠다. 돌이켜보면 자신도 오랫동안 은거한 후 벼슬길에 나섰으나, 어찌 알았으랴 나라에 아무런 보탬이 되지 못하고 갈고 닦았던 책(文)과 칼(武)을 제대로 쓰지 못한 채 이렇게 늙어 가고 있을 줄을. 이제 늘그막에 이천 석 녹봉을 받는 태수로 있으면서 동서남북으로 떠도는 그대에게 부끄러울 뿐이다. "동서남북인"은 공자가 "나는 동서남북인이다"라고 한 데서 따온 말로 사방으로 다니면서 할 일이 많다는 뜻으로 한 말이다. 그러므로 시인이 두보를 동서남북인이라 지칭한 것은, 자유롭게 떠도는 두보에 대한 부러운 마음과 함께, 공자와 같이 웅지(雄志)를 품은 두보를 존경하는 뜻을 담아서 한 말이다. 그리고 "부끄럽다"는 말에는 두 가지 뜻이 담겨 있다. 국가를 위하여 아무런 공헌을 할 수 없어서 부끄럽다는 뜻과 함께 정처 없이 떠도는 두보에게 아무런 도움을 주지 못해서 부끄럽다고 한 것이다.

160

이 시는 아무런 전고를 사용하지 않았고 또 사람을 놀라게 할 만한 빼어난 구절도 없다. 그저 감회를 직설적으로 표현했을 뿐이다. 그런데도 시인의 진솔한 생각을 가감 없이 토로했기 때문에 사람들을 감동시킨다. 두보는 이로부터 9년 후인 770년 그가 서거하던 해에 옛 상자 속에서 이 시를 다시 꺼내어 읽어 보고 눈물을 흘리며 이미 고인이 된 고적에게 화답하는 시를 썼다.

36　동대와 이별하며

십 리 길 누른 구름, 태양도 어둑한데
북풍은 기러기 몰아가고 어지러이 눈 내리네

가는 길에 지기(知己) 없다, 걱정 말게나
천하에 그 누가 그대를 모르리

別董大

十里黃雲白日曛　北風吹雁雪紛紛
莫愁前路無知己　天下誰人不識君

十里(십리)-'千里'로 된 본도 있다.・黃雲(황운)-해질 무렵의 구름 또는
모래 바람이 하늘에 가득 찬 모양・北風吹雁(북풍취안)-북풍이 불어
기러기를 몰아가다・知己(지기)-자기 마음을 잘 알아주는 사람

동대(董大)가 누구인지 분명하지 않으나, 당시 금(琴)의 명수인
음악가 동정란(董庭蘭)일 것으로 추정된다. 그는 당시 재상
방관(房琯)의 문객으로 있다가 뇌물 사건에 연루되어 쫓겨나

방랑하고 있었다. 동정란이 6촌 이내 형제들 중 항렬이
첫째이기 때문에 '大'라고 한 것이다.

　시인은 지금 추운 북쪽의 어느 지방에서 친구인 동대를
송별하고 있다. 때는 해질 무렵이다. 그런데 이별하는 장소의
분위기가 심상치 않다. 하늘엔 온통 "누른 구름"으로 덮여
있다. 이 누른 구름은 해질 무렵의 구름이기도 하겠지만, 모래
바람이 불어 하늘의 구름도 누렇게 물들었다는 표현이다.
삭막하고 음침한 분위기이다. 게다가 눈까지 어지러이
흩날리고 북풍이 세차게 불고 있다. '기러기가 난다'고 하지
않고 '북풍이 기러기를 몰아간다'고 한 것은 바람이 그만큼
세차게 분다는 말이다. 기러기가 능동적으로 나는 것이 아니고
바람에 불려 피동적으로 내몰린다는 표현이다.

　시인은 떠나는 친구의 앞길이 걱정스러울 수밖에 없다.
송별하는 장소의 음산한 분위기는 그대로 시인의 마음을
반영하는 내면의 풍경이기도 하다. 여기서 시인은 비장하고
단호한 어조로 떠나는 친구를 위로한다. "가는 길에 지기 없다,
걱정 말게나／천하에 그 누가 그대를 모르리." 시상(詩想)을
반전시킨 이 3, 4구는 천고에 전송되는 명구라 일컬어지고
있다. 슬픔과 아쉬움과 눈물로 일관된 일반적인 송별시와는
달리 시인의 호방한 기상이 보인다. '그대의 인품이나 그대의
재능으로 보아 어디를 가든 그대를 알아주는 지기를 만날
것이니 걱정하지 말고 떠나게.' 친구에 대한 믿음에서 우러나는
참다운 우정 없이 이런 말이 나올 수는 없을 것이다. 그래서 이
시는 송별시의 새로운 경지를 개척했다는 평가를 받아 왔다.

163

37 변새에서 피리 소리를 듣고

눈 녹은 오랑캐 하늘 아래 말 먹이고 돌아오니
달 밝은 망루 사이로 피리 소리 들리네

묻노라, 매화가 어디 떨어졌기에
이 한밤, 바람에 날려 관산에 가득한가?

塞上聽吹笛

雪淨胡天牧馬還　月明羌笛戍樓間
借問梅花何處落　風吹一夜滿關山

雪淨(설정)-눈이 녹다 • 胡天(호천)-오랑캐 하늘, 즉 변방 지역
• 羌笛(강적)-서역의 악기인 피리 • 戍樓(수루)-변방을 지키는 망루

시인 고적은 젊을 때 변방에서 막료 생활을 했고 50세 무렵에는
하서절도사 가서한 밑에서 막료로 일한 바도 있다. 이 시절의
경험을 바탕으로 변새시를 많이 창작했는데, 이 시는 그의
변새시를 대표하는 작품이다.

164

눈 녹은 변방에 봄이 찾아와 풀이 돋아나고 병사들이 들판으로 나가 말에게 풀을 먹이고 돌아온다는 것이 제1구의 뜻이다. 여기서 "말을 먹인다"(牧馬)는 말은 특별한 의미를 지닌다. 가의(賈誼)의 「과진론」(過秦論)에 진시황이 "몽염(蒙恬)으로 하여금 북쪽에 장성을 쌓아 변방을 지키게 하고 흉노를 700여 리 퇴각시키니 오랑캐들은 감히 남쪽으로 내려와 말을 먹이지 못했다"는 구절이 있다. 그러므로 병사들이 말을 먹일 수 있다는 것은 오랑캐들이 물러났다는 것을 의미한다. 한편 "牧馬還"을 '말을 먹이던 오랑캐들이 퇴각하여 돌아갔다'로 해석하기도 한다. 어쨌든 제1구는 변방에 일시적인 평화가 찾아온 풍경을 그린 것이다. 그리고 그날 밤 하늘엔 휘영청 밝은 달이 떠 있는데 변방 망루의 병사들 귀에 어디선가 피리 소리가 들려온다.

여기까지는 실경(實景)이다. 이어지는 3, 4구는 허경(虛景)이다. 이 밤에 때 아닌 매화꽃이 떨어져 흩날린다. 삭막한 변방에 매화가 있을 리 없고 또 밤에 매화가 보일 리 없는데도 매화꽃이 바람에 불어 날려 관산에 가득하다고 했다. 이것은 허경이고 사실은 피리의 곡조가 '매화락'(梅花落)인 데서 나온 발상이다. 이 매화락 곡조가 바람을 타고 관산에 가득 울려 퍼진 것을 매화가 흩날린다고 표현한 것이다. 시인은 피리의 곡조에 담긴 '떨어지는 매화'의 이미지를 실제 상황인 양 교묘하게 재현해 놓고 있다. 피리 소리가 병사들의 가슴을 적셔 그들의 마음에도 매화꽃이 떨어진다. 자연히 그들은 고향의 매화를 떠올리며 향수에 잡기고 달콤한 고향 꿈을 꿀 것이다.

　이 시는 변방에서 수자리 사는 병사들의 고달픈 생활이나 떨어져 있는 가족에 대한 애타는 그리움을 그리지 않고 있다. 제1구에 보이는 비교적 평화롭고 밝은 분위기에 걸맞게 병사들의 향수를 자연스럽게 이끌어 내고 있다. 이러한 정서는 성당 변새시의 두드러진 특징 중 하나이다.

유
장
경

劉長卿, 709?~789?

자는 문방(文房)이며, 안휘성 선성(宣城) 출신이라는 설과,
하북성 하간(河間) 출신이라는 설이 있다. 733년에 진사에
급제한 후 부침을 거듭하다가 목주사마(睦州司馬)를 거쳐
수주자사(隨州刺史)를 끝으로 관직 생활을 마감했다. 그래서
세인들은 그를 유수주(劉隨州)라고도 불렀다. 성격이 강직하고
오만하여 자신의 이름을 쓸 때는 성을 빼고 '장경'(長卿)이라고만
표기했다고 전한다. 오언시(五言詩)에 능하여 스스로를
'오언장성'(五言長城)이라 칭했다. 특히 전원과 산수 묘사는
도연명, 왕유, 맹호연과 통하는 바가 있다.
『유수주시집』(劉隨州詩集) 10권과 『외집』(外集) 1권이 전한다.

38 눈을 만나 부용산 주인집에서 자다

해 저물어 푸른 산, 멀기도 한데
차가운 날씨에 오두막집 가난하네

사립문에 개 짖는 소리
눈보라 치는 밤, 사람이 돌아오네

逢雪宿芙蓉山主人

日暮蒼山遠　天寒白屋貧
柴門聞犬吠　風雪夜歸人

芙蓉山(부용산)-어디에 있는 산인지 미상. 부용산 주인은 부용산의 소유자가
아니라, 부용산에 사는 사람이라는 뜻 • 白屋(백옥)-가난한 초가집, 오두막
• 柴門(시문)-사립문 • 吠(폐)-개가 짖다

산수시(山水詩)로 이름난 중당(中唐) 초기의 시인 유장경의
대표작이다. 그의 산수시는 지극히 절제된 언어로 담박하게
그려 낸 한 폭의 산수화 같다는 평을 들을 만큼 그 회화성이

두드러진다. 이 시 역시 마찬가지이다.

　시인은 아마 먼 길을 가고 있는 모양이다. 부용산 속에서
날은 저물었는데 갈 길은 멀다. 게다가 날씨마저 차고 눈보라가
몰아치고 있다. "멀다"(遠)는 말은 공간적인 거리뿐만 아니라
시인의 심리적인 거리를 함께 지시한다. 먼 길을 가느라 몹시
지쳐 있음을 나타낸다. 마침 눈앞에 오두막집이 한 채 보여
지체 없이 들어가 투숙한다. 1구에서 2구로의 이행이 매우
비약적이다. 눈보라 치는 어느 겨울날 저녁, 산길을 가다가
산속에 있는 조그마한 오두막집을 발견하고 하룻밤 유숙할
것을 요청해서 허락받고 들어가 투숙한다는 내용을 이처럼
간결하게 처리하고 있다. '석묵여금'(惜墨如金), 즉 '먹을
아끼기를 황금처럼 한다'는 말을 실감케 하는 구절이다.

　1구와 2구가 시각적인 묘사라면 3구와 4구는 청각적인
묘사다. 시인은 이미 방에 들어가 잠자리에 들었다. 그때
사립문에서 개 짖는 소리가 들린다. 밤의 적막을 깨는 돌올한
표현이다. 개 짖는 소리에 이어 눈보라 속에 돌아오는 사람이
있다. 이것도 직접 눈으로 본 장면이 아니고
방 안에서 들리는 소리로 짐작한 것이다. 그런데 이 사람은
누구일까? 유장경의 시가 너무나 간결하기 때문에, 너무나
'먹을 아끼기 때문에' 시의 문맥 속에서 그 해답을 찾기가
어렵다. 그래서 여러 가지의 해석이 가능하다. 첫째는 집
주인이라는 견해이다. 시인이 그 집에 투숙했을 때 주인은 출타
중이었고 나중에 돌아왔다는 것이다. 이 경우, 개 짖는 소리가
다소 어색하다. 돌아오는 주인을 보고 개가 짖는다는 것이 좀

이상하다. 둘째는 시인 자신이라는 견해이다. 이 경우에는 시 전체를 달리 해석해야 한다. 2구는 시인이 오두막집에 투숙했음을 뜻하는 것이 아니고 산길을 가다가 오두막집을 발견했다는 뜻으로 보아야 하고, 3구는 시인이 방 안에서 들은 소리가 아니고 시인이 오두막집에 접근했을 때 개가 짖는 것으로 해석해야 한다. 이렇게 볼 때는 2구의 "貧" 자가 문제가 된다. 어둠 속에서 보이는 집이 꼭 "가난한" 집이라 단정하기 어렵기 때문이다. 집안에 들어가서 가재도구를 살펴보고 나서 "가난한" 집임을 알았다는 것이 순리이다. 셋째는 주인도 아니고 시인도 아닌 또 다른 나그네라는 견해이다. 이 경우에는 4구의 "歸" 자가 걸린다. 낯선 나그네가 낯선 집으로 "돌아온다"는 표현이 걸맞지 않다. 이것은 둘째의 경우에도 해당된다. 이 시는 그만큼 해석의 공간을 활짝 열어 놓고 있다.

두
보

杜甫, 712~770

자는 자미(子美)이다. 시성(詩聖)으로 불리는 최고의 시인으로,
이백과 병칭해 이두(李杜)라 불린다. 그의 시를 '시로 쓴
역사'라는 뜻으로 '시사'(詩史)라고도 하는데, 개원 연간의
성세와 전란을 모두 겪어 급변하는 사회, 불안정한 정세,
백성들의 고통 등이 시에 담겼기 때문이다.
천보 14년(755)에 병조참군(兵曹參軍)에 임명되고 안록산의 난
이후에 좌습유(左拾遺)가 되었으나 재상 방관(房琯)의 무죄를
상소하다 좌천되었다. 759년(48세) 12월에는 가족과 함께
성도(成都)로 가서 초당을 짓고 정착해 한동안 안정된 생활을
했다. 그곳에서 검남동천절도사(劍南東川節度使) 엄무(嚴武)
밑에서 검교공부원외랑(檢校工部員外郞)을 지냈다. 이 때문에
'두공부'(杜工部)라고 불리게 되었다. 765년 엄무가 세상을
떠나자 성도를 떠나 전전하다가 768년 1월에 기주(夔州)에서
배를 타고 장강(長江)을 따라 선상 생활을 한 끝에 그해 말에
동정호의 악양루 밑에 정박했다. 그곳에서 담주(潭州: 장사)를
오가며 지내다가 770년(59세) 배 위에서 객사했다.
『두공부집』(杜工部集), 『초당시전』(草堂詩箋) 등의 시집에
1400여 수의 시가 전한다.

하지장(賀知章)은 말 탄 것이 배 탄 듯하여
눈이 흐려 우물에 빠지면 물속에서 잠을 자네

여양왕(汝陽王)은 술 세 말에 비로소 조천(朝天)하고
길에서 누룩 수레 보면 입에서 침 흘리며
주천(酒泉) 태수 못 됨을 한탄한다네

좌상(左相)은 하루에 술값이 만전(萬錢)이라
고래가 백천(百川)을 삼키듯 마시는데
청주를 즐기고 탁주는 피한다네

최종지(崔宗之)는 깨끗한 미소년이라
술잔 들어 백안(白眼)으로 푸른 하늘 바라보니
맑기가 옥수(玉樹)가 바람 앞에 서 있는 듯

소진(蘇晉)은 부처 앞에 항상 재계하는데
취하면 가끔씩 참선을 안 한다네

이백은 술 한 말에 시 백 편 짓고
장안의 시장터 술집에서 잠 자는데
천자가 불러와도 배를 타지 못하고

스스로 일컫기를 "신(臣)은 주중선(酒中仙)"

장욱(張旭)은 술 석 잔에 초성(草聖)이라 전하니
모자 벗고 왕공(王公) 앞에 맨머리 드러내나
붓 휘두르면 종이 위에 구름안개 같은 글씨

초수(焦遂)는 술 닷 말에야 이제 막 우뚝하여
고담(高談)과 웅변(雄辯)으로 사방을 놀라게 하네

飲中八僊歌

知章騎馬似乘船　眼花落井水底眠
汝陽三斗始朝天　道逢麴車口流涎　恨不移封向酒泉
左相日興費萬錢　飲如長鯨吸百川　銜盃樂聖稱避賢
宗之瀟灑美少年　舉觴白眼望靑天　皎如玉樹臨風前
蘇晉長齋繡佛前　醉中往往愛逃禪
李白一斗詩百篇　長安市上酒家眠　天子呼來不上船
　白稱臣是酒中仙
張旭三盃草聖傳　脫帽露頂王公前　揮毫落紙如雲煙
焦遂五斗方卓然　高談雄辯驚四筵

知章(지장)-현종 때 비서감(祕書監)을 지낸 하지장(賀知章). 이백의 시를

보고 그를 '귀양 온 신선'(謫仙)이라 부른 풍류남아 • 眼花(안화)-술에 취해
눈이 흐릿해지는 것 • 汝陽(여양)-여양왕 이진(李璡)으로 현종의 형
이헌(李憲)의 아들 • 朝天(조천)-천자에게 조회하러 가는 것 • 流涎(유연)-
침을 흘리다 • 酒泉(주천)-감숙성의 지명으로 이곳에 술이 솟는 샘이 있다고
한다. • 左相(좌상)-좌승상 이적지(李適之) • 日興(일흥)-하루에 쓰는 비용
• 樂聖・避賢(락싱피현)-청주(淸酒)를 성인에, 탁주를 현인에 비긴
은어(隱語)를 사용하여, 청주를 즐기고 탁주를 피한다는 뜻 • 宗之(종지)-
최종지. 이백과 교유했다. • 白眼(백안)-죽림칠현(竹林七賢)의 일원인
완적(阮籍)이 속물을 대할 때에는 백안으로 보았고 고결한 인물을 대할 때는
청안(靑眼)으로 보았다고 한다. • 玉樹(옥수)-고귀하고 깨끗한 사람의 비유
• 蘇晉(소진)-불교를 믿어 수놓은 불도(佛圖)를 늘 지니고 있었다고 한다.
• 愛逃禪(애도선)-참선으로부터 도망하는 것을 사랑하다 • 張旭(장욱)-
초서(草書)의 대가로 하지장과 교유했다. • 雲煙(운연)-필세(筆勢)가
약동하는 것을 '운연비동'(雲煙飛動)이라 한다. 구름과 안개가 꿈틀거리는
듯하다는 뜻 • 焦遂(초수)-일생이 잘 알려지지 않은 평민인 듯하다. 일설에는
평소 말더듬이였는데 술에 취하면 유창한 달변을 쏟아 냈다고 한다.

———————

당대 애주가들 8명의 초상을 그린 시이다. 이들의 생몰 연대로
보아 8명이 동시에 장안에 거주했던 것은 아니고 이들 모두가
상호간에 내왕이 있었던 것도 아니다. 두보 자신의 전후 시대에
살았던 8명의 애주가를 자신의 기준에 따라 선택했을 뿐이다.
선택의 큰 기준은 물론 술을 좋아하는 것이다. 이에 더하여
술을 좋아하면서도 세속적 관념과 규율에 얽매이지 않고
초탈한 삶을 영위한 인물들을 선택했다. 굳이 8명을 선택한
것은, 중국의 전통 민간 전설에 전해 오는 도교의 팔선(八仙)이
있기 때문이다. 한・당 이래로 팔선 전설은 계속 이어져 와서
'팔선과해'(八仙過海)와 같은 이야기가 보태어졌고

174

'팔선궁'(八仙宮)이란 도교 사원도 만들어졌다.

제일 먼저 등장하는 인물은 하지장이다. 술에 취해 말 위에서 흔들리며 가는 모습을 파도에 일렁이는 배에 비유했다. 급기야 우물에 빠졌는데 우물 밑에서도 잠을 잔다고 함으로써 그가 술과 끊을 수 없는 인연을 맺고 있음을 나타내고 있다. 다음은 여양왕 이진이다. 그는 아침부터 술 세 말을 마시고 천자를 뵈러 가는데 도중에 누룩 실은 수레를 만나면 입에 침이 고이고, 술이 샘처럼 솟는다는 주천의 태수로 부임하지 못한 것을 한탄할 만큼 술을 좋아한 인물이다.

이적지는 황실의 후예로 742년에 좌승상이 되어 낮에는 공무를 처리하고 밤에는 연회를 베풀어 술을 즐기면서도 공사(公私)와 시비(是非)를 분명히 하여 관료들의 존경을 받았다고 한다. 그러나 간신 이임보(李林甫)의 횡포가 심해지자 좌상이 된 지 5년 만에 스스로 한직(閑職)을 택하여 물러나 다음과 같은 시를 지었다. 제목은「재상에서 물러나」(罷相)이다.

현인(賢人)을 피하여 막 재상에서 물러나
성인(聖人)을 좋아하여 술잔을 입에 문다

묻노라, 문 앞의 손님들이
오늘 아침엔 몇이나 왔는가?

避賢初罷相　樂聖且銜杯

175

爲問門前客　今朝幾箇來

'현인'은 좌상 직과 탁주를 동시에 가리키고 '성인'은 청주를
가리킨다. 좌상 직을 그만두고 물러나 있지만 오히려 탁주 대신
청주를 마신다고 함으로써 해학이 섞인 체념과 함께 광달한
그의 기개를 엿볼 수 있다. 좌상 직에 있을 때 그렇게 많이
찾아오던 손님이 오늘 아침엔 과연 몇 명이나 왔을까
물어본다는 것은 권력에 따라 이합집산 하는
염량세태(炎涼世態)를 개탄하는 말이다. 좌상 직에서 물러난
후에도 이임보가 대대적인 숙청을 계속하자 신변의 위험을
느낀 그는 이듬해에 음독자살하고 만다. 술값으로 하루에
만전을 소비하며 고래처럼 술을 들이켠 이적지를 두보가
'팔선'의 반열에 올렸다.

이상 3명의 현달한 인사에 이어 높은 벼슬에 오르지는
못했지만 술을 좋아하고 깨끗한 품성을 지닌 2명이 등장한다.
최종지는 말쑥한 미소년으로 마땅치 않은 세상을
'백안시'(白眼視)할 줄 아는 비판적 안목을 가진 사람이다.
소진은 서역의 승려로부터 수놓은 미륵불을 하나 얻어 보배로
여기고 "이 부처는 미즙(米汁 : 술)을 좋아해서 마음에 든다.
나는 이 부처를 섬기겠다. 다른 부처는 좋아할 수 없다"라
했다고 한다. 독실한 불교신자인 그는 참선과 술 사이에서
갈등하다가 가끔은 술이 참선을 이긴다. 엄격한 불교의 계율을
맹목적으로 추종하지 않고 술을 즐기는 그가 여덟 신선에 끼는
것은 당연한 일이다.

176

다섯 명의 신선에 이어 이 시의 중심인물인 이백이
등장한다. 다른 사람은 2구 또는 3구로 묘사한 반면 이백에게는
파격적으로 4구를 할애한 것을 보아도 그가 팔선의 중심임을
알 수 있다. 술에 얽힌 일화가 많지만 여기서는 두 개의 일화를
들었다. 현종이 양귀비와 침향전에서 모란꽃을 구경하다가
이백을 불러 새로운 노래 가사를 짓게 했는데 그때 그가 장안의
장터에서 술에 취해 잠을 자고 있었다는 이야기와, 현종이
백련지(白蓮池)에서 뱃놀이를 하던 중 그를 불러 글을 짓게
했는데 그가 한림원에서 술에 취해 있어서 고력사로 하여금
부축하여 배에 오르게 했다는 이야기다. "천자가 불러와도 배를
타지 못하고" 자신을 주중선(酒中仙)이라 했다는 것이 사실인지
아닌지 알 수 없으나 그의 호방한 성격을 잘 나타내는 일화임에
틀림없다.

'초서의 성인'이라 전하는 장욱은 술에 취하면 왕공들
앞에서 관모(冠帽)도 쓰지 않고 붓을 휘둘러 글씨를 썼다.
이렇게 그는 권력자에 아부하지 않는 자유로운 영혼을 가진
예술가였다. 일설에는 그가 술에 취해 머리카락을 먹물에 적신
후 휘둘러 글씨를 쓰고는 깨어나 스스로 신기하게 여겼다고
한다. 그래서 당시 장욱의 글씨를 '장전'(張顚)이라 불렀다고
하는데 '장욱의 이마'라는 뜻으로 이마를 휘둘러 글씨를 썼다는
말이다. 초수는 일개 평민이지만 술 다섯 말을 마신 후에는
고담준론(高談峻論)을 펴 사방을 놀라게 했다.

여기 묘사된 여덟 명은 모두 술을 무척이나 좋아한
사람들이다. 그러나 이들은 단순한 주정뱅이가 아니고 모두

술로써 신선의 경지에 든 사람들이다. 그래서 '음중팔선'이라
한 것이다. 이 시는 체제 면에서도 독특하여 일반적인 시가
갖추어야 할 기승전결의 맥락을 무시한 병렬로 이루어져 있다.
이것은 한시 전통에 없던 체제로 두보가 처음 시도한 체제라
한다.

서울이 부서져도 산하(山河)는 남아 있고
장안성(長安城)에 봄이 드니 초목이 우거졌네

시국을 생각하니 꽃을 봐도 눈물이 나고
이별이 한스러워 새소리에도 놀라는 마음

봉홧불, 석 달이나 이어지고 있으니
집안의 편지는 만금(萬金)의 값어치

흰머리 긁을수록 더욱 성글어
비녀도 이기지 못할 듯하네

春望

國破山河在　城春草木深
感時花濺淚　恨別鳥驚心
烽火連三月　家書抵萬金
白頭搔更短　渾欲不勝簪

179

國(국)-서울, 곧 장안 • 城春(성춘)-성, 곧 장안성에 봄이 오다. '春'은 동사
• 感時(감시)-시국을 생각하다 • 花濺淚(화천루)-꽃을 보고도 눈물을
뿌리다 • 鳥驚心(조경심)-새소리에도 마음이 놀라다 • 烽火(봉화)-전쟁
중임을 나타낸다. • 抵(저)-해당하다 • 搔更短(소갱단)-긁을수록 더욱
성글어지다. '短'은 머리털이 빠져 성글다 • 不勝簪(불승잠)-머리가 빠져
비녀를 꽂을 수 없다

755년 안록산이 난을 일으키고 그 이듬해 6월에는 장안이
함락된다. 현종이 서촉(西蜀)에 피난 가 있는 사이 7월에는
숙종이 영무(靈武)에서 단독으로 황제에 즉위한다. 이 소식을
들은 두보는 가족을 부주(鄜州)에 피난시켜 놓고 즉위식이
거행되는 영무로 가는데, 도중에 반란군에게 체포되어 장안에
유폐된다. 그 이듬해 4월에야 장안을 탈출해 봉상(鳳翔)으로
가게 된다. 이 시는 장안을 탈출하기 직전에 쓴 것이다. 두보
나이 46세 때의 작품이다.

제1연은 반란군이 점령한 장안에서 봄날에 바라본 풍경을
그리고 있다. 이 부분은 두 가지로 해석할 수 있다. 먼저, 장안이
파괴되어 '산하(山河)만' 남아 있다고 말함으로써 산과 시내
이외에는 모조리 파괴되었음을 암시한다. 따라서 장안성에
봄이 와도 '초목만' 우거졌을 뿐이다. 평상시 장안의 봄날에는
봄놀이하는 사람들로 붐볐을 터인데 반란군이 점령한 장안에
사람들은 보이지 않고 초목만 무성하다는 것이다. 이 구절을
다르게 해석하여, 장안이 파괴되었어도 산하는 그대로 남아

있다고 볼 수도 있다. 반란군이 아무리 철저히 장안을
파괴했어도 산하만은 파괴할 수 없다. 산하가 파괴되지
않았다는 것은 산하만은 점령당하지 않았다는 것이고 따라서
장안을 다시 회복할 수 있다는 희망을 나타낸 것이다. 이렇게
보면 초목이 우거졌다는 것도 앞으로의 기대와 희망을
상징한다고 말할 수 있다.

　제2연은 인구에 회자되는 만고의 절창이다. 이 역시 두
가지로 해석할 수 있다. 꽃은 사람의 마음을 즐겁게 해 주는
물건이다. 그러나 시국에 마음 아파하는 두보에게는 꽃을
보아도 눈물이 흐를 뿐이다. 새소리도 평상시에는 아름다운
노래로 사람을 즐겁게 해 준다. 그러나 가족과 헤어져 있는
그는 새소리만 들어도 깜짝깜짝 놀란다. 혹시 떨어져 있는
가족으로부터 불길한 소식이 온 것이나 아닌가 해서. 꽃과 새를
의인화한 것으로 보는 것이 또 다른 해석이다. 즉 꽃도 시국을
아파해서 눈물을 흘리고, 새도 둥지를 떠나 있기 때문에 가슴을
놀랜다는 것이다. 이렇게 제1연과 제2연은 다양한 해석의 길을
열어 놓고 있는 함축적인 표현이다.

　제3연에는 가족과 헤어져 생활하고 있는 자신의 절박한
심정이 드러나 있다. 전란이 계속되기 때문에 가족의 소식을 알
길이 없다. "집안의 편지는 만금의 값어치"라 말할 만큼 애타게
소식을 기다리는 그의 심경을 읽을 수 있다. 이 시를 쓸 당시
그의 나이가 46세이니 머리가 백발일 리는 없었을 것이다.
그런데도 "흰머리"라 한 것은, 머리가 하얗게 될 만큼 수심에
싸여 있다는 표현일 것이다. 머리를 긁는 것은 수심을 달래기

위해서이다. 그러나 긁어도 긁어도 수심은 없어지지 않는다.
오히려 긁을수록 머리만 빠질 뿐이다. 그래서 드디어 비녀도
꽂지 못할 정도로 머리가 성글어졌다. 머리털이 성글어진
정도는 그의 수심의 깊이를 말해 준다.

　국가의 운명을 걱정하고 가족과의 이별을 슬퍼하는 참담한
심경을 나타낸 두보의 걸작임에 틀림없다. 또한 개인적인
불행만을 노래하지 않고 개인의 불행을 국가의 운명과
연계시킨 점에서 대시인(大詩人) 두보의 면모가 여실히
드러난다.

41   달밤

오늘밤 부주(鄜州) 달을
아내 홀로 보는데

멀리서 어여쁜 어린 자식들
장안(長安) 생각하는 줄 모르고 있으리

향기로운 안개에 머릿결 젖어 있고
맑은 달빛에 하얀 팔이 시리리라

언제나 얇은 휘장, 창에 기대어
눈물 마른 두 사람을 함께 비출 것인가

月夜

今夜鄜州月　閨中只獨看
遙憐小兒女　未解憶長安
香霧雲鬟濕　清輝玉臂寒
何時倚虛幌　雙照淚痕乾

183

鄜州(부주)-지명. 당시 두보의 가족은 부주에 머물고 있었다. • 閨中(규중)-
부녀가 거처하는 방안 • 憐(연) - 어여쁜 • 未解(미해)-이해하지 못하다
• 雲鬟(운환)-여자의 구름 같은 머릿결 • 玉臂(옥비)-옥같이 흰 팔
• 虛幌(허황)-얇고 가벼운 휘장 • 雙照(쌍조)-두 사람을 함께 비추다

이 시도 두보가 장안에 유폐되어 있을 때 부주의 아내를
그리워하며 쓴 작품이다. 그는 어느 날 밤 장안에서 "홀로" 달을
보고 있다가 문득 역시 "홀로" 달을 보고 있을 부주의 아내를
떠올린다. 함께 보아야 할 달을 각각 다른 곳에서 "홀로" 보고
있다는 데에 생각이 미치자 그의 마음은 벌써 아내가 있는
부주로 가 있다. 그만큼 아내에 대한 그리움이 절절한 것이다.
그러나 그는 자신의 이 절절한 그리움을 표면에 나타내지 않고
아내에 대한 묘사만으로 일관한다. 이것이 이 시의 묘미이다.
　제2연은 두 가지로 해석할 수 있다. 아직 어린 자녀들은
장안에 있는 아버지의 부재(不在)를 실감하지 못한다고 풀이할
수도 있고, 어머니가 달을 보고 아버지를 그리워한다는 것을
철없는 아이들이 이해하지 못한다고 풀이할 수도 있다.
제3연은 달을 보며 서 있을 아내를 상상하여 그린 것이다. 두보
나이 45세 또는 46세 때의 작품인 것으로 보아 아내도 마흔이
넘었을 터인데 그는 아내를 젊은 아가씨인 양 아름다운 말로
묘사하고 있다. "향기로운 안개"(香霧), "구름 같은
머리"(雲鬟), "옥 같은 팔"(玉臂) 등의 묘사가 그것이다. 안개가
향기로운 것은 아내의 머릿결에서 풍기는 향기 때문일 것이다.

184

아내의 팔이 옥(玉)과 같은 것은 달빛을 받아서 하얗게 보이기 때문일 것이다. 그리고 아내의 머릿결이 안개에 젖어 있고 팔이 시릴 것이라 말한 것은 아내가 달을 보며 오랫동안 서 있으리라고 짐작하기 때문일 것이다. 이렇게 그는 순전히 상상을 통해 아내의 모습을 그림으로써 실은 아내에 대한 자신의 애절한 그리움을 역으로 말하고 있는 것이다.

마지막 연에서는 다시 만날 미래의 희망을 말하고 있다. 지금은 각각 "홀로" 달을 보지만 언젠가는 이 달이 "두 사람을 함께 비출" 것이리라. 그날이 언제 올 것인가? 그리고 그날엔 "눈물 마른 두 사람"을 비출 것이라고 했다. 그때는 눈물을 흘리지 않고 즐거운 얼굴로 달을 바라볼 수 있을 것이다. 지금은 울면서 달을 보고 있다는 말이다.

날 저물어 석호촌에 투숙했는데
밤이 되자 관리가 사람을 잡아가네

할아범은 담 넘어 도망을 가고
할멈은 문을 나와 이리저리 살펴본다

관리의 호통은 어찌 그리 노엽고
할멈의 울음은 어찌 그리 쓰라린가

할멈 나서서 하는 말 들어 보니
"세 아들 업성(鄴城)으로 수자리 갔는데

한 아들은 편지를 부쳐 왔으나
두 아들은 최근에 전사했다오

산 아들은 그럭저럭 살아가지만
죽은 아들은 영영 끝나 버렸죠

집안에는 그밖에 다른 사람 없고요
젖먹이 손자가 있을 뿐이요

손자 있어 어미가 떠나지 못하는데
출입할 때 변변한 치마 한 벌 없다오

이 늙은이 기력이 쇠약하지만
이 밤에 나리 따라 돌아가게 해 주오

서둘러 하양(河陽) 땅 부역에 응하여
그런대로 새벽밥은 지을 수 있답니다.”

밤 깊으니 말소리 들리지 않고
흐느껴 우는 소리 들리는 듯했는데

날 밝아 길 떠날 때에는
할아범하고만 작별하였네

石壕吏

暮投石壕村　有吏夜捉人
老翁逾墻走　老婦出門看
吏呼一何怒　婦啼一何苦
聽婦前致詞　三男鄴城戍
一男附書至　二男新戰死
存者且偷生　死者長已矣

室中更無人　惟有乳下孫

有孫母未去　出入無完裙

老嫗力雖衰　請從吏夜歸

急應河陽役　猶得備晨炊

夜久語聲絶　如聞泣幽咽

天明登前途　獨與老翁別

前致詞(전치사)-앞으로 나아가서 말하다 • 鄴城(업성)-지금의 하남성
안양시(安陽市)로 당시 치열한 전투가 벌어졌던 곳이다. • 且偸生(차투생)-
구차스럽게 그럭저럭 살아가다 • 長已(장이)-영원히 끝나다

758년 6월에 두보는 좌습유(左拾遺)로 재직하다가
화주(華州)의 사공참군(司功參軍)으로 좌천되었다. 그는 화주에
있다가 그해 겨울에 낙양으로 갔다. 이듬해 3월에는
곽자의(郭子儀)를 비롯한 9절도사(九節度使)의 60만 관군이
업성(鄴城)에서 안경서(安慶緒)를 공격하다가 크게 패하고
곽자의는 낙양을 지키기 위하여 하양(河陽)으로 물러나 군대를
주둔시키고 있었다. 낙양에 있던 두보는 이 소식을 듣고 자신의
임지(任地)인 화주로 간다. 가는 도중에 전란으로 피폐해진
마을을 지나면서 그곳 백성들의 참상을 보고 이를 증언한 여섯
편의 시를 남겼다.「신안리」(新安吏),「석호리」(石壕吏),
「동관리」(潼關吏),「신혼별」(新婚別),「수노별」(垂老別),

188

「무가별」(無家別)이 그것인데 이를 '삼리 삼별'(三吏三別)이라 부른다.

　사태가 급박해진 관군은 병력을 보충하기 위하여 젊은이들뿐만 아니라 노인들까지 징발해 가는 사태에 이르렀다. 이 시는 이러한 상황을 포착해서 쓴 두보의 걸작 중의 하나이다. 시인은 화주로 가는 도중 석호촌의 어느 농가에서 하룻밤을 묵는다. 시는 석호촌에 도착한 저녁 무렵부터 이튿날 아침까지 그 집에서 일어난 일을 객관적으로 묘사하고 있다.

　1, 2구에서 대뜸 "관리가 사람을 잡아가네"라 했는데 왜 사람을 잡아가는지 아무런 설명이 없다. 시도 때도 없이 관리가 들이닥쳐 사람을 잡아가는 것이 당시의 익숙한 상황이었기 때문에 설명이 필요하지 않다. 그래서 이 시의 환경은 전형적(典型的)이라 할 수 있다. 사람을 잡아간다는 것은 징병(徵兵)을 한다는 것인데 '징병'이라 하지 않고 '잡아간다'고 표현한 데에서 시인이 이 사건을 비판적으로 본다는 것을 알 수 있다. 바람 소리만 들려도 사람을 잡으러 온 줄 알기 때문에 그 집의 할아범은 담을 넘어 도망하고 할멈은 문을 나가 동정을 살핀다. 드디어 들이닥친 관리의 호통과 할멈의 눈물어린 호소가 이어진다. 이 호소를 시인은 몰래 엿듣는다.

　이하의 15구는 밖에서 들려오는 할멈의 호소를 그대로 기록한 것이다. 여기서 관리가 호통하는 말의 내용은 생략되어 있다. 말하지 않아도 뻔한 일이기 때문이다. 그리고 할멈의 호소를 듣고 계속 추궁하는 관리의 말도 생략함으로써 시를

간결하게 구성하고 있다. 먼저 4연에서 세 아들이 업성의
전투에 참가하여 둘은 죽고 하나만 살았다고 말하며 이 집에는
더 이상 징병할 남자가 없다고 말한다. 그래도 다시 추궁했을
것으로 보이는 관리의 호통에 할멈의 호소가 이어진다. 집안에
남자는 없고 오직 젖먹이 손자가 있는데 과부가 된 며느리는
손자 때문에 개가(改嫁)도 하지 못하고 변변한 치마도 한 벌
없어 바깥출입도 하지 못하는 형편이라 호소한다. 이 호소에도
관리는 물러나지 않고 계속 추궁했을 것이다. 아마 이 집
영감을 찾아 데려갈 의도인 듯하다. 그래서 할멈의 마지막
호소가 이어진다. 비록 늙었지만 자기가 하양으로 가서
병사들의 새벽밥이나 지어 주겠다고 제안한 것이다. 영감마저
끌려가면 온 집안 식구가 다 굶어 죽을 형편이기 때문이다.
시인은 밖에서 들려오는 이 말을 들은 대로 기록하고 있다.

밤이 깊어지니 말소리가 끊어지고 흐느껴 우는 소리만
들리는 듯하다. 시에서 말하진 않았지만 며느리의
울음소리임이 분명하다. 왜냐하면 할아범은 이미 도망갔고
할멈은 관리를 따라 갔을 것이기 때문이다. 그리고 이튿날
아침에 시인은 길을 나서며 할아범하고만 작별을 고한다.
할멈의 기지(機智)와 희생으로 도망간 영감이 돌아온 것이다.
간결하게 여운을 남기는 결말이다.

이 시는 전란의 상처를, 전형적인 환경과 전형적인 인물과
전형적인 사건의 전개를 통하여 시인의 주관적인 감정이나
의론의 개입 없이 극히 객관적으로 군더더기 없는 간결한
문체로 묘사하고 있다. 예술적인 완성도가 높을 뿐만 아니라

두보의 시가 '시사'(詩史)임을 입증하는 또 하나의 걸작임이
분명하다.

43   늘그막의 이별

사방이 아직 안정되지 않아서
늘그막에 와서도 편안할 수 없는데다

아들 손자 모두 전사했는데
이 몸 홀로 온전한들 어디 쓰리오

지팡이 던지고 문 나서서 출정하니
동행하는 이들이 나를 슬퍼해 주네

다행히 치아는 아직 남았고
기력이 바닥나 슬프긴 해도

남아가 기왕에 갑옷투구 갖췄으니
길게 읍하고 상관(上官)과 헤어지리

늙은 아내 길에 누워 울고 있는데
섣달에도 입은 옷은 홑겹이로다

이것이 사별(死別)인 걸 잘 알고 있기에
추위에 떨고 있을 아내가 더욱 가슴 아픈데

이번에 떠나면 필시 돌아오지 못할 터
밥 많이 먹으란 말 거듭 들리네

토문(土門)은 성벽이 매우 견고한데다
행원(杏園) 역시 건너기가 어려운지라

형세가 업성(鄴城) 때와는 달라진 만큼
죽더라도 시간을 벌 수 있다오

인생에는 만남과 헤어짐이 있는 법
늙고 젊은 때를 어찌 가리겠소?

옛날 젊었을 때를 회상하면서
머뭇거리다 마침내 길게 탄식하노라

사방이 온통 전란에 휩싸여
봉화가 언덕과 산을 뒤덮어

시체가 쌓여 초목이 비릿하고
흐르는 피로 내와 언덕 붉으니

어느 고을인들 즐거운 땅이리오
어찌 감히 아직도 서성이는가?

오두막 살던 집을 버리고 떠나자니
폐와 간이 덜컥 꺾이네

垂老別

四郊未寧靜　垂老不得安

子孫陣亡盡　焉用身獨完

投杖出門去　同行爲辛酸

幸有牙齒存　所悲骨髓乾

男兒旣介胄　長揖別上官

老妻臥路啼　歲暮衣裳單

孰知是死別　且復傷其寒

此去必不歸　還聞勸加餐

土門壁甚堅　杏園度亦難

勢異鄴城下　縱死時猶寬

人生有離合　豈擇衰盛端

憶昔少壯日　遲廻竟長歎

萬國盡征戍　烽火被岡巒

積屍草木腥　流血川原丹

何鄕爲樂土　安敢尙盤桓

棄絶蓬室居　塌然摧肺肝

垂老(수노)-거의 노인이 되다, 늘그막 • 陣亡(진망)-군대에서 죽다
• 焉用(언용)-어디에 쓰겠는가? • 骨髓(골수)-기력, 정력 • 乾(간)-마르다
• 上官(상관)-징발하러 나온 관리의 우두머리 • 孰知(숙지)-熟知와 같은 뜻.
잘 알고 있다 • 勸加餐(권가찬)-밥을 많이 먹으라고 권하다
• 土門(토문) • 杏園(행원)-하양(河陽)에서 멀리 떨어져 있지 않은 곳의 지명
• 縱死時猶寬(종사시유관)-토문과 행원이 견고하기 때문에 비록 전투에서
죽더라도 죽는 시간을 늦출 수 있다는 뜻 • 遲廻(지회)-머뭇거리며 배회하다
• 萬國(만국)-온 나라 사람들 • 被岡巒(피강만)-언덕과 산에 뒤덮여 있다
• 盤桓(반환)-서성이며 배회하다

「석호촌의 관리」와 같은 시기에 창작된 '삼별'(三別) 중의
하나이다. 당시 업성 전투에서 패한 관군은 잃은 병력을
보충하기 위하여 민간에서 남녀노소를 불문하고 군대로 징발해
갔다. 이로 인한 참상의 일단으로 민간의 노파가 관리에게
끌려가는 것을 「석호촌의 관리」에서 보았거니와, 이 시에서는
아들 손자를 모두 전쟁에서 잃은 한 노인이 군(軍)으로
징발되는 상황이 묘사되어 있다.

시는 1인칭 화자인 노인의 진술로 전개된다. "늘그막에
와서도 편안할 수 없다네"는 당시 노인의 처지를 말해 준다. 이
노인이 편안할 수 없는 이유는 "사방이 아직 안정되지
않아서"이다. 전란이 계속되어 사방이 안정되지 않았기 때문에
아들 손자가 모두 전쟁에 나가 죽었다. 그러니 노인의 마음이
편안할 수 없다. 게다가 노인임에도 불구하고 징집영장까지
내려왔으니 노인의 처지가 편안할 리가 없다. 이러한 상황에서

노인은 "아들 손자 모두 전사했는데/이 몸 홀로 온전한들 어디 쓰리오"라 탄식하면서 "지팡이 던지고 문을 나선다." 문을 나선다는 것은 징병에 응해서 출정하겠다는 말이다.

'문을 나서는' 결단을 내린 데는 두 가지 요인이 작용했다. 하나는, '아들 손자 모두 죽은 마당에 늙은 몸이 혼자 살아서 무엇 하나. 차라리 전쟁터에 나가서 싸우다 죽는 것이 낫겠다'라는 자포자기적인 심정이고 또 하나는, '비록 늙었지만 국가를 위해서 이 한 몸 바치겠다'는 애국심의 발동이다. 어쨌든 출정하기로 결심한 노인의 마음은 한결 홀가분하다. 노인의 마음은 가벼운데 오히려 "동행하는 이들이 나를 위해 슬퍼한다."

이렇게 결단을 내리긴 했지만 노인의 마음이 완전히 정리된 것은 아니다. "다행히 치아는 남아 있어" 출정을 할 만하지만 한편으로는 "기력이 바닥나" 출정이 망설여지기도 한다. 노인은 전장에 나가느냐 마느냐를 두고 끊임없이 심적 갈등을 일으키는데 이러한 갈등은 이 시의 끝까지 이어진다. 이 노인의 심리적 갈등과 변화를 읽는 것이 이 시의 또 다른 묘미이다.

드디어 "남아가 기왕에 갑옷투구 갖췄으니/길게 읍하고 상관과 헤어지리"라 하여 출정의 의지를 다지고 문을 나서는데 길바닥에서 울고 있는 늙은 아내의 울음소리가 들린다. 또다시 발걸음이 무거워진다. 애초에 노인은 아내 몰래 집을 나설 작정이었던 듯한데 뜻밖의 울음소리를 듣고 노인의 가슴이 무너진다. 게다가 이 추운 겨울에 홑겹 옷을 입고 추위에 떨고 있을 아내 걱정에 다시 마음이 흔들린다. 여기에다 "이번에 떠나면 필시 돌아오지 못할" 것임을 알고 있을 텐데도, 자신의 추위를 잊고 "밥 많이 먹으라는 아내의 말이 거듭 들려온다." 이 아내를 두고 차마 떠날 수 없다는 생각이 든다.

그러나 흔들리는 마음을 다잡고 아내를 위로한다. "토문은 성벽이 매우 견고한데다/행원 역시 건너기가 어려운지라/형세가 업성 때와는 달라진 만큼/죽더라도 시간을 벌 수 있다오"라 말하며 이번 전투에서는 죽지 않을 수도 있고 죽더라도 쉽게 죽지는 않을 것이라고 아내를 다독인다. 또 이 말은 흔들리는 자신의 마음을 다잡기 위한 다짐이기도 하다. 여기서 노인은 거듭 아내를 위로한다. "인생에는 만남과 헤어짐이 있는 법/늙고 젊은 때를 어찌 가리겠소?" 달이 둥글었다가 기울었다 하듯이 인생에는 기쁜 일도 있고 슬픈 일도 있으며 만남도 있고 이별도 있는 법이니 너무 슬퍼하지 말라고 달랜다. 그리고 늙은이라고 더 빨리 죽는 것도 아니니 걱정하지 말라는 것이다.

하지만 단란했던 젊은 시절을 회상하면 늙은 아내를 차마 버리고 떠나기 어려워 "머뭇거리다" 그래도 떠나야 하기에 복잡한 심정에서 "길게 탄식한다." 그러나 탄식만 하고 있을 수는 없다. "시체가 쌓여 초목이 비릿하고/흐르는 피로 내와 언덕 붉게 물든" 이 시국에 "즐거운 땅이 어디 있겠는가?" 드디어 "어찌 감히 아직도 서성이는가?"라 하며 더 이상 서성이지 않고 출정하겠다는 마지막 결단을 내린다. 이렇게 굳게 결심하고 떠나지만, 그동안 정들었던 집과 고락을 함께했던 늙은 아내를 영영 떠난다고 생각하니 또다시 가슴이 무너진다.

노인은 나이가 많아 기력이 쇠했고 자손들이 모두 전사했으며 부양해야 할 늙은 아내가 있다. 이 세 가지 중 한 가지 조건만으로도 징병 대상에서 제외되어야 마땅하다. 이 시는 그러한 노인에게 징집 명령이 내려진 당시의 현실을 고발하고 있다. 한편으로는 징집에 응하는 노인이 처절한 갈등 끝에 고뇌에 찬 출정을 결심하기까지의 심리적 변화를 섬세하게 묘사하고 있다. 이러한 심리적 갈등은, 전란으로 고통받는 일반 민중의 참상을 마음 아파하면서도 위기에 처한 국가를 위해 봉사하지 않을 수 없는 두보의 복잡한 내면적 갈등이기도 하다.

사별(死別)은 소리 죽여 한번 울면 그만이나
생이별은 언제나 슬프고도 슬픈 것

강남땅 습하고 병 많은 곳으로
쫓겨난 나그네, 소식 없다가

옛 친구, 내 꿈속에 들어왔으니
내가 늘 그리워함을 알고 있었나

그대 지금 죄짓고 갇힌 몸인데
어떻게 날개를 달고 왔는가

아마도 생전 모습 아닌 듯하나
멀리 있어 헤아릴 길이 없구나

푸르른 단풍 숲 사이로 와서
칠흑 같은 관산(關山) 밖으로 갔는데

지는 달빛 들보에 가득 차 있어
아직도 그대 얼굴 비추고 있는 듯

물이 깊어 파도가 심할 터이니
교룡(蛟龍)에게 먹히지 말도록 하오

夢李白

死別已吞聲　生別長惻惻
江南瘴癘地　逐客無消息
故人入我夢　明我長相憶
君今在羅網　何以有羽翼
恐非平生魂　路遠不可測
魂來楓林靑　魂返關山黑
落月滿屋梁　猶疑照顔色
水深波浪闊　無使蛟龍得

已(이)-그치다(止), 그만이다・吞聲(탄성)-소리 죽여 훌쩍훌쩍 울다.
已吞聲은 소리 죽여 울고 나면 잊힌다는 뜻・惻惻(측측)-슬퍼서 비통한 모습
・瘴癘(장려)-습기와 더위 때문에 생기는 질병・逐客(축객)-쫓겨난 사람, 즉
유배된 사람・故人(고인)-옛 친구・羅網(라망)-그물, 죄의 그물 곧
법망(法網)・恐(공)-아마도~일 것이다・楓林靑(풍림청)-단풍 숲이 푸르다.
이백이 유배 가 있는 강남의 경색・關山黑(관산흑)-두보가 있었던 북쪽
진주(秦州)의 경치

「이백의 꿈을 꾸고」(夢李白) 2수 중 첫 번째 시이다. 두보는
33세 때 자기보다 11년 연장인 이백을 낙양(洛陽)에서 처음
만났다. 이백과 두보의 만남은 그 자체가 세기적인 사건이 아닐
수 없다. 두 사람은 만나자마자 곧 의기가 투합해서 서로 시를
주고받기도 하고 같이 여행을 다니기도 하면서 우정을 쌓았다.
그러나 두 사람의 친교는 2년을 채 넘기지 못하고 헤어졌다.
이렇게 헤어진 후 두 사람은 죽을 때까지 서로 만나지 못했다.
하지만 두 사람은 서로를 그리워하는 시를 많이 남겼다. 특히
두보가 이백에 대한 애절한 그리움을 노래한 작품을 많이 썼다.
　이 시도 그중의 하나로 두보 48세, 이백 59세 때의 작품이다.
이백은 그 전 해(57세) 왕위 쟁탈전의 와중에서 현종의 열여섯
번째 아들인 영왕을 도왔다는 죄로 야랑으로 유배되었는데, 이
시는 이백이 유배지로 가는 도중 무산에서 사면령을 받고
강릉으로 돌아온 후에 쓰인 것이다. 강릉으로 돌아오면서
이백이 쓴 시가 저 유명한 「아침 일찍 백제성을 떠나다」
(早發白帝城)이다. 이 시기는 안록산, 사사명의 난이 평정되기
전의 어수선한 상황이어서, 이백이 야랑으로 유배되었다는
소문만 들었지 사면되어 돌아왔다는 사실을 두보가 모르고
있는 시점이었다. 이래저래 궁금하던 차에 꿈에 이백을 보고 이
시를 쓴 것이다.
　1연에서 사별(死別)과 생별(生別)을 대비시키면서 생별이
사별보다 더 견디기 어려움을 호소하고 있다. 사별은 시간이
지나면 잊히게 마련이지만 생이별한 사람은 언젠가는 다시

만나리라는 희망을 버릴 수 없기에 언제나 그리워하며 슬픔에
젖는다. 이백과 생이별한 두보 자신의 심경을 밝힌 것이다.
더구나 이백은 "강남땅 습하고 병 많은 곳"으로 유배된 후
"소식이 없다." 그러다가 이백의 꿈을 꾼 것이다. 너무나 보고
싶어 꿈을 꾼 것이련만 '꿈에서 옛 친구를 보았다'라고 하지
않고 "옛 친구, 내 꿈속에 들어왔으니"라고 표현했다. 그리고
옛 친구가 스스로 나의 꿈속으로 찾아온 것은 내가 그를 늘
그리워하고 있다는 사실을 그가 잘 알고 있기 때문이라 했다.
두보와 이백이 나눈 우정의 깊이를 알 수 있게 해 주는
대목이다.

　　그러나 만나서 반가운 마음도 잠깐이고 곧 의아한 생각이
든다. 이백이 지금 유배 중이라는 사실을 꿈속에서도 깨달은
것이다. 지금 유배지에 있어야 할 사람이 어떻게 여기까지 올
수 있나? 날개라도 달고 왔는가? 필시 살아서 나를 찾아왔을
리는 없고 아마 죽은 후의 영혼이 왔으리라. 그렇지만 나는
그대와 너무 멀리 떨어져 있어서 죽었는지 살았는지 알 길이
없어 답답하기만 하다. 당시 이백이 죽었다는 소문이
돌았는지도 모를 일이다. 이렇게 꿈속에서도 걱정을 할 만큼
이백에 대한 두보의 우정은 각별했다.

　　꿈을 깨니 달빛이 들보에 가득 차 있다. 그 달빛 속에 아직도
이백의 얼굴이 어른거린다. 그러나 친구는 가고 없다, 꿈을
깼으니까. 그래서 마지막 당부를 한다. 돌아가는 길에 "물이
깊어 파도가 심할 터이니／교룡에게 먹히지 말도록 하오"라고.
이것은 두 가지 의미를 지니고 있다. 여기서 유배지로

돌아가려면 장강(長江)을 건너야 하는데 물에 빠져 교룡의 밥이
되지 말라는 즉 길조심 하라는 당부임과 동시에, 험한
세파(世波)에서 부디 몸조심하여 목숨을 보전하라는 간곡한
당부의 뜻을 표현한 것이다.

45 촉상

승상(丞相)의 사당을 어디 가서 찾을거나
금관성 밖 잣나무 우거진 곳일레라

섬돌에 비친 풀은 저 혼자 봄빛이고
잎새 속 꾀꼬리는 공연히 좋은 소리

세 번 찾아 여러 번 천하 계책 나누었고
양조(兩朝)에 몸 바친 노신(老臣)의 그 마음

군사 내어 못 이기고 먼저 죽으니
길이 후세 영웅들이 눈물로 옷깃 적시네

蜀相

丞相祠堂何處尋　錦官城外柏森森
映堦碧草自春色　隔葉黃鸝空好音
三顧頻煩天下計　兩朝開濟老臣心
出師未捷身先死　長使英雄淚滿襟

丞相(승상)-제갈량(諸葛亮). 221년 유비(劉備)가 촉한(蜀漢)을 건국하고
황제에 즉위한 후 제갈량을 승상으로 삼았다. • 錦官城(금관성)-성도의 별칭
• 柏(백)-잣나무. 사당 앞에 잣나무 한 그루가 있었는데 제갈량이 손수 심은
나무라고 한다. • 森森(삼삼)-무성한 모양. 원래는 한 그루였던 잣나무가
두보 당시에는 무성했던 듯하다. • 黃鸝(황리)-꾀꼬리의 일종 • 三顧(삼고)-
삼고초려(三顧草廬) • 兩朝(양조)-선주(先主) 유비와 후주(後主)
유선(劉禪)의 양대(兩代) • 開濟(개제)-개국(開國)과 광제(匡濟), 즉 나라를
세우고 백성을 바르게 구제하는 일 • 出師(출사)-출병. 제갈량은 234년
위(魏)를 치기 위하여 출병하여 사마의(司馬懿)와 100여 일간 대치하다가
오장원(五丈原)의 진중에서 병사했다.

두보가 성도의 초당에 정착한 직후인 49세경의 작품으로
보인다. 그는 평소에 제갈량을 무척 존경해서 이 시 이외에도
「무후묘」(武侯廟), 「팔진도」(八陣圖), 「제갈묘」(諸葛廟),
「고백행」(古柏行), 「영회고적」(咏懷古蹟) 등의 시를 써서
제갈량에 대한 존모의 정을 나타냈다. 이 밖에도 제갈량을
언급한 작품은 수없이 많다. 그러니 두보가 성도에
정착하자마자 근교에 있는 제갈량의 사당을 찾은 것은 지극히
당연한 일이다.

자문자답 형식으로 되어 있는 제1연은 빨리 사당에 가서
참배하려는 두보의 간절한 염원이 드러나 있다. 아마 그곳
사람들에게 물어서 사당을 찾았을 것이다. 드디어 그의 눈앞에
무성한 잣나무가 나타난다. 이 잣나무가 곧 승상의 사당임을
암시한다. 승상이 손수 심었다는 말이 전해 오기 때문이다.

또한 사철 푸른 이 잣나무는 승상의 충성과 절개를 상징하기도
한다.

경내에 들어서니 봄빛이 완연하다. 섬돌엔 푸른 풀이
"봄빛"(春色)을 자랑하고 나무에선 새들이 "좋은
소리"(好音)로 지저귀는 아름다운 봄이다. 그러나 풀은 "저
혼자"(自) 봄빛이고 새들은 "공연히"(空) 좋은 소리로
지저귄다. 아무도 찾는 이 없는 황량하고 적막한 사당 풍경임을
암시한다. 푸른 풀과 새들은 인간세상의 흥망성쇠를 아는 듯
모르는 듯, 이곳이 일대 영웅 제갈량의 사당임을 아는 듯
모르는 듯 해마다 봄이 되면 돋아나고 지저귄다. 섬돌에 풀이
나지 않을 만큼 사람들이 와서 오르내려야 하고, 많은 사람들이
와서 아름다운 새소리를 들어야 할 사당이 이렇게 쓸쓸하고
적막하다니. 여기서 두보는 무한한 감개에 젖는다.

제갈량이 누구인가? 유비가 세 번이나 그를 찾았을 땐 함께
천하를 위한 계책을 논했고, 양대(兩代)에 걸쳐
진충보국(盡忠報國)한 영웅이 아닌가. 참으로 밝은 임금과 어진
신하가 만났건만 불행하게도 천하 통일의 위업을 이루지
못하고 죽은 것이 애통할 따름이다. 그래서 "길이길이 후세의
영웅으로 하여금 눈물이 옷깃을 적시게 하는" 것이다. 남다른
애국심과 웅대한 포부를 지니고도 자신의 이상을 실현하지
못한 후대의 영웅들은 한결같이 제갈량을 떠올리며
눈물짓는다는 말이다. 아마 두보는 자신도 그 후대의 영웅들
중의 한 사람으로 자부했을지 모른다. 지금 그도 황량한
사당에서 제갈량을 추억하며 눈물을 흘리고 있으니까.

206

제갈량의 시호가 충무후(忠武侯)이기 때문에 그의 사당을
무후사라 부르는데 현재 중국에는 13곳에 무후사가 있다.
234년 그가 오장원에서 죽은 후 각지에서 사당이
건립되었는데 서진(西晉) 때 성도(成都)에도 유비 사당과 멀지
않은 곳에 무후사가 건립되었다. 그런데 유비 사당엔 참배객이
적고 무후사에 참배객이 몰렸다. 이를 안타깝게 여겨 명
태조의 아들 주춘(朱椿)이 무후사를 없애고 유비 사당 옆에
제갈량 사당을 부설했다. 그래도 사람들이 여전히 이곳을
무후사라 부르고 참배하자 청 강희(康熙) 연간에 유비와
제갈량을 합사(合祀)하여 현재와 같은 전(前) 유비전, 후(後)
제갈량전의 모습을 갖추었다. 합사한 후 대문에 유비의 시호를
따서 '소열묘'(昭烈廟)란 편액을 걸었는데도 사람들은
지금까지도 여전히 이곳을 무후사라 부르고 있다. 제갈량에
대한 후세인들의 존경심이 실로 엄청나다는 사실을 알 수
있다. 두보가 방문한 무후사는 성도의 무후사인데 합사되기 전
유비 사당과 제갈량 사당이 따로 있었던 시기의 무후사이다.

46 초가지붕이 가을바람에 부서지다

가을 높은 팔월에 거센 바람 불어와
우리 지붕 세 겹 띠를 말아 가 버렸네

날아간 띠 강 건너 언덕에 흩어져
높게는 큰 나뭇가지 끝에 걸리고
낮게는 굴러가 웅덩이에 가라앉네

남촌의 아이놈들 늙고 힘없는 날 얕보고
뻔뻔스럽게 면전에서 도적이 되었구나

공공연히 띠를 안고 대밭으로 드는데
입술 타고 입이 말라 소리칠 수 없어서
돌아와 작대 짚고 스스로 탄식했네

잠시 후 바람 자고 먹구름 끼더니
가을날 뉘엿뉘엿 저물어 가네

베 이불 여러 해 덮어 쇠처럼 차가운데
잠버릇 나쁜 어린놈 발길질에 속이 찢어졌도다

비가 새어 침상 머리 마른 곳 없는데

삼대 같은 빗줄기 그치지 않네

난리를 겪은 후 잠이 적은데
젖은 채 이 긴 밤을 어이 새울꼬

어떡하면 고대광실 천만 간 집을 지어
천하의 궁한 사람들 환한 얼굴로
비바람에도 산처럼 끄떡없이 할 건가

아아! 언제나 눈앞에 우뚝 솟은 이런 집 나타나려나
내 집은 부서져 얼어 죽어도 족하리

茅屋爲秋風所破歌

八月秋高風怒號　卷我屋上三重茅
茅飛渡江灑江郊　高者掛罥長林梢　下者飄轉沈塘坳
南村群童欺我老無力　忍能對面爲盜賊
公然抱茅入竹去　脣焦口燥呼不得　歸來倚杖自嘆息
俄頃風定雲墨色　秋天漠漠向昏黑
布衾多年冷似鐵　嬌兒惡臥踏裏裂
床頭屋漏無乾處　雨脚如麻未斷絶
自經喪亂少睡眠　長夜沾濕何由徹
安得廣厦千萬間　大庇天下寒士俱歡顔　風雨不動安如山

嗚呼 何時眼前突兀見此屋 吾廬獨破受凍死亦足

卷(권)-말다, 말아서 걷다 · 灑(쇄)-흩뿌리다 · 掛罥(괘견)-걸리다
· 林梢(임초)-나무 끝 · 塘坳(당요)-웅덩이 · 欺(기)-얕보다, 깔보다
· 脣焦口燥(순초구조)-입술이 타고 입이 마르다 · 俄頃(아경)-조금 있다가,
잠시 후 · 風定(풍정)-바람이 멎다 · 布衾(포금)-베 이불 · 嬌兒(교아)-
예쁘고 사랑스런 아들 · 惡臥(악와)-나쁜 잠버릇 · 踏裏裂(답리열)-발로
걷어차서 속이 찢어지다 · 雨脚如麻(우각여마)-삼대 같은 빗줄기
· 喪亂(상란)-안록산의 난 · 沾濕(첨습)-비에 젖어 축축하다 · 徹(철)-밤을
새다 · 安得(안득)-어떻게 하면~할 수 있을까? · 廣厦(광하)-크고 넓은 집
· 大庇(대비)-크게 감싸다 · 寒士(한사)-곤궁한 사람의 범칭 · 突兀(돌올)-
우뚝 솟은 모양 · 見(현)-나타나다

두보는 안록산의 난 이후 여러 곳을 전전하다가 48세 되던
759년 12월에 사천성 성도로 가서 검남서천절도사
(劍南西川節度使) 배면(裵冕)의 도움으로 완화계(浣花溪) 옆에
조그마한 초당을 짓는다. 오랜 유랑 생활 끝에 그는 가족과
함께 이곳에서 모처럼의 평안을 누렸는데 761년 8월에 광풍이
불어 초당의 지붕이 날아가 버렸다. 이를 안타깝게 여겨 이
시를 쓴 것이다.

　1구에서 5구까지는 바람이 몰아쳐 지붕이 날아가는 장면을
묘사한 것인데, "날아가다"(飛), "흩어지다"(灑),
"걸리다"(掛罥), "구르다"(飄轉), "가라앉다"(沈)와 같은
동사를 연속적으로 사용하여 띠가 바람에 날리는 모습을

바람처럼 속도감 있게 묘사하고 있다. 이어서 남촌의 아이놈들이 띠를 안고 대밭으로 도망가고 돌려달라고 소리치는 장면이 묘사된다. 아이들이 가난해서 땔감으로 쓰기 위하여 가져간 것이 아니라 늙고 힘없는 자신을 깔보고 놀린다고 여겨 더욱 괘씸한 생각이 든 것이다. 그래서 자신의 처지가 더욱 초라하게 느껴진다.

설상가상으로 밤이 되니 삼대 같은 비까지 내린다. 솜을 넣은 비단 이불이 아닌 무명 홑이불은 오래 사용하여 보온이 되지 않아 쇠처럼 차갑다. 이마저도 아들놈의 잠버릇 때문에 찢어져서 너덜너덜하다. 게다가 지붕이 날아가 비가 새는 통에 축축하게 젖었다. 그러니 이 한밤 지새울 일이 아득하기만 하다. 그렇지 않아도 안록산의 난 이후 여러 가지 근심 걱정에 잠 못 이루는 날이 많았는데 이런 일을 당하니 밤이 더욱 길게 느껴진다.

이런 최악의 상황에서도 두보는 자신의 신세 한탄에 머물지 않고 자신과 비슷한 처지에 있을 "천하의 궁한 사람들"을 걱정한다. 이들이 "고대광실 천만 간 집"에서 "환한 얼굴로" 살 수 있게 된다면 자신은 "얼어 죽어도" 좋다고 했다. 자신이 얼어 죽는 대가로 천하의 궁한 사람들이 좋은 집에 살게 할 수 있으면 좋겠다는 것은 좀 과장된 표현이긴 하지만 이것은 두보 시에 나타나는 일관된 인도주의적 이상의 표출이다.

곽말약(郭沫若, 1892~1978)은 1971년에 출판된 그의 저서

『이백과 두보』에서 이백을 높이고 두보를 깎아내렸다. 즉
두보는 지배계급의 입장에 섰으며 시에서는 빈곤을
호소하지만 실제로는 지주 생활을 했다는 것이다. 지금까지의
두보에 대해 내려진 일반적인 평가와는 상반된다. 두보의
현실주의적인 작품 경향을 보여 주는 걸작이라 평가되는 이
작품의 몇몇 부분에 대해서 그는 이렇게 말했다. "세 겹 띠"는
지붕을 세 겹으로 엮어 약 1척(尺)의 두께가 되기 때문에
여름에는 시원하고 겨울에는 따뜻하여 기와집보다 낫다고
했다. 그러므로 두보는 호화로운 주택에 살았지 결코 가난하지
않았다는 것이다. 또 "남촌의 아이놈들"을 "도적"이라
하면서도 자기 자식은 "개구쟁이"(嬌兒)라 표현한 점도
비판했다. "어떡하면 고대광실 천만 간 집을 지어…" 이하의
구절에 대한 그의 해석도 매우 비판적이다. 한사(寒士)는
"가난한 선비"란 뜻인데 이들은 헐벗고 굶주리는 일반 백성이
아닌 지식계급이라는 것이다. 또 두보의 바람대로 고대광실을
지으면 그도 고대광실에 들어가 살면 되는 것인데 얼어
죽는다는 말은 이치에 맞지 않다고 말했다.

곽말약은 시인이자 극작가이고 저명한 역사학자이며
정치가이기도 했다. 특히 역사학에서 기념비적인 업적을 남긴
당대 최고의 지식인이었다. 일본 구주 제국대학을 졸업한
마르크스주의자인 그는 초대 중국과학원 원장,
전국문학예술회 주석, 중국공산당 9, 10, 11기 중앙위원,
제2, 3, 5기 중국 정협 부주석을 역임했다.

이러한 그가 '시성'(詩聖)으로 추앙받는 두보를 강도 높게

비판한 배경을 두고 논란이 분분하다. 우선 이 책의 출판 시점이 미묘하다. 책이 출판된 1971년은 문화대혁명이 한창일 때였다. 그리고 그의 아들 세영(世英)이 1968년 홍위병에게 핍박 받다가 숙소 건물에서 추락해 26세의 나이로 사망했다. 자살인지 타살인지는 밝혀지지 않았다. 그 전 해인 1967년에는 아들 민영(民英)이 24세에 돌연 자살한 사건도 있었다.

이 일련의 사건으로 미루어 볼 때 그는 '구린내 나는 지식인을 타도하자'는 홍위병들의 압박이 자신에게도 다가오자 이를 피하기 위해서 이 책을 저술했을 것이라 추정하기도 한다. 그 자신이 지식인이었기 때문이다. 그래서 두보를 지식인으로 규정하고 비판했을 것이라는 추정이다. 또 다른 추정은 문화대혁명의 와중에서 그가 모택동에게 아첨하기 위해서 이백을 높이고 두보를 비판했다는 것이다. 모택동이 평소 '삼리'(三李) 즉 이백(李白), 이하(李賀), 이상은(李商隱)을 좋아한다는 사실을 그가 알고 있었기 때문이다. 모택동에게 아첨하기 위해서 책을 썼다는 또 다른 근거로, 이 책에는 두보의 시 중에서 모택동이 좋아했다는 「북정」(北征)에 대한 언급이 없다는 사실을 들었다. 그러나 이 모든 것은 어디까지나 추정일 뿐이다. 이백과 두보는 중국문학을 대표하는 두 시인으로 작품 경향이 다를 뿐이지 그 우열을 따질 수 없는데도 그가 굳이 두 시인을 비교하여 우열을 논한 진정한 의도가 무엇인지 알 수 없는 일이다.

두보초당은 760년에 건립된 이래 수많은 파괴와 중건

과정을 거쳤다. 1811년에는 초당과 부속 건물을 포함하여 대대적으로 확장 중건했으나 1930년대에 일부 부속 건물만 남고 초당은 파괴되었다. 이후 초당이 있던 자리에, 1734년 과친왕(果親王)이 초당에 들렀다가 써 준 '少陵草堂'(소릉초당) 4자를 새긴 표지석(標識石)만 남아 있었는데 1997년에 초당을 다시 복원하여 오늘에 이르고 있다.

47   나그네가 밤에 회포를 적다

강 언덕 여린 풀에 산들바람 부는데
높은 돛대 밤배가 홀로 떠 있네

별들 드리워 평야는 드넓고
달이 일렁거려 큰 강은 흐르네

이름이 어찌 문장으로 드러나랴
벼슬은 늙었으니 응당 물러나야지

나부끼는 이내 몸 무엇과 같은가
천지간에 한 마리 갈매기로다

旅夜書懷

細草微風岸　危檣獨夜舟
星垂平野闊　月湧大江流
名豈文章著　官應老病休
飄飄何所似　天地一沙鷗

危檣(위장)-높은 돛대. 危는 높은 모양 • 星垂(성수)-별이 아래로 낮게
드리워지다 • 闊(활)-넓게 트인 모양 • 應(응)-'因'으로 된 본도 있다.
• 飄飄(표표)-바람에 나부끼는 모양 • 何所似(하소사)-무엇과 같은가?
• 沙鷗(사구)-강가의 물새, 갈매기

765년 두보의 나이 54세 때의 작품이다. 이해 4월에 그를
돌보아 주던 엄무(嚴武)가 죽자 5월에는 초당을 떠나 가족을
이끌고 사천성 일대를 떠돌았는데, 유주(渝州)를 거쳐
충주(忠州: 지금의 중경시 충현忠縣)로 가는 도중의 배 안에서 쓴
시이다. 이 시는 배를 타고 가면서 밤이 되자 배를 강가에
정박시키고 외로운 선상 생활의 감회를 술회한 것으로 보인다.
　　이 시의 제2연이 특히 유명하다. 캄캄한 밤에 두보는 정박해
있는 배 안에서 바깥을 내다보고 "평야가 드넓다"고 했다.
밤이어서 평야가 넓은지 좁은지 알 수 없었을 텐데도 평야가
넓다고 한 것은 별 때문이다. 하늘 높이 있어야 할 별들이
아래로 나지막하게 드리워져 있다. 들판이 넓으면 아득한 그
끝은 하늘과 맞닿아 있는 법이다. 마치 바다의 끝이 하늘과
맞닿아 있듯이. 그래서 별들이 낮게 드리워진 것을 보고 드넓은
평야가 펼쳐져 있음을 직감한 것이다. 제4구도 마찬가지이다.
캄캄한 밤에 강물이 흐르는 것이 보이지 않았을 테지만
"흐른다"고 한 것은, 강물에 비친 달이 "일렁거리기" 때문이다.
강물이 흐르지 않았다면 강물에 비친 달도 "일렁거리지"
않았을 것이니까. 그래서 이 제2연은, 정박해 놓은 배 안에서

바라본 밤 풍경을 절묘하게 묘사한 명구로 널리 칭송받고 있다.

제3연에 대한 해석은 크게 두 가지로 갈라진다. 첫째, "이름이 어찌 문장으로 드러나랴"는 말은 '어찌 문장으로 이름을 드러내랴, 문장 아닌 보다 큰 정치적인 포부와 경륜으로 이름을 드러내야 한다'는 뜻으로 볼 수 있다. 여기에는 시 짓는 일에만 능한 자신에 대한 자겸(自謙)의 의미가 내포되어 있다. 시밖에 지을 줄 모르는 자신의 이름이 드러나지 않는 것이 당연하다는 것이다. 그러므로 늙고 병든 자신은 "응당" 벼슬에서 물러나야 한다는 것이다. 둘째, 제5구의 "어찌"(豈)와 제6구의 "응당"(應)을 반어적 표현으로 보는 견해가 있다. 문장을 아무리 잘해도 문장만으로 이름이 드러나지 않는 세태를 한탄한 것이다. 자신의 문장을 알아주는 사람이 없음을 한탄하는 역설적인 표현이다. 늙고 병들었으니 "응당" 벼슬에서 물러나야 한다는 말도, '늙고 병들었다고 해서 응당 벼슬에서 물러날 필요는 없다'는 뜻을 역설적으로 표현한 것으로 볼 수 있다. 비록 늙고 병들었지만 아직 나라를 위해 봉사할 정열과 능력이 있음에도 그렇게 할 기회가 주어지지 않는 현실에 대한 불만을 우회적으로 표현했다는 견해이다.

어느 쪽 견해가 타당한지는 두보에게 물어봐야 결론이 나겠지만 나는 후자 쪽의 견해를 지지한다. 세상은 자신을 알아주지 않는다. 그래서, 세상으로부터 버림받고 바람에 "나부끼며" 정처 없이 떠도는 자신을 "천지간의 한 마리 갈매기"에 비유한 것이다. 이 "한 마리"(一)라는 표현은 제2구의 "밤배가 홀로 떠 있네"의 "홀로"(獨)라는 글자와 연결되어 당시 두보의 고독감을 배가시키는 상승작용을 하고 있다. 또한 제2연의 광활한 풍경과 그 광활한 대지 속의 "한 마리 갈매기"가 극단적으로 대비되어 한 마리 갈매기 같은 두보의 외로움이 더욱 부각된다.

뭇 산과 골짝이 형문(荊門) 향해 달려가니
명비(明妃)가 나고 자란 마을 아직 있다네

대궐을 한번 떠나 북쪽 사막으로 가서는
푸른 무덤만 남아 황혼을 향해 있네

그림으론 봄바람 같은 얼굴 잘 알 수 없었기에
패옥(佩玉)만 달빛 아래 혼이 되어 돌아왔네

천년토록 비파는 오랑캐 음을 연주하니
곡조엔 분명히 원한을 얘기하리

詠懷古迹

群山萬壑赴荊門　生長明妃尙有村
一去紫臺連朔漠　獨留靑冢向黃昏
畫圖省識春風面　環佩空歸月夜魂
千載琵琶作胡語　分明怨恨曲中論

219

群山萬壑赴荊門(군산만학부형문)-천만 개의 산과 골짝이 형문을 향해 달려가다. 荊門은 호북성 의도현(宜都縣)에 있는 산으로 그 속에 왕소군(王昭君)이 나고 자란 소군촌(昭君村)이 있다. • 明妃(명비)-왕소군. 진무제(晉武帝) 사마염(司馬炎, 236~290)이 등극한 후 아버지인 사마소(司馬昭)의 이름을 휘(諱: 피하다)하여 소군(昭君)을 명비로 불렀다. • 紫臺(자대)-자궁(紫宮), 즉 제왕이 거처하는 궁전 • 朔漠(삭막)-흉노가 사는 북쪽의 사막 • 靑冢(청총)-왕소군의 무덤으로 내몽고 자치주의 호화호특(呼和浩特) 시에 있다. 오랑캐 땅에는 백초(白草)가 많은데 유독 왕소군의 무덤 위에는 푸른 풀이 자란다고 해서 붙여진 이름이다. 이곳 외에 산서성과 하남성에도 왕소군의 무덤이 있다고 주장하고 있다. • 省識(생식)-대충 알아보다 • 春風面(춘풍면)-봄바람같이 아름다운 얼굴, 즉 왕소군의 본모습 • 環佩(환패)-옥으로 만든 장신구 • 琵琶作胡語(비파작호어)-비파는 원래 서역 오랑캐의 악기인데 왕소군이 이미 오랑캐에 시집갔으니 오랑캐 음으로 연주한다는 뜻. 왕소군은 북쪽으로 가는 말 위에서 비파를 타며 향수를 달랬다고 한다.

두보는 「영회고적」(詠懷古迹)이란 제목으로 5수의 시를 썼는데, 이 작품은 제3수이다.

　이 시는 왕소군(王昭君, BC.54~BC.19)의 고사를 소재로 한 작품이지만 실제 왕소군에 관한 역사 기록은 빈약하다. 그녀는 호북성 제귀(秭歸) 출신으로 이름은 장(嬙)이고 자(字)가 소군(昭君)이다. 16세에 궁녀로 뽑혀 궁중에 들어갔는데 반고(班固)의 『한서』(漢書) 「흉노열전」에는, 남흉노(南匈奴)의 호한야 선우(呼韓邪單于: 선우는 흉노의 추장)가 내조(來朝)하여 한실(漢室)의 사위가 되겠다고 해서 원제(元帝)가 그녀를

선우에게 하사했다는 기록과, 호한야와의 사이에서 1남을
두었으며 호한야가 죽자 그의 장자와 다시 결혼해서 2녀를
두었다는 기록밖에 없다. 선우가 죽으면 부인은 그의 장자와
결혼하는 것이 흉노의 풍속이었다.

이상이 왕소군에 관한 역사 기록의 전부인데 그 후
필기류(筆記類)의 소설에서 수많은 이야기가 덧붙여져서
하나의 전설이 되어 버렸다. 그리고 이후에 창작된 많은
문학작품들은 역사적 사실에 근거를 두기보다 모두 이 전설을
기초로 쓰였다. 이렇게 전설로 발전한 결정적인 역할을 한 것이
한나라 유흠(劉歆)이 지은 『서경잡기』(西京雜記)이다.
『서경잡기』 중 왕소군 얘기를 다룬 「화공기시」(畵工棄市)의
일부분을 옮겨 본다.

원제(元帝)는 후궁이 많아서 늘 볼 수가 없었기 때문에
화공에게 그 모습을 그리게 하여 불러서 총애했다. 궁녀들이
모두 화공에게 뇌물을 바쳤는데 많게는 10만, 적게는 5만
이하로 내려가지 않았다. 홀로 왕소군만 그렇게 하지 않아서
황제를 뵐 수 없었다. 흉노가 조정에 들어와 미인을 구해서
아내로 삼겠다고 하여, 황제가 그림을 보고 왕소군을 가게
했다. 왕소군이 떠날 때 불러서 보니 용모가 후궁 중에서
제일이었고 응대를 잘하며 행동거지가 아름답고 우아했다.
황제가 후회했으나 명단이 이미 정해졌고 황제가 외국과의
신의를 중히 여겼기 때문에 다시 사람을 바꾸지 않았다. 이에
그 사건을 철저히 조사해서 화공들을 모두 저잣거리에서

처형하고 그 재산을 몰수했더니 모두 거액이었다.

또 화공들의 우두머리가 모연수(毛延壽)라 밝히기도 했다. 『서경잡기』이후에 쓴 범엽(范曄)의 『후한서』에는, 여러 해 동안 황제를 모시지 못하여 원망이 쌓인 왕소군이 자청하여 호한야 선우를 따라갔다고 기록되어 있다. 그리고 후세의 전설에는 원제가 흉노의 겁박에 굴복해서 왕소군을 내줌으로써 굴욕적인 화친을 했다고 되어 있으나 이 또한 사실과 거리가 멀다. 원제 이전의 선제(宣帝) 때 이미 남흉노는 세력이 약화되어 한나라에 복속된 상태였다. 호한야가 한나라로 온 것은 황제를 겁박하기 위한 것이 아니라 신하국으로서 황제를 알현하러 온 것이다. 이 모든 이야기는 왕소군을, 황제의 은총을 입지 못하고 오랑캐 땅에 강제로 끌려가서 끝내 돌아오지 못하고 일생을 마친 비극적인 여인으로 만들기 위한 가공에 불과하다. 하지만 전설을 근거로 창작된 후대의 수많은 작품들이 사실(史實)과 다르다고 해서 예술 작품의 가치가 떨어지는 것은 아니다.

제1구에서 수많은 산과 골짝들이 형문을 향해 "달려간다"(赴)고 했다. "달려간다"는 것은 산과 골짝들이 연이어 계속되는 웅장한 기상을 나타낸다. 이렇게 달려가다가 드디어 형문산에서 멈추는데 형문산 속에는 왕소군이 나고 자란 소군촌이 있다. 이런 웅장한 기상으로 도입부를 시작함으로써 웅장한 산의 정기가 왕소군이라는 뛰어난 인재를 길러 냈음을 암시하고 있다.

왕소군을 뛰어난 인재로 본 것은, 그녀가 흉노 땅에 간 후 한나라와 흉노 간의 화친을 위해 외교적인 역할을 잘 수행했다고 평가되었기 때문이다. 실제로 그녀가 흉노에 시집간 후 6, 70년간은 흉노가 침범하지 않았다고 한다. 그래서 내몽고에 있는 그녀의 무덤 앞 비석에는 "그녀가 세운 공으로 논한다면/위청(衛靑), 곽거병(霍去病)과 거의 같으리" (若以功名論 幾與衛霍同)라는 구절이 쓰여 있다. 위청과 곽거병은 한무제(漢武帝) 때 흉노 정벌에 혁혁한 공을 세운 인물이다. 왕소군의 공이 위청, 곽거병과 견줄 만하다는 것이다.

그러나 이러한 평가도 후대에 왕소군을 미화하는 과정에서 나온 것으로 실제로 이 6, 70년간 흉노의 침입이 없었던 것은 왕소군의 외교적인 노력 때문이라기보다 그때는 이미 흉노의 세력이 약화되어 실질적으로 한나라의 속국이 되어 있었기 때문이다. 거듭 말하거니와 역사적인 사실과 일치하느냐의 여부는 이 시의 예술적인 평가와는 무관하다는 것임을 밝혀 둔다.

2010년에 출간된 『당시통해 100수』에서 저자인 왕준명(王俊鳴)은 1구를 좀 색다르게 해석했다. 뭇 산과 골짝이 형문을 향해 달려가는 것이 아니라 시인 자신이 뭇 산과 골짝을 지나 형문으로 달려가는 것으로 해석했다. 이렇게 해석하면 두보가 직접 왕소군 고거를 방문한 것이 되는데, 이 시를 쓸 당시 두보가 정말 소군촌을 방문했는지 아니면 멀리서 소군촌을 바라보면서 시를 썼는지 확인할 길이 없다. 그러나 이 시의 기구(起句) 즉 제1구는 '칠언율시 중에서 으뜸가는 기구'라는 평가가 일반적이다.

3, 4구는 왕소군의 비극적인 일생을 요약한 것이다. 그녀는 대궐을 떠나 북쪽 사막에 있는 흉노에게 시집가 낯선 이역에서 쓸쓸히 살다가 생을 마치고 푸른 무덤만 남겨 놓았다. 제4구의 "황혼을 향해 있네"(向黃昏)라는 구절도 여러 가지로 해석된다. '아침부터 저녁까지 한나라를 향해 바라본다'로 해석하여 한나라에 대한 그녀의 충성심을 나타낸다고 보기도 하고, '황혼'(黃昏)을 '혼황'(昏黃)의 뜻으로 보기도 한다. 즉 황혼을 시간적인 저녁 무렵으로 보지 않고 사막의 누렇고 어둑어둑한 모래바람 속에 무덤이 서 있다고 해석한 것이다.

제6구의 일반적인 해석은 이렇다. 왕소군이 한번 가서 다시는 돌아오지 못했지만 죽어서도 한나라를 그리워하여 달 아래 혼이 되어 패옥 소리 짤랑이며 돌아왔다는 해석이다. 앞에서 언급한 왕준명은 이 구절에 대해서도 독자적으로 해석한다. 율시에서 제5구와 제6구는 대구가 되어야 하기 때문에 이 시 5구의 '省識'과 6구의 '空歸'도 대(對)를 이루어야 한다. '省識' 즉 '잘 알 수 없었다'의 주어가 원제(元帝)인 만큼 '空歸'의 주어도 원제여야 한다는 것이다. 종래에 '空歸'의 주어를 '環佩' 즉 의인화된 왕소군으로 보는 것은 대구의 법칙에 어긋난다는 견해이다. 그래서 왕준명은 '歸'를 '돌아오다'로 풀이하지 않고 '懷' 즉 '그리워하다'로 풀이한다. 물론 '歸'를 '懷'로 풀이할 수 있는 근거를 제시하고 있다. 이렇게 본다면 6구의 해석은, '원제는 달밤에 왕소군이 남긴 패옥을 보고 뒤늦게 후회하면서 만 리 밖에 있는 그녀의 외로운 혼을 그리워할 것이다'로 된다. 그러나 하릴없는(空) 그리움이다.

원래 비파는 오랑캐가 사는 서역 지방에서 중국으로 전래된 악기이다. 그래서 비파곡은 오랑캐 음과 오랑캐 곡조로 연주된다. 왕소군이 외로움을 달래기 위해 비파를 탔던 일과 결합해서 후대에 '소군원'(昭君怨), '왕소군'(王昭君) 등의 비파 악곡이 만들어져 전해져 오고 있으니 그 곡조엔 분명히 자신을 먼 이역으로 보낸 사람들에 대한 원한이 서려 있을 것이라는 것이 7, 8구의 내용이다.

이 시는 "명비를 읊은 것 중에서 이것이 제일이다", "이 작품은 두보 시 중에서 가장 아름답다", "소군을 읊은 시 중에서 이것이 절창이다"란 찬사를 받아 왔다. 한편 두보는 경세제민의 큰 뜻을 품고서도 제대로 인정받지 못한 자신의 처지를 왕소군에 가탁해서 노래했다는 평가를 받았다. 두보는 왕소군을 슬퍼함과 동시에 자신을 슬퍼한 것이다.

1971년 임표(林彪)가 죽었을 때 모택동은 이 시 제2구의 '明妃'를 '林彪'로만 바꾸어 입표에 대한 조시(弔詩)를 발표했다. 제목은 「장난삼아 두보의 「영회고적」을 개작하다」(戱改杜甫詠懷古跡)이다. 입표는 장개석이 '전쟁마귀'(戰爭魔鬼)라 부를 만큼 탁월한 군사 전략가였다. 모택동의 지시로 1966년부터 시작된 이른바 문화대혁명을 '4인방'과 함께 이끌었고 모택동의 후계자로까지 지명된 그가 모택동의 눈 밖에 나서 숙청의 대상이 된 사연은 복잡하지만, 신변의 위협을 느낀 임표는 모택동을 제거하려는 계획을 세우다 발각되어 측근과 함께 비행기로 소련으로 탈출하다가 몽골 사막에 추락하여 사망했다는 것이 공식 발표이다. 왕소군과 임표는 호북성 출신이고 두 사람 다 몽골 사막에서 죽었다. 이런 우연의 일치가 그로 하여금 임표에 대한 조시를 쓰게 했겠지만 모택동이 이 시를 쓴 진정한 의도가 무엇인지, 이 시에서 말하려 한 메시지가 무엇인지는 아무도 모른다.

왕소군을 노래한 당시(唐詩) 중에서 "춘래불사춘"(春來不似春)으로 널리 알려진 동방규(東方虯)의 시 「소군원」(昭君怨)을 소개한다.

오랑캐 땅엔 꽃도 없고 풀도 없어
봄이 와도 봄 같지 않았을 테지

허리띠가 자연히 느슨해진 것은
가는 허리 만들기 위함 아니었으리

胡地無花草　春來不似春
自然衣帶緩　非是爲腰身

49   악양루에 올라

동정호 있단 말 옛날에 들었건만
오늘에야 악양루에 오르게 됐네

오(吳)나라 초(楚)나라는 동남으로 갈라졌고
하늘과 땅은 밤낮으로 떠 있네

친한 벗에겐 소식 한 자 없는데
늙고 병든 이 몸엔 외로운 배 한 척

관산 북쪽엔 아직도 오랑캐 말
난간에 기대니 눈물 콧물 흐르네

登岳陽樓

昔聞洞庭水 今上岳陽樓
吳楚東南坼 乾坤日夜浮
親朋無一字 老病有孤舟
戎馬關山北 憑軒涕泗流

洞庭水(동정수)-동정호. 강서성의 파양호(鄱陽湖), 강소성의 태호(太湖)와
더불어 중국의 3대 호수·岳陽樓(악양루)-동정호 가에 있는 누각으로
강서성의 등왕각(滕王閣), 호북성의 황학루(黃鶴樓), 산동성의
봉래각(蓬萊閣)과 함께 중국의 4대 누각·吳楚(오초)- 춘추전국시대의
오나라와 초나라 땅. 오(吳)는 동정호 동쪽, 초(楚)는 동정호 남쪽에 있었다.
·戎馬(융마)-오랑캐 말, 즉 전쟁·憑軒(빙헌)-난간에 기대다
·涕泗(체사)-눈물과 콧물

두보는 안록산의 난을 피해 여러 곳을 전전하다가 768년(57세)
1월에 기주(夔州: 지금의 남경)에서 가족과 함께 배를 타고
장강을 따라 내려가면서 선상 생활을 한 끝에 그해 연말에
동정호에 도착하여 악양루에 오른다. 이 작품은 그때의 감회를
쓴 시이다.

두시(杜詩) 주석의 고전으로 평가되는 『두시상주』
(杜詩詳注)에서 청나라 구조오(仇兆鰲, 1638~1717)는 1, 2구를
악양루에 처음 올랐을 때의 기쁨을 표현한 것이라 했는데,
후대의 연구자들은 대체로 이 해석에 동의하지 않는다. 즉
두보의 일생에 비춰 볼 때 1, 2구는 악양루에 오른 기쁨을
나타낸 것이 아니고, 오랜 떠돌이 생활 끝에 늙고 병든 몸으로
악양루에 올랐다는 침통한 심정을 표현했다는 것이다. 그는
748년(37세)에 쓴 「위좌승 어른에게 받들어 바치다」
(奉贈韋左丞丈)라는 시에서 "임금을 요순 위에 오르게 하고/
다시 풍속을 순후케 하려 했다"(致君堯舜上 再使風俗淳)라고 한

바 있었는데 이제는 그때의 포부가 물거품이 되어 버리고 이룬 일이 하나도 없는 노년에야 악양루에 오른 서글픈 감회를 표출했다는 해석이다. 또 시 전체의 맥락에 비춰 보더라도 이것이 기쁨을 표현한 것이라면 제8구의 "난간에 기대니 눈물 콧물 흐르네"란 말과도 어울리지 않는다는 것이다.

3, 4구는 악양루에 올라 바라본 동정호를 그렸다. 『수경』(水經) 주(注)에 "동정호는 둘레가 500리이고 해와 달이 그 속에서 뜨고 지는 듯하다"고 했다. 바다 같이 넓은 호수다. 그래서 '800리 동정호'라는 말도 생겼다. 오나라와 초나라를 동남으로 갈라놓을 만큼 광활한 호수이기에 그 속에 "하늘과 땅은 밤낮으로 떠 있네"라고 한 것이다. 광대무변한 동정호를 단 10자로 표현한 이 구절은 천고의 명구로 칭송받는다.

5, 6구에서 두보는 개인적인 슬픔을 노래한다. 난리 통에 친구들은 뿔뿔이 흩어져 소식이 끊어졌고 늙고 병든 자신은 오직 배 한 척에 의존하는 고달픈 처지이다. 그는 동정호에 도달해서도 여전히 선상 생활을 하고 있었다. 뿐만 아니라 그는 온갖 질병에 시달렸다. 성도에서 이미 폐병에 걸렸고 오랜 선상 생활로 중풍 증세가 있어 오른 팔이 마비되었으며 왼쪽 귀가 들리지 않았다. 치아도 반이나 빠졌다.

이 5, 6구는 3, 4구와 너무나 대조적이다. 3, 4구가 넓은 동정호의 웅대한 기상을 그렸다면 5, 6구는 개인에 국한된 자신의 처량한 처지를 그렸다.

시상(詩想)이 여기까지 전개되어 더 이상 덧붙일 말이 없는 듯이 보인다. 그러나 율시에는 7, 8구의 미련(尾聯)이 남아

229

있다. 이 미련에서는 3, 4구와 5, 6구의 대조적인 간격을 적절히
수습하여 합리적인 끝맺음을 이끌어 내야 한다. 이 대목에서
두보의 시적 재능이 여지없이 드러난다. 멀리 관산 북쪽에는
아직도 전쟁이 끝나지 않았다. 안사(安史)의 난은 평정되었지만
서북 변방에 토번(吐蕃)이 침략하여 또 전쟁 중이었다. 토번은
763년부터 변방을 침략해 왔는데 이해(768)에 토번의 10만
대군이 영주(靈州)를 침범하고 또 2만 군대가 빈주(邠州)를
침략하여 장안은 비상사태에 있었다. 제7구에서 "관산 북쪽엔
아직도 오랑캐 말"이라 말함으로써 두보는 자신이 처한
개인적인 곤경에서도 나라를 근심하는 마음이 변치 않고
있음을 보여 준다. 이 마음은 3, 4구에 묘사된 동정호만큼이나
크고 넓다. 악양루 난간에 기대어 멀리 북쪽을 바라보며 나라를
근심하는 마음에 억제할 수 없이 눈물과 콧물이 흘렀다. 또한
이 눈물과 콧물은 개인의 슬픔에 기인한 것이기도 하다.

7, 8구를 이렇게 끝맺음으로써 시는 3, 4, 5, 6구와
자연스럽게 조화를 이룬다. 시의 속성은 기본적으로 개인의
정서를 개성적으로 노래하는 것이다. 그러나 '매우 재능 있는
뛰어난 시인'에 머물지 않고 '위대한 시인'이 되기 위해서는,
개인의 정서 속에 개인을 넘어선 더 큰 집단적 정서가 녹아
있어야 한다. 개인과 집단, 개인과 국가, 나아가 개인과 세계를
독립된 별개로 보지 않고 서로 관련되어 영향을 미치는
유기체로 인식한 바탕 위에서 시를 써야만 '위대한 시인'이 될
수 있다. 그런 의미에서 두보는 위대한 시인임에 틀림없다.

후대에 이 시를 "성당(盛唐)의 오언율시 중에서

으뜸이다"라고 평가하는 것은, 너무나 유명한 3, 4구의 뛰어난 묘사 때문만은 아니다. 여기에는 개인의 슬픔 속에 국가의 슬픔을 용해시킨 그의 시 정신이 큰 몫을 차지하고 있다.

현재 악양루 3층에는 모택동이 쓴 「악양루에 올라」 시판(詩板)이 걸려 있는데 이에 대해서 여러 가지로 논란이 많다. 우선 그가 이 시를 쓴 시기와 장소에 대하여 두 가지 설이 있다. 첫째는 1964년 호남 시찰을 마치고 북경으로 돌아가는 열차가 악양시를 지날 때 열차 안에서 썼다는 설이고, 둘째는 그가 죽은 해인 1976년 봄 또는 여름에 써 놓은 것을 사후에 발견했다는 설이다. 여러 가지 정황으로 보아서 두 번째 설이 옳다는 것이 지배적이다.

　또 하나의 논란은 틀리게 쓴 한 글자에 관한 것이다. 즉 제3연의 "老病有孤舟"를 "老去有孤舟"로 원래의 '病'을 '去'로 쓴 것이다. 이에 대하여 의도적으로 그렇게 썼을 것이란 설과, 착각하여 잘못 썼을 것이란 설이 있다. 사실 '老病'이나 '老去'나 뜻에서는 큰 차이가 없다. 이렇게 차이가 없는데도 굳이 의도적으로 글자를 바꾸었다고 생각되지 않는다. 또 대시인 두보의 시 구절을 마음대로 바꾸어서도 안 되는 일이다. 모택동이 이 시를 쓴 시기가 1976년이라고 한다면 아마 죽기 전의 맑지 못한 정신 상태에서 착각할 수도 있었을 것이다. '늙어 간다'는 뜻의 '老去'가 시에서 통상적으로 흔히 쓰는 용어이기 때문이다.

231

50　강남에서 이귀년을 만나

기왕(岐王)의 저택에서 노상 만났고
최구(崔九)의 안뜰에서 몇 번이나 들었던가, 그대 노래를

바로 이 강남땅 좋은 풍경 속에서
꽃 지는 시절에 또 만나는군

江南逢李龜年

岐王宅裏尋常見　崔九堂前幾度聞
正是江南好風景　落花時節又逢君

李龜年(이귀년)-당 현종에게 총애를 받았던 유명한 악공(樂工). 당시에는
왕후(王侯)를 압도할 만큼 세력이 컸으나 안록산의 난 후 강남땅에
유락(流落)하여 초라하게 지냈다고 한다. 그가 명절날이나 경치 좋은 곳에서
사람들을 모아 노래를 부르면, 듣고서 눈물을 흘리지 않는 사람이 없었다고
한다. • 岐王(기왕)-현종의 동생 이범(李範)으로 학문을 좋아하여 많은
문사들과 교유했다고 한다. • 尋常(심상)-늘, 노상 • 崔九(최구)-
전중감(殿中監) 최척(崔滌)으로 역시 현종의 두터운 총애를 받았다. '九'는
최씨 종형제(從兄弟) 사이의 항렬이 아홉 번째임을 나타낸다. • 江南(강남)-
양자강 남쪽. 두보는 강남의 담주(潭州), 즉 지금의 장사(長沙)에서 이귀년을
만났다.

두보가 세상을 떠난 해인 59세 때의 작품이다. 당시 그는
가족을 데리고 장강을 따라 선상 생활을 하다가 동정호에
정박하고 담주(潭州)를 오가고 있었는데 담주에서 우연히
이귀년을 만나 감회를 읊은 것이다. 이귀년은 당대 제일의
가객(歌客)이었다. 두보는 젊은 시절 낙양의 문인, 명사들이
모인 자리에서 그를 자주 만났고 그의 노래도 여러 번 들은
적이 있었다. 1구와 2구는 그때의 일을 회상한 것이다. 기왕과
최구의 저택에서 당대의 문사(文士)들이 모여 그의 노래를 듣던
그때는 참으로 좋은 시절이었다. 국가는 태평성대를 구가하고,
두보 개인적으로도 문재(文才)를 인정받아 행복한 시절이었다.
이귀년과 두보는 이 태평성대를 대표하는 두 인물이다. 지금
두보는 이귀년을 만나 그 꿈같던 지난 시절을 회상하며
그리워하고 있다.

그로부터 40년, 안사의 난을 거치면서 나라는 기울어지고 두
사람은 처량한 신세로 강남땅에서 유랑 생활을 하고 있다.
그곳에서 이귀년을 만난 두보의 감회가 남다를 수밖에 없었을
것이다. 아마 생계를 위하여 사람들을 모아 놓고 노래를 팔고
있는 이귀년을 만났는지도 모른다. 현종의 총애를 받으며
왕후장상도 부러워하지 않은 이귀년이었다. 두보 자신은
어떠한가? 폐병, 당뇨, 중풍 등 온갖 병마와 싸우면서 간신히
목숨을 이어 가고 있는 초라한 신세였다. 비슷한 처지에 있는
이귀년을 40년 만에 만난 두보의 가슴속엔 걷잡을 수 없는
감회와 비감(悲感)이 일었을 것이다.

233

그러나 시구(詩句)는 담담하기 짝이 없다. "바로 이 강남땅 좋은 풍경 속에서/꽃 지는 시절에 또 만나는군"이라 하여 비애를 나타내는 글자가 하나도 없다. 오히려 만난 장소와 시기가 아름답게 묘사되어 있다. "꽃 지는 시절" "좋은 풍경 속에서" 만났으니까. 그러나 두보는 이 평범한 구절 속에 만단의 정회와 억제할 수 없는 슬픔을 담아내고 있다. 강남땅의 "좋은 풍경"은, 옛날 같았으면 두 사람이 호기를 부리며 봄놀이하는 배경이 됨직한 풍경이다. 그런데 지금 두 사람은 봄놀이는커녕 초라한 몰골로 만나고 있다. 이렇게 "좋은 풍경 속에서." 이 "좋은 풍경"이 두보의 처량함을 증가시키고 있다. "꽃 지는 시절"이라는 시간적 배경도 이러한 처량함을 부추기는 역할을 한다. 화려했던 꽃잎이 떨어져 내리는 늦봄의 쓸쓸함과 상실감은 두 사람의 몰락을 나타내고 나아가 당(唐) 제국의 쇠퇴를 암시하기도 한다.

마지막 구절의 "또 만나는군"에서 "또"(又)의 의미 또한 심상치 않다. 기왕과 최구의 저택에서 만난 이래 40여 년 만에 "또" 만난 것이다. 이 40년 동안에 당나라의 운명을 바꾸어 놓은 대전란이 일어났고 이 전란이 두 사람의 운명까지 바꾸어 놓았다. 그러므로 두 사람이 강남땅에서 "또" 만났다는 사실은 처참했던 40년의 역사를 상징적으로 보여 주는 사건이다.

그런데도 시에서는 두 사람을 이렇게 만든 전란에 대한 언급이 한마디도 없다. 뿐만 아니라 현재의 처지를 비통해하는 표현도 전혀 없다. 그러면서도 그 많은 사연과 슬픔을 28자 속에 담담히 담아낸 두보의 예술적 능력이 놀랍다. 후대의

평자들이 이 시를 두보의 칠언절구 중 압권이라 칭하는 이유가
여기에 있다.

잠
삼

岑參, 715~770

하남성 남양(南陽) 출신으로 증조와 백조(伯祖), 백부(伯父)가
차례로 재상을 지낸 명망가 출신이다. 소년 시절에는 하남
숭산(嵩山) 부근에서 지내다 20세 무렵에 상경, 30세에 진사에
급제했으나 평범한 관료 생활에 불만이 있었다. 전공을 세워
입신출세하려는 의욕을 불태우던 중, 35세에
안서사진절도사(安西四鎭節度使) 고선지(高仙芝)의 추천으로
안서도호부(安西都護府)로 부임했다. 2년 후 오랑캐와의 전쟁에서
대패, 귀경했다가 3년 뒤 절도사 봉상청(封常淸)의 추천으로 다시
북정도호부(北庭都護府)로 나갔다. 이렇게 오랜 변방 생활을
바탕으로 뛰어난 변새시를 많이 창작했다. 안록산의 난 이후
우보궐(右補闕)에 임명되어 왕유·두보·가지(賈至, 718~772) 등과
깊이 교유했다. 51세 때 사천성(四川省) 가주자사(嘉州刺史)에
임명되고 임기가 만료되어 수도로 돌아오던 중 반란군에게
저지당해 성도(成都)에서 체류하다 객사에서 죽었다.
『잠가주집』(岑嘉州集)에 399수의 시가 전한다.

51   병영에서 9월 9일에 고향 장안을 생각하며

억지로 높은 곳에 올라 보려 하지만
아무도 술 보내 주는 사람 없어라

가련하다, 저 멀리 고향 땅 국화는
으레 전쟁터 곁에 피어 있겠지

行軍九日思長安故園

强欲登高去　無人送酒來
遙憐故園菊　應傍戰場開

行軍(행군)-전장의 병영 · 九日(구일)-9월 9일 중양절 · 强(강)-억지로,
굳이 · 登高(등고)-중양절에 가족과 함께 높은 곳에 올라 머리에 산수유를
꽂고 국화주를 마시는 풍속이 있다. · 憐(련)-가련하다, 안타깝다

755년 안록산의 난이 일어난 후, 757년 숙종을 수행하여
봉상(鳳翔)에 머물고 있을 때의 작품인데 잠삼의 나이 43세
무렵이었다. "그때 장안은 아직 수복되지 않았다"라는

원주(原註)로 보아 그해 9월 관군이 장안을 수복하기 직전 중양절에 쓴 것으로 추정된다.

객지 병영에서 중양절을 맞았다. 평상시 같으면 가족과 함께 높은 곳에 올라 국화주를 마시며 즐거운 시간을 보낼 텐데 지금은 전쟁 중이다. 그래도 이 아름다운 계절을 그냥 지나칠 수 없어 "억지로" 높은 곳에 올라 보려 했지만 술이 없다. 제2구는 도연명(陶淵明)의 고사를 의식하고 쓴 것이다. 어느 해 중양절에 도연명은 높은 곳에 오르려 했지만 술이 없어 집 주변의 국화꽃 밑에 고독하게 앉아 있는데, 마침 친구 왕홍(王弘)이 술을 보내와 크게 취한 후 돌아왔다는 이야기가 전한다. 그때의 도연명은 술 보내 준 친구가 있어 그나마 중양절의 흥취를 돋우었지만 지금 자신에게는 술 보내 줄 친구도 없다. 전쟁 중이기 때문이다.

여기서 시인의 상상은 자연스럽게 중양절의 상징인 국화로 옮아간다. 그리고 국화는 그를 고향 생각에 젖게 한다. 이 가을, 고향 땅에 피어 있을 아름다운 국화꽃. 그러나 오늘의 국화꽃은 모두들 피난 가고 텅 빈 장안 고향 땅에 적막하게 피어 있겠지. 아무도 보아 주지 않는 국화가 전란의 먼지를 뒤집어쓰고 쓸쓸히 피어 있겠지. 생각이 여기에 미치자 시인의 심회가 더욱 비감(悲感)해진다. 이 비감은, 객지에서 맞은 중양절에 국화를 매개로 하여 촉발된 개인적인 고향 그리움이기도 하고, 전란이 가져다준 참상과 국가적인 재난 그리고 하루빨리 전란이 끝나기를 염원하는 복잡한 감정이 얽혀서 빚어진 비감이다.

말 달려 서쪽으로 하늘에 닿으려는 듯
집 떠나 보는 달, 두 번을 둥글었네

오늘 밤은 어드메서 자야 할는지
일만 리 모랫벌에 인가(人家)는 끊어지고

磧中作

走馬西來欲到天　辭家見月兩回圓
今夜不知何處宿　平沙萬里絶人煙

磧(적)-사막 • 今夜不知(금야부지)-'今夜未知'로 된 본도 있다.
• 平沙萬里(평사만리)-'平沙莽莽'으로 된 본도 있다. • 人煙(인연)-사람이
사는 집에서 불 때는 연기, 곧 인가(人家)

고적(高適)과 함께 당대(唐代) 변새시의 일가를 이룬 잠삼의
널리 알려진 작품이다. 이 시는 749년 안서절도사 고선지
막부의 서기로 임명되어 임지로 부임하는 도중에 쓴 작품이다.

그의 나이 35세 무렵이다. 안서(安西)는 지금의 신강성 지역으로 옥문관(玉門關)을 나와 사막을 지나서 가야 하는 곳이다. 목적지인 안서도호부 소재지 구자(龜玆)까지는 6천여 리나 되는 먼 길로 약 2개월이 소요된다고 한다. 그는 자청해서 변방으로 나가 전후 7년간이나 변방에서 지냈는데 70여 수나 되는 그의 변새시는 이때의 체험에서 나온 것이다.

　시인은 지금 말을 타고 넓은 사막을 건너는 중이다. 끝없이 펼쳐진 사막 저 먼 곳엔 땅과 하늘이 맞닿아 있다. 지평선이다. 그래서 그곳을 향해 말을 달리는 기분은 마치 하늘에 이르는 듯하다. 광활한 사막의 풍경을 잘 그린 구절로 유명하다. 어느덧 밤이 되어 하늘에 달이 떴다. 보름달이다. 그러고 보니 집을 떠나 두 번째 맞이하는 보름달이다. 벌써 두 달이 지났다는 사실을 새삼 깨닫는다. 아마 시인은 달을 보고 문득 고향 생각에 잠겼을 것이다. 예로부터 달은 객지의 나그네와 고향을 이어 주는 매개물이다. 그러나 한동안 고향 생각에 잠겨 있다가 곧 사막의 현실로 돌아온다. 당장 잠잘 곳을 찾아야 하기 때문이다. 이 밤은 또 어디서 자야 할까, 달빛 아래 사막은 만 리나 펼쳐져 있는데 인가라곤 보이지 않는다.

　언젠가는 자신의 포부를 실현해 보겠다는 원대한 이상을 가지고 변방의 말단 서기 직을 자원한 시인의 고달픈 처지와 황량한 사막 풍경이 잘 어우러진, 이른바 정경융합(情景融合)의 시라고 할 수 있겠다. 보기에 따라서는 이 시를 좀 다른 각도에서 해석할 수도 있다. 지금 시인은 험난한 사막 길을 오랫동안 달리고 있는데도 여행의 어려움을 호소하는 표현이 없다. 제1구에서는 오히려 자신의 행정(行程)이 "하늘에 닿으려는 듯"이라고 말함으로써 불굴의 진취적 기상을 나타낸다. 이것은 결코 오랜 여행에 지친 사람의 말이 아니다. 제2구 역시 그렇다. '집을 떠난 지 오래되었다'라고 말하지 않고 '달이 두 번 둥글었다'고 했다. "두 번"의 '둘'이라는 숫자는 '두 번밖에 둥글지 않았다'는 뜻으로 볼 수도 있다. 여러 번이 아니고 단지 두 번인 것이다. 제3구의 표현 역시 완곡하다. '오늘밤은 잘 곳이 없네'라고 단정적으로 말하지 않고 '오늘밤은 어디서 자야 할지'라고 하여 여운을 남긴다. 이 구절의 '不知'를 '未知'로 보면 더욱 완곡하다. 오늘밤은 어디서 자야 할지 '아직은 모르겠다'는 뜻이 되기 때문이다. 이렇게 보면 이 시는, 먼 길을 가야 한다는 두려움이나 먼 길을 가면서 겪는 괴로움보다, 먼 길 끝에 만날 희망에 대한 농도가 좀 더 짙은 시로 읽힌다. 즉 시 전반에 감도는 정서가 애잔한 슬픔이라기보다 장쾌한 호기(豪氣)임을 느낄 수 있다. 이것이 성당(盛唐) 변새시의 특징이다.

장
계

張繼, 생몰년 미상

호북성 양양현 출신으로 자는 의손(懿孫)이다. 천보 12년(753)에
진사에 급제하여 강남에서 염철판관(鹽鐵判官)을 지냈으며, 대력
연간에 검교사부랑중(檢校祠部郎中)을 역임했다. 시는 조탁하지
않아 꾸밈이 없으며, 전란 후 백성들의 질고와 정치상을 담았다고
평해진다. 황보염(黃甫冉)과 막역한 사이로 알려져 있으며
도자(道者)의 풍모를 지니고 있었다고 한다. 40여 수의 시가
전한다.

53 풍교에 밤배를 대고

달 지고 까마귀 울고 하늘엔 서리 가득
강 단풍, 어선(漁船) 등불 대하고 수심에 잠 못 이뤄

고소성 바깥의 한산사에서
한밤중 종소리, 나그네 뱃전에 들려오네

楓橋夜泊

月落烏啼霜滿天　江楓漁火對愁眠
姑蘇城外寒山寺　夜半鐘聲到客船

對愁眠(대수면)-강가의 단풍나무와 어선의 등불을 바라보며 수심에 잠겨
잠을 못 이룬다는 뜻・姑蘇城(고소성)-강소성 소주(蘇州)의 별칭
・寒山寺(한산사)-소주시 서쪽에 있는 절. 남조(南朝) 양(梁)나라 때
창건되었는데 당나라 초에 유명한 시승(詩僧) 한산(寒山)이 거처했다고
한다. 풍교(楓橋)는 이 절 근처 강에 놓여 있는 다리

시인이 배를 타고 여행하던 도중에 날이 저물어 우연히 풍교에
정박했는데 주위의 풍경이 그에게 강렬한 인상을 주었기

때문에 이 시를 쓴 것으로 보인다. 때는 가을밤. 1구와 2구에는 가을밤 배 안에서 바라본 다섯 가지 풍경이 묘사되어 있다. 달이 지고 까마귀가 울고 서리가 내리고 강가엔 단풍나무가 서 있고 어선의 등불이 깜박이는 광경이 그것이다. 깊은 가을밤의 풍경이 잘 그려져 있다. 이 중 서리에 대한 묘사가 특이하다. 시인이 본 것은 땅 위에 하얗게 내린 서리일 것이다. 그런데도 "서리가 하늘에 가득하다"고 했다. 이는 서리가 내려 피부에 와 닿는 싸늘한 기운을 표현하기 위한 것이다. 그러므로 1구는 시각과 청각과 촉각을 통하여 즉 온몸으로 느끼는 가을밤의 정취를 표현한 것이다. 가을밤, 낯선 땅에서 홀로 배 안에서 잠을 청하는 시인에게는 이런 풍경이 고독감과 수심을 자아내기 충분했을 것이다. 더구나 어선의 등불은, 배를 타고 표박하는 자신의 처지가 어선의 어부들에게 겹쳐져 더욱 짙은 우수에 잠기게 했을 것이다. 그래서 수심에 잠겨 잠을 못 이룬다고 한 것이다.

그러나 이날 밤 시인에게 가장 인상 깊었던 것은 한산사의 종소리이다. 1, 2구에서 다섯 가지 풍경을 제시한 반면 3, 4구에서 종소리 하나만 제시한 것을 보아서도 알 수 있다. 고요한 밤에 울려 퍼지는 은은한 종소리가 그에게 야릇한 감회를 불러 일으켰을 것이다. 사실상 밤에는 사람의 청각이 가장 예민해지게 마련이다. 게다가 그 종소리는 한산사에서 울려오는 종소리이다. 밤의 적막을 깨뜨리고 들려오는 종소리는, 한산사라는 사찰과 한산스님이 환기시켜 주는 일종의 종교적 신비감마저 느끼게 한다. 이 종소리로 인하여 풍교에서의 시인의 인상이 특별한 것이 된다. 아마 종소리의 묘사가 없었다면 이 시의 맛이 반감되었을 것이다.

송의 구양수(歐陽修)는 그의 저서 『육일시화』(六一詩話)에서 이 시를 매우 강하게 비판했다. 즉 한밤중에 절에서 종을 칠 리가 없다는 것이다. 일반적으로 시인들이 아름다운 시구(詩句) 만들기에만 급급하여 실제에 부합하지 않는 시를 짓는다는 것이 그의 논지이다. 그래서 이 시에도 '어병'(語病)이 있다고 했다. 구양수의 비판 이래로 이 시에 대하여, '밤에 우는 까마귀도 있느냐?' '새벽에 지지 않고 한밤중에 지는 달도 있느냐?' 등등의 논란이 수없이 있어 왔다. 그리고 이에 대한 반론도 있었다. 어떤 사람은 소주의 어느 절에서 밤중에 종을 쳤다는 사실을 고증하기도 했고, 밤에 우는 까마귀와 밤중에 지는 달도 실제의 사실임을 입증하기도 했다. 그러나 그럼에도 불구하고 이 시가 계속해서 많은 사람의 사랑을 받아 왔다는 사실이 더 중요하다고 하겠다. 시인 장계는 이 시가 아니었다면 아마 잊힌 시인이 되었을 것이다. 현재 남아 있는 그의 시도 40여 수에 불과하다. 과연 시 한 수의 위력이 대단함을 알 수 있다.

한산사는 원래 묘리보명탑원(妙利普明塔院)이라는 이름을 가진 조그마한 절이었다고 하는데 한산이 이곳으로 온 후에 한산사로 불렸다고 한다. 절을 창건할 때 만들었던 종은 그 후 여러 차례의 병란으로 소실되었고 명나라 때 다시 주조했으나

이마저도 소실된 것을 1906년에 다시 만들어 지금까지
전한다. 1906년에 종을 만들 때 일본인들이 모금을 해서 또
하나의 종을 만들어 기증했다는 얘기가 전한다. 그래서 지금
한산사에는 두 개의 종이 있는데 현재 한산사 종루(鐘樓)에
있는 종은 일본인이 기증한 종이라고 한다. 일본이 한산사의
종에 이런 관심을 보인 것은 일본인들이 장계의 「풍교에
밤배를 대고」 시를 워낙 좋아했기 때문이다. 일본에서는
어린아이들도 이 시를 알 정도로 유명하다고 한다.

한산사에는 명(明)나라 문징명(文徵明, 1470~1559)의
글씨로 쓴 이 시의 석각(石刻)이 있었다고 하는데 세월이 흘러
마모가 심해서 청의 학자 유월(兪樾, 1821~1907)이 다시
석각한 것이 지금까지 전한다. 1947년에는 이름이 같은 현대
시인 장계(張繼, 1882~1947)가 다시 이 시를 돌에 새겼다고
한다. 그런데 유월이 이 시를 석각한 그해 12월에 죽었고, 현대
시인 장계도 석각한 다음 날에 죽었다고 하니 참으로 공교로운
일이다.

246

위응물

韋應物, 737~792

섬서성 장안 출신으로 젊은 시절에 현종의 시위(侍衛)로 총애
받았으나 안사의 난 이후 힘겨운 시절을 보냈다. 마지막 관직으로
소주자사(蘇州刺史)를 지냈으므로 세칭 '위소주'(韋蘇州)라 한다.
비교적 장기간 지방관을 지냈기에 안사의 난 이후 백성들이 겪은
고통을 십분 이해하고, 조정의 부패에 대해서도 절감하였다.
때문에 그의 많은 시들이 백성의 고난과 부패한 정치를 비판하는
내용을 담고 있다. 시 가운데는 산수 전원과 은거 생활에 대해
읊은 작품들도 많은데 이러한 시편들에는 도연명을 본받고자
했던 뜻이 담겨 있어 사람들이 '도위'(陶韋)로 병칭했다.
중당 시기의 걸출한 시인 백거이는 위응물의 시가 지닌
'고아한담'(高雅閑淡)한 풍격을 높이 평가했다.
『위소주집』(韋蘇州集)에 508수의 시가 전한다.

장강과 한수에서 나그네 되었을 때
만났다 하면 언제나 취하여 돌아갔지

한번 이별한 후 뜬구름처럼 떠돌면서
유수 같은 세월 십 년이 흘러갔네

환담하며 웃으니 정은 옛날 같은데
성긴 살쩍 어느새 희끗희끗하구나

무엇 때문에 돌아가지 않고 있냐고?
회수 가에 가을 산이 있어서이지

淮上喜會梁川故人

江漢曾爲客　相逢每醉還
浮雲一別後　流水十年間
歡笑情如舊　蕭疏鬢已斑
何因不歸去　淮上有秋山

淮上(회상)-회수 가. 회수는 지금의 강소성 회양(淮陽) 일대·梁川(양천)-
양주(梁州). 양주는 당나라 때 지명. 지금의 섬서성 남정현(南鄭縣)으로
한수(漢水)의 상류에 있다.

시인은 회수 가에서 10년 전에 헤어진 옛 친구를 만난다.
이보다 더 기쁜 일이 없다. 오랜만에 만나면 으레 옛날을
회상하게 마련이다. 돌이켜보면 10년 전 떠돌이 신세로 한수
가에서 만났을 때에는 서로 의기가 투합하여 실컷 취하고
호기를 부렸다. 그러던 친구와 헤어져 피차 뜬구름처럼 떠돌다
보니 어느덧 10년 세월이 유수같이 흘러갔다. 그 친구를 다시
만난 것이다. 만나서 반갑게 웃으며 환담하니 옛 정은
그대로인데 두 사람 모두 머리가 반백(半白)이 되어 있다.
이것은 10년 동안 두 사람이 겪었을 모진 풍상을 암시한다.
만난 기쁨은 자연히 슬픔으로 변한다. 일희일비(一喜一悲)다. 이
시와 같은 해에 썼을 것으로 추정되는 「연이녹사」(燕李錄事)에
"오늘 서로 만나 옛날을 생각하니/한 잔 술에 기쁘고 또한
슬퍼지누나"(此日相逢思舊日 一杯成喜亦成悲)란 구절이 있는데
이와 비슷한 경우이다.
　　7, 8구는 가상의 문답이다. 아마 짧은 만남 후에 친구는
양주로 돌아갈 것이다. 그러나 시인은 그곳에 남는다. 떠나면서
친구가 "자네는 왜 돌아가지 않는가?"라 묻는다면 "회수 가에
가을 산이 있어서" 남는다고 답하겠다는 것이다. 이

249

선문답(禪問答) 같은 구절이 함축하고 있는 뜻은 간단하지 않다. 청나라 심덕잠은 이 구절을 평하여 "시어의 뜻은 좋으나 회수 가에는 실제로 산이 없다"라고 말한 바 있다. 그러나 실제로 산이 있느냐 없느냐는 그리 큰 문제가 되지 않는다. 심덕잠의 말을 받아서, 이 시에서의 "가을 산"은 실제의 산이 아니고 시인의 마음속의 산을 가리킨다고 말한 연구자도 있는데 옳은 견해라 생각된다.

위응물은 젊었을 때 현종의 측근으로 궁중을 드나들며 웅대한 이상을 펼치려고 했으나 안록산의 난으로 현종이 촉(蜀)으로 떠나고 숙종이 즉위한 후 내내 지방관으로만 전전했다. 이 시를 쓴 시기에 대하여 여러 가지 견해가 있지만 모두 명확하지 않은 가운데, 그가 지방관으로 재직할 때의 작품이란 사실 하나만은 분명하다. 중앙 정치권에서 소외되어 지방관으로 있으면서 그는 인생의 지향점을 바꾼 것으로 보인다. 즉 겸제천하(兼濟天下)하려던 큰 뜻을 접고 독서에 전념하며 독선기신(獨善其身) 쪽으로 가닥을 잡은 것이다. 이미 정치적 야심을 버린 그에게는 번화한 대처로 돌아가는 것보다 한적한 이곳이 더 좋다. 자연을 벗 삼아 심성을 기르기에 더 없이 좋은 곳이기 때문이다. "가을 산"은 바로 이 자연을 가리킨다. 가을 산은 회수 가의 특정한 산이라기보다 자연 일반의 시적(詩的)인 표현이다. 또한 이 가을 산은, 권모술수가 판치는 비정한 정치판과 대비되는 소박하고 안온한 삶을 상징한다. 그는 이 가을 산을 가슴에 품고 있기 때문에 돌아가지 않는다고 말한 것이다.

제7구의 "何因不歸去"에서 '不'이 '北'으로 되어 있는
판본도 있다. 이 경우에는 해석이 달라져 '그대는 왜 북으로
돌아가는가? 회수 가에 가을 산이 있는데'로 풀이된다.
아무래도 '北' 보다 '不'이 나은 것 같다. 이 시는 특별한 기교나
수식 없이 매우 자연스럽게 쓰였기 때문에 '평담'(平淡)하다는
평을 받는데 '평담'은 위응물 시의 일반적인 특징이기도 하다.
이렇게 평담한 가운데 이 시의 2, 3구는 널리 애송되는
명구이다.

오늘 아침 관사가 싸늘하여서
문득 산에 있는 사람 생각이 나네

계곡 밑에서 땔감을 묶어
돌아와선 흰 돌을 삶고 있겠지

술 한 병 가지고서
멀리 가 비바람 치는 밤 위로하고 싶은데

빈산에 낙엽이 가득 쌓였으니
어디서 발자취를 찾을 수 있을까

寄全椒山中道士

今朝郡齋冷　忽念山中客
澗底束荊薪　歸來煮白石
欲持一瓢酒　遠慰風雨夕
落葉滿空山　何處尋行迹

全椒(전초)-지금의 안휘성 전초현으로 당나라 때 저주(滁州)에 속했다.
• 山中道士(산중도사)-왕상지(王象之)의『여지기승』(輿地記勝)에
"신산(神山)이 전초현 서쪽 30리에 있는데 골짝이 매우 깊다. 당 위응물의 시
「전초의 산중도사에게」에서 도사가 사는 곳이 이곳이다"라는 기록이 있다.
• 郡齋(군재)-저주자사(滁州刺史) 관청 내의 한 건물 • 荊薪(형신)-땔나무
• 煮白石(자백석)-갈홍(葛洪)의『신선전』(神仙傳)에 "백석선생은
중황대인(中黃大人)의 제자이다. …그는 늘 백석을 삶아 양식으로 삼았으며
백석산에 살았으므로 당시 사람들이 그를 백석선생으로 불렀다"는 기록이
있다. 도가의 수련법에 석영(石英)을 복용한다는 말이 있다.

이 시는 위응물이 저주자사로 재직하던 784년경의 작품으로
추정된다. 아직 업무가 시작되기 전 홀로 앉아 있는 관사에
싸늘한 가을 기운이 느껴진다. 싸늘함을 느끼자 문득 산에 있는
도사가 염려된다. 여기도 이렇게 싸늘한데 산속은 얼마나
추울까? 생각이 여기에 미치면서 그는 산속 도사의 생활을 그려
본다. 도사는 평상시와 마찬가지로 시냇가에서 땔감을 마련해
돌아와서는 그 땔감으로 불을 지펴 백석(白石)을 삶고 있겠지.
백석을 삶아서 복용하는 것은 도가의 수련법이다. 속세를
멀리하고 청고(淸高)한 자세로 도를 닦는 도사가 한편으로는
부러우면서 또 한편으로는 어려운 수련을 하고 있는 도사가
안쓰러운 생각이 든다. 도사를 부러워하고 흠모하기 때문에
더욱 도사를 염려한다.
　그래서 술 한 병 들고 멀리 산속으로 가서 도사와 함께
술잔을 나누면서 비바람 치는 이 밤에 그를 위로하고 싶다.

시의 첫머리에서 "오늘 아침"이라 했는데 여기서 "비바람 치는 밤"이라 한 것으로 보아 시인은 아침부터 밤까지 도사를 생각하고 있었음을 알 수 있다. 도사에 대한 그리움이 이렇게 간절한데도 시인은 산속으로 가지 않는다. 아니 가지 못한다. 모든 세속적인 욕망을 버리고 뿌리 없이 구름처럼 떠도는 도사이기에 지금 가 본들 그가 어디에 있는지 알 수 없기 때문이다. 더구나 산에는 떨어져 쌓인 늦가을의 낙엽이 그의 발자취마저 묻어 버렸을 것이니 어디서 그를 찾는단 말인가. 그래서 직접 가지 못하고 한 편의 시에 위로의 뜻을 담아 보낸 것이다. "빈산에 낙엽이 가득 쌓였으니/어디서 발자취를 찾을 수 있을까"의 7, 8구는 후인들에 의해서 "조물주의 필법이다" "언어와 사색으로는 얻을 수 없는 경지이다"라는 찬사를 받는 절창(絶唱)이다.

7, 8구를 상징적인 표현으로 보기도 한다. 위응물은 평생 가난과 싸우면서 미관말직을 전전했다. 당나라 이조(李肇)의 『국사보』(國史補)에 "위응물은 천성이 고결하며 음식을 적게 먹고 욕심이 없었다. 이르는 곳에는 향을 피우고 자리를 쓸고 앉았다"란 기록이 있다. 이런 성격을 가진 그는 당시의 정치 현실에 만족할 수 없어 늘 속세를 떠난 맑고 깨끗한 세계를 동경했다. 그럼에도 불구하고 관직을 뿌리치지 못한 것은 나라에 대한 책임감과 가난 때문이었다. 그러므로 그는 항상 현실과 이상 사이에서 갈등하고 있었다. 이 시에서 도사가 사는 산속은 그가 그리는 이상의 세계이다. 7, 8구에서 그가 산속으로 가지 못하는 것은 표면적으로는 낙엽이 쌓여 길을

찾을 수 없었기 때문이지만, 사실은 과감히 현실을 벗어나 이상의 세계로 달려가지 못하는 자신의 처지를 상징적으로 나타낸 것이라 보는 것이다. 일리가 있는 해석이다. 이렇게 보면 제1구의 "싸늘함"(冷)을 당시 날씨가 싸늘하다는 뜻과 함께 그의 심정이 싸늘하다는 것으로 해석할 수 있다.

위응물의 시는 왕유, 맹호연의 영향을 깊이 받아서 시풍(詩風)이 지극히 평담하다. 그의 시가 당대에는 크게 인정받지 못했지만 후대의 평자들은 특히 그의 오언시(五言詩)를 높이 평가했다. 백거이(白居易)는 "위응물의 오언시는 높고 우아하고 한적하고 담박하여 스스로 일가의 체(體)를 이루었다"라 했고, 소동파는 "백거이의 길고 짧은 3천 수의 시는 도리어 위응물의 오언시만 못하다"라 평가했다. 소동파는 위응물의 시를 매우 좋아했는데 아마 자기가 지니지 못한 위응물의 시풍을 흠모했기 때문일 것이다. 그는 혜주(惠州)에 있을 때 위응물의 이 시(「전초의 산중도사에게」)에 차운(次韻)한 시를 지었을 만큼 위응물을 좋아했다. 즉 위응물 시의 운자(韻字)인 客, 石, 夕, 迹을 그대로 사용해서 시를 지었다. 근처의 나부산(羅浮山)에 사는 도사에게 나부춘이란 술을 보내면서 써 준 시로 제목은 「등도사에게」(寄鄧道士)이다.

　　한 잔 나부춘을

멀리 고사리 캐는 나그네에 보내니

멀리서 알겠네, 홀로 술 마신 후
소나무 밑 바위에 취하여 누운 줄을

은자(隱者)는 보이지 않고
들리노니 달밤에 맑은 피리 소리만

애오라지 암자 속 사람을 희롱하지만
공중으로 나르니 본래 자취가 없는 걸

一杯羅浮春　遠餉采薇客
遙知獨酌罷　醉臥松下石
幽人不可見　淸嘯聞月夕
聊戲庵中人　空飛本無迹

　　소동파가 온 힘을 다하여 위응물의 시격(詩格)을 본뜨려
했으나 후대의 평가는 부정적이었다. 송나라 홍매(洪邁)는
이를 두고 "소동파의 타고난 재주로 글을 쓰면 세상을 놀라게
했으니 도연명에 화운(和韻)한 시로 도연명과 어깨를 나란히
했다. 그러나 위응물의 시에 화운한 이 시는 원작에 훨씬
미치지 못한다"라 했고, 역시 송나라 허의(許顗)는 이 문제에
대하여 "대개 절창은 마땅히 화운하지 못한다"라 하여
위응물의 시는 남들이 범접할 수 없는 절창임을 강조했다.

256

청나라의 시보화(施補華, 1835~1890)는 소동파가 실패한
원인을 구체적으로 지적했다. 즉 동파가 각별히 힘을 썼지만
위응물의 시와 닮지 못한 것은, 동파는 힘을 썼고(用力)
위응물은 힘을 쓰지 않았으며 동파는 뜻을 숭상했고(尚意)
위응물은 뜻을 숭상하지 않았기 때문이라고 말했다. 결국 두
시의 차이는 자연스러움과 자연스럽지 못함의 차이인데,
소동파는 나부산의 등도사(鄧道士)를 묘사하기 위하여
지나치게 힘을 써서 인위적인 의미를 갖다 붙이려 했기 때문에
실패한 것이다.

그대가 그리운데 마침 가을밤이라
서늘한 하늘 아래 서성이며 시를 짓네

빈산에 솔방울 떨어지리니
유인(幽人)도 응당 잠 못 이루리

秋夜寄丘二十二員外

懷君屬秋夜　散步咏涼天
山空松子落　幽人應未眠

丘二十二員外(구이십이원외)-'구'는 성, '이십이'는 한 집안의 항렬,
'원외'는 관직명인 원외랑. 즉 구단(丘丹)을 말한다. •屬(속)-마침
•涼天(양천)-서늘한 가을 하늘 •松子(송자)-솔방울 •幽人(유인)-깊숙한
곳에서 은거하는 사람, 곧 은자(隱者)

구단(丘丹)은 벼슬살이를 하다가 만년에 항주의
임평산(臨平山)에 들어가 은거하면서 생을 마친 인물이다. 이
시는 아마 위응물이 소주자사로 있을 때 임평산에 은거하고

있는 구단에게 준 작품인 듯하다. 이 시 이외에도 구단에게 준
시가 몇 편 더 있는 것으로 보아 두 사람은 매우 가까이 지냈던
것 같다.

　이 작품은 친구를 그리워하는 회인시(懷人詩)이다. 그렇지
않아도 친구가 몹시 그리운데 마침 가을밤이라 그리운 마음이
더욱 간절하다. 그래서 시인은 잠을 못 이루고 밖에 나가
서늘한 가을 하늘 아래 이리저리 거닐며 시를 짓는다. 이
가을밤에 그리운 정을 한 편의 시에 담아 보내고 싶었던
것이다. 그러자 시인의 생각은 어느덧 친구가 있는 임평산을
맴돌고 있다. 그곳에도 가을이 왔겠지. 그리고 솔방울 떨어지는
소리도 들릴 만큼 고요한 산속의 가을밤에 그대도 응당 잠을 못
이루고 있으리라. 내가 그대를 그리워하는 만큼이나 그대도
나를 그리워하고 있을 테니까. 이 3, 4구는 순전히 시인의 상상
속의 풍경이다.

　이 시는 강렬한 언어로 독자를 휘어잡는 그런 작품이
아니다. 위응물 시의 성격이 그렇듯이 기발한 시상(詩想)이나
절묘한 기교를 동원하지 않고, 담박하고 평범한 시어로 친구에
대한 그리움을 절절하게 나타낸다. 백 마디, 천 마디의 글보다
이 짧은 20자의 시가 더 감동적이다.

　예부터 평자들은 위응물의 오언절구를 칭송해 왔다.
호응린은 "중당(中唐)의 오언절구는 위응물이 가장
고박(古朴)하여 왕유와 맹호연을 이을 만하다"(『시수』)고 했고,
심덕잠은 "오언절구는 왕유의 자연스러움과 이백의
고묘(高妙)함과 위응물의 고담(古淡)함이 모두 조화의 경지에

259

들어갔다"(『설시수어』說詩晬語)고 말한 바 있다. 위의 시는
이러한 위응물의 오언절구를 대표하는 작품이다.

위응물의 시를 받고 구단은 다음과 같은 답시를 보냈다.
제목은 「위소주에게 답하다」(答韋蘇州)이다.

오동잎에 방울지는 이슬이 울고
바람 부는 가을에 계수나무 꽃이 피네

그 속에 신선을 배우는 사람 있어
피리 불며 산에 뜬 달 가지고 노네

露滴梧葉鳴　風秋桂花發
中有學仙人　吹簫弄山月

그윽한 풀 유독 예뻐 물가에서 자라고
위에는 짙은 나무에 꾀꼬리 우네

비 내리는 봄 물결 저물녘에 급한데
나루엔 사람 없고 배만 절로 비껴 있네

滁州西澗

獨憐幽草澗邊生　上有黃鸝深樹鳴
春潮帶雨晚來急　野渡無人舟自橫

滁州(저주)-지금의 안휘성 저현(滁縣)·西澗(서간)-저주 서쪽 교외에 있는
시내·憐(련)-사랑스럽다·黃鸝(황리)-꾀꼬리·野渡(야도)-들판의
나루터

널리 알려진 위응물의 대표작이다. 위응물은 관직에 나갈
만하면 벼슬을 하고 물러날 필요가 있으면 은거하는 생활을
일생 반복하면서 살았다. 이 시는 46세 무렵 그가

261

저주자사(滁州刺史)로 있을 때 쓴 작품이다.

　시인은 저주성 서쪽 교외의 산속 시냇가에 와 있다. 때는
봄이어서 물가에 이름 모를 풀들이 나 있다. 그는 이 풀들이
"유독 예쁘다"고 했다. "그윽한 풀"이기 때문이다. "그윽한
풀"은 깊은 산골 시냇가에서 저 혼자 자라는 풀이다. 아무도
찾지 않는 고요한 산속에서 적막함을 즐기는 풀이다. 이 풀에
시인의 심회가 투영되어 있다. 즉 그는 번잡한 현실을 벗어나
이 풀처럼 조용하게 살고 싶은 것이다. 아무도 없는 적막한
산속에서 시인은 예쁜 풀을 바라보고 있는데 문득 머리 위에서
꾀꼬리 소리가 들린다. 이 소리가 산중의 정적을 깨뜨리면서
한편으로는 정적을 강조하는 역할을 한다. 너무나 고요하기
때문에 꾀꼬리 소리가 선명하게 들릴 수 있는 것이다. "새 우니,
산 더욱 그윽해"(鳥鳴山更幽)라는 어느 시인의 말처럼.

　제3구의 "봄 물결"이 "급하다"는 표현도 마찬가지이다.
"급하다"는 표현은 눈으로 본 것이 아니고 물소리가 급하게
들렸다는 것이다. 세차게 흐르는 '물소리만' 들릴 만큼 사방이
온통 고요하다는 것을 나타낸다. 게다가 저 멀리 보이는 들판의
나루터엔 사람은 없고 빈 배만 홀로 물결에 밀리며 비껴 있다.
적막하기 짝이 없는 한 폭의 풍경화다. 그래서 이 시는 곧잘
그림의 소재가 되곤 했다. 이런 이야기가 전한다. 북송(北宋) 때
궁중의 화원(畫院)에서 이 시의 마지막 구절인
"野渡無人舟自橫"을 화제(畫題)로 화공들에게 그림을 그리게
했는데, 한 화공이 빈 뱃머리에 새 한 마리를 그려 넣었다고
한다. '無人'의 뜻을 나타내기 위하여 새를 그려 넣은 이 그림을

보고 모두들 감탄했다고 한다.

예로부터 이 시의 해석에는 두 가지 견해가 있어 왔다.
단순히 풍경을 묘사했다는 견해와, 시인의 숨은 뜻이 들어
있다는 견해가 그것이다. 후자의 견해를 따른다면, 시인은
꾀꼬리는 마음에 없고 "유독"(獨) 그윽한 풀만 사랑한다. 깊은
산속에서 자라는 풀은 세상의 부귀영화를 멀리하며 초야에서
살아가는 군자를 상징하고, 꾀꼬리는 높은 곳에서 아름다운
소리로 자신의 재능을 자랑하는 소인을 상징하기 때문이라는
것이다. 또한 나루터의 배는 사람을 건네주는 것이 본연의
임무임에도 불구하고 빈 채로 물결에 밀리고 있다. 나라를 위해
일해야 함에도 쓰이지 못하고 버려진 자신을 빈 배에
비유했다는 것이다. 어느 해석을 따르느냐는 독자의 몫이다.

이 시가 워낙 널리 읽혔기 때문에 이 작품에 얽힌 이야기가
많은데, 북송 때 혜홍(惠洪, 1071~1128)이 쓴
『냉재야화』(冷齋夜話)에 실려 있는 일화를 소개한다.

왕영로(王榮老)가 관주(觀州)에서 벼슬을 하고 있었는데
하루는 관강(觀江)을 건너려고 하자 7일 동안이나 바람이 불어
건널 수가 없었다. 그러자 그 고을의 원로가 말하기를
"공께서는 상자 속에 반드시 보물을 감추고 계실 것입니다. 이
강의 신(神)은 지극히 신령하니 마땅히 그것을 바쳐야 건널 수
있을 것입니다"라고 했다. 왕영로는 가진 보물이 없고 다만
조그마한 옥(玉)이 있어 그걸 바쳤는데도 바람은 여전했다. 또

단계(端溪) 벼루를 바쳤으나 바람이 더 세차게 불었다. 밤에 누워서 생각해 보니 황정견(黃庭堅)의 글씨로 위응물의 「저주의 서쪽 시내」 시를 쓴 부채가 있었다. "내가 미처 생각지 못했구나, 귀신이 그걸 어찌 알았을까?"라 말하고 그 부채를 바쳤더니 바람이 멎어서 강을 건널 수 있었다고 한다. 이 시는 그만큼 후대인의 사랑을 받았다.

융
욱

戎昱, 744~800

중당(中唐) 시기의 시인으로 호북성(湖北省) 형주(荊州)
출신이다. 신주자사(辰州刺史), 건주자사(虔州刺史)를 역임했고,
안진경(顏眞卿), 두보와도 친교를 맺었으며 사회 모순을 반영한
현실주의적인 작품을 남겼다. 『융욱시집』에 125수의 시가
전한다.

좋을시고, 봄바람 불어오는 호상정(湖上亭)에서
버들가지 등 넝쿨이 떠나는 정을 잡아매네

꾀꼬리도 오래 살아 너무 서로 잘 알기에
떠나려니 네댓 번 이리 자주 우는구나

移家別湖上亭

好是春風湖上亭　柳條藤蔓繫離情
黃鶯久住渾相識　欲別頻啼四五聲

시인이 집을 옮기면서 느낀 감회를 노래한 시이다. 그동안
정들었던 옛집을 떠나면서 이곳저곳을 둘러본다. 그중에서도
가장 아쉬운 곳이 호상정이다. 호상정은 시인의 집에 있는
정자일 터인데 기쁠 때나 슬플 때나 자주 갔던 곳이어서 이
정자와 이별하는 것이 가장 가슴 아픈 일이다.

　때는 화창한 봄날, 마지막 작별을 고하러 정자에 갔더니
주위의 버드나무에 가지가 휘늘어져 있고 등 넝쿨이 길게 뻗어
있다. 늘 보던 버드나무와 등나무는 옛날과 변함없지만 이를

보는 시인의 감정은 옛날과 달랐다. '정든 이것들과 차마 어이 이별하리…'라 생각하는 순간, 시인의 감정이 버드나무와 등나무에 이입(移入)되어 버들가지와 등 넝쿨이 시인의 "떠나는 정"을 칭칭 감아 "잡아매고" 못 떠나게 만류한다. 놀라운 의인화 수법이다. 시인의 감정은 꾀꼬리에도 이입되어 이별을 슬퍼하는 울음을 그치지 않는다. 평소엔 아름답게 들렸을 꾀꼬리 소리가 이날은 구슬픈 울음소리로 들린다. "오래 살아 너무 서로 잘 알기에" 운다고 했지만 사실은 울고 싶은 시인의 감정을 꾀꼬리를 통하여 대신 표현한 것이다.

이렇게 이 시는 정자 주위의 버드나무와 등 넝쿨과 꾀꼬리를 감정이 있는 사물로 그림으로써 시인과 자연이 혼연일체로 융화된 경지를 보여 준다. 시인도 이별을 아쉬워하고 이들도 이별을 아쉬워하는 것이다. 또 그렇게 함으로써 이별을 아쉬워하는 무형의 감정을 시각적으로 청각적으로 형상화하고 있다.

이 시의 작자인 웅욱의 작품은 후대에 그리 높은 평가를 받지 못했다. 그런 가운데 송나라 왕안석(王安石, 1021~1086)은 특히 이 시를 좋아하여 "당나라 사람들의 시를 보고 싶다면 이 시를 보는 것으로 충분할 것이다"라고 극찬한 바 있다.

이
익

李益, 749~829

감숙성 농서(隴西) 출신으로 자는 군우(君虞)이다. 대력(大曆)
4년(769) 진사가 되었고 이후 연조(燕趙) 지역을 유랑하다가
절도사 유제벽(劉濟辟)의 종사(從事)가 되어 변방에서 10년간을
지냈다. 이때의 경험을 바탕으로 많은 변새시를 남겼으며 당대에
크게 유행하여 궁중에서도 가창되었다. 헌종(憲宗)은 그의 명성을
듣고 조정으로 불러 예부상서(禮部尙書)에 임명했다. 그의 시는
민간 가요의 의미와 정서를 깊이 담고 있으며, 변새의 정경과
수자리 사는 이들의 심정을 잘 담아냈다는 평가를 받는다. 풍격이
왕창령과 근접하며 오언·칠언 절구에 뛰어났다. '대력십재자'
(大曆十才子)의 한 명으로 꼽히며 『군우시집』(君虞詩集)에
156수의 시가 전한다.

전란으로 십 년간 헤어진 후에
장성하여 한 번 만나게 되었네

처음 보고 놀라서 성을 물어보았는데
이름을 말하니 옛 얼굴이 떠오르네

이별 후 세상사는 상전이 벽해된 듯
이야기 끝날 무렵 저녁 종이 울린다

내일 파릉(巴陵)으로 가는 길에
가을 산은 또 몇 겹일는지?

喜見外弟又言別

十年離亂後　長大一相逢
問姓驚初見　稱名憶舊容
別來滄海事　語罷暮天鐘
明日巴陵道　秋山又幾重

外弟(외제)-외사촌 또는 이종사촌 동생·離亂(이란)-전란으로 헤어지다.
전란은 안록산의 난·滄海事(창해사)-창해상전(滄海桑田), 즉
상전벽해(桑田碧海)로 세상이 크게 변한 것·巴陵(파릉)-당나라 때
악주(岳州) 파릉군으로 지금의 호남성 악양시

1, 2구는 안사의 난으로 소년 시절에 헤어졌던 외사촌 동생을
십 년 만에 만난 정경을 그리고 있다. "한 번" 만나게 되었다는
것은, 10년이란 긴 세월 동안 보지 못하다가 뜻하지 않게
갑자기 '단 한 번' 만났다는 뜻이 함축되어 있다. 전란이
진행되는 어지러운 시국이기에 만나기가 그만큼 어려웠다.
준비 없이 갑자기 만났기 때문에 또 지금은 피차 성인이 되어
어릴 적 모습이 잘 생각나지 않아서 긴가민가하다가 성(姓)을
물어본다. 이씨(李氏)라는 대답을 듣고 더 확인하기 위하여
이름을 물으니 동생이 이름을 밝힌다. 그제야 "옛 얼굴이
떠오른다." 전쟁이 만든 기막힌 광경이다.
　이렇게 만난 두 사람은 만단정회를 나눈다. 10년 동안
세상사는 상전(桑田)이 벽해(碧海)가 될 정도로 변했다. 이
10년간의 일들을 "滄海事" 세 글자로 개괄했다. 세상 돌아가는
얘기, 가족과 친구들이 겪은 어려움과 근황 등을 시간 가는 줄
모르고 이야기하다 보니 어느덧 "저녁 종" 소리가 들린다.
저녁이 된 줄도 모르고 얘기하다가 종소리를 듣고서야 날이
저물었다는 것을 깨닫는다.
　밤새 얘기해도 모자랄 터이지만 그들은 이야기를 여기서

270

끝낸다. 내일이면 동생은 또 떠나야 하기 때문이다. 1구에서
6구까지가 만남의 기쁨을 묘사했다면 7, 8구는 다시 이별의
슬픔을 묘사하고 있다. 긴 이별 끝의 짧은 만남 그리고 또
이별이다. 7, 8구에는 헤어진다는 말이 없다. 그저 내일 동생이
밟아 갈 노정을 상상하여 제시하는 것으로 시를 끝낸다.
제8구의 "가을 산은 또 몇 겹일까?"는 깊은 뜻을 함축하고
있다. "또"(又)는 제1구에서 말한 10년 전의 이별에 이어서
'다시 또' 이별해야 한다는 아쉬움을 나타낸다. '또 떠나야
하는가?' 시인은, 동생이 가는 길에 몇 겹이나 되는지 모를 산을
넘어야 할 것이라 상상하며 그 길이 순탄치 않을 것임을
암시하고 그렇기 때문에 다시 만나기 어려울 것이라 예상하며
슬픔에 잠긴다. 시에서는 슬픔을 말하지 않고 있지만 "가을
산"(秋山)의 '가을'이란 글자가 간접적으로 슬픔을 나타낸다.
동생을 떠나보내는 계절이 가을이기도 했겠지만, 송옥(宋玉)
이래 가을은 쓸쓸함과 슬픔을 상징하는 용어가 되었다. 이래서
'군자비추'(君子悲秋)란 말이 생겼다.
　이 시는 전란의 상흔 속에서 이별과 만남을 잘 묘사한
작품으로 후대에 높은 평가를 받았다.

60 밤에 수항성에 올라 피리 소리를 듣다

회락봉 앞 모래는 눈과 같고
수항성 밖 달빛은 서릿발 같은데

어디선가 들려오는 갈대피리 소리에
이 한밤 군사들이 모두 고향 바라보네

夜上受降城聞笛

回樂烽前沙似雪　受降城外月如霜
不知何處吹蘆管　一夜征人盡望鄕

受降城(수항성)-당나라 때 돌궐과 토번의 침입을 막기 위해 쌓은 성으로
황하 이북의 동·서·중앙 세 곳이 있는데 이 시에서는 서쪽 영하(寧夏)
회족자치구의 영주(靈州)에 있는 성을 가리킨다. 수항성은 영주의
치소(治所) 회락현(回樂縣)의 별칭이다. 당태종이 일찍이 이곳에서 돌궐의
항복을 받았기에(受降) 이렇게 불렀다. • 回樂烽(회락봉)-수항성 동쪽에
있는 일련의 봉화대 • 蘆管(노관)-갈대 잎을 말아서 만든 피리

이익은 780년에 회락현으로 들어가 삭방절도사(朔方節度使)

최영(崔寧)의 막부에서 1년간 관리로 있는 동안 많은 변새시를 창작했는데 이 시는 그 시절의 작품으로 그의 대표작이다.

1, 2구에서 시인은 밤에 수항성에 올라가서 바라본 풍경을 묘사하고 있다. 멀리 보이는 봉화대 부근은 사막이다. 사막의 모래가 달빛을 받아 눈과 같다고 했다. 눈처럼 희고 차다는 말이다. 사막을 비추는 달빛 또한 서릿발처럼 싸늘하다. 서릿발 같은 달빛 아래 펼쳐진 눈 같은 모래사막은 이곳이 먼 변방임을 나타내고 있다. 1, 2구가 시각적 묘사라면 제3구는 청각적 묘사이다. 수항루에 오른 시인의 귀에 어디선가 구슬픈 피리 소리가 들린다. 피리 소리는 원래 애절한 가락이어서 소동파의 「적벽부」(赤壁賦)에 묘사된바 "원망하는 듯, 사모하는 듯, 흐느끼는 듯, 하소연하는 듯"한 애조(哀調)를 띠고 있다.

1, 2구의 경색(景色)에 이어 쥐죽은 듯 적막한 사막의 밤에 들려오는 피리 소리가 고향 생각을 불러일으킨다. 너무나 자연스러운 연결이다. 여기서 시인은 변방에서 수자리 사는 병사들을 생각한다. 병사들도 응당 이 피리 소리를 듣고 있을 것이다. 관리로 나와 있는 자신도 고향이 그리운데 변방에서 오랫동안 돌아가지 못하고 수자리 사는 병사들은 얼마나 고향이 그리울까? 시인 개인의 향수에 머물지 않고 이를 전 병사들의 향수로 확장시킴으로써 그 시절 변방 병사들의 심정을 전형화(典型化)하고 있다. 일종의 추기급인 (推己及人)이라 할 만한 이 점이 이 시를 성공작으로 이끈 요인이다.

변새시는 성당(盛唐)에서도 많이 창작되었다. 성당의

변새시는, 공을 세워 나라에 보답하겠다는 병사들의
호장(豪壯)한 기상을 노래한 작품이 많은 반면 중당 이후로는
시의 경향이 많이 바뀐다. 변방에서는 전쟁이 빈발하고 이미
기울어져 가는 국가는 이에 대처할 능력을 잃었다. 장수는
무능하고 따라서 병사들은 장기적인 수자리에 지쳐 전쟁을
원망하며 고향을 그리워하고 있었다. 이익의 시는 이러한 중당
변새시를 대표하는 작품이다.

후대인들이 이 시를 악보(樂譜)에 올려 가창할 만큼 많은
사람들의 사랑을 받았다. 명나라 호응린은, 칠언절구는
개원(開元) 이래로 이익을 으뜸으로 삼아야 한다고 말했다.
그리고 그의 변새시들은 이백·왕창령과 우열을 다툴 만하다고
했다. 또한 청나라의 시보화(施補華)는 왕창령·왕지환의
변새시와 더불어 이익의 이 시는 변새시의 명작으로 뜻이
굳건하고 소리가 높고 밝으며 정서가 슬피서 백 번 읽어도
질리지 않는다고 말했다.

맹
교

孟郊, 751~814

절강성 무강(武康) 출신으로 자는 동야(東野)이다. 장적(張籍)이
사적으로 정요선생(貞曜先生)이란 시호를 지어 주었다. 46세가
되어서야 겨우 진사 시험에 합격했지만 관직을 얻지 못하고
떠돌다 50세에 율양위(溧陽尉)라는 낮은 직책에 임명된 후
변변찮은 관직들을 몇 차례 맡아 보았다. 그가 율양위에 부임할
때 한유(韓愈)가 써 준 「송맹동야서」(送孟東野序)가 유명하다.
가난 속에 일생을 보내다 병으로 죽었는데 가난한 데다 자식도
없어 장사도 못 지낼 처지여서 한유 등 그의 친구들이 초상을
치러 주었다고 한다. 한유와 가까이 지냈으며 그의 복고주의에
동조하여 작품도 악부니 고시가 많은데, 특히 낙양에 거주한
마지막 9년 동안 시가 예술적으로 향상되어 인구에 회자되는
시를 많이 지었다. 외면적인 고풍(古風) 속에 예리하고 창의적인
감정과 사상이 담겨 있으며 그의 시는 기험(奇險)을 추구한 면이
있어 한유, 노동(盧仝) 등과 함께 험괴파(險怪派) 시인으로
불리기도 한다. 『맹동야시집』(孟東野詩集) 10권이 전한다.

61 원망

첩의 눈물과 그대의 눈물을
이곳과 그곳 연못에 떨어뜨려서

금년에 연꽃이
누구 땜에 죽는지 한번 볼까요?

怨詩

試妾與君淚　兩處滴池水
看取芙蓉化　今年爲誰死

멀리 가서 돌아오지 않는 낭군을 원망하는 내용의 시는 무수히
쓰였다. 시의 좋은 소재가 되기 때문이다. 이런 유의 시들은
대개 눈물이 그 중심에 놓여 있다. 이백의 「장상사」(長相思)의
한 구절인,

　　옛날 그대에게 추파를 보내던 눈이
　　지금은 눈물 흘리는 샘이 되었어요

276

昔時橫波目 今作流淚泉

에서도 여인의 눈물로 원망을 나타냈다. 그리고 이런 시들은
대부분 여인의 일방적인 눈물로 원망의 깊이를 표현하고 있다.
돌아오지 않는 낭군을 원망하는 내용이기 때문에 여인의
눈물에 초점을 맞추는 것이 당연할 것이다. 그런데 맹교의 시는
쌍방의 눈물을 그리고 있다. 참으로 기발한 발상이다.

　이 시의 문면에 드러나지 않은 정황을 재구성해 보면 이렇게
될 것이다. 낭군은 멀리 떠나 돌아오지 않고 있다. 그동안
편지를 주고받으며 서로의 애정을 확인하지만, 여인은 자신에
대한 낭군의 애정을 믿지 못한다. 편지로는 사랑한다고
말하면서 왜 그토록 오랫동안 돌아오지 않고 있는가? 낭군은
정말 자기를 사랑하는 것일까? 낭군의 진정성을 한번 시험해
봐야지. 생각이 여기에 미치자 여인은 낭군에게 이런 제안을
한다. 자기가 있는 이곳과 낭군이 있는 그곳에서 각자 연못에
눈물을 떨어뜨려 봅시다. 그리고 금년 여름에 어느 쪽 연못의
연꽃이 죽는지 살펴봅시다.

　연꽃이 죽는다는 것은, 연못에 눈물이 가득 차서 연꽃이
눈물에 익사(溺死)하는 경우와, 흘린 눈물이 너무나 쓰라려 그
쓰라림 때문에 연꽃이 자라지 못하고 죽는 경우를 말한다. 이
연꽃이 죽는 것을 보면 어느 쪽이 눈물을 더 많이 흘렸고 어느
쪽 눈물이 더 쓰라린 눈물인지 판가름 날 것이란 발상이다.

　어떻게 보면 낭군의 경각심을 일깨워 주는 영리한
발상이기도 하고 어떻게 보면 여인의 천진난만한 발상이기도

하다. 상대방에 대한 애정은 눈에 보이는 것도 아니고 손으로 만질 수도 없으며 어느 쪽 애정이 더 큰지 자로 잴 수도 없다. 시인은 이 무형의 애정을 연꽃이라는 가시적 사물을 통해 형상화한다. 놀라운 솜씨가 아닐 수 없다. 이렇게 맹교의 시는 일반적 원시(怨詩)의 상투적인 틀을 벗어나 있다.

이 시에서 보는 바와 같이 맹교는 고심에 고심을 거듭하여 구상하고 정교하게 가다듬어 시를 완성했다. 그래서 금(金)나라 원호문(元好問, 1190~1257)은 맹교와 가도(賈島) 두 사람을 '시수'(詩囚)라 칭했다. '시수'는 '시의 감옥에 갇힌 죄수'란 뜻이다. 맹교는 "한평생 부질없이 시를 읊다가/어느덧 머리가 백발이 되었네"라 했고 가도는 "하루도 시를 짓지 않으면/ 맘속은 말라 버린 우물과 같다네"라 했다. 이렇게 두 사람은 시를 짓는 일에 전력투구했기 때문에 '시수'란 칭호를 얻은 것이다. 가도는 또 '시노'(詩奴)라고도 불린다. 시의 노예라는 말이다.

당나라 시인들은 다음과 같은 별칭을 가지고 있다.
- ― 이백(李白)-시선(詩仙)

  하지장이 그를 '적선'(謫仙) 즉 귀양 온 신선이라 부른 데에서 얻은 별명이다. 또 그는 신선이 되기 위하여 만년에 도교(道敎)에 귀의했다.
- ― 두보(杜甫)-시성(詩聖)

  그는 유학을 신봉했는데 유학에서 최고의 목표는

성인(聖人)이 되는 것이다. 시성은 '시에서의 성인'이라는
의미이다.

- ― 왕유(王維)-시불(詩佛)

  그가 독실한 불교신자였기 때문이다.

- ― 왕창령(王昌齡)-시가천자(詩家天子)

  시가부자(詩家夫子)의 와전이란 설이 유력하다. 한편 그는
  칠절성수(七絶聖手)로도 불리는데 칠언절구에 능했기
  때문이다.

- ― 이하(李賀)-시귀(詩鬼)

  그는 귀기(鬼氣) 어린 시를 많이 썼다.

- ― 백거이(白居易)-시마(詩魔)

  '시의 마귀'란 뜻으로 그의 시에 "술 잔뜩 취하면 시마가
  또 발동하여/한낮에 시 읊다가 날이 저무네"
  (酒狂又引詩魔發 日午悲吟到日西)라는 구절이 있어 후인이
  그를 시마라 불렀다. 그는 시를 너무 많이 읽어서 혀에
  종기가 나고 손과 팔꿈치에 못이 박혔을 만큼 시를
  좋아했다고 한다. '시마'는 시의 마귀에 홀린 사람이란
  뜻도 있다.

- ― 유우석(劉禹錫)-시호(詩豪)

  백거이가 그를 이렇게 불렀다.

- ― 왕발(王勃)-시걸(詩杰)

  그는 양형(楊炯), 노조린(盧照隣), 낙빈왕(駱賓王)과 함께
  초당사걸(初唐四杰)로 불렸다.

- ― 하지장(賀知章)-시광(詩狂)

그가 자호(自號)를 '사명광객'(四明狂客)이라 한 데서
유래한 듯하다.

● ─ 유장경(劉長卿)-오언장성(五言長城)

오언시에 능하여 스스로 붙인 별칭이다.

● ─ 맹교(孟郊)-시수(詩囚)

● ─ 가도(賈島)-시노(詩奴)

장
적

張籍, 768?~830?

안휘성 화주(和州) 출신으로 자는 문창(文昌)이다. 덕종(德宗)
정원(貞元) 15년(799)에 진사가 되어 국자사업(國子司業) 등의
벼슬을 역임했다. 그의 시는 대부분 악부시 형식인데
한위(漢魏)의 전통을 이어 악부를 창신해서 백거이·원진 등과
함께 중당의 신악부(新樂府) 운동에 공헌했다. 근체시에서는
칠절(七絶)이 간결·청신한 것으로 유명하다.『장사업집』
(張司業集) 8권이 전한다.

62   가을 생각

낙양성 안에서 가을바람 보고는
집에 편지 쓰려니 생각이 만 겹이라

새삼 급히 쓰느라 말 다 못한 듯하여
가는 사람 떠날 때 겉봉 다시 뜯어보네

秋思

洛陽城裏見秋風　欲作家書意萬重
復恐匆匆說不盡　行人臨發又開封

家書(가서)-본가에 부치는 편지・復(부)-또다시, 새삼・恐(공)-~일 것
같다, ~이지나 않을까・匆匆(총총)-급한 모양・行人(행인)-편지를 가지고
갈 사람・臨發(임발)-떠나려 할 때

시인은 낙양성에서 가을바람이 불어오자 문득 고향 생각에
잠긴다. 일반적으로 가을바람은 청각적으로 묘사되거나 싸늘한
느낌으로 표현된다. 구양수(歐陽修)의 「추성부」(秋聲賦)가 그

대표적인 예이다. 그런데 이 시 제1구에서는 가을바람을 "본다"(見)고 했다. 가을바람은 무형물이어서 눈으로 볼 수 있는 것이 아니다. 그럼에도 불구하고 "본다"고 한 것은, 가을바람이 불어오면서 느끼는 시인의 적막감을 좀 더 생생하게 표현하려는 의도로 보인다. 가을은 조락(凋落)의 계절이다. 가을바람이 불어 누렇게 변하여 떨어지는 나뭇잎들은 가을바람의 흔적이다. 나뭇잎 말고도 가을바람이 남긴 흔적은 많다. 이 가을바람의 흔적을 직접 눈으로 봄으로써 가을이 주는 쓸쓸함이 더욱 강조되는 것이다.

  가을바람이 불어 외롭고 적막한 가운데 기러기가 남쪽으로 날아가는 것을 보면 객지의 나그네는 고향을 그리게 마련이다. 고향을 떠나 낙양에서 벼슬살이 하고 있는 시인이 가을을 맞아 고향에 있는 가족에게 편지를 쓰려는 생각이 이는 것은 너무나 자연스러운 일이다. 또 여기에는 가을바람과 고향 생각을 연결시킨 장한(張翰)의 고사도 암시되어 있다. 진(晉)의 장한은 낙양에서 가을바람이 이는 것을 보고 문득 고향 오중(吳中: 지금의 강소성 소주)의 순채국(蓴羹)과 농어회(鱸魚膾)가 먹고 싶어 말하기를 "인생은 뜻에 맞는 것을 얻음이 귀중한데 무엇 때문에 천 리 밖에서 벼슬살이 하며 명예와 관직을 구하겠는가"라 하고 곧장 고향으로 돌아갔다. 시대는 다르지만 장적과 장한은 다 같이 오중 출신으로 낙양에서 벼슬살이 하며 고향을 그리워하는 처지가 비슷하다. 다만 다른 것은, 장한은 즉시 고향으로 돌아갔고 장적은 그렇게 하지 못하고 대신 편지를 썼다는 점이다.

막상 편지를 쓰려니 "생각이 만 겹이다." 만 겹이나 되는
생각을 어디서부터 어떻게 써야 할지 막막하기만 한데 편지를
가지고 갈 사람은 마냥 기다려 줄 수 없다. 그래서 급하게 써서
봉함을 했지만 만 겹이나 되는 만단정회를 "다 말 못한
듯하여"(復恐⋯說不盡) 편지 가지고 갈 사람이 떠나려 할 때
"겉봉을 다시 뜯어본다"(又開封)고 했다. 빠뜨린 사연이 있어
'반드시' 뜯어보아야 하는 것이 아니라 '다 말 못한 듯하여'
뜯어본다는 데에 이 구절의 묘미가 있다. 말을 다하지 못한
듯하다는 것은 할 말이 그만큼 많다는 것이고 할 말이 그만큼
많다는 것은 고향의 가족들에 대한 사무치는 그리움을
나타내는 것이다.

송나라 왕안석은 장적의 시를 평하여 "평범한 듯 보이지만
가장 기이하고 웅장하며 쉽게 쓴 것 같지만 도리어 고심하고 쓴
것이나"라고 했는데 적절한 평이라 생각한다. 이 시도 누구나
일상에서 겪는 평범한 소재를 다루었으나 깊은 울림을 준다.

이 시는 중국에서는 물론 우리나라에서도 널리 읽혔다.
『춘향전』에 이 시의 한 구절을 인용한 대목이 나온다.
이몽룡이 장원급제하고 암행어사가 되어 남원으로 내려오는
도중에 한 아이를 만났는데 그 아이는 "불행하다, 춘향이는
이 서방을 생각하여 옥중에 갇히어서 명재경각(命在頃刻)
불쌍하다. 몹쓸 양반 이 서방은 일거 소식 돈절하니, 양반의
도리는 그러한가?"라고 중얼거렸다. 그 소리를 듣고 캐물은

결과 아이가 춘향의 편지를 가지고 간다는 걸 확인하고는 좀 보여 달라고 한다. 이어 두 사람 사이에 이러한 대화가 오간다.

"글쎄 들어 보오. 남의 편지 보기도 어렵거든 항차 남의 내간(內簡)을 보잔단 말이오?"

"이 애, 들어라. 행인(行人)이 임발우개봉(臨發又開封)이란 말도 있나니라. 좀 보면 관계하냐?"

"그 양반 꼴꼴은 흉악하구만 문자 속은 기특하오. 얼풋 보고 주오."

아이가 이해하지 못할 줄 알면서 한시(漢詩)를 들이대며 좀 보여 달라고 하는 이몽룡이나, 이해하지도 못하면서 이해하는 체하는 아이의 대화가 익살스럽다.

설
도

薛濤, 770?~832?

중당(中唐) 때의 명기(名妓)이자 여성 시인으로 자는
홍도(洪度)이다. 사대부가(士大夫家)의 딸이었으나 16세에
기적(妓籍)에 편입되어 백거이(白居易), 왕건(王建),
유우석(劉禹錫) 등 당대의 명사들과 교유했으며, 특히
원진(元稹)과는 남다른 인연을 맺었다. 촉 땅 성도(成都)의
완화계(浣花溪)에서 여도사(女道士)로 여생을 보냈다. 그가 만든
설도전(薛濤箋)이 유명하다.

63 봄날에 바라보다

1

꽃 피어도 함께 즐길 수 없으며
꽃 져도 함께 슬퍼할 수 없어라

어디에 계시는지 묻고 싶구나
꽃 피고 꽃 지는 이 시절에

3

바람에 날리는 꽃, 날로 늙어 가는데
아름다운 기약은 외려 아득하기만

마음 같이하는 사람과 맺지 못하고
마음 같이하는 풀잎만 부질없이 맺고 있네

春望詞

花開不同賞　花落不同悲
欲問相思處　花開花落時

風花日將老　佳期猶渺渺

不結同心人　空結同心草

風花(풍화)-바람에 휘날리는 꽃잎 · 日將老(일장로)-날로 늙어 가다, 즉
꽃잎이 시들어 떨어지는 것 · 佳期(가기)-아름다운 만날 약속 · 渺渺(묘묘)
멀고 아득한 · 結同心草(결동심초)-연인들이 두 개의 풀잎을 맺어서(엮어서)
서로 마음을 같이하자는 사랑의 맹세

이 시의 작자 설도는 장안에 살다가 부친을 따라 성도로 온 뒤
부친이 사망하자 가난하게 살았다. 그녀는 어려서부터
시재(詩才)가 뛰어났고 미모가 출중하여 16세에
서천절도사(西川節度使)로 부임한 위고(韋皐)의 주선으로
기적(妓籍)에 편입된다. 그녀는 뛰어난 시재로 위고를 도와
위고로부터 '여교서'(女校書)린 별칭을 얻는다. 교서(校書)는
관청의 서적과 문서를 관장하는 직책이다. 후에 이곳에 부임한
무원형(武元衡)이 중앙의 비서성(秘書省)에 설도에게
교서랑(校書郎)의 직함을 내려 달라고 정식으로 요청했으나
기생이라는 신분 때문에 거절당한다. 이 일로 인하여 후세에
기녀(妓女)를 '교서'(校書)로 불렀다. 그녀는 원진(元稹),
백거이(白居易), 장적(張籍), 왕건(王建), 유우석(劉禹錫),
두목(杜牧) 등 당대 최고의 시인들과 교유했는데 이 중 원진과
가장 가까이 지냈다. 809년(원진 31세, 설도 40세) 원진이
검남동천상복사(劍南東川詳覆使)로 이 지방에 왔을 때 서로
만나 시를 주고받았으며 두 사람은 한동안 동거하기도 했다.

이후 이곳을 떠난 원진은 여러 차례 서경(西京)과 성도를 왕래하며 사랑을 나누었고 설도는 자신이 만든 '설도전'(薛濤箋)에 100여 편의 시를 써서 원진에게 보냈다고 한다. 그러나 타고난 바람둥이인 원진은 다른 여자가 생기면서 점차 설도를 멀리했다. 설도는 후에 돈을 내고 기적에서 벗어나 만년에는 완화계에서 여도사로 지내다가 사망했는데 죽을 때까지 원진을 잊지 못했다고 한다. 그녀는 500여 편의 시를 지었다고 하나 지금 남아 있는 시는 90여 수이다. 이 시「봄날에 바라보다」는 완화계에 거주하던 시절에 원진을 그리워하며 쓴 시일 것이라 추정된다.

「봄날에 바라보다」는 모두 4수인데 여기서는 제1수와 제3수만 뽑았다. 두 시 모두 봄날에 임을 그리는 애타는 심정을 노래한다. 봄은 여자의 마음을 설레게 한다. 봄을 맞아 임 생각이 더욱 간절한데 임의 부재 속에 그 봄도 이제 떠나려 한다. 늦은 봄날 시인은 바람에 휘날리는 꽃잎을 보면서 문득 꽃잎에 자신을 오버랩시킨다. 늙고 시들어 떨어지는 꽃잎처럼 자신도 속절없이 늙어만 간다고 생각하니 더욱 임이 그리워진다. 그래서 부질없이 풀잎을 맺어 본다. 오지 않을 임인 줄 알면서도, 아니 오지 않을 임인 줄 알기 때문에 풀잎이라도 맺으며 쓸쓸함을 달래 본다. 하지만 다 부질없는 짓인 줄 알기 때문에 외로움은 더욱 깊어진다.

제3수는 김억이 번역하고 김성태가 작곡하여 널리 애창되는 가곡〈동심초〉의 원시(原詩)이다. 김억이 번역한 가사를 소개한다.

꽃잎은 하염없이 바람에 지고
만날 날은 아득타 기약이 없네
무어라 맘과 맘은 맺지 못하고
한갓되이 풀잎만 맺으려는고

여기 원진의 시 「설도에게 부친다」(寄贈薛濤)를 소개한다.

금강은 부드럽고 아미산은 빼어나서
문군(文君)과 설도를 환출(幻出)해 냈네

말솜씨 교묘하여 앵무새 혀 훔친 듯
문장은 봉황의 깃을 나누어 가진 듯

많고 많은 시인들 붓을 꺾어 버렸고
벼슬아치 저마다 몽도(夢刀)를 바라네

이별 후 그리우나 물안개 가로막고
창포에 꽃 피고 오색구름 높이 떴네

錦江滑膩蛾眉秀　幻出文君與薛濤
言語巧偸鸚鵡舌　文章分得鳳凰毛
紛紛詞客多停筆　個個公卿欲夢刀
別後相思隔煙水　菖蒲花發五雲高

290

821년(원진 43세, 설도 52세)에 원진이 설도에게 준 시이다. 그때까지도 설도는 원진을 잊지 못하여 그에게 송화지(松花紙: 설도전) 100폭을 만들어 보냈는데 그 종이에 이 시를 써서 보냈다고 한다. 그러나 이때는 원진에게 다른 여자가 생긴 터라 이 시의 진정성을 믿기 어렵다. '몽도'(夢刀)의 고사는 이렇다. 진(晉)나라 왕준(王濬)이 밤에 칼(刀) 세 자루가 대들보 위에 걸려 있는 꿈을 꾸었는데 조금 있다가 칼 하나가 더 보태어져서(益) 이상하게 여겼다. 이튿날 주부(主簿) 이의(李毅)가 축하하기를 "삼도(三刀)는 주(州) 자이고 또 하나가 보태어 졌으니(益) 아마 익주(益州)에 부임하게 될 것입니다"라 했다. 과연 그는 익주자사(益州刺史)가 되었다. '몽도'는 그 후 관직을 옮겨 승진하는 것을 뜻했다. 여기서는 관리들이 설도가 사는 곳으로 가서 벼슬하기를 바란다는 뜻으로 쓰였다.

유
우
석

劉禹錫, 772~842

강소성 소주(蘇州)에서 나고 자랐으며 자는 몽득(夢得)이다.
정원(貞元) 9년(793) 22세의 나이로 진사가 되었고 이후
감찰어사가 되었을 때 왕숙문(王叔文)이 주도한
영정혁신(永貞革新) 운동에 참여해 유종원(柳宗元) 등과 함께
정치 개혁을 시도했다. 그러나 왕숙문이 실각하면서 유우석은
호남성 낭주사마(郞州司馬)로 좌천되는데 그곳에서 10년 동안
머무르며 민가를 개작해 일련의 죽지사(竹枝詞)를 창자했다.
원화(元和) 10년(815)에 다시 서울로 불려 왔으나 정치적인
사안에 저촉된 시를 지어 다시 광동성(廣東省) 연주자사
(連州刺史)로 좌천되었다. 이후 지방관을 역임하다 828년에 다시
서울로 돌아와 태자빈객(太子賓客)이 되었다가 71세의 나이로
세상을 떠났다. 중앙과 지방을 몇 차례나 오가는 정치적인 부침
속에서 민간의 생활을 늘 살폈는데, 이러한 애정과 관심은 결국
민요풍의 걸출한 시인으로 설 수 있는 계기가 되었다. 만년에는
백거이(白居易)와 친밀하게 교유하여 '유백'(劉白)으로
병칭되었다. 『유몽득문집』(劉夢得文集)에 800여 수의 시가
전한다.

천하에 가득한 영웅의 기세
천추토록 여전히 늠름하구나

천하의 형세를 셋으로 나누었고
대업은 오수전(五銖錢)을 회복시킨 듯

재상 얻어 능히 나라를 열었으나
아들은 아버지의 현명함 닮지 않았네

처량타, 촉 땅의 옛 기생들
위나라 궁전에 와서 춤을 추다니

蜀先主廟

天下英雄氣　千秋尙凜然
勢分三足鼎　業復五銖錢
得相能開國　生兒不象賢
凄凉蜀故妓　來舞魏宮前

293

蜀先主(촉선주)-삼국시대의 유비·英雄(영웅)-유비를 가리킨다.『삼국지』
「촉지」(蜀志)에 조조가 유비에게 "지금 천하의 영웅은 오직 그대와
조조뿐입니다"라 말했다고 했는데 이 말을 끌어다 쓴 것이다.·凜然(늠연)-
위풍이 남보다 뛰어남·勢分三足鼎(세분삼족정)-천하의 형세가 위(魏),
오(吳), 촉(蜀)으로 삼분되었다는 말·業復五銖錢(업복오수전)-오수전은
전한(前漢)의 무제(武帝)가 발행한 화폐인데 왕망(王莽)이 제위를 찬탈하여
신(新)나라를 세운 후 오수전을 폐지했다. 왕망이 실각하자 휘하의 촉군 태수
공손술(公孫述)이 일시 칭제(稱帝)했으나 광무제(光武帝)가 이를 제압하여
한실(漢室)을 부흥시키고 오수전을 다시 회복했다. 이 시의 제목 밑에
"한말(漢末)의 민요에 '누런 소, 하얀 배/오수전을 회복해야'(黃牛白腹
五銖當復)라 했다"는 자주(自註)가 달려 있는데 '누런 소'(黃牛)는 왕망을
가리키고 '하얀 배'(白腹)는 공손술을 가리킨다. 왕망은 음양오행설을 믿어,
자신은 오행의 수화금목토(水火金木土) 중 토(土)의 명운을 받아 태어났다고
여겼다. 토(土)는 황색에 해당되기 때문에 그는 황색을 매우 좋아했다.
마찬가지로 공손술은 금(金)의 명운이고 금(金)이 백색에 해당되기 때문에
흰색을 좋아했다고 한다. 그래서 민요에서 왕망 정권을 '누런 소'라 하고
공손술 정권을 누런 소의 '배'라 했던 것이다. 유우석은 이 시에서 광무제가
신나라를 멸망시키고 오수전을 회복했듯이 유비가 한실(漢室)을
부흥시켰음을 말한 것이다.·得相(득상)-제갈량과 같은 훌륭한 재상을 얻다
·生兒不象賢(생아불상현)-生兒는 유비의 아들 유선(劉禪). 不象賢은
아버지의 현명함을 닮지 않았다는 말

이 시는 유우석이 기주자사(夔州刺史)로 있던 824년경의
작품이다. 당시 기주에 유비의 사당이 있었다고 한다.
제갈공명을 제재로 한 시는 많은 반면 유비를 정면으로 묘사한
시는 드문 가운데 이 시는 유비를 소재로 한 흔치 않은 시 중의
압권으로 꼽히는 작품이다. 제목이 「촉 선주의 사당」이지만

사당을 묘사하기보다 사당 안의 유비 소상(塑像)을 보고 느낀 감회로 1, 2구를 시작한다. 시인은 유비를 '영웅'으로 묘사했다. '영웅'이라는 말은 조조가 한 것이지만 여기서는 이를 흔적 없이 자연스럽게 원용하고 있다.

1구에서는 영웅의 기세가 공간적으로 온 천하에 가득 찼다고 했으며 2구에서는 시간적으로 천년토록 늠름하다고 했다. "여전히"(尙)란 글자는 지금까지도 유비의 공덕이 사람들의 가슴에 울림을 주고 있음을 나타낸다. 청나라 황주성(黃周星)은 제2구를 두고 "다섯 글자는 천균(千鈞)의 힘이 있어 선주가 이를 안다면 마땅히 눈물을 흘렸을 것이다"라 했다. 1균은 30근의 무게에 해당한다.

3, 4구는 유비의 '영웅적' 업적을 개괄한 것이다. 삼국을 정립해 광무제가 오수전을 회복했듯이 한실(漢室)을 계승했음을 말한 것이다. 5구와 6구는 뚜렷이 대비된다. 5구에서는 제갈공명을 발탁하여 촉(蜀)을 개국한 현명함을 찬양한 반면, 6구에서는 자식을 잘 가르치지 못한 것을 개탄하고 있다. 이렇게 선명한 대비를 통해 '창업은 어려우나 수성(守成)은 더욱 어렵다'(創業難 守成更難)는 점을 되새기고 있다.

7, 8구는 아들 유선(劉禪)의 어리석음 때문에 '수성이 더욱 어려워진' 실상을 하나의 일화를 들어 구체적으로 묘사하고 있다. 이런 얘기가 전한다. 촉이 멸망한 후 유선은 위나라의 수도 낙양에서 안락현공(安樂縣公)에 봉해져 그야말로 '안락한' 생활을 하고 있었다. 하루는 위나라의 사마소(司馬昭)가 연회를

베풀고 촉에서 데리고 온 궁녀들에게 촉의 음악을 연주케
하면서 그에게 짐짓,

"촉이 생각나지 않습니까?"
라 물었다. 촉의 음악을 듣고 같이 있던 옛 신하들은 얼굴을
가리고 우는데 유선은

"이 가운데 즐거움이 있어 촉이 생각나지 않습니다."
(此間樂不思蜀)
라 답했다. 여기서 '낙불사촉'(樂不思蜀)이라는 사자성어가
생겼다. 이를 보다 못해 촉의 신하 각정(郤正)이 유선에게 몰래

"재차 물으면, 선인(先人)의 묘가 촉 땅에 있어 하루도
생각나지 않은 날이 없다."
라고 답하라 충고했다. 이윽고 사마소가 재차 물었을 때 유선은
각정이 말한 대로 답했더니 사마소가

"그대의 말이 어쩌면 각정의 말과 꼭 같습니까."
라 했다. 유선이 놀라

"당신이 어떻게 그걸 알았습니까."
라 해서 좌중이 한바탕 웃었다고 한다. 그만큼 유선은
우매했다.

유우석은 유비가 가난한 집에서 태어나 각고의 노력 끝에
대업을 이루었으나 그 아들이 무능해서 나라를 망친 일을
개탄하며 이 시를 썼지만 그와 동시에 당대 현실에 대한 비판의
메시지를 함께 담아 전하고 있다. 당나라는 태조가 개국한 이래
태종의 '정관지치'(貞觀之治)와 현종의 '개원지치'(開元之治)를
거치면서 흥성했으나 유우석 당대에는 이미 국세가 기울고

있었다. 특히 이 시를 쓴 당시의 황제인 목종(穆宗)은 사치를
일삼고 국정을 돌보지 않아 환관이 발호하는 등 망국의 조짐이
도처에 나타나고 있었다. 유우석은 황제에게 유선의 처신을
거울삼으라고 경고한 것이다.

지금 사천성 성도에 있는 무후사(武侯祠) 안 유비전(劉備殿)의
유비 소상 좌측엔 유비의 손자 유심(劉諶)의 소상이 안치되어
있다. 원래는 아들 유선의 소상이 있었는데 송, 명대에
철거되고 대신 유심의 소상이 들어선 것이다. 유선이 위나라에
항복하려 하자 유심이 극력 반대했으나 끝내 항복해 버리자
그는 전 가족을 죽이고 자신도 자살했다고 한다. 후대인들은
나라를 망하게 하고 유비를 욕보인 유선을 쫓아내고 유심을
맞아들인 것이다.

65 양주 연회석상에서 낙천을 처음 만나 받은 시에 창수하다

파촉 산, 초나라 강 처량한 땅에
이십삼 년간이나 버려졌던 몸

옛 친구 그리워 부질없이 문적부(聞笛賦) 부르고
돌아온 고향은 변하여 난가인(爛柯人) 같네

가라앉는 배 옆으로 뭇 돛단배 지나가고
병든 나무 앞머리엔 온갖 나무 꽃 피었네

오늘 그대 노래 한 곡조 들으면서
잠시 술을 빌려 정신을 가다듬네

酬樂天揚州初逢席上見贈

巴山楚水凄凉地　二十三年棄置身
懷舊空吟聞笛賦　到鄕翻似爛柯人
沉舟側畔千帆過　病樹前頭萬木春
今日聽君歌一曲　暫憑杯酒長精神

巴山楚水(파산초수)-巴는 지금의 사천성 동북 지역이고 楚는 옛 초나라가
있던 호남성 지역으로 유우석이 좌천되어 생활한 곳이다. 사천성에 산이 많고
호남성에 강이 많으므로 이렇게 말한 것이다. • 二十三年(이십삼년)-그가
805년의 영정혁신(永貞革新) 운동에 참여했다가 100일 만에 실패한 후
낭주(郞州)로 좌천되고 이후 여러 곳을 전전하다가 826년에 양주를 거쳐
828년 낙양에 도착하기까지의 23년을 가리킨다. 이 시는 826년
양주(揚州)에서 쓴 것이다. • 懷舊(회구)-옛 벗을 그리워하다
• 聞笛賦(문적부)-진(晉)나라의 상수(向秀)가 억울하게 죽은 친구
혜강(嵇康)의 옛 집에 들렀다가 이웃에서 들려오는 피리 소리를 듣고 친구를
그리며 지었다는 「사구부」(思舊賦)를 가리킨다. '사구부'를 '문적부'로 바꾼
것은 이 구절의 두 번째 글자 '舊' 자와의 충돌을 피하기 위한 것으로 보인다.
• 到鄕(도향)-고향에 돌아오다. 유우석의 출생지는 소주인데 소주는 당시
양주에 속해 있었다. • 翻(번)-뒤집혀 변하다 • 爛柯人(난가인)-
『술이기』(述異記)에 나오는 왕질(王質)을 가리킨다. 왕질이 땔감을 구하기
위하여 산속에 들어갔다가 동자 둘이 바둑 두는 것을 구경했는데, 한 판이
끝날 무렵에 동자가 "당신의 도낏자루(柯)는 이미 썩어
문드러졌습니다(爛)"라 말했다. 그가 집에 돌아와 보니 세월이 100년이 흘러
모든 것이 변해 있었다는 고사. 유우석은 자신을 왕질에 비유한 것이다.
• 歌一曲(가일곡)-양주에서 처음 만나 백거이가 유우석에게 준 시 「취하여
유이십팔 사또에게 드린다」(醉贈劉二十八使君)• 憑(빙)--에 기대어, ~을
빌려서 • 長精神(장정신)-정신을 가다듬어 분발하다

유우석은 23년간의 유배 생활을 끝내고 낙양으로 가는 도중
양주에서 백거이를 만났다. 백거이 역시 소주자사에서
파임되어 낙양으로 가는 도중이었다. 당시
회남절도사(淮南節度使)로 있던 왕번(王藩)이 두 사람을 연회에
초청해서 이루어진 만남이었다. 유우석과 백거이는 같은 해에

태어난 동갑내기로 서로 만난 적은 없지만 영정혁신 운동이
실패로 끝난 후 백거이가 시 100편을 지어 유우석에게 보냈을
만큼 정치적 지향을 같이하는 사이였다. 그러다가 양주에서
처음 만난 것이다. 이 자리에서 백거이는 유우석에게 「취하여
유이십팔 사또에게 드린다」(醉贈劉二十八使君)라는 시 한 수를
지어 보였다. 시는 이렇다.

그대 나를 위해 술잔 가득 따라 주니
젓가락 두드리며 노래 부르리

시로써 으뜸이나 모두가 헛된 일
운명이 가로막아 어찌할 수 없었네

풍광을 바라보니 항상 석막혰어라
조정엔 고관대작, 그대 홀로 불우했네

재주 높아 꺾인 것이 마땅한 줄 알겠지만
이십삼 년 꺾인 것은 너무하지 않은가

爲我引杯添酒飮　與君把箸擊盤歌
詩稱國手徒爲爾　命壓人頭不奈何
擧眼風光長寂寞　滿朝官職獨蹉跎
亦知合被才名折　二十三年折太多

300

'국수'(國手)라 일컬어질 만큼 시에 뛰어난 재주를 지니고도 23년이나 거친 땅에서 귀양살이 한 유우석을 위로하는 시이다.

유우석의 시「양주 연회석상에서 낙천을 처음 만나 받은 시에 창수하다」는 바로 이 시에 화답한 작품이다. 제목에서 낙천(樂天)은 백거이의 자(字)다.

1, 2구에서는 23년간의 폄적(貶謫) 생활이 요약되어 있다. 그는 그동안의 자신을 "버려졌던 몸"이라 했다. 그만큼 소외되고 외로운 나날이었다. 오랜만에 돌아와 보니 '영정혁신'의 주동자였던 왕숙문은 이미 사형을 당했고 혁신 운동에 참가했던 친구 유종원(柳宗元)과 여온(呂溫) 등도 유배지에서 세상을 떠나고 없었다. 이에 그는「문적부」를 읊으며 옛 친구를 그려 보지만 "부질없는"(空) 일이다. 또한 바둑 구경하다가 집에 돌아오니 100년이 흘렀다는 왕질의 고사를 인용함으로써 자신의 폄적 기간이 오래되었다는 것을 암시하고 모든 것이 변해 있어 느끼는 격세지감을 말하고 있다.

5, 6구는 오랫동안 인구에 회자되는 명구인데 해석이 두 가지로 갈린다. "가라앉는 배"와 "병든 나무"가 시인 자신을 가리킨다는 점에서는 해석이 일치하지만 가라앉는 배 옆으로 "뭇 돛단배가 지나간다"는 표현과 병든 나무 앞머리에 "온갖 나무 꽃 피었네"라는 표현을 두고 의견이 엇갈린다. 비록 자신은 가라앉는 배와 같은 신세지만 옆에는 뭇 돛단배들이 힘차게 항해하며, 자신은 병든 나무처럼 처량하지만 앞에는 온갖 나무들이 활짝 꽃을 피운다고 말함으로써 진취적이고 낙관적인 기상을 보여 준다는 것이 하나의 해석이다. 이렇게

해석하는 연구자들은, 유우석이 세상의 풍파를 겪고 난 후에 신진대사가 이루어져야 세상이 발전한다는 달관의 경지에 이르렀다고 본다.

다른 하나의 해석은 "뭇 돛단배"(千帆)와 "온갖 나무"(萬木)를 조정에 있는 부패한 무리들로 보는 견해이다. 갖은 고초를 겪고 있는 자기 옆에서 부귀영화를 누리고 있는 조정의 썩은 관리들을 풍자했다는 것이다. 나는 이 견해가 합리적이라 생각한다. 또 5, 6구는 백거이가 그에게 준 시의 5, 6구와 대응하는 구절인데 백거이는 그의 시에서 "풍광을 바라보니 항상 적막했어라/조정엔 고관대작, 그대 홀로 불우했네"라 노래했다. 여기서 '풍광'은 조정에 가득 찬 신보수파들을 가리키는데 이 '풍광'을 바라보는 백거이의 심정이 '적막하다'는 것이다. 가라앉는 배 옆에서 거리낌 없이 배를 항해하고 병든 나무 잎에서 활짝 꽃피우며 승승장구하는 조정의 관리들을 보면서 홀로 불우한 처지에 있는 유우석을 동정해서 '적막한' 심정이 되었다는 말이다. 유우석 시의 5, 6구를 후자의 견해대로 해석해야만 백거이 시의 5, 6구와 서로 부합한다. 즉 유우석 시의 5, 6구는 당시 현실에 대한 냉소 섞인 풍자로 보아야 한다.

이렇게 해석해야 7, 8구와 자연스럽게 연결된다. 그는 백거이의 시를 보고 잠시나마 위로를 받아 "정신을 가다듬네"라고 했다. 이 말은 결코 썩은 무리들과 어울리지 않겠다는 의지의 표명이다. 아직 그의 예봉이 꺾이지 않았다. 실제로 그는 이 시를 쓴 2년 후에 쓴 「다시 현도관에

노닐면서」(再遊玄都觀)에서도 여전히 날카로운 비판 정신을
잃지 않았음을 보여 준다.

　유우석은 백거이, 위응물(韋應物)과 함께 당시 문단의
'삼걸'(三杰)로 불렸다. 또 '유백'(劉白)이라 병칭될 만큼
백거이와 깊은 우정을 쌓았다. 당시 '시마'(詩魔)라 일컬어진
백거이는 유우석의 이 시를 보고 그를 '시호'(詩豪)라
격찬했다고 한다.

산 복숭아 붉은 꽃, 산머리에 가득하고
촉강(蜀江)의 봄 물결은 산을 치고 흐르네요

꽃은 쉽게 시드니 낭군의 마음 같고
물은 흘러 끝없으니 이내 수심 같아요

竹枝詞―山桃紅花

山桃紅花滿上頭　蜀江春水拍山流
花紅易衰似郎意　水流無限似儂愁

―――――

拍山流(박산류)-산을 치고 흐르다, 강물이 산을 감돌아 찰랑거리며 흐르다
・儂(농)-나

―――――

유우석의 죽지사(竹枝詞)를 대표하는 작품이다. 죽지사는 원래
사천성(四川省)의 파(巴), 유(渝) 지방에서 불렸던 민가인데,
유우석이 낭주사마로 있을 때 근처 민간에서 불리는 노래의
곡조에 새로운 가사를 지어 붙인 것이 유우석의 죽지사이다.

죽지사는 해당 지역의 풍토, 인정, 산천 경물, 남녀 애정 등의 내용을 담은 민요이다. 한시 형태로 죽지사를 창작한 것은 유우석으로부터 비롯되었고 이후 죽지사 창작이 크게 유행했다. 이 작품은 유우석이 처음으로 쓴 죽지사로 모두 9수인데 그중의 제2수이다.

이 시의 화자는 소녀이다. 어느 봄날 소녀의 눈길이, 산 위에 만발한 붉은 복숭아꽃과 산을 감싸고 흘러가는 강물에 미친다. 이 봄 풍경을 보고 소녀는 야릇한 감정에 사로잡힌다. 원래 봄은 여인의 마음을 설레게 하는 계절이다. 산 위에서 붉게 타는 복사꽃은 낭군의 정열이겠지. 그렇다면 저 산을 감싸고 흐르는 강물은 나의 마음이렷다. 강물은 산을 어루만지며 잠시도 산을 떠나지 않는다. 산은 낭군이요 강물은 내 마음이다.

나는 산을 못 잊어 이렇게 감싸고 있는데 낭군도 저 복사꽃처럼 언제나 나를 뜨겁게 사랑해 주었으면 좋으련만. 그러나 봄이 가면 꽃도 시들 듯이 낭군의 정열도 식어 버리지는 않을까? 이런저런 생각에 수심이 쌓인다. 꼬리를 물고 이어지는 수심은 마치 끝없이 흐르는 강물과 같다. 일반적으로 여인을 꽃에 비유하는데 이 시에서는 남자의 마음을 꽃에 비유했다. 아마도 쉽게 변하는 남자의 속성을 표현하기 위함인 듯하다.

이 9수의 죽지사에는 다음과 같은 서(序)가 달려 있다.

"각 지방의 민가(民歌)는 그 소리는 달라도 다 같은

음악이다. 장경(長慶) 2년(822년, 유우석 51세) 정월, 내가
건평(建平 : 기주를 말함)에 와서 보니 마을 아이들이
죽지가(竹枝歌)를 합창하는데 짧은 피리를 불고 북을 치면서
박자를 맞추었다. 노래하는 자들은 옷소매를 휘날리며 눈을
크게 뜨고 날아갈 듯 춤을 추었다. 그리고 노래 많이 하는 것을
훌륭하게 여겼다. 그 음을 들어 보니 음률에 맞았고 결미
부분은 매우 격렬하여 오(吳)나라의 성조와 같았다. 비록 그
가사가 속되고 잡다하여 잘 알 수가 없었지만 속에 함축된
생각이 은근하여 「기욱」(淇澳 : 『시경』 위풍衛風의 편명)의
아름다움이 있었다. 옛날 굴원(屈原)이 원수(沅水)와 상수(湘水)
사이에 있을 때 민간의 영신사(迎神詞)가 조잡해서 그들을
위하여 「구가」(九歌)를 지었는데 지금까지 형(荊), 초(楚)
지역에서 춤을 추며 그 노래를 부르고 있다. 그래서 나 역시
죽지사 9편을 지어 노래 살하는 자로 하여금 '널리 전까게
하려고 끝에 붙여, 후대에 파(巴) 지방의 민가를 듣는 자로
하여금 변풍(變風)의 유래를 알게 하고자 한다.”

버들은 푸르고 강물은 잔잔한데
강가에서 들려오는 내 님의 노랫소리

동쪽에선 해가 뜨고 서쪽에선 비가 오니
흐리다고 해야 할지 개었다고 해야 할지

竹枝詞—楊柳靑靑

楊柳靑靑江水平　聞郎江上唱歌聲
東邊日出西邊雨　道是無晴還有晴

道(도)-말하다 • 晴(청)-개다. '晴'과 '情'은 음이 같기 때문에 통용되는
은어. 그러므로 '無晴' '有晴'은 '無情' '有情'을 나타내는 쌍관은어
(雙關隱語)이다. 특히 민가(民歌)에서 이러한 은어가 자주 사용된다. 두 개의
'晴'자가 모두 '情'으로 된 본도 있고 하나만 '情'으로 된 본도 있다.

「죽지사 2수」 중 제1수인데 유우석의 죽지사 중에서 가장 널리
알려진 작품이다. 이 시의 주인공도 여자다. 여자가 어느 봄날,
거울같이 맑은 강물과 강가에 늘어진 버드나무를 바라보고

있는데 문득 강가 어디에선가 남자의 노랫소리가 들려온다. 이 노랫소리가 여심(女心)을 뒤흔든다. 사람은 보이지 않고 소리만 들리는데도 여자는 누가 부르는지 알고 있다. 너무나 익숙한 노랫소리이기 때문이다. 마음속에 품고 있는 바로 그 사람의 노랫소리이다. 이 죽지사가 불린 파군(巴郡) 지방에서는 연애 중에 남녀가 노래로 자신의 감정을 나타냈다고 한다.

그런데 저 노래의 의미가 무엇일까? 여자가 남자에게 연정을 품고 있지만 아직은 고백하지 않은 상태이다. '나에 대한 애정의 신호인가? 아니면 그냥 무심코 부른 노래일까?' 노래의 진의를 파악하지 못해서 애태우고 있다. 이러한 미묘한 심리 상태를 형상화한 것이 3, 4구이다. 늦은 봄이나 초여름에 나타나는 그 지방의 특이한 자연현상을 빌려 여자의 복잡한 마음을 묘사했다. 유정한 것 같기도 하고 무정한 것 같기도 한 남자의 마음. 첫사랑의 열병을 앓고 있는 여자의 심리를 참으로 절묘하게 비유했다. 그리고 민간 가요라는 죽지사 본래의 속성을 잘 드러내고 있다. 유우석은 민간 노래의 창법을 배워 자신이 직접 노래하기도 했다고 한다.

주작교(朱雀橋) 가에는 들풀과 들꽃
오의항(烏衣巷) 입구에 석양이 비꼈네

그 옛날 왕(王)·사(謝)의 집에 살던 제비가
지금은 평범한 백성 집에 날아드네

烏衣巷

朱雀橋邊野草花　烏衣巷口夕陽斜
舊時王謝堂前燕　飛入尋常百姓家

朱雀橋(주작교)-남경 진회하(秦淮河)에 놓인 다리로 오의항으로 들어가는
입구・王謝(왕사)-동진(東晉)의 고관대작인 왕도(王導)와 사안(謝安)
・尋常(심상)-보통의, 일반적인

「금릉오제」(金陵五題) 중 제2수이다. 금릉(金陵)은 지금의
남경(南京)으로 육조(六朝)의 여러 왕조가 도읍했던 곳이다.
오의항은 금릉에 있던 거리 이름인데, 삼국시대에 오(吳)나라가

309

병영을 설치했던 곳으로 군사들이 모두 검은 옷(烏衣)을 입었다고 해서 붙여진 이름이다. 또 이곳은 육조시대 동진(東晉)의 실력자인 왕도와 사안의 저택이 있던 거리이다. 오의항은 당시 고관대작들의 집단 거주지였다. 훗날 유우석은 이곳을 찾아 옛일을 회고하고 역사의 흥망성쇠와 부귀공명의 덧없음을 노래한 것이다.

제1구의 주작교는 금릉 시내를 흐르는 진회하 위에 놓인 다리인데 이 다리를 건너면 곧 오의항이다. 옛날엔 번화했을 이 다리 가에 지금은 들풀과 들꽃이 피어 있다. 황폐하고 퇴락한 풍경이다. 그리고 다리 건너 오의항 입구에 석양이 비껴 있다. 이 석양은 유우석이 그곳에 갔을 때의 실경(實景)이겠지만 또한 그곳에 살았던 고관대작들의 몰락을 암시하기도 한다. 한때는 솟아오르는 아침 해와 같았던 그들이 지금은 서산에 떨어지는 태양처럼 가 버렸나는 임시이다. 그리고 석양 무렵의 오의항을 제시함으로써 더욱 황폐하고 조락(凋落)한 분위기를 자아낸다.

제3, 4구는 인구에 회자되는 유명한 구절이다. 그 옛날 왕도와 사안의 집에 둥지를 지었던 제비가 지금은 "평범한 백성 집"으로 날아든다고 했다. 이것은, 왕도와 사안의 집에 날아왔던 제비가 지금은 다른 집으로 날아간다는 말이 아니다. 제비는 해마다 같은 집에 날아온다. 한 집에서 새끼를 낳으면 그 새끼가 자라서 다음 해에 자기가 태어난 집으로 다시 날아오기 때문이다. 제비는 같은 집으로 날아왔는데 집주인이 바뀐 것이다. 세도가 당당했던 왕도와 사안이 살던 집이 지금은 평범한 백성들이 사는 집으로 변했다는 것이다. 유우석은

310

제비를 과거와 현재를 중개하는 역사적 증인으로 삼았다.
이것은 놀라운 시적 상상력이다. 오의항을 제재(題材)로 하여
수많은 시인들이 수많은 시를 지었음에도 불구하고 이 시를
으뜸으로 여기는 것은 이러한 이유에서이다.

지금 남경의 옛 오의항 터에는 '烏衣巷'이라 쓰인 문루(門樓)가
세워져 있고 서쪽 담장에 유우석의 이 시가 모택동의 글씨로
새겨져 있다. 모택동은 참으로 부지런한 사람인가 보다. 이
시에 나오는 주작교는 육조시대에 진회하 위에 설치된 24개
부교(浮橋) 중의 하나였다고 하는데 일찍이 없어졌다. 후에
사람들이 중화문 앞에 있는 진회교를 주작교로 부르기도
했으나 원래의 주작교는 아니다. 최근에는 무정교(武定橋)와
진회교 사이에 새로 주작교를 만들었지만 이곳이 원래
위치인지는 확실하지 않다. 이렇게 많은 사람들이 주작교에
관심을 기울이는 것은 이 다리가 유우석의 시에 나오기
때문이다. 그만큼 이 시가 유명하다.

물빛과 가을 달이 서로 잘 어울려
수면에 바람 없어 닦지 않은 거울인 듯

동정호의 풍경을 멀리서 바라보니
하얀 은쟁반에 한 마리 푸른 소라

望洞庭

湖光秋月兩相和　潭面無風鏡未磨
遙望洞庭山水色　白銀盤裏一靑螺

潭(담)-깊은 못이란 뜻인데 동정호를 가리킨다. • 鏡未磨(경미마)-거울이
아직 닦이지 않다 • 洞庭山水色(동정산수색)-'洞庭山水翠'로 된 본도 있다.
여기서 동정호의 풍경은 구체적으로 동정호 안의 섬 군산(君山)을 가리킨다.

문헌상의 기록에 의하면 유우석이 동정호를 방문한 것은 모두
여섯 번이다. 이 여섯 번 중에서 가을에 방문한 것은 824년
기주자사(夔州刺史)에서 화주자사(和州刺史)로 부임하는

도중이 유일하다. 그러므로 이 시는 824년의 작품으로
추정된다.

동정호를 읊은 수많은 시들은 대부분 동정호의 광활한
풍경을 노래했다. 하지만 이 시는 독특하게 '가을 달밤에
멀리서 동정호를 바라보는' 시점과 지점을 선택해서 동정호를
그려 내고 있다. 제1구에서 "물빛과 가을 달이 서로 잘
어울려"라고 한 표현은, 어슴푸레한 달빛 아래 보이는 호수의
물결 역시 어슴푸레하다는 광경을 묘사한 것이다. 이 몽롱한
으스름달밤에 달빛을 받은 호수가 마치 "닦지 않은 거울"
같다고 했다. 달밤의 호수는 '거울같이 맑은 호수'가 아니고
닦지 않은 동경(銅鏡)처럼 어슴푸레하게 마련이다. 그래서
"물빛과 가을 달이 서로 잘 어울려"라고 한 것이다. 또 이러한
광경은 "바람 없어"(無風) 가능한 일이다. 바람이 불어 물결이
거세게 일면 달빛과 조화를 이루지 못한다.

멀리서 바라보는 시인의 시선은 군산(君山)에 초점이
맞추어진다. 군산은 동정호 안에 있는 아름다운 섬이다. 그리고
군산을 "하얀 은쟁반에 한 마리 푸른 소라"로 묘사했다. 달빛을
받아 반짝이는 호수를 하얀 은쟁반에 비유하고 군산을 그 위에
놓인 한 마리 푸른 소라로 그려 냈다. 참으로 절묘한 표현이다.
유우석의 붓끝에서 군산이 하나의 아름다운 조각품으로
재탄생했다. 이것은 동정호를 읊은 수많은 시 중에서도
독창적인 표현이다. 그래서 이 구절은 군산을 소개하는
대표적인 시구로 널리 회자되고 있다.

313

군산에 들어가는 방법은 악양루 앞에서 배를 타고 가는 방법과 육로로 가는 방법의 두 가지가 있다. 섬이기 때문에 원래는 배를 타고 가는 길밖에 없었는데, 세월이 흐르는 동안 동정호 수량이 줄어 지금은 한쪽 부분이 육로와 연결된 것이다. 여름철에 비가 많이 내려 동정호 수위가 높아지면 육로는 차단되고 겨울철 갈수기에 수위가 낮아지면 수로가 차단된다. 육로로 들어가는 군산 입구에 유우석의 이 시가 커다란 바위에 새겨져 있다. 바위 상단에 '白銀盤裏一靑螺'가 가로로 크게 쓰여 있다. 그 밑에 시의 전문이 세로로 쓰여 있고 유우석의 초상이 새겨져 있다. 그만큼 이 시를 빼놓고는 군산을 이야기할 수 없게 되었다.

백
거
이

白居易, 772~846

원적(元籍)은 산서성 태원(太原)이나 하남성 신정(新鄭)에서 나고
자랐다. 자는 낙천(樂天), 호는 향산거사(香山居士)이다.
정원(貞元) 16년(800) 29세로 진사에 급제한 후 여러 관직을
두루 역임했으며 원진(元稹)과 함께 신악부(新樂府) 운동을 펼쳐
문단의 혁신을 주도했다. 문학은 인간을 대상으로 하며
생활의식이나 생활감정이 뒷받침되지 않으면 안 된다는 생각으로
'유려평이'(流麗平易)한 문학의 폭을 넓혀, 그의 작품은
사람들에게 널리 애송되었다. 여러 관직을 거치다가 58세에는
낙양에서 살기로 결심하고 시와 술과 거문고를 벗으로 삼아
'취음선생'(醉吟先生)이란 호를 쓰며 유유자적했다. 원진과 함께
'원백'(元白)으로 병칭되고 유우석과 함께 '유백'(劉白)으로
병칭된다. 또한 이백, 두보, 한유와 함께
'이두한백'(李杜韓白)으로도 병칭된다. 그는 문학사에 길이 남을
『신악부』(新樂府) 50수와 「장한가」(長恨歌), 「비파행」(琵琶行)의
작가로 이백, 두보와 함께 중국의 3대 시인으로 꼽힌다. 멀리
외국에까지 영향을 미쳐 신라에서도 널리 애송되었으며 일본에서
그의 영향은 압도적이다. 『백씨문집』(白氏文集)에 2,900여 수의
시가 전한다.

315

70   숯 파는 늙은이

숯 파는 저 늙은이
남산에서 나무 베어 숯을 굽는데

얼굴 가득 재가 묻어 연기에 그을렸고
귀밑머리 희끗희끗 열 손가락 새까맣네

숯 팔아 번 돈을 어디에 쓰려는가
몸 위에 옷 걸치고 입에 풀칠하려네

가엾도다 걸친 옷, 홑것이건만
숯 값 쌀까 걱정하어 날씨 춥기 바라네

밤사이 성 밖엔 한 자(尺)나 눈이 내려
새벽에 수레 몰고 빙판길을 달리다가

지친 소, 주린 사람, 대낮이 되자
시장판 남문 밖 진흙탕에서 쉬는데

말 타고 날아오는 저 두 사람 누구인가?
누른 옷의 사자(使者)와 흰옷 입은 젊은 자

손에는 문서 들고 칙명(勅命)이라 일컫고는
수레 돌려 소를 몰고 북쪽으로 끌고 가네

한 수레 가득한 숯, 일천 근이 넘건마는
궁사(宮使)가 몰고 가니 아까워도 어쩔거나

붉은 비단 반 필과 누른 능라 한 길(丈)을
소머리에 걸어 놓고 숯 값이라 하는구나

賣炭翁

賣炭翁	伐薪燒炭南山中
滿面塵灰煙火色	兩鬢蒼蒼十指黑
賣炭得錢何所營	身上衣裳口中食
可憐身上衣正單	心憂炭賤願天寒
夜來城外一尺雪	曉駕炭車輾氷轍
牛困人飢日已高	市南門外泥中歇
翩翩兩騎來是誰	黃衣使者白衫兒
手把文書口稱勅	廻車叱牛牽向北
一車炭重千餘斤	宮使驅將惜不得
半疋紅紗一丈綾	繫向牛頭充炭直

伐薪(벌신)-나무를 베다, 薪은 땔감 · 燒炭(소탄)-숯을 굽다
· 煙火色(연화색)-연기와 불에 그을린 안색 · 蒼蒼(창창)-(머리가)
희끗희끗한 모양 · 何所營(하소영)-하려는 바가 무엇인가? 무엇을 하려고
하는가? · 炭賤(탄천)-숯 값이 싸다 · 輾氷轍(전빙철)-얼음 위에서 바퀴가
돌다 · 翩翩(편편)-날아가는 모습, 말 탄 사람의 기세등등한 모양
· 黃衣使者(황의사자)-황색 옷을 입은 사자. 당나라 때 환관 중에서 품계가
높은 자는 황색 옷을 입었다. 사자는 임금이 파견한 사람 · 白衫兒(백삼아)-
흰옷 입은 젊은이. 환관 중에서 품계가 가장 낮은 자는 흰옷을 입었다.
· 口稱勅(구칭칙)-입으로 황제의 칙명이라 일컫다 · 叱牛(질우)-소를
꾸짖다, 즉 소를 몰다 · 宮使(궁사)-궁중에서 파견한 사신 즉 황의사자
· 驅將(구장)-몰고 가다, 將은 어조사 · 惜不得(석부득)-아까워도 어쩔 수
없다 · 炭直(탄치)-숯 값

백거이는 29세(800년)에 과거에 급제하여 비서성 교서랑
(秘書省校書郎), 좌습유(左拾遺), 한림학사(翰林學士) 등의
벼슬을 거치며 당시 사회의 부정과 부패를 척결하는 데에
정열을 쏟았다. 따라서 청년 관료 백거이는 사회의 부조리를
고발하고 백성들의 생활을 염려하는 사회시를 많이 썼다. 39세
전후에 쓴 것으로 추정되는 『신악부』(新樂府) 50수와
『진중음』(秦中吟) 10수가 이러한 사회시의 대표작이다.

　백거이는 자신의 사회시를 풍유시(諷諭詩)라 불렀다. 그는
44세 때 강주사마(江州司馬)로 좌천되었는데 말이 좌천이지
유배나 마찬가지였다. 이해에 그는 그때까지 쓴 800수의
시들을 15권의 시집으로 묶으면서 자신의 시를 '풍유시',
'한적시'(閑適詩), '감상시'(感傷詩), '잡률시'(雜律詩)의 네

318

가지로 분류한 적이 있다. 53세(824년)에는 친구인 원진이 그의 시 2191수를 『백씨장경집』(白氏長慶集) 50권으로 편집했는데 이때에도 이 4가지 분류법을 따랐다. 그 후 75세로 사망하기까지의 작품은 이 분류법을 따르지 않았지만 백거이의 시를 거론할 때 흔히 적용되는 것이 이 4분류법이다.

「숯 파는 늙은이」는 백거이 풍유시의 대표작인 『신악부』 50수 중 32번째 작품으로 그의 전 작품 중에서 가장 많이 읽히는 시이다. 이 시의 내용은 "궁시를 괴로워하다" (苦宮市也)라는 작자의 자주(自註)에 분명히 드러나 있다. '궁시'(宮市)란 궁중에서 필요로 하는 물품을 시중에서 구매하는 제도를 말하는데, 후에는 환관을 사자로 임명하여 시중 물품을 터무니없는 저가(低價)로 사들여 백성들을 착취하는 등 폐단이 극심했다. 이 시는 숯을 구워 파는 늙은이를 통하여 이러한 궁시의 폐단을 고발한 작품이다.

제1연에서 숯 굽는 장소가 "남산"(南山)으로 설정되어 있다. 남산은 장안 남쪽의 종남산(終南山)으로 장안 시내까지의 거리가 멀다는 것을 나타낸다. 제6연에서 거리가 멀다는 사실이 더 구체화되어 있다. 새벽에 숯 실은 수레를 몰아 대낮이 되어서야 "시장판 남문 밖"에 이를 수 있다는 사실이 이를 말해 준다. 얼굴을 "연기에 그을리고" "열 손가락 새까맣게" 물들이며 숯을 구워 먼 길을 달려 숯을 파는 것은 "몸 위에 옷 걸치고 입에 풀칠하기" 위해서이다. 숯을 팔아 돈을 모으기 위함이 아니고 단지 먹고 살기 위함이다. 추운 겨울날 홑옷을 걸치고 있으면서도 날씨가 추워지기를 바란다는 제4연은 인구에 회자되는 유명한 구절이다. 그래도 이 전반부까지는 노인의 희망이 살아 있다. 고생스럽더라도 숯을 팔면 근근이 생계를 유지할 수 있기 때문이다.

그러나 제7연에서부터 노인의 희망은 절망으로 바뀐다. "누른 옷의 사자와 흰옷 입은 젊은 자"는 궁시를 위해서 나온 환관들을 가리킨다. 이들의 출현을 말 타고 "날아온다"(翩翩)라고 표현했다. 그만큼 기세등등하다는 말이다. 이들에 의해서 늙은이의 희망은 산산이 부서진다. "일천 근이 넘는" 한 수레의 숯 값으로 "붉은 비단 반 필과 누른 능라 한 길"만 소머리에 걸어 놓고 가 버린 것이다.

이 시는 어려운 전고(典故)를 사용하지 않고 아무런 수식과 기교도 없이 숯 파는 늙은이의 모습을 매우 사실적으로 묘사하고 있다. 이것은 백거이 시의 일반적인 특징이기도 하다. 청나라 조익(趙翼, 1727~1814)이 쓴 『구북시화』(甌北詩話)에 이런 말이 있다. "백낙천(白樂天)은 시를 지을 때마다 한 노파를 시켜 해독하도록 했는데, 이해하는지의 여부를 물어서 이해한다고 말하면 기록하고 이해하지 못한다고 말하면 다시 고쳐 썼다." 그만큼 그는 누구나 알 수 있도록 쉽게 시를 썼다. 이 시의 또 하나의 특징은 시인의 주관적인 의론이 문면에 드러나 있지 않다는 점이다. 시인의 주관을 개입시키지 않고 객관적인 상황만을 제시함으로써 시의 긴장감을 팽팽하게 유지하고 있다.

『신악부』 50수의 서(序)를 소개한다.

"무릇 9252자를 끊어서 50편으로 추렸다. 각 편에는 정해진 구수(句數)가 없고 각 구에는 정해진 글자 수가 없으니 뜻에 매어 있는 것이지 글의 형식에 매어 있는 것이 아니기 때문이다. 첫 구에서 시의 제목을 나타내었고 마지막 장에서 그 지취(志趣)를 드러냈으니 『시경』 300편의 뜻이다. 그 문사(文辭)가 질박하고 직설적인 것은 보는 자가 쉽게 깨우치도록 하고자 함이고, 그 말(言)이 솔직하고 절실한 것은 듣는 자가 깊이 경계토록 하고자 함이다. 시의 사실이 정확하고 진실한 것은 시를 채집하는 사람으로 하여금 믿음을 전하도록 함이고, 시의 체제가 순(順)하고 음률에 맞는 것은 악장(樂章), 가곡(歌曲)으로 전파될 수 있게 함이다. 총결하여 말하자면 임금을 위하고 신하를 위하고 백성을 위하고 사물을 위하고 시사(時事)를 위하여 지은 것이지 문장의 수식을 위하여 지은 것이 아니다."

한황(漢皇)은 여색을 중히 여겨 경국지색 바랐으나
천하를 다스린 지 여러 해에 구하지 못하였네

양씨 집안 딸 있어 막 장성했건만
깊은 규중에 자라서 아무도 몰랐는데

하늘이 낸 고운 바탕 버려지기 어려워
하루아침에 뽑혀서 임금 곁에 있게 되었네

고개 돌려 한 번 웃음, 온갖 교태 피어나니
육궁(六宮)의 후궁들 광채를 잃었네

쌀쌀한 봄날 화청지(華淸池)에서 목욕을 분부하니
온천물 매끄러워 뽀얀 살결 씻어 주네

시녀들 부축하니 나른한 모습 어여뻐
비로소 새로이 은총을 입은 때라

구름머리, 꽃 얼굴에 금보요(金步搖) 꽂고
부용 장막 따뜻해 봄밤을 지새우네

봄밤이 너무 짧아 해 높아야 일어나니
이로부터 군왕은 일찍 조회하지 않네

잔치 모시고 기쁨 드리느라 한가한 틈이 없고
봄에는 봄놀이 밤마다 독차지

후궁에 미인이 삼천 명인데
삼천 명 총애가 한 몸에 있게 되어

금옥(金屋)에서 단장하고 교태 가득 밤을 모시니
옥루(玉樓) 잔치 끝나자 봄과 취기 어우러졌네

형제자매 모두가 영지(領地)를 받아
아름답다, 집안에 광채가 나는구나

마침내 천하의 부모들 마음에
아들보다 딸 낳기 중히 여겼네

여산(驪山) 궁궐 높은 곳이 구름 속에 들었는데
신선 음악 바람 타고 곳곳에 들려오네

느린 노래 느린 춤이 사죽(絲竹)에 엉겨
군왕은 종일 봐도 싫증내지 않았다네

長恨歌

漢皇重色思傾國　御宇多年求不得

楊家有女初長成　養在深閨人未識

天生麗質難自棄　一朝選在君王側

回頭一笑百媚生　六宮粉黛無顏色

春寒賜浴華清池　溫泉水滑洗凝脂

侍兒扶起嬌無力　始是新承恩澤時

雲鬢花顏金步搖　芙蓉帳暖度春宵

春宵苦短日高起　從此君王不早朝

承歡侍宴無閑暇　春從春游夜專夜

後宮佳麗三千人　三千寵愛在一身

金屋妝成嬌侍夜　玉樓宴罷醉和春

姊妹弟兄皆列土　可憐光彩生門戶

遂令天下父母心　不重生男重生女

驪宮高處入青雲　仙樂風飄處處聞

緩歌慢舞凝絲竹　盡日君王看不足

漢皇重色思傾國(한황중색사경국)-이연년(李延年)이 한무제 앞에서
노래하기를 "북방에 아름다운 미인 있는데 세상에 견줄 수 없이 홀로 서 있네.
한 번 돌아보면 성(城)을 기울이고(一顧傾人城) 두 번 돌아보면 나라를
기울이네(再顧傾人國). 성 기울이고 나라 기울임을 어찌 모르랴만 아름다운
미인은 다시 얻기 어렵다네"라 했다. 여기서 유래해 '경국지색'(傾國之色)은
절세미인을 뜻하게 되었다. 이 노래 속의 미인은 이연년의 누이였는데 후에

무제의 후궁이 되었다. 이 시에서 漢皇은 당 현종을 가리킨다. • 御宇(어우)-
천하를 다스리다 • 楊家有女(양가유녀)-양귀비(楊貴妃) • 六宮(육궁)-
후궁들의 처소 • 粉黛(분대)-분과 눈썹먹, 단장한 미인 • 華淸池(화청지)-
섬서성 여산(驪山)의 별궁(別宮)에 있는 온천장 • 凝脂(응지)-『시경』
위풍(衛風)「석인」(碩人) 장에 "手如柔荑 膚如凝脂"(손은 부드러운 새순
같고 피부는 엉긴 기름 같다)란 구절을 따서 쓴 것으로 피부가 희고
매끄러움을 형용한 말 • 金步搖(금보요)-금으로 만든 머리 장식. 걸을 때마다
흔들린다. • 度(도)-건너다. '渡'와 같은 글자 • 苦短(고단)-너무도 짧다.
'苦'는 '몹시'라는 뜻의 부사어 • 金屋(금옥)-양귀비가 기거하는 전각.
한무제가 어렸을 때 아교(阿嬌)를 보고 "아교를 얻는다면 황금옥(黃金屋)을
지어 살게 하겠습니다"라 말한 데서 후에 황후의 전각을 지칭하게 되었다.
• 醉和春(취화춘)-술기운이 봄과 섞이다. '和'는 섞는다는 뜻 • 列土(열토)-
양귀비의 자매 형제들에게 영지를 나누어 주었다는 말. '列'은 '裂'과 같다.
양귀비의 언니들은 각각 한국부인(韓國夫人), 괵국부인(虢國夫人),
진국부인(秦國夫人)에 봉해졌고, 아버지는 제국공(齊國公)에, 숙부는
광록경(光祿卿)에 봉해졌으며, 사촌 오빠인 양국충(楊國忠)에게는
우승상(右丞相)의 벼슬이 내려졌다. • 令(령)-~로 하여금 • 絲竹(사죽)-
絲는 현악기, 竹은 관악기

어양(漁陽) 땅 북소리 땅 흔들고 울려와
놀라서 예상우의곡(霓裳羽衣曲) 그치게 했네

구중궁궐 안에도 연기, 먼지 피어올라
수많은 수레와 말 서남쪽으로 떠나는데

취화기(翠華旗) 흔들흔들 가다가 멈추다가
도성 문 서쪽으로 백여 리 나갔을 때

육군(六軍)이 출발 않아 어쩔 수 없어
아름다운 여인이 말 앞에서 죽는구나

꽃 비녀 버려져도 거두는 사람 없네
취교(翠翹), 금작(金雀)에 옥소두(玉搔頭)까지도

군왕은 얼굴 가리고 구할 수 없어
돌아보니 피와 눈물 섞여 흐르네

누런 티끌 자욱하고 바람은 쓸쓸한데
높게 얽힌 잔도(棧道) 따라 검각(劍閣)을 오르네

아미산(峨嵋山) 아래는 다니는 사람 적고
깃발엔 빛이 없고 햇빛도 엷었네

촉강(蜀江) 물 푸르고 촉산(蜀山)도 푸른데
아침마다 저녁마다 성주(聖主)의 그리는 정

행궁(行宮)에서 달을 보면 맘 상하는 달빛이요
밤비 속 방울 소리 애끊는 소리네

漁陽鼙鼓動地來　驚破霓裳羽衣曲
九重城闕煙塵生　千乘萬騎西南行

翠華搖搖行復止　西出都門百餘里

六軍不發無奈何　宛轉娥眉馬前死

花鈿委地無人收　翠翹金雀玉搔頭

君王掩面救不得　回看血淚相和流

黃埃散漫風蕭索　雲棧縈紆登劍閣

峨嵋山下少人行　旌旗無光日色薄

蜀江水碧蜀山青　聖主朝朝暮暮情

行宮見月傷心色　夜雨聞鈴腸斷聲

漁陽鼙鼓動地來(어양비고동지래)-漁陽은 지금의 북경, 천진 일대로 절도사 안록산의 관할 지역. 鼙鼓는 고대의 기병들이 사용하던 북. 이 구절은 755년 11월에 안록산이 반란을 일으킨 것을 말한다. ·霓裳羽衣曲(예상우의곡)- 원래는 서역의 무곡(舞曲)이었는데 당나라에 전래된 후 현종이 윤색하고 가사를 지었다고 한다. 양귀비는 가무(歌舞)에 능하고 음률(音律)에 통달하여 현종 앞에서 예상우의곡에 맞추어 춤을 추었다고 한다. ·千乘萬騎(천승만기)-乘은 수레, 騎는 말 탄 기병·翠華(취화)-황제의 의장대가 들고 가는 깃발. 물총새(翠鳥) 깃털로 장식했다고 해서 붙여진 명칭 ·六軍(육군)-황제를 호위하는 상비군·宛轉娥眉(완전아미)-아름다운 미인. 양귀비를 가리킨다. 마외(馬嵬)에서 분노한 병사들의 요구에 따라 양국충과 세 언니를 죽이고 이어서 양귀비마저 목매어 죽게 한 일을 말한다. ·委地(위지)-땅에 버려지다·翠翹金雀玉搔頭(취교금작옥소두)-취교, 금작, 옥소두는 모두 여인의 머리 장식물·劍閣(검각)-일명 검문관(劍門關). 촉(蜀)으로 들어가는 길목·行宮(행궁)-천자가 거동할 때 머무는 궁전

천하 정세 바뀌어 황제 수레 돌아올 때

327

이곳에 이르러선 머뭇머뭇 못 떠나네

마외파(馬嵬坡) 밑 진흙 속에
옥 같은 얼굴 보이지 않고 죽은 곳만 휑하구나

임금 신하 서로 보며 눈물 옷깃 적시고
동쪽으로 도성 바라보며 말에 맡겨 돌아왔네

돌아오니 연못 정원 모두가 그대로라
태액지(太液池)엔 연꽃이요 미앙궁(未央宮)엔 버들인데

연꽃은 얼굴 같고 버들은 눈썹 같아
이를 보고 어찌 눈물 아니 흘리리

복사꽃 오얏꽃 봄바람에 피는 밤
가을비에 오동잎 떨어지는 때

서궁(西宮)과 남내(南內)엔 가을 풀 많아
섬돌 가득 붉은 낙엽 쓸지도 않았네

이원(梨園)의 제자들은 백발이 새로 났고
초방(椒房)의 젊던 궁녀도 늙어 버렸네

저녁 궁전에 반딧불 나니 그리움에 쓸쓸해져

등잔 심지 다 타도록 잠 못 이루네

종소리 더뎌라, 처음 맞는 긴긴 밤
희미한 은하수 새벽 되려 하는구나

원앙기와 차갑고 서리꽃 무거운데
싸늘한 비취이불 뉘와 함께 덮을까

살고 죽어 이별한 지 한 해가 지났건만
혼백이 한 번도 꿈에 들지 않았네

天旋地轉回龍馭　到此躊躇不能去
馬嵬坡下泥土中　不見玉顔空死處
君臣相顧盡沾衣　東望都門信馬歸
歸來池苑皆依舊　太液芙蓉未央柳
芙蓉如面柳如眉　對此如何不淚垂
春風桃李花開夜　秋雨梧桐葉落時
西宮南內多秋草　落葉滿階紅不掃
梨園弟子白髮新　椒房阿監靑娥老
夕殿螢飛思悄然　孤燈挑盡未成眠
遲遲鐘鼓初長夜　耿耿星河欲曙天
鴛鴦瓦冷霜華重　翡翠衾寒誰與共
悠悠生死別經年　魂魄不曾來入夢

329

天旋地轉(천선지전)-하늘이 돌고 땅이 구르듯 큰 변화가 일어났다는 뜻으로 안록산의 난이 평정되어 장안이 회복되었음을 가리킨다. • 龍馭(용어)- 황제의 수레. 현종은 757년 12월에 장안으로 돌아왔다. • 到此(도차)-이곳 즉 양귀비가 죽은 마외파에 이르다 • 信馬(신마)-말 가는 대로 맡기다 • 西宮南內(서궁남내)-당나라 때 황제가 거주하는 '삼내'(三內)가 있었는데 태극궁(太極宮)을 서내(西內), 대명궁(大明宮)을 동내(東內), 흥경궁(興慶宮)을 남내(南內)라 했다. 서궁은 서내를 말한다. 현종이 촉에서 돌아온 후 처음에는 남내에 살다가 나중에 서내로 옮겼는데 이곳에서 사실상의 유폐 생활을 했다. • 梨園弟子(이원제자)-이원은 당 현종 때 만든 궁중 음악원. 현종이 이곳에서 예인들에게 직접 음악을 가르쳤다고 해서 악사(樂士)들을 이원제자라 불렀다. • 椒房(초방)-후비(后妃)의 거처에 산초나무(椒) 열매를 진흙에 이겨 벽을 발랐는데 나쁜 기운을 제거하기 위함이라고도 하고 산초 열매처럼 다산(多産)하라는 뜻이라고도 한다. • 阿監(아감)-양귀비의 시중을 들던 궁녀 • 靑娥(청아)-젊은 궁녀 • 挑盡(조진)-등잔의 심지를 돋우어 다 타 버리다 • 耿耿(경경)-희미하게 반짝이는 모양 • 鴛鴦瓦(원앙와)-지붕의 기와. 암키와 수키와가 물려 있는 것이 원앙이 쌍쌍이 붙어 있는 것과 같다고 해서 붙인 이름. '鴛'은 수컷, '鴦'은 암컷 • 翡翠衾(비취금)-비취새를 수놓은 이불 • 生死別(생사별)- 생별(生別)과 사별(死別)

임공(臨邛) 땅 도사(道士)로 장안 사는 나그네가
정성(精誠)으로 혼백을 불러올 수 있는데

잠 못 이루는 군왕의 그리움에 감동하여
방사(方士)에게 은근히 찾도록 하여

바람 타고 기운 몰아 번개처럼 달려서
하늘 위 땅속으로 두루두루 찾았도다

위로는 하늘 끝까지 아래로는 황천(黃泉)까지
두 곳 다 아득하여 보이지 않았는데

문득 들으니 바다 위에 신선 사는 산이 있어
산은 허공 속 아득한 곳에 있다 하네

누각은 영롱하여 오색구름 일어나고
그중에 아름다운 선녀들 많은데

그 가운데 한 사람 자(字)가 태진(太眞)이라
눈 같은 피부, 꽃 같은 모습 거의 비슷하다네

금 대궐 서쪽 행랑 옥문(玉門)을 두드리고
소옥(小玉)으로 하여금 쌍성(雙成)에게 전하니

한(漢)나라 천자의 사신 왔단 말을 듣고
구화장(九華帳) 안에서 놀라 잠 깨어

옷 잡고 베개 밀쳐 일어나 서성이니
주렴과 은병풍이 연달아 열리면서

구름 머리 비스듬히 갓 잠에서 깨어난 듯
화관(花冠)도 정돈 않고 마루에서 내려오네

바람이 소매 불어 팔랑팔랑 나부끼니
예상우의무(霓裳羽衣舞)를 추는 듯한데

옥 같은 얼굴 쓸쓸하여 눈물 줄줄 흘리니
배꽃 한 가지가 봄비에 젖은 듯

정 머금고 쳐다보며 군왕에게 사례하길
"한번 이별한 후 소식 모습 아득하여

소양전(昭陽殿) 안 은혜와 사랑은 끊어지고
봉래궁(蓬萊宮) 속 세월은 길었습니다

고개 돌려 아래로 인간세상 내려다보니
장안은 보이지 않고 티끌 안개만 보였어요

오직 옛 물건으로 깊은 정 표하리니
자개 상자 금비녀를 부쳐 드리옵니다

비녀 한 가락, 상자 한 쪽을 남겨 두오니
황금 비녀 쪼개었고 상자의 자개 나눈 것

황금처럼 자개처럼 마음 굳게 가진다면
하늘 위 인간세상 반드시 만나리라"

헤어질 때 은근히 거듭 말을 전하는데
말 가운데 두 사람만 아는 맹세 있었네

"칠월이라 칠석날 장생전(長生殿)에서
깊은 밤 아무도 없이 둘이서 속삭였죠

하늘에선 원컨대 비익조(比翼鳥) 되고요
땅에선 원컨대 연리지(連理枝) 되고 지고"

장구한 하늘과 땅은 다할 때가 있겠지만
이 한은 이어져 끊길 날이 없으리라

臨邛道士鴻都客　能以精誠致魂魄
爲感君王展轉思　遂教方士殷勤覓
排風馭氣奔如電　升天入地求之遍
上窮碧落下黃泉　兩處茫茫皆不見
忽聞海上有仙山　山在虛無縹緲間
樓閣玲瓏五雲起　其中綽約多仙子
中有一人字太眞　雪膚花貌參差是
金闕西廂叩玉扃　轉教小玉報雙成

聞道漢家天子使　九華帳裏夢魂驚

攬衣推枕起徘徊　珠箔銀屛迤邐開

雲鬢半偏新睡覺　花冠不整下堂來

風吹仙袂飄飄擧　猶似霓裳羽衣舞

玉容寂寞淚闌干　梨花一枝春帶雨

含情凝睇謝君王　一別音容兩渺茫

昭陽殿裏恩愛絶　蓬萊宮中日月長

回頭下望人寰處　不見長安見塵霧

惟將舊物表深情　鈿合金釵寄將去

釵留一股合一扇　釵擘黃金合分鈿

但令心似金鈿堅　天上人間會相見

臨別殷勤重寄詞　詞中有誓兩心知

七月七日長生殿　夜半無人私語時

在天願作比翼鳥　在地願爲連理枝

天長地久有時盡　此恨綿綿無絶期

臨邛(임공)-지금의 사천성 공래현(邛崍縣)·鴻都(홍도)-동한 낙양의 성문
이름인데 여기서는 장안을 가리킨다. 이 구절은 임공 땅의 도사가 장안에
와서 머물고 있다는 뜻이다.·展轉思(전전사)-잠을 이루지 못하고 뒤척이며
그리워하다·敎(교)-~로 하여금·方士(방사)-도사·綽約(작약)-아름답고
얌전한·太眞(태진)-양귀비의 도사 시절의 도호(道號)·參差(참치)-
비슷한 모양·西廂(서상)-본채의 서쪽에 있는 별채·玉扃(옥경)-옥으로
만든 빗장 즉 문·小玉(소옥)·雙成(쌍성)-소옥은 전국시대 오(吳)나라
부차(夫差)의 딸, 쌍성은 전설 속의 서왕모(西王母)의 시녀. 여기서는 신선이
된 양귀비의 시녀를 가리킨다.·聞道(문도)-들으니. '道'는 말한다는 뜻

• 迤邐(이이)-구불구불 이어진 모양 • 闌干(난간)-눈물이 줄줄 흐르는 모양
• 凝睇(응제)-응시(凝視) • 昭陽殿(소양전)-원래는 한(漢) 성제(成帝)의
비(妃)인 조비연(趙飛燕)의 처소인데 여기서는 양귀비가 생전에 머물렀던 궁
• 蓬萊宮(봉래궁)-신선이 된 양귀비가 지금 머물고 있는 곳 • 人寰(인환)-
인간 세계 • 鈿合(전합)-자개로 장식한 작은 상자 • 金釵(금채)-두 갈래로 된
금비녀 • 令(령)-~로 하여금 • 회(會)-반드시 • 寄詞(기사)-말을 전해
달라고 부탁하다 • 長生殿(장생전)-여산(驪山) 화청궁(華淸宮) 안에 있는
전각 • 私語(사어)-비밀 얘기를 속삭이다 • 比翼鳥(비익조)-암수가 날개
하나씩만 있어서 한 쌍이 날개를 나란히 해야 날 수 있다는 새
• 連理枝(연리지)-뿌리가 다른 두 나무의 가지가 연결되어 하나로 된 것.
비익조와 연리지는 영원히 헤어지지 않고 사는 부부의 비유로 쓰인다.

「장한가」를 쓴 경위에 대해서는 진홍(陳鴻)의
「장한가전」(長恨歌傳) 말미에 나온다. 806년(35세) 백거이가
주질현(盩厔縣) 현위(縣尉)로 부임했는데 그해 겨울 그 고을의
명사인 왕질부(王質夫), 진홍과 함께 선유사(仙游寺)에 모여
담소를 나누던 중 50년 전에 있었던 현종과 양귀비의 이야기가
화제에 올랐다. 선유사는 양귀비가 죽은 마외(馬嵬)에서 멀지
않은 곳이었다. 이 자리에서 왕질부가 백거이에게 제안하기를
"무릇 세상에 드문 일은 뛰어난 인재가 이를 윤색하지 않으면
세월과 더불어 사라져 세상에 알려지지 않네. 낙천(樂天:
백거이의 자)은 시를 잘하고 정이 많으니 이를 노래로 지어 봄이
어떠하오?"라 하여 백거이가 「장한가」를 짓고 이어 진홍이
「장한가전」을 지었다는 것이다.
 이 작품은 당나라 제6대 황제인 현종과 양귀비의 세기적인

로맨스를 소재로 한 120구 840자에 달하는 장편 서사시이다.

기록에 의하면 현종은 무혜비(武惠妃)가 죽은 후 쓸쓸한 나날을
보내다가 양귀비를 만나 사랑에 빠진다. 양귀비는 현종의
열여덟 번째 아들 수왕(壽王)의 비(妃)였는데 일단 그녀를 궁중
도관(道觀: 도교 사원)의 여도사로 만들어 태진(太眞)이라는
도호(道號)를 내린 후 자신의 비로 삼았다고 한다. 이때 현종은
61세, 양귀비는 27세였다. 이 시는 크게 네 단락으로 나뉜다.

제1단락에는 현종이 양귀비를 만난 사실에 이어 두 사람의
애정 행각이 묘사되어 있다. 현종의 총애가 너무나 두터워
그녀의 사촌오빠를 비롯한 자매들이 귀한 신분에 오른다.
그래서 "마침내 천하의 부모들 마음에/아들보다 딸 낳기 중히
여겼네"라고 할 만큼 양귀비 일가는 부귀영화를 누린다.
현종은 '개원지치'(開元之治)를 이룬 현군이었으나 양귀비를
만난 후 "이로부터 군왕은 일찍 조회하지 않고" 국정을 소홀히
한다.

제2단락은 두 사람이 꿈같은 사랑을 나누는 동안 안록산이
반란을 일으켜 서촉(西蜀)으로 피난 가다가 호위하던 군사들의
거센 요구로 마외(馬嵬)에서 양귀비를 죽게 한 사실을 그렸다.
피난지 촉 땅에서도 현종은 죽은 양귀비에 대한 그리움으로
가슴 아파한다.

제3단락에는 장안이 수복되어 돌아와서, 피난 중에 황제에
즉위한 아들 숙종에 의해 태극궁에서 사실상의 유폐 생활을
하면서도 양비귀에 대한 애타는 그리움으로 잠 못 이루는
나날이 그려진다. "복사꽃 오얏꽃 봄바람에 피는 밤/가을비에

오동잎 떨어지는 때"에도 오로지 양귀비 생각뿐이다.

　현종을 측은히 여긴 한 도사가 천신만고 끝에 신선이 된 양귀비를 만나 그녀의 애절한 말과 함께 만났다는 증표를 가지고 돌아온다는 것이 제4단락의 내용이다. 특히 이 단락에서 양귀비의 모습을 형용한 "배꽃 한 가지가 봄비에 젖은 듯"(梨花一枝春帶雨)하다는 표현은 널리 애송되는 명구이다. 마지막에서 시인은 "하늘에선 원컨대 비익조 되고요/땅에선 원컨대 연리지 되고 지고"라는 현종과 양귀비의 맹세의 말을 인용하고 "장구한 하늘과 땅은 다할 때가 있겠지만/이 한은 이어져 끊길 날이 없으리라"고 '장한'(長恨)의 뜻을 되새기며 시를 끝맺는다.

　「장한가」의 주제에 대해서는 견해가 두 가지로 나뉜다. 하나는, 현종이 여색을 밝혔기 때문에 나라를 망쳤다는 비판적인 견해이고 다른 하나는, 현종과 양귀비의 비극적인 사랑을 그렸다는 긍정적인 견해이다. 사실 두 사람을 소재로 한 후대의 많은 작품들이 이 사건을 부정적인 시각에서 묘사하고 있다. 즉 여색을 경계하여 현종과 같은 화를 자초해서는 안 된다는 내용이 주류를 이루고 있다. 「장한가」에서도 현종이 양귀비를 만나 향락과 사치에 빠진 것이 안록산의 난을 불러왔다는 점을 암시하고 있지만 시 전체의 정서로 보아 두 사람의 아름답고도 슬픈 사랑 이야기에 초점이 맞추어져 있다고 생각된다.

　백거이는 신분을 떠나 한 남자와 한 여자의 지고지순한 사랑 이야기를 그린 것으로 보인다. 양귀비가 현종의 비가 되는 과정의 묘사에서부터 그의 의도가 드러난다. 며느리를 빼앗은 불륜을 "하늘이 낸 고운 바탕 버려지기 어려워/하루아침에 뽑혀서 임금 곁에 있게 되었네"라는 짧은 구절로 처리해 버렸다. 그리고 죽은 양귀비에 대한 현종의 그리움이 너무나 애절하게 그려져 있어서 이 작품을 읽는 동안 독자들은 당시의 정치적, 사회적 배경을 생각할 겨를이 없다. 무엇보다 작품의 후반부에서 양귀비를 신선으로 미화시킨 데에서 이 작품의 의도를 읽을 수 있다. 즉 양귀비는 요망한 계집이 아닌 지극히 착하고 아름다운 여인으로 묘사되어 있다. 그래서 후대의 논자들은 '요부(妖婦)가 어떻게 신선이 될 수 있단 말인가'라고 비판하기도 했다. 백거이 자신도 44세 때 800여 수의 시를 풍유시, 한적시, 감상시, 잡률시로 분류하여 엮으면서 이 시를 풍유시가 아닌 감상시로 분류해 놓았다.

백거이가 이렇게 봉건적인 도덕규범을 초월하고 사회적, 정치적 상황과 무관하게 두 사람의 사랑을 그린 데에는 그 자신의 개인사(個人史)와도 관련이 있는 듯하다. 그는 19세 때 상령(湘靈)이라는 15세의 평민 소녀와 사랑에 빠졌는데 신분의 차이 때문에 집안의 반대로 결합할 수가 없었다. 그는 27세 때 상령과 헤어진 뒤에도 늘 그녀를 잊지 못하고 그리워하는 시를 수없이 썼다. 그가 37세의 늦은 나이에 결혼한 것도 상령을 잊지 못했기 때문이었다. 그가 「장한가」를 쓸 무렵이 35세였으니 못 이룬 사랑의 상처가 여전히 가슴에 남아 있을 때였다. 그런 상황에서 현종과 양귀비의 비극적인 사랑이 자신의 처지와 겹쳐서 「장한가」와 같은 애정시를 창작했을 가능성이 없지 않다.

　이 작품은 후대의 도덕주의자들로부터 비판을 받기도 했으나 일반 대중으로부터는 가장 많은 사랑을 받았다. 당시 귀족에서부터 평민에 이르기까지 이 시를 읽지 않은 사람이 없었다고 한다. 후에 선종(宣宗)이 백거이를 재상에 임용하려 했으나 이미 작고했다는 소식을 듣고 지은 「조낙천」(弔樂天)이라는 시에서 "아이들도 장한가를 이해하여 읊었고/오랑캐도 비파행을 부를 줄 알았다"라 한 것을 보아도 이 작품이 얼마나 널리 읽혔는지 알 수 있다. 오늘날까지도 이 아름다운 비극적인 사랑 이야기는 사람들의 가슴을 적셔 주고 있다. 이성간의 사랑을 사회학적인 척도로 재단하기에는 인간의 감정이 너무나 미묘하고 복잡한 때문일까?

심양강(潯陽江) 머리에서 밤에 손님 보내는데
단풍잎 갈대꽃 가을 풍경 쓸쓸하네

주인은 말 내리고 손님은 배에 올라
술잔 들어 마시려도 풍악이 없어라

취해도 흥이 안 나 서운하게 이별하려는데
아득한 강물에 달이 잠겨 있도다

홀연히 물 위에 비파 소리 들려서
주인은 돌아가길 잊고 손님도 출발 못해

소리 찾아 타는 이를 가만히 물어보니
비파 소리 멈추고 말하려다 망설이네

배를 옮겨 가까이서 만나기 청하고
술 더하고 등을 밝혀 술자리 다시 열며

천번 만번 부르자 비로소 나오는데
비파를 안은 채 얼굴 반쯤 가렸네

琵琶行

潯陽江頭夜送客　楓葉荻花秋瑟瑟
主人下馬客在船　擧酒欲飮無管弦
醉不成歡慘將別　別時茫茫江浸月
忽聞水上琵琶聲　主人忘歸客不發
尋聲暗問彈者誰　琵琶聲停欲語遲
移船相近邀相見　添酒回燈重開宴
千呼萬喚始出來　猶抱琵琶半遮面

荻花(적화)-갈대꽃・欲語遲(욕어지)-말을 하려다가 머뭇거리다
・回燈(회등)-다시 등불을 밝히다・始(시)-비로소

축(軸) 돌리고 줄을 퉁겨 두어 번 소리 내니
곡조를 이루기 전, 정이 먼저 묻어나네

줄마다 침울한 음, 소리마다 그리움
평생의 못 이룬 뜻 하소연하듯

고개 숙이고 손 가는 대로 자진모리로 타는데
마음속 끝없는 일을 다 말해 버리는 듯

341

가볍게 누르고 천천히 비비며 아래위로 퉁기니
처음에는 예상(霓裳)이요 다음에는 육요(六幺)라네

굵은 줄 큰 소리는 소낙비 같고
가는 줄 작은 소린 속삭임 같아

큰 소리 작은 소리 섞어서 타니
큰 구슬 작은 구슬 옥쟁반에 떨어지네

꾀꼬리 노랫소리 꽃 아래서 매끄럽고
얼음 아래 흐르는 물 목메어 흐느끼네

얼음물 차게 막혀 줄이 엉켜 끊어지니
끊어져 통하잖아 소리 잠시 멈추는데

깊은 시름 따로 있어 남모를 한(恨) 생겨나니
이때의 침묵이 소리보다 나은데

갑자기 은병 깨져 물이 쏟아 나오니
기마병 돌출하여 칼과 창이 울린다

곡 끝나자 채를 거둬 가운데를 그으니
네 줄이 한 소리로 비단을 찢는 듯

동쪽 배 서쪽 배 쓸쓸히 말이 없고
보이느니 강 속의 밝은 가을 달

轉軸撥絃三兩聲　未成曲調先有情

絃絃掩抑聲聲思　似訴平生不得志

低眉信手續續彈　說盡心中無限事

輕攏慢撚抹復挑　初爲霓裳後六幺

大絃嘈嘈如急雨　小絃切切如私語

嘈嘈切切錯雜彈　大珠小珠落玉盤

間關鶯語花底滑　幽咽泉流冰下灘

冰泉冷澁絃凝絶　凝絶不通聲暫歇

別有幽愁暗恨生　此時無聲勝有聲

銀瓶乍破水漿進　鐵騎突出刀槍鳴

曲終收撥當心畫　四絃一聲如裂帛

東船西舫悄無言　唯見江心秋月白

轉軸撥絃(전축발현)-轉軸은 비파의 기러기발을 이리저리 옮기는 것. 撥絃은
비파를 타기 전에 시험 삼아 두세 번 퉁겨 보는 것. 모두 비파를 타기 전의
준비 동작·掩抑(엄억)-비파의 낮고 가라앉은 소리·信手(신수)-손 가는
대로, 손에 맡기다·輕攏慢撚抹復挑(경롱만연말부조)-攏·撚·抹·挑는 모두
비파를 타는 기법. 攏·撚은 왼손으로, 抹·挑는 오른손으로 타는 기법
·六幺(육요)-당시 유행하던 무곡(舞曲)·嘈嘈(조조)-깊고 웅장한 소리를
형용한 것·切切(절절)-낮고 세밀한 소리를 형용한 것·間關(간관)-새의

울음소리를 형용한 의성어 · 冰泉冷澁(빙천냉삽)-얼음물이 차게 얼어서
흐르지 못하는 것 · 凝絶(응절)-물이 얼어 흐르지 못하는 것처럼 비파 소리가
나지 않는 것을 형용한 말 · 勝(승)-~~보다 낫다 · 乍(사)-갑자기
· 收撥當心畫(수발당심획)-비파 채(撥)를 거두어 네 줄 가운데(心)를
긋다(畫). 연주가 끝날 때의 동작

흥얼거리며 줄 가운데 채를 꽂고는
옷깃을 여미고 얼굴 가다듬으며

스스로 말하기를 "본래 장안 여자로
하마릉(蝦蟆陵) 아래서 살았답니다

열세 살에 비파 배워 터득한 후에
이름이 교방(敎坊)의 세일부(第 ·部)에 올랐다오

곡 끝나면 선재(善才)들을 감복시켰고
단장하면 기생들의 질투를 받았지요

오릉(五陵) 소년들이 머리에 비단 감아 주는데
한 곡조에 붉은 비단 셀 수 없었답니다

전두(鈿頭)와 은비(銀篦)는 장단 맞추다 부서지고
핏빛 비단 치마는 술 엎질러 얼룩졌지요

344

올해도 웃으며 즐기고 내년에도 또 그렇게
가을 달 봄바람을 무심히 보냈는데

아우는 군에 가고 아이(阿姨)도 죽은 터에
저녁 가고 아침 오자 얼굴도 시들고

문 앞은 쓸쓸해져 찾는 사람 드물어
나이 들자 장사꾼의 아내가 되었어요

장사꾼은 이별보다 이익을 중히 여겨
지난 달 부량(浮梁)으로 차 사러 가 버린 후

강을 오가면서 빈 배를 지키는데
뱃전에 달은 밝고 강물은 차가웠죠

밤 깊어 홀연히 젊었을 적 일 꿈꾸니
꿈에 울어 화장한 얼굴에 붉은 눈물 흘렀답니다"

沈吟放撥插絃中　整頓衣裳起斂容
自言本是京城女　家在蝦蟆陵下住
十三學得琵琶成　名屬敎坊第一部
曲罷曾敎善才服　妝成每被秋娘妬
五陵年少爭纏頭　一曲紅綃不知數

鈿頭銀篦擊節碎　血色羅裙翻酒汚

今年歡笑復明年　秋月春風等閑度

弟走從軍阿姨死　暮去朝來顏色故

門前冷落鞍馬稀　老大嫁作商人婦

商人重利輕別離　前月浮梁買茶去

去來江口守空船　繞船月明江水寒

夜深忽夢少年事　夢啼妝淚紅闌干

沈吟(침음)-소리를 낮추어 혼자 중얼거리다 • 斂容(염용)-얼굴을 가다듬다
• 蝦蟆陵(하마릉)-장안성 동남쪽 곡강(曲江) 부근의 지명으로 당시 기생들의
집단 거주지 • 敎坊第一部(교방제일부)-敎坊은 당나라 때 가기(歌妓)를
교육하던 기관. 第一部는 기예가 가장 뛰어난 가기가 소속된 곳
• 善才(선재)-원래는 비파를 잘 타는 사람 이름이었는데 후에 비파를
가르치는 선생을 일컬었다 • 秋娘(추랑)-당시 장안의 유명한 가기였는데
여기서는 가기의 범칭 • 五陵少年(오릉소년)-五陵은 장안 북쪽에 있는
한나라 때 제왕의 다섯 무덤으로 부근에 고관 귀족들이 거주했다. 少年은
고관 귀족의 자제들 • 纏頭(전두)-관중이 기녀들에게 사례로 머리에 비단을
감아 주는 행위를 말하는데 후에는 사례품의 뜻으로 쓰였다.
• 鈿頭銀篦(전두은비)-전두와 은비는 여자의 머리 장식물 • 擊節(격절)-
박자를 맞추기 위하여 두드리다 • 等閑(등한)-마음을 쓰지 않고 무심히
• 度(도)-‘渡’, 보내다 • 阿姨(아이)-화류계 기생들의 양어머니
• 浮梁(부량)-지금의 강서성 경덕진시(景德鎭市)로 중요한 차 집산지

난, 비파 소리 듣고서 이미 탄식했다가
또 이 말 듣고 한숨을 거듭 쉬네

"그대와 나 하늘 끝에 떠도는 신세라
서로 만남, 꼭 아는 사이라야 하는가

나는 지난해에 서울을 하직하고
귀양살이 심양성(潯陽城)에 병들어 누웠다오

심양은 땅이 외져 음악이 없으니
거문고 피리 소리 일 년 내내 듣지 못해

사는 곳 분강(湓江) 근처, 땅이 낮아 습하여
누런 갈대 참대가 집 주위에 자라는데

그 사이에 아침저녁 듣는 것이 무엇이랴
피 토하는 두견새, 원숭이 슬픈 울음

봄 강 꽃피는 아침, 가을 달 뜬 밤이면
종종 술 가져다가 홀로 기울였다오

산골 노래 마을 피리 어찌 없으리오만
조잡하고 시끄러워 듣기 어려웠는데

오늘밤 그대의 비파 소리 들으니
선악(仙樂)을 들은 듯 귀가 잠시 밝아졌소

사양 말고 다시 앉아 한 곡조 타 주면
그대 위해 글로 옮겨 비파행을 지으리다"

我聞琵琶已嘆息　又聞此語重唧唧
同是天涯淪落人　相逢何必曾相識
我從去年辭帝京　謫居臥病潯陽城
潯陽地僻無音樂　終歲不聞絲竹聲
住近湓江地低濕　黃蘆苦竹繞宅生
其間旦暮聞何物　杜鵑啼血猿哀鳴
春江花朝秋月夜　往往取酒還獨傾
豈無山歌與村笛　嘔啞嘲哳難爲聽
今夜聞君琵琶語　如聽仙樂耳暫明
莫辭更坐彈一曲　爲君翻作琵琶行

唧唧(즉즉)-한숨 쉬는 모양 • 淪落人(윤락인)-불우하게 떠도는 사람
• 辭帝京(사제경)-815년에 당시 재상 무원형(武元衡)을 살해한 자객을
엄벌할 것을 청했는데 대간(臺諫)이 해야 할 일을 월권했다고 하여
강주사마로 좌천되어 장안을 떠난 일을 말한다. • 黃蘆苦竹(황로고죽)-누런
갈대와 참대 • 獨傾(독경)-홀로 술잔을 기울이다 • 嘔啞嘲哳(구아조찰)-
조잡하고 시끄러운 소리 • 翻作(번작)-비파의 곡조를 글로 옮겨 짓는 것

나의 말에 감동하여 한참을 서 있다가

348

다시 앉아 줄 조이니 소리 점점 급해지네

처량하고 처량하여 앞의 소리 같지 않아
사람들 거듭 듣고 얼굴 가리고 흐느끼네

그중에 흘린 눈물 누가 가장 많은가
강주사마 푸른 적삼 흠뻑 젖었네

感我此言良久立　却坐促絃絃轉急
凄凄不似向前聲　滿座重聞皆掩泣
座中泣下誰最多　江州司馬青衫濕

良久(양구)-오랫동안・却坐(각좌)-돌아와 원래의 자리에 앉다・向(향)-
이전의・江州司馬(강주사마)-백거이 자신을 가리킨다.

「비파행」은 「장한가」와 더불어 백거이를 대표하는 2대 장편
서사시이다. 그가 이 작품을 쓰게 된 경위는 이 작품 앞에 붙인
서(序)에 잘 나타나 있다.

　　원화(元和) 10년(815)에 나는 구강군(九江郡) 사마(司馬)로
　　좌천되었다. 이듬해 가을에 분강(湓江) 포구에서 손님을

전송하는데 밤에 배 안에서 비파 타는 소리가 들렸다. 그
소리를 들으니 맑게 울리는 것이 경도(京都)의 소리였다.
누군가 물으니 본시 장안의 기생으로 일찍이 목(穆)·조(曹) 두
명인에게 배웠는데 나이 들고 미색이 쇠하여 상인의 아내가
되었다고 했다. 드디어 술을 청하고 몇 곡을 타게 했더니 곡이
끝나자 애처로운 느낌이 들었다. 스스로 젊었을 때의 즐거운
일을 말하고 지금은 초췌하여 사방을 떠도는 신세라 했다.
나는 강주사마로 부임한 지 2년에 편안하게 보내다가 이
사람의 말에 감동하여 이날 저녁에 비로소 좌천되었다는
의미를 깨달았다. 이에 612자의 장편 시를 지어 주고
「비파행」이라 이름했다.

元和十年 予左遷九江郡司馬 明年秋 送客湓浦口
聞舟中夜彈琵琶者 聽其音 錚錚然有京都聲 問其人 本長安倡女
嘗學琵琶于穆曹二善才 年長色衰 委身爲賈人婦 遂命酒
使快彈數曲 曲罷憫然 自敍少小時歡樂事 今漂淪憔悴
轉徙于江湖間 予出官二年 恬然自安 感斯人言
是夕始覺有遷謫意 因爲長句 歌以贈之 凡六百一十二言
命曰琵琶行

여기서 그는 글자 수가 612자라고 했지만 실제로는
616자이다. 워낙 긴 장편시라 착각이 있었던 듯하다.
이 시는 크게 다섯 개의 단락으로 구성되어 있다. 제1단락은
심양강에서 밤에 친구를 전송하는 시인이 비파 소리를 듣고는

범상치 않은 솜씨임을 알고 가까이 접근하여 한 곡조 청하는 장면이다.

제2단락은 여인이 타는 비파 소리를 형용한 부분인데 이 시에서 가장 빛나는 부분이다. "줄마다 침울한 음, 소리마다 그리움/평생의 못 이룬 뜻 하소연하듯." 이것은 비파의 연주를 본격적으로 묘사하기 전, 곡조 전체의 분위기를 나타낸 것인데 여기에 비파 연주자의 처지가 암시되어 있다. 이어서 다양한 기법으로 연주하는 비파의 곡조가 현란하게 펼쳐진다. 시인은 무형의 음(音)을 여러 가지 비유를 통해 독자로 하여금 비파의 다양한 음색을 실제로 듣는 것처럼 실감나게 묘사하고 있다. 일반적인 기악곡에서 우리는 음이 잠시 멈춘 듯하다가 웅장한 소리와 함께 다시 시작되는 경우를 경험하는데 여기서도 잠시 멈춘 짧은 침묵의 순간을 "깊은 시름 따로 있어 남모를 한 생겨나니/이때의 침묵이 소리보다 나은데"라고 절묘하게 표현하고 있다. 이 구절은 천고의 명구로 애송된다.

굵은 줄 큰 소리는 소낙비 같고
가는 줄 작은 소린 속삭임 같아

큰 소리 작은 소리 섞어서 타니
큰 구슬 작은 구슬 옥쟁반에 떨어지네

와 같은 묘사는 마치 언어의 마술사와도 같은 시인의 시적 재능을 유감없이 보여 준다. 특히 "큰 구슬 작은 구슬 옥쟁반에

351

떨어지네"라는 구절은 상해(上海)의 동방명주탑(東方明珠塔, 468m)을 설계하는 데 기본 모티프가 되었다고 한다. 실제로 동방명주탑의 외형은 위에서 아래로 떨어지는 크고 작은 구슬 모양의 조형물로 장식되어 있다.

제3단락에서는 비파 타는 여인의 화려했던 과거와 현재의 서글픈 신세가 그녀의 입을 통하여 직접 진술된다. 그녀는 한때 장안의 명기로 찬란한 시절을 보냈지만 나이 들어 쓸모가 없어지자 상인의 아내가 되어 부량으로 차를 사러 간 남편을 기다리며 심양강에서 빈 배를 지키고 있다며 젊은 날을 회상하고 눈물을 흘린다는 내용이다.

제4단락은 여인의 처지가 자신의 처지와 비슷하다고 생각한 시인이 자신의 심정을 술회하는 내용으로 이루어져 있다. 청운의 뜻을 품었던 시인이 뜻하지 않게 이곳 궁벽한 곳으로 귀양 와서 "병들어 누워 있는" 것이 비슷하다고 느낀 것이다. "그대와 나 하늘 끝에 떠도는 신세라/서로 만남, 꼭 아는 사이라야 하는가"라 하여 동병상련(同病相憐)의 정을 느낀다. 또 이 시골에서 음악다운 음악을 듣지 못하다가 여인의 비파 소리를 들으니 "선악"(仙樂)을 듣는 듯하다며 다시 한 곡을 타 주기를 부탁한다. 그리 해 주면 여인을 위해 비파의 연주를 "글로 옮겨 비파행을 지으리다"라고 제안한다. 제5단락은 다시 타는 비파 소리를 듣고 좌중의 사람들이 모두 눈물을 흘리는데 그중에서 강주사마가 가장 많은 눈물을 흘렸다는 내용이다.

이 작품은 비파 타는 여인의 형상을 통하여 백거이 자신의 처지를 말하려 한 것이다. 중국문학에서는 좋은 남편을 만나지

못한 여인을 명군(明君)을 만나지 못한 신하에 비유하는 전통이
있다. 백거이의 또 다른 작품 「태항로」(太行路)에서도 이러한
비유가 사용된 것을 볼 수 있다. 그는 「태항로」에서

사람으로 태어나 부인의 몸이 되지 말라
백년의 고락(苦樂)이 타인에서 비롯되니
(…)
인간세상 남편과 아내뿐만 아니라
근래의 임금과 신하 또한 이와 같다네

人生莫作婦人身　百年苦樂由他人
(…)
不獨人間夫與妻　近代君臣亦如此

라 하여 남편과 아내를 임금과 신하에 비유했다. 「비파행」에서
그는 임금으로부터 버림받은 자신의 처지를, 남편으로부터
소외된 비파 타는 여인의 형상에 투영했다. 이 작품의
끝부분에서 "그중에 흘린 눈물 누가 가장 많은가/강주사마
푸른 적삼 흠뻑 젖었네"라 하여 그가 가장 많이 울었다고 한
것은 비파 타는 여인의 처지를 슬퍼함과 동시에 자신의
불우함을 슬퍼해서 운 것이다.

중국 강서성 구강시(九江市)에는 백거이의 명작 「비파행」을

기념하기 위하여 세워진 비파정이 있다. 이 정자는 이미 당나라 때 세워졌으나 여러 번 파괴되고 중건되기를 거듭하다가 현재의 비파정은 1989년에 다시 중건된 것이다. 여기에는 백거이의 소상(塑像)과 함께 모택동이 쓴 「비파행」 전문이 새겨진 시비(詩碑)가 있다. 글자 수가 워낙 많기도 하고 또 모택동 특유의 초서체(草書體)로 되어 있어 판독하기 어렵기도 해서 일일이 읽어 보지 못했는데 현지 가이드의 말에 의하면 다섯 글자가 틀렸다고 한다. 아마 그가 이 작품을 외워서 썼을 텐데 616자에 달하는 장편시에서 다섯 글자가 틀린 것이 흠이 되지는 않을 것이다.

73　꽃이면서 꽃이 아닌

꽃이면서 꽃이 아니고
안개면서 안개가 아니어라

한밤중에 왔다가
날이 새면 가 버리네

올 때는 봄꿈처럼 잠깐이다가
갈 때는 아침 구름처럼 흔적도 없네

花非花

花非花　霧非霧
夜半來　天明去
來如春夢幾多時
去似朝雲無覓處

夜半(야반)-한밤중 • 天明(천명)-날이 새다 • 幾多時(기다시)-시간이 길지
않다 • 朝雲(조운)-아침 구름, 즉 아침노을 • 無覓處(무멱처)-찾을 길이 없다

355

평이한 시어로 알기 쉬운 시를 썼던 백거이의 시 중에서는 보기 드문 작품이다. 시 전편이 비유로 일관되어 있는데 비유하는 대상이 무엇인지 분명하지 않다. 꽃과 같은데 꽃이 아니고, 안개와 같은데 안개도 아닌 것의 실체가 과연 무엇인가? 그것은 "한밤중에 왔다가/날이 새면 가 버린다." 그러니 그것이 시인에게 머무는 시간은 극히 짧다. 마치 봄꿈처럼 잠깐 머물렀다가 아침노을처럼 흔적도 없이 사라진다. 도대체 그것이 무엇인가?

알 수가 없다. 단지 여러 가지로 추측만 할 수 있을 뿐이다. 희미한 옛사랑의 추억이 아닐까? 옛사랑은 꽃과 같이 아름답다. 그러나 꺾을 수 있는 현실의 꽃이 아니다. 이미 지나가 버린 '옛사랑'이니까. 안개같이 희미한 옛사랑이지만, 너무나 또렷하여 잊을 수 없기에 안개가 아니다. 추억은 아름다운 법이다. 추억 속의 옛사랑은 봄꿈처럼 달콤하고 아름답지만 잠깐 동안의 꿈일 뿐이고, 깨고 나면 아침노을과 같이 흔적도 없이 사라져 버린다.

어디 옛사랑만 그렇겠는가. 세상의 모든 아름다운 것은 오랫동안 붙잡아 둘 수 없다. 오랫동안 붙잡아 둘 수 없기 때문에 아름다운 것인지도 모른다.

미국에서 활동하고 있는 일본의 피아니스트이자 세계적 작곡가 사카모토 류이치(坂本龍一)가 이 시를 읽고 감동하여

「A flower is not a flower」란 제목의 기악곡으로 작곡한 바 있다고 한다. 그는 베르나르 베르톨루치가 감독한 영화 〈마지막 황제〉의 음악을 맡아 1988년 아카데미 작곡상, 골든글로브 최우수 작곡상 등을 수상하기도 했다. 우리나라 영화 〈남한산성〉(2017)의 음악도 그의 손을 거쳤다고 한다.

금침(衾枕)이 차가워 진작 의아했는데
다시 보니 창문이 환하게 밝네

알겠도다, 밤 깊어 눈이 많이 쌓인 것을
때때로 대가지 꺾이는 소리 들리어 오네

夜雪

已訝衾枕冷 復見牕戶明
夜深知雪重 時聞折竹聲

已訝(이아)-이미 의아하게 생각하다·衾枕(금침)-이불과 베개·牕(창)-
窓과 같은 뜻·折竹聲(절죽성)-대나무 가지가 꺾어지는 소리

백거이는 44세 때 강주사마로 좌천되었는데, 당시 재상
무원형이 이사도(李師道) 등 반대파가 보낸 자객에 의해
피살되었음에도 조정에서 아무런 조치를 취하지 않자 백거이가
그 자객을 체포하자는 소(疏)를 올린 것이 빌미가 되었다. 즉

간관(諫官)이 아니면서 간관보다 먼저 상소했다는 죄명으로 좌천된 것이다. 강주(지금의 강서성 구강九江)로 좌천된 후의 시풍은 많이 변했다. 조정에 있을 때 썼던 사회비판적인 강렬한 풍유시보다 한적시, 감상시 쪽의 창작이 더 많았다. 강주 시절에 쓴 이 시「밤눈」도 감상시로 분류되어 있다.

　이 시는 제목 그대로 '밤눈'을 묘사하고 있다. 깊은 밤, 방 안에서 바깥의 눈을 묘사하고 있다는 점이 특이하다. 바깥의 눈을 직접 보지 못하는 상황에서 소리 없이 내리는 눈을 그리기 때문에 눈에 대한 정면 묘사가 없다. 정면 묘사를 할 수가 없다. 그런데도 절묘하게 밤눈을 묘사하고 있다. 시인은 밤에 잠을 자다가 깨어났다. 깨어난 이유는 이불과 베개가 차갑다고 느꼈기 때문이다. '왜 이렇게 차갑지?' 하고 의아하게 생각했는데 창문을 바라보니 밤중인데도 환하게 밝다. 그제야 밖에 눈이 내렸다는 걸 안다. 눈이 내려도 너무 많이 내린 것이다. 창문이 "환하게 밝을" 정도면 눈이 많이 내려 쌓였을 것이라 여긴 것이다. 마지막 구절은 시인의 추측을 확인해 주는 역할을 한다. 때때로 들리는 대가지 꺾이는 소리, 아마도 바깥엔 눈이 몹시 심하게 내리고 있겠지. 고요한 밤의 정적을 깨뜨리는 대가지 꺾이는 소리가 소리 없이 내리는 눈 소리를 대신하고 있다.

　예부터 눈을 노래한 시는 많지만 밤눈을 노래한 시는 극히 드물다. 소리 없이 내려 들을 수 없을 뿐만 아니라 밤에는 볼 수도 없기 때문이다. 그런 점에서 이 시는, 눈에 대한 정면 묘사가 아닌 측면 묘사를 통해 밤눈을 성공적으로 형상화한 작품으로 높이 평가되어 왔다. 이 시도 좋지만 우리나라 시인 김광균(金光均)이 「설야」(雪夜)에서 밤눈을 묘사한 구절인 "머언 곳에 女人의 옷벗는 소리"도 이에 못지않게 좋지 않은가.

백거이 시의 4분류는 그가 강주로 좌천되던 해에 절친한 친구인 원진에게 보낸 편지에서 언급한 것인데 관련된 부분만 발췌하여 소개한다.

　"제가 요 몇 달 동안 주머니 속을 뒤져 옛날에 쓴 시와 새로 쓴 시들을 모아서 종류별로 분류해 보았습니다. 좌습유(左拾遺)가 된 이래로 부딪치고 느낀 것 중에서 찬미하고 풍자하고 흥(興)과 비(比)에 관련된 것과, 무덕(武德)에서 원화(元和) 연간까지 시사(時事)를 제재로 삼아 '신악부'(新樂府)라 제목을 붙인 것이 모두 150수인데 이를 풍유시(諷諭詩)라 하였습니다. 또 공직에서 물러나 홀로 지내거나 병을 핑계하고 한가하게 지내면서 만족한 줄을 알고 화평함을 보전하며 성정(性情)을 읊은 것이 100수인데 이를 한적시(閑適詩)라 하였습니다. 또한 밖으로 사물에 끌리고 안으로 감정이 움직여 느낌에 따라 감탄하고 읊은 것이 100수인데 이를 감상시(感傷詩)라 하였고, 100운(韻)에서 2운에 이르기까지의 5언, 7언, 장구(長句), 절구(絶句)가 400여 수인데 이를 잡률시(雜律詩)라 하였습니다."

　(「여원구서」與元九書)

75   대림사의 복사꽃

인간세상 사월엔 꽃들 모두 졌는데
산사(山寺)의 복사꽃은 이제 막 한창일세

가 버린 봄, 찾을 길 없어 늘 한스러웠는데
이곳으로 옮겨 온 줄 모르고 있었네

大林寺桃花

人間四月芳菲盡　山寺桃花始盛開
長恨春歸無覓處　不知轉入此中來

大林寺(대림사)-백거이가 좌천된 강주 근처 여산(廬山)의 향로봉(香爐峯)
밑에 있는 절・人間(인간)-인간세상, 여기서는 산 아래 마을・芳菲(방비)-
향기로운 꽃・覓(멱)-찾다

이 시는 백거이가 강주사마로 있던 817년(46세)의 작품인데
그의 「유대림사서」(遊大林寺序)에 의하면 이해 4월 9일에 그는
17명의 친구, 승려들과 함께 여산의 향로봉에 올라 대림사에서

361

숙박하면서 이 시를 썼다고 한다.

시의 제목은 대림사에 피어 있는 복사꽃이지만 실은 봄을 노래한 작품이다. 복사꽃은 봄의 상징이기 때문이다. 음력 4월이면 꽃들이 다 지는 한여름이다. 이 한여름에 그가 찾은 대림사에는 뜻밖에도 복사꽃이 만발해 있다. 1구와 2구는 산 아래 인간세상과 산속의 대림사를 대비시키고 있다. 산 아래 마을엔 꽃들이 다 져 버리고 없다. 꽃이 다 졌다는 것은 봄이 가 버렸다는 말이다. 봄은 꽃이 있어 아름답지만 너무나 짧다. 너무나 아름답지만 너무나 짧은 봄이기에, 봄이 가면 사람들은 이를 아쉬워한다. 봄을 아쉬워하다 못해 사람들은 그렇게 훌쩍 가 버린 봄을 원망하기까지 한다. 그런 아쉬움과 실망과 원망을 지니고 찾은 산사에서 예상치 못한 복사꽃을 만난다. 가 버린 줄 알았던 봄을 다시 만난 것이다.

물론 높은 향로봉에 있는 내림사의 기온이 산 밑보다 낫기 때문에 꽃피는 시기가 서로 달랐을 것이다. 그러나 그런 과학적 논리가 시인에게는 아무런 문제가 되지 않는다. 가 버린 줄 알았던 봄을 다시 만난 놀라움과 기쁨만 있을 뿐이다. 여기서 시인의 상상력에 날개가 달린다. "가 버린 봄, 찾을 길 없어 늘 한스러웠는데" 그 봄이 이곳에 와 있었구나. 봄이 가 버렸다고 생각한 것은 나의 착각이었구나. 봄은 가 버린 것이 아니라 숨바꼭질하듯 이곳에 와 숨어 있었는데 그것도 모르고 봄을 원망했구나. 이곳에 숨어 있다가 내년에 다시 걸어 나오는 것이겠지. 저 봄, 저 복사꽃.

형체가 없는 무형의 추상물인 봄을 의인화함으로써

가시적(可視的) 대상으로 구체화시킨 백거이의 솜씨가 놀라울 뿐이다. 백거이의 시를 평할 때 흔히 사용되는 용어가 '용상득기'(用常得奇)인데, '평범하고 일상적인 말과 표현을 사용하여 신기하고 기발한 뜻을 얻는다'는 말이다. 이 시는 이러한 '용상득기'의 전형이라 할 만하다.

「유대림사서」(遊大林寺序)의 관련 부분이다.

"···향로봉에 올라 대림사에서 잤다. 대림사는 궁벽하고 멀어서 인적이 드문 곳이다. 절을 빙 둘러 푸른 바위에 맑은 물이 흐르고 키 작은 소나무와 여윈 대나무가 있었다. ···산이 높고 땅이 깊어 절기가 매우 늦다. 한여름인데도 2월달 날씨와 같아서 배꽃과 복사꽃이 그제야 피고 시냇가의 풀들이 아직도 길게 자라지 않았으며, 그곳의 인물과 날씨가 평지의 마을과 같지 않았다. 처음 도착했을 때 황홀하여 다른 세계에 온 것 같았다···." 그래서 즉석에서 위의 시를 썼다는 글이 이어진다.

대림사는 여산 향로봉 아래에 있던 규모가 꽤 큰 사원이었는데 세월과 함께 허물어진 것을 1922년에 복원하여 활발한 종교 활동을 했으나 1961년, 근처에 인공 호수인 여금호(如琴湖)를 조성하면서 수몰되고 말았다. 참으로 안타까운 일이다. 백거이는 대림사 주위의 빼어난 경치를 보고 초당을 지어 여기서 늙을 생각까지 한 것으로 보인다. 초당이 준공된 후 그가 쓴 「여산초당기」(廬山草堂記)가 이를 말해 준다. 현재 여산 중턱의 고령진(牯嶺鎭)이 초당의 옛 터로 짐작되는데 이곳 여금호 근처에 최근 백거이 초당이 건립되었다. 초당 앞에는 백거이 소상(塑像)이 서 있다. 또 초당으로 들어가는 입구에 「대림사의 복사꽃」 시가 바위에 새겨져 있고 복숭아나무도 많이 심어 놓은 것을 볼 수 있다.

76 유십구에게 묻다

초록 개미 떠 있는 새로 빚은 탁주에
붉은 진흙 조그마한 화로도 있소

저물녘 하늘엔 눈이라도 오려는데
술 한 잔 마시지 않으시려오

問劉十九

綠蟻新醅酒　紅泥小火爐
晚來天欲雪　能飲一杯無

劉十九(유십구)-유씨 집안에서 한 증조부의 자손들 즉 6촌 사이 친척들의
항렬이 열아홉 번째인 사람. 여기서는 누구인지 분명치 않다. •綠蟻(녹의)-
그대로 번역하면 '초록색 개미'가 되는데, 쌀로 술을 빚어 아직 거르지 않았을
때 표면에 황록색의 찌꺼기가 뜬 모양이 개미같이 가늘다고 해서 이를 '녹의'
즉 '초록 개미'라 부른다. 후에는 '녹의'가 미주(米酒)의 대명사가 되었다.
•晚來(만래)-저녁 무렵. '來'는 의미 없는 조사 •天欲雪(천욕설)-하늘이
눈을 내리려 하다. 欲은 '~하려고 하다'의 뜻이고 雪은 동사 •無(무)-문장
끝에서 의문을 나타내는 어기사(語氣詞). '否'와 같다.

365

이 시는 백거이가 강서성의 강주사마로 좌천되어 있던
817년(46세)에 쓴 작품이다. '유십구'는 누구인지 분명하지
않으나 그의 시 「유십구동숙」(劉十九同宿)에
"唯共嵩陽劉處士"(오직 숭양의 유처사와 함께하다)란 구절이
있는 것으로 보아 그가 숭양(嵩陽) 출신임은 알 수 있다. 숭양은
하남성에 있는 숭산(嵩山)의 남쪽이란 뜻이다. 강주에서 그는
백거이의 이웃에 살았던 듯하다.

제목의 '묻다'는 몰라서 묻는 것이 아니고, 좌천되어 쓸쓸한
날을 보내던 어느 겨울날 유십구에게 술 한 잔 마시러 오라는
초대의 뜻이 담겨 있다. 그래서 처음부터 술이 등장한다. 갓
빚은 좋은 술이 있음을 알리고 또 술을 데울 화로도 있다고
했다. 이 화로는 술을 데울 뿐만 아니라 겨울의 추위를
녹이기도 한다. 그런데 화로가 '조그미히디'고 했다. 조그마한
화로가 있다고 한 것은 시인이 큰 술판을 벌이는 것이 아니라
단둘이서 오붓하게 술을 한잔하자는 뜻이 담겨 있다.

제3구에서는 저녁 무렵 눈이 내릴 것 같은 분위기를
말함으로써 화로의 불을 쬐면서 술 마시기 좋은 때임을 넌지시
알린다. 이렇게 상대방을 은근히 유혹하고는 마지막 구에서
초대의 의사를 밝힌다. 좋은 술이 있고 술을 데우고 추위를
녹일 화로도 있고 게다가 저녁 무렵 눈이라도 내릴 날씨인데
그래도 한잔하러 오지 않겠는가라는 간곡한 권유다. 시인은
아마 하인을 시켜 이 시를 이웃의 유십구에게 보냈을 것이다.
말하자면 초대의 시인 셈이다.

이 초대장을 받고 달려가지 않을 사람이 있겠는가? 두
사람은 화로를 사이에 두고 오순도순 정담을 나누면서 밤 깊은
줄도 모르고 술잔을 기울였을 것임에 틀림없다. 송나라
구양수의 시에 "술이 지기를 만나면 일천 잔도
적다"(酒逢知己千杯少)는 구절이 있는데, 뜻 맞는 친구와 술잔을
나누었을 그날 밤의 백거이는 한없이 행복했으리라.

백거이의 시는 대중성으로 특징지어진다. 그는 화려한
수식이나 기교를 즐겨 하지 않았고 어려운 전고를 사용하지
않았으며 형식에 얽매이지 않았다. 평이한 시어를 구사하여
이른바 '알기 쉬운 시'를 썼기 때문에 당시에 광범위한 대중적
지지를 받았다고 한다.

「유십구에게 묻다」는 이러한 백거이의 시풍을 가장 잘
드러낸 작품이다. 아무런 수식이나 기교 없이 일상의 소박한
구어체의 언어로 지극히 자연스럽게 썼다. 그러면서도 친구에
대한 정이 담뿍 담긴 초청장을 시로 써서 독자의 마음을
사로잡는다.

또 한 가지 사실은 백거이가 도연명, 이백 못지않게 술을
좋아한 시인이라는 점이다. 그는 강주사마 시절에 근처의
도연명 묘소를 참배하고 이런 시를 지었다.

(…)

선생이 가신 지 오래이건만
서책에 남긴 글 실려 있어서

글마다 나에게 술을 권하지
이밖엔 말한 것 하나 없도다

나 이제 늙으면서
몰래 그분 사모해

다른 점은 미치지 못하겠지만
얼큰히 취하는 건 본받으려네

先生去已久　紙墨有遺文
篇篇勸我飮　此外無所云
我從老大來　竊慕其爲人
其他不可及　且傚醉昏昏

「유십구에게 묻다」와 관련해서 추억이 하나 있다. 2013년에
안휘성 저주(滁州)에서 취옹정(醉翁亭)과 풍락정(豊樂亭)을
둘러보고 저주 시내에서 점심 식사를 하기 위해 음식점을
찾았는데 마침 '홍니소주'(虹泥小廚)란 간판이 달린 음식점을
발견했다. 나는 직감적으로 백거이 시의 "紅泥小火爐"가
떠올랐다. '虹'이 백거이 시의 '紅'은 아니지만 왠지 백거이
시와 관련이 있을 것 같았다. 아니나 다를까 들어가 보니 식탁
위의 컵에 「유십구에게 묻다」의 전문이 새겨져 있었다.
　　그러니 이 집의 옥호는 백거이의 시에서 따온 것이

분명했다. 옥호 '虹泥小廚'는 '무지갯빛 진흙으로 만든 조그마한 주방'이란 뜻인데 '紅'을 '虹'으로 바꾼 것은, 그냥 '붉다'고 하는 것보다 '무지갯빛'이라 하는 것이 더 운치 있다고 생각한 주인의 취향이겠다. 놀라운 것은, 요리도 일반 음식점에서처럼 알코올램프에 데우는 것이 아니라 진흙(泥)으로 만든 화로의 숯불에 데우도록 되어 있었다. 이 화로 위에서 음식이 끓으니 화로가 바로 '작은 주방'(小廚)인 셈이다. 이제야 옥호를 '虹泥小廚'라 정한 사연을 알 것 같았다.

이곳이 백거이와 직접적인 관련이 있는 장소가 아닌데도 옥호를 홍니소주로 하고 컵에 백거이의 시를 새긴 것으로 보아 주인이 백거이를 무척 좋아하거나 술을 즐기는 사람인 듯했다. 나는 이를 보면서 중국의 풍부한 인문학적 유산이 부럽고 이 유산을 재미있게 활용할 줄 아는 중국인의 낭만이 부러웠다. 그러나 2015년 다시 저주시를 찾았을 때 '홍니소주'는 없었다. 가이드에게 샅샅이 찾아보라 부탁했지만 결론은 없다는 것이었다. 무슨 이유로 폐업했는지 알 수 없지만 참으로 안타까운 일이다.

이
신

李紳, 772~846

강소성 호주(湖州)에서 태어났으며 자는 공수(公垂)이다. 백거이,
원진과 함께 신악부 운동을 이끌었으며 백성의 삶을 노래한 시를
많이 창작했다. 체구가 작아 단리(短李)라고 불렸으며, 후에
재상의 지위에까지 올랐는데 당시 이덕유(李德裕), 원진과 더불어
삼준(三俊)으로 불렸다.

77 농부를 불쌍히 여기다

1

한 알 곡식을 봄에 뿌리면
만 알 곡식을 가을에 거두고

천하에 놀리는 논 없는데
농부들은 오히려 굶어 죽는다

2

논밭에 호미질, 해는 벌써 한낮인데
땀방울 떨어져 땅을 적시네

누가 알리, 그릇에 담긴 밥이
한 알 한 알 모두가 농부의 신고(辛苦)임을

憫農

春種一粒粟　秋收萬顆子
四海無閑田　農夫猶餓死

鋤禾日當午　汗滴禾下土

誰知盤中飱　粒粒皆辛苦

粟(속)-곡식의 총칭 • 顆子(과자)-곡식 낟알 • 閑田(한전)-경작하지 않는
논밭 • 鋤(서)-호미(질하다), 김매다 • 日當午(일당오)-해가 중천에 뜨다
• 飱(손)-원래는 저녁밥, 여기서는 밥의 총칭

농부들의 참상을 슬퍼한 시이다. 제1수의 서두는, 봄에 한 알의
곡식을 심으면 가을에 만 알의 곡식을 풍성하게 거두는 농가의
경작 과정을 묘사하고 있다. 봄에 씨 뿌리고 가을에 수확하는
것이 농민들의 일상이고 기쁨이다. "한 알"이 "만 알"로 되는
이 뿌듯한 성취감 때문에 농민들은 힘든 일을 참고 견디며
부지런히 일한다. 게다가 온 천지에 놀리는 논밭도 없다.
그러니 풍성하게 수확하는 농민들의 가슴은 벅찬 희망으로
가득 차 있을 것이다. 여기까지는 비유하자면 활시위를 잔뜩
당겨서 발사하기 직전의 상황이다. 수확물에 대한 기대감이
최고조에 달한 이 상황은 발사 후의 다음 상황을 말하기 위한
예비 장치이다. "농부들은 오히려 굶어 죽는다." 그리고 그
풍성한 곡물을 생산한 농부들이 왜 굶어 죽는지 밝히지 않고
시는 끝난다. 그렇게 해서 이 시는, 힘써 일하여 생산하고도
생산물에서 소외되는 봉건사회의 가장 보편적이고 기본적인
모순을 선명히 드러낸다.

유
종
원

柳宗元, 773~819

산서성 하동(河東) 출신으로 자는 자후(子厚)이다. 21세에
진사시에 급제하여 벼슬길에 나갔으나 당시 재상
왕숙문(王叔文)이 주도한 영정혁신(永貞革新) 운동에 참여했다가
실패하여 호남성의 영주사마(永州司馬)로 좌천되었고 후에는
광동성의 유주자사(柳州刺史)로 나가서 그곳에서 사망했다.
그래서 그를 유하동(柳河東), 유유주(柳柳州)라 부른다. 그는
한유와 함께 고문부흥 운동을 펼쳤지만 불교를 배척한 한유와
달리 불교와 도교를 수용하는 유연한 사고를 가졌다. 우언(寓言)
형식의 풍자문이 유명하며 영주(永州)에 좌천되어 관리 생활을
하면서 그곳 산수를 묘사한 산문은 산수유기(山水遊記)라는
문체의 탄생을 가져왔다. 산수시에 능해 도연명과 비교되었고,
왕유·맹호연 등과 산수전원시파를 형성하였다.
『유하동집』(柳河東集)에 146수의 시가 전한다.

일천 산에 나는 새 끊어져 버리고
일만 길엔 사람 자취 사라졌는데

조각배에 도롱이, 삿갓 쓴 늙은이가
찬 강 눈 속에서 홀로 낚시 드리우네

江雪

千山鳥飛絶　萬徑人蹤滅
孤舟簑笠翁　獨釣寒江雪

人蹤(인종)-사람의 발자취 · 簑笠翁(사립옹)-도롱이와 삿갓을 쓴 늙은이

유종원은 조정에서 벼슬살이를 하던 중 당시 정권을 잡은
왕숙문의 개혁 정치에 참여했다가 개혁이 실패하자 호남성의
영주로 좌천되었다. 말이 좌천이지 유배나 다름없었다. 그는
이곳에서 절망과 고독 속에 10년을 지내면서 주옥같은 작품을
많이 남겼는데 이 시도 영주 시절에 쓴 작품이다.

"일천 산에 나는 새 끊어지고" "일만 길엔 사람 자취 사라졌는데"라는 1, 2구의 풍경이 심상치 않다. 하늘을 올려다보니 산이란 산에는 새 한 마리 날지 않고, 땅을 내려다보니 길이란 길에는 사람 자취가 하나도 보이지 않는다. 천지간에 움직이는 것이 하나도 없는 얼어붙은 풍경이다. 물론 이것은 눈이 내린 풍경이다. 그러나 이 눈 내린 풍경의 묘사에 사용된 글자에 주목할 필요가 있다. "일천"과 "일만"이라는 숫자는 이 세상 천지간의 모든 사물을 상징한다. 그리고 이 세상 천지간에 새의 날갯짓이 "끊어졌다"(絶)고 했고, 사람의 자취가 "사라졌다"(滅)고 했다. 움직이는 것이라고는 하나도 보이지 않는 이 풍경은 적막과 고독이 지배하는 세계이다. 이것은 절대적인 적막이고 절대적인 고독이다. 이 풍경은 두 가지로 해석할 수 있다. 자신을 유배지로 축출한 차가운 정치 현실을 나타낸 것으로 볼 수도 있고, 적막하고 고독한 시인의 내면세계를 나타낸다고 볼 수도 있다.

3, 4구의 낚시질하는 늙은이는 시인 자신이다. 그는 모든 것이 "끊어지고" "사라진" 눈 속에서 "홀로"(獨) 낚싯대를 드리우고 있다. 그것도 "조각배"(孤舟)를 타고. 모든 것이 끊어지고 사라진 이 적막강산에서 늙은이의 행동만 유일한 움직임이다. 죽음과 같은 정적 속에서 살아 움직이는 유일한 존재가 이 늙은이다. 늙은이의 형상은 비록 외롭지만 그에겐 침범할 수 없는 기상이 있다. 한랭(寒冷)하고 고적(孤寂)한 불모지에서도 "홀로" 살아 있는 이 늙은이는 우리에게 굴원을 연상시킨다. 굴원은 유명한 「어부사」(漁父辭)에서 "온 세상이

다 탁한데 나만 홀로 맑았고, 뭇 사람들이 다 취했는데 나만
홀로 깨었다"(擧世皆濁我獨淸, 衆人皆醉我獨醒)고 말했다. 이
시의 늙은이도 굴원과 같이 불굴의 기상을 지닌 사람이다.
그리고 이 늙은이가 바로 유종원 자신이다. 그는 유배지에서의
절망과 고독에 시달리면서도 이를 이겨 내려는 의연한 기상을
한 편의 아름다운 시로 형상화했다.

원
진

元稹, 779~831

하남성 낙양 출신으로 자는 미지(微之)이다. 6촌 이내의 항렬이
아홉째라 원구(元九)라고 불렸다. 24세에 과거에 합격했고
세력가 위하경(韋夏卿)의 딸 위총(韋叢)과 혼인해 금슬이 매우
좋았는데 하남(河南)에서 벼슬살이하는 도중 부인이 세상을
떠났다. 이때 쓴 도망시(悼亡詩: 죽은 자를 애도하는 시)가
유명하다. 세상을 떠날 때까지 관직 생활은 좌천과 영달이
반복되는 순탄하지 않은 삶이었다. 강직한 성격에서 비롯된
직언과 몇몇 사건은 권력층에 있는 사람들과 마찰을 일으켰다.
백거이와 함께 신악부 운동을 펼쳐 『시경』(詩經)과 한위(漢魏)
고악부(古樂府)의 풍유(諷諭)와 미자(美刺)의 정신을 이어
사회상을 반영하는 작품에 전념했다. 7세 연상인 백거이와
친하게 지내면서 평이한 작품을 쓸 것을 주장해 원화체(元和體)의
시풍을 세웠다. 『원씨장경집』(元氏長慶集)에 719수의 시가
전한다.

사공(謝公)이 가장 아낀 어린 소녀가
검루(黔婁)에게 시집간 후 온갖 일이 뒤틀렸네

나, 입을 옷 없으면 혼수 상자 뒤지고
술 사 달라 조르면 금비녀 뽑았었지

나물로 끼니 때워 콩잎도 즐겨 먹고
낙엽으로 땔감 하려 홰나무만 올려다봤지

오늘은 봉급이 십만을 넘으니
그대에게 음식 올리고 다시 위령제 지내노라

遣悲懷

謝公最小偏憐女　自嫁黔婁百事乖
顧我無衣搜藎篋　泥他沽酒拔金釵
野蔬充膳甘長藿　落葉添薪仰古槐
今日俸錢過十萬　與君營奠復營齋

謝公(사공)-동진(東晉)의 사안(謝安) ・ 偏憐女(편련녀)-가장 아끼고 사랑하는 딸. 여기서는 사안의 질녀인 사도온(謝道韞). 사안은 총명하고 재수 있는 질녀를 평소에 무척 귀여워했다고 한다. 이 시에서 원진은 자신의 아내를 사도온에 비유했다. ・ 黔婁(검루)-벼슬을 하지 않고 청빈하게 살았던 춘추시대 제(齊)나라의 고사(高士). 원진 자신을 가리킨다. ・ 藎篋(신협)- 조개풀(藎)로 장식한 옷상자 ・ 泥(니)-조르다, 간청하다 ・ 他(타)-원진의 아내 ・ 沽酒(고주)-술을 사다 ・ 充膳(충선)-음식(膳)에 충당하다, 즉 끼니를 때우다 ・ 長藿(장곽)-콩잎 ・ 營奠(영전)-제수(祭需)를 올리다 ・ 營齋(영재)-죽은 자의 영혼을 인도하기 위하여 스님을 불러 의식을 행하다

원진의 처 위총은 20세에 시집와서 27세에 죽었다. 원진이 가장 어려울 때 시집와서 온갖 고생을 다하다가 7년 만에 죽은 아내를 애도하는 시이다. 이 시는 위총의 아버지 위하경을 동진의 명문거족인 사안에 비유하고, 위총을 사안의 질녀 사도온에 비유하면서 시작된다. 위하경이 태자소보(太子少保)를 역임한 명문 출신임을 사안을 들어 암시한 것이고, 위총이 부덕(婦德)을 갖춘 총명한 여자임을 사도온을 들어 암시한 것이다. 그리고 자신을 가난한 선비 검루에 비유했다. 이것은, 지체 높고 부유한 집안의 똑똑한 여자가 자신과 같은 가난한 사람에게 시집왔다고 말함으로써 아내의 품성을 돋보이게 하려는 장치이다.

2, 3연에서는 가난했던 시절을 떠올리며 아내에 대한 그리움을 반추하고 있다. 콩잎으로 끼니를 때우고 낙엽을 긁어모아 불을 지피는 가난한 생활을 하면서도 금비녀를 뽑아

남편에게 술을 사 주었다는 묘사를 통해서, 부유한 집안에서 귀엽게 자랐지만 교만하지 않은 현처(賢妻)였음을 말하고 있다. 이렇게 옷과 술과 음식과 땔감이라는 극히 일상적인 소재를 동원하여 극진했던 부부애를 감동적으로 그리고 있다. 지금은 봉급이 십만을 넘어 형편이 나아졌다. 그래서 맛있는 음식도 먹을 수 있고 땔나무도 많지만 같이할 아내가 없다. 이런 생각에 그의 슬픔은 더 깊어진다. 이제 아내에게 해 줄 수 있는 일이라곤, 풍성한 음식을 차려 제사를 지내는 일과 영혼을 좋은 곳으로 인도하기 위하여 스님을 불러 재(齋)를 올리는 일뿐이다.

　이 시는 죽은 아내를 애도하는 연작시 3수 중 제1수이다. 이 3수의 연작시는 도망시(悼亡詩)의 전형으로 평가받아 왔다. 청나라 손수(孫洙)는 이 시를 평하여 "고금의 도망시가 무수히 많지만 이 3수의 범위를 벗어나지 못한다"고 밑했다. 이 시가 사람들에게 감동을 주는 이유는, 평이하고 질박한 시어를 구사하여 아무런 시적 기교 없이 아내에 대한 그리움을 진솔하게 표현했기 때문일 것이다.

　이렇게 독자의 심금을 울리는 애절한 시를 지어 죽은 아내를 애도했지만 원진의 애정 행각을 보면 시와 어울리지 않는다는 느낌을 떨칠 수 없다. 아내 위총이 809년 7월에 사망하는데 원진은 그해 3월에 검남동천상복사(劍南東川詳覆使)로 임명되어 사천성 성도로 가서 그곳의 명기(名妓) 설도(薛濤)와 사랑에 빠진다(287면 63번시, 설도의 「봄날에 바라보다」 참조).
위총이 아직 사망하기 전이다. 그리고 811년에는 안씨(安氏)를
첩으로 들여 남매를 둔다. 이 시의 제3수에 이런 구절이 있다.

　　내 장차 밤새도록 눈뜨고 지내며
　　한평생 눈썹 펴지 못한 그대에게 보답하리라

　　惟將終夜長開眼　報答平生未展眉

　　여기서 "밤새도록 눈뜨고 지낸다"는 것은, 항상 눈을 뜨고
있다는 '환'(鰥)이라는 물고기처럼 지내겠다는 것인데, '鰥'은
물고기 이름임과 동시에 '홀아비'라는 뜻을 가진 글자이다.
그러므로 그는 평생 홀아비로 살면서 고생한 아내에게
보답하겠다는 말이다. 그런데도 아내가 죽은 지 2년 후에 첩을
들인 것이다. 뿐만 아니라 그는 816년에 배숙(裵淑)과
재혼한다. 시의 정서와 그의 사생활이 너무나 차이가 난다.

381

가
도

賈島, 779~843

하북성 범양(范陽) 출신으로 자는 낭선(浪仙)이다. 가난 때문에
어려서 출가하여 승려가 되었는데 법명은 무본(無本)이다. 그의
시가 한유에게 인정받았고, 한유의 권면으로 환속하여 그에게
시문을 배웠다. 문종(文宗) 때 사천성 장강(長江)의 주부(主簿)가
되었으므로 가장강(賈長江)이라 불린다. 무종(武宗) 회창(會昌)
초에 사천성의 보주사호(普州司戶)에 임명되었으나 부임하지
못하고 병사했다. 그의 시는 치밀하게 시구를 조탁하고, 황량하고
고적한 풍경을 잘 묘사하여 처완(悽捥)하고 고달픈 정조가
많았다. 소동파는 그를 맹교와 병칭하여 '교한도수'(郊寒島瘦:
맹교는 차고 가도는 여위었다)라 평했다. 『장강집』(長江集)에
400여 수의 시가 전한다.

소나무 아래에서 동자에게 물으니
말하길 "선생은 약초 캐러 가셨다오

다만 이 산중에 계시겠지만
구름이 깊어서 어딘지 모른다오"

尋隱者不遇

松下問童子　言師採藥去
只在此山中　雲深不知處

가도는 몹시 가난하여 생활을 꾸려 나갈 수가 없어서 출가해
승려가 되었다고 한다. 그래서 무본(無本)이라는 법명(法名)도
가지고 있다. 뒤에 한유의 권유로 환속하여 과거 시험에 여러
번 응시했으나 다 실패했다. 후에 주위의 천거로 장강주부가
되었는데 평생을 청빈하게 살았기 때문에 죽은 뒤에는 병든
나귀와 낡은 거문고만 남겼다고 한다.
　이 시는 구성이 지극히 교묘하다. 제1구는 동자에게 묻는

말이고 2, 3, 4구는 물음에 대한 동자의 대답이다. 제1구에서
동자에게 무엇을 물었는지 나타나 있지 않다. 아마도 소나무
아래에서 동자를 만나 "여기가 선생이 계신 곳인가?"라고
물었을 것이고 동자는 "그렇습니다"라고 답했을 것이다.
제2구는 동자의 대답인데 역시 물음은 생략되었다. 아마도
"선생은 지금 집에 계시는가?"라는 물음에 대한 대답일
것이다. 제3구 역시 "어디로 약초를 캐러 가셨는가?"라는
물음에 대한 답일 것이고 제4구는 "그러면 이 산 어디쯤
가셨으며 언제 오시는가?"라는 물음에 대한 대답일 것이다.

　　시인이 찾으려는 은자의 모습은 이 시에 그려져 있지 않다.
그러나 시의 전개로 보아서 은자는 시인이 매우 존경하는
고결한 인품의 소유자임을 알 수 있다. 제1구는 무턱대고
은자를 찾아 나선 시인이 동자를 만난 기쁨을 나타낸다. 적어도
동사를 만났나는 것은 은사의 서처를 알 수 있는 단서가 되기
때문이다. 제2구에서 "약초를 캐러 가셨다"는 동자의 말을
듣고 시인은 다소 실망했을 것이다. 일반적인 경우라면 후일을
기약하고 발길을 돌렸을 터이지만 시인은 "어디로 약초를 캐러
가셨느냐?"고 집요하게 묻는다. 아마도 그 장소를 알면
찾아가려고 마음먹었을 것이다. "다만 이 산중에 계실
것이다"라는 동자의 대답에 시인은 다시 일말의 희망을
가진다. 멀리 가지는 않고 이 산중에 계신다는 것이다. 시인은
거듭 묻는다. 구체적으로 산 앞인가, 산 뒤인가, 산꼭대기인가,
산 밑인가? 그리고 언제쯤 오시는가? 이런 질문에 동자는
"구름이 깊어서 어딘지 모른다"고 답한다. 여기서 우리는 깊은

384

실망에 빠진 시인의 모습을 상상할 수 있다. 이 시는 은자를
찾는 과정에서 느끼는 시인의 희망과 실망을 교차해
묘사하다가 마지막 구에서 커다란 실망으로 끝을 맺고 있다.

　그러나 시인의 깊은 실망이 은자의 품격을 한층 더 높여
준다. 시인이 포기하지 않고 끝까지 만나려 할 정도로 은자가
높은 사람임을 암시하고 있는 것이다. 그렇기 때문에 만남이
불투명해졌을 때의 시인의 실망이 그만큼 큰 것이다. 보통
사람이었으면 그렇게까지 실망하지 않았을 터이다. 그리고
은자가 약초를 캔다는 사실도 상징적인 의미를 갖는다. 은자는
속세의 부귀영화를 버렸을 뿐만 아니라 깊은 산을 다니면서
약초 캐는 힘든 일을 몸소 수행하고 있다. 약초는 사람을
살린다는 상징성을 가지고 있다. 이 시의 배경이 되는 소나무와
구름도 은자를 돋보이게 하는 소도구(小道具) 역할을 한다.
푸른 소나무는 은자의 풍골(風骨)을, 흰 구름은 은자의 고결한
품성을 간접적으로 지시해 준다.

　가도(賈島)는 퇴고(推敲)의 고사로 유명하다. 그가 과거를 보기
위해 장안에 이르렀는데 나귀 위에서 "僧推月下門"(중이 달
아래서 문을 밀치네)이라는 시구를 얻었다. 그러나 '推' 자가
마음에 들지 않아 '敲' 자로 고칠까 말까를 골똘히 생각하다가
마침 지나가던 경조윤(京兆尹) 한유의 행차와 부딪쳤다. 이에
한유에게 전후 사정을 말하니 한유는 '敲' 자가 좋다고 말했다.
이어서 두 사람은 고삐를 나란히 하고 시를 논했다고 한다.

385

이로부터 시문(詩文)의 자구(字句)를 고치는 일을
퇴고(推敲)라고 했다. 이 고사를 미루어 알 수 있듯이 가도는
글자 하나하나에 세심하게 정성을 들여 고심(苦心) 끝에
작품을 완성하는 시인으로 알려져 있다. 그래서 그에게는
'시노'(詩奴) 즉 '시의 노예'라는 별명이 붙었다.

유
조

劉皁, 생몰년 미상

생애나 사적은 알려져 있지 않다. 대체로 함양(咸陽) 사람으로,
덕종(德宗) 정원(貞元) 연간(785~804)에 생존한 것으로
추정된다.『전당시』에 시 5수가 남아 있는데, 모두 절구(絶句)로
서정이 뛰어나다. 당나라의 영호초(令狐楚)가 편찬한
『어람시』(御覽詩)와 위장(韋莊)이 편찬한『우현집』(又玄集)에
그의 시를 골라 싣고 있는데, 당시 그가 상당히 존중받았음을
반증한다.

상간하를 건너며

병주(幷州)의 나그네 생활 이미 십 년에
돌아가고픈 마음, 밤낮으로 함양을 그리는데

뜻밖에 다시 또 상간하를 건너다가
병주를 바라보니 그곳이 바로 고향이네

渡桑乾

客舍幷州已十霜　歸心日夜憶咸陽
無端更渡桑乾水　却望幷州是故鄉

桑乾(상간)-산서성 북쪽에서 서남쪽으로 흘러 발해만으로 들어가는 강
· 客舍(객사)-나그네로 머물다. '舍'는 동사로 '머물다' · 幷州(병주)-지금의
산서성 태원(太原) · 十霜(십상)-10년 · 無端(무단)-뜻밖에, 이유 없이
· 却望(각망)-고개를 돌려 바라보다

이 시는 대부분의 시선집에 가도의 작품으로 수록되어 있는데,
영호초가 편찬한 『어람시』에는 작자를 유조라고 밝혔다.
최근의 연구에서는 가도의 생애와 행적을 추적하고 또 여러

정황을 분석한 결과 이 시가 가도의 작품이 아니고 유조의
작품이라는 학설이 우세하다.

시인은 병주에서 10년 동안 지방관으로 있으면서 밤낮으로
고향 함양을 그리워한다. 이렇게 그리운 고향으로 돌아갈 날만
기다리고 있는데 "뜻밖에"(無端) "다시 또"(更) 상간하를 건너
북쪽으로 가게 된다. 상간하는 병주 북쪽에 있다. 병주에서
북쪽으로 가서 상간하를 건너면 황량한 변새 지역이다. 이
황량한 북방의 관리로 이직(移職)하게 된 것이다. 이
"뜻밖에"와 "다시 또"라는 표현에 이 시를 이해하는 열쇠가
있다. '뜻밖에'는 자신의 뜻과는 관계없이, 어떤 이유인지도
모르고 이직하게 되었다는 것을 나타낸다. 중앙정부의 명령에
따라 지방으로 떠도는 하급 관리의 고달픈 처지를 반영한다.
'다시 또'는 '상간하를 다시 또 건넌다' 즉 '전에도 건넌 적이
있는 상간하를 다시 건넌다'는 말이 아니고, '다시 또
지방관으로 이직한다'는 말이다. 고향인 함양은 남쪽으로 가야
하는데 "다시 또" 북쪽으로 떠돌아야 하는 쓰라린 심정을
표현했다.

이제 고향으로 돌아가는 일은 절망적이다. 고향으로
돌아가지 못하는 절망적인 상황에서 상간하를 건너며 병주를
돌아다보니 10년간 몸담았던 병주가 차라리 고향 같다. 삭막한
북방보다 오히려 병주가 더 가깝게 느껴진 것이다. 제4구는,
하급 관리의 어쩔 수 없는 운명 속에서 고향으로 돌아갈 길이
막힌 절망적인 심정을 직설적으로 말하지 않고 "병주를
바라보니 그곳이 바로 고향이네"라고 시적으로 형상화한

389

명구이다. 우리나라의 경우 원 고향이 아닌 제2의 고향을 '병주고향'이라 한 것이 여기에서 유래되었다.

이
하

李賀, 790?~817?

하남성 복창(福昌)에서 태어나 자랐으며 자는 장길(長吉)이다.
터무니없는 이유로 진사시(進士試)에 응시조차 못했는데 후에
9품 말단 관직을 지낸 뒤 28세에 요절했다. 염세적 색채가 짙으며
풍부한 상상력을 바탕으로 낭만적이고 환상적인 분위기를
표현했다. 초자연적인 제재를 잘 써서 '귀재'(鬼才)
'시귀'(詩鬼)라고 일컬어지기도 했다. 이백, 이상은(李商隱)과
함께 '삼리'(三李)로 불렸다.

오(吳) 땅 실, 촉(蜀) 땅 오동이 늦가을에 등장하니
빈산에 구름 엉겨 흘러가지 못하고

강아(江娥)는 대나무 앞에서 울고 소녀(素女)는 근심하는데
이빙(李憑)이 장안에서 공후를 타니

곤륜산(崑崙山) 옥 부서지고 봉황이 절규하듯
부용(芙蓉)이 흐느끼고 향란(香蘭)이 미소 짓듯

열두 성문 앞에는 차가운 빛이 녹고
스물세 줄 사락은 선세(天帝)를 감동시킨나

여와(女媧)가 돌 다듬어 하늘을 깁는 곳에
돌 깨지고 하늘 놀라 가을비가 주룩주룩

꿈에 신산(神山)에 가 신구(神嫗)에게 가르치니
늙은 고기 뛰어오르고 야윈 교룡 춤을 춘다

오질(吳質)은 잠 못 이뤄 계수나무에 기대 있고
이슬이 비껴 날아 찬 토끼를 적시네

李憑箜篌引

吳絲蜀桐張高秋　空山凝雲頹不流
江娥啼竹素女愁　李憑中國彈箜篌
崑山玉碎鳳凰叫　芙蓉泣露香蘭笑
十二門前融冷光　二十三絲動紫皇
女媧練石補天處　石破天驚逗秋雨
夢入神山教神嫗　老魚跳波瘦蛟舞
吳質不眠倚桂樹　露脚斜飛濕寒兎

吳絲蜀桐(오사촉동)-오 땅에서 나는 명주실과 촉 땅에서 나는 오동나무, 즉
고급 재료로 만든 공후·頹(퇴)-마음이 내려앉고 가슴이 무너지듯 수심에
잠기다·江娥(강아)-순(舜)임금의 두 비(妃)인 아황(娥皇)과 여영(女英)
·素女(소녀)-신화 속의 신녀(神女)로 거문고(瑟)를 잘 연주했다고 한다.
·中國(중국)-국중(國中)의 뜻으로 장안을 가리킨다.·崑山(곤산)-저명한
옥 생산지인 곤륜산(崑崙山)·芙蓉泣露(부용읍로)-부용꽃 위에 이슬이
맺힌 모양을 흐느낀다고 표현한 것·香蘭笑(향란소)-난초가 꽃을 피운
모양을 미소 짓는다고 표현한 것·十二門(십이문)-장안성의 열두 개 성문
·紫皇(자황)-천제(天帝)·女媧練石補天(여와연석보천)-여와는 인간을
창조했다는 신화 속의 여신. 어느 날 하늘이 무너져 구멍이 나자 여와가 오색
돌을 다듬어(練石) 하늘을 기웠다고(補天) 한다.·逗秋雨(두추우)-가을비를
쏟아지게 하다·神嫗(신구)-신녀·吳質(오질)-177~230. 삼국시대
위(魏)나라 사람으로 조비(曹丕), 조식(曹植)과 교유가 깊었다. 일설에는
오강(吳剛)을 잘못 쓴 것이라고도 한다. 오강은 전설상의 인물로 도를 닦다가
천제에게 죄를 지어 달에서 계수나무를 베라는 벌을 받았는데 계수나무는
찍어 내면 곧 다시 살아나서 그리스 신화의 시지프스처럼 무한 노동을 한다고
한다.·寒兎(한토)-달 속의 광한전에 살고 있다는 토끼

393

이빙(李憑)은 당시 궁중 음악원인 이원(梨園)에 소속된 악사(樂師)로 공후를 잘 연주했다고 한다. 이 시는 이빙의 공후 연주를 묘사한 작품이다. 이하(李賀)는 이 시에서 종횡무진한 상상력과 기상천외의 비유를 구사하여 공후의 음률을 묘사했기 때문에 난해한 곳이 많고 따라서 시의 해석도 연구자에 따라 여러 갈래로 나뉜다. 이것은 이하 시의 일반적인 특징이기도 하다.

제1구의 "張"의 해석에서부터 견해가 나뉜다. 종래에는 일반적으로 "張"을 '연주하다'로 해석해 왔다. 이렇게 해석하면 제2구는 '구름도 이빙의 공후 연주에 감동하여 더 듣고 싶어서 흘러가지 못하고 머물러 있다'로 풀이된다. 제3구도 '공후 연주에 감동하여 순임금의 비인 아황과 여영이 눈물을 흘리고 거문고의 명수인 소녀가 수심에 잠긴다'로 풀이된다. 이빙의 공후가 사람을 울리기도 하고 수심에 잠기게도 한다는 뜻이다.

그러나 이렇게 해석하는 데에는 다음과 같은 두 가지 문제가 발생한다. 첫째는 제1구에서 '연주하다'라고 하고 제4구에서 또 "이빙이 장안에서 공후를 탄다"라고 말하는 것이 중복된다는 점이다. 둘째는 "江娥啼竹"의 문제이다. 순임금이 창오산(蒼梧山)에서 죽었다는 소식을 듣고 아황과 여영은 피눈물을 흘리며 슬퍼하다가 강물에 투신하여 목숨을 끊었는데 그때의 핏방울이 대나무에 튀어 얼룩져서 반죽(斑竹)이 되었다는 것이 고사의 줄거리이다. 아황과 여영이 대나무 앞에서 운 것은 순임금의 죽음 때문이지 공후의 연주에 감동을 받았기 때문이 아니라는 것이다.

이 문제를 해결하기 위하여 "張"을 '연주하다'가 아니라 '설치하다 또는 등장하다'로 해석하자는 견해가 제기되었다. 1구에서 3구까지는 아직 이빙이 공후를 연주하기 전의 묘사라고 보는 견해이다. 본격적인 연주가 시작되기 전에 공후의 등장을 알림으로써 이빙의 공후 연주가 갖는 위력을 사전에 예고한다는 것이다. 이런 전제에서 제3구의 "江娥啼竹"의 해석도 달라진다. 여기서 '죽'(竹)은 피리 등의 관악기를 말한다. 아황과 여영은 평소 즐겨 불던 피리가 공후보다 못함을 슬퍼해서 눈물을 흘렸다는 해석이다. 또 소녀는 거문고(瑟)의 대가이지만 자기가 타는 거문고가 공후에 미치지 못해서 수심에 잠겼다는 것이다. 어디까지나 이빙이 공후를 연주하기 전의 상황으로, 공후라는 악기가 세상에 출현하자 다른 모든 악기들이 빛을 잃었다는 일반적인 묘사라는 것이다. 그리고 제4구에서 비로소 이빙이 공후를 연주한다.

이 두 가지 견해는 각각 일면적인 설득력이 있지만 독자의 의혹을 속 시원히 풀어 주지는 못한다. 이렇게 이하의 시는 상식적인 논리로 해결되지 않는 부분이 많다. 예술 작품을 논리적으로 해석하려는 시도 자체가 허망한 짓인지도 모른다. 특히 28년이라는 짧은 생을 살았던 그가 이 시를 쓸 당시 치명적인 병마에 시달렸을 것임을 감안하면 천재적인 재능으로 현실과 초현실을 넘나들었을 그의 정신세계를 우리의 논리적인 사유로 따라잡기는 어려울 것이다.

5, 6구에서 이빙이 타는 공후의 곡조가 구체적으로 묘사된다. "곤륜산 옥 부서지고"는 공후의 여러 현이 일제히 울리는 소리를 형용한 표현이고, "봉황이 절규하듯"은 한두 개의 현이 길게 울리는 소리를 나타낸 것이다. "부용이 흐느끼고"는 비장한 곡조를 나타낸 것이고, "향란이 미소 짓듯"은 밝고 명랑한 곡조를 나타낸 것이다. 이렇게 공후의 다양한 가락을 청각과 시각의 이미지로 절묘하게 표현하고 있다.

제7구의 "열두 성문"은 장안의 열두 개 성문을 가리킨다. 이빙은 지금 장안성 안에서 공후를 타고 있는데 그 소리가 너무나 매혹적이어서 듣는 사람들이 늦가을의 싸늘한 한기를 느끼지 못한다. 뿐만 아니라 공후의 스물세 줄 가락이 천제를 감동시킨다고 했다. 천제는 실제로 장안성 안의 황제를 가리킬 터이지만 '황제'라 하지 않고 '천제'라 한 것은 다음 구절을 예비하기 위한 장치이다. 이제 시인은 음악에 도취되어 상상의 날개를 달고 인간세계를 떠나 천상의 선계(仙界)로 비상한다. 천상에선 여와가 오색 돌을 다듬어 뚫린 하늘을 깁고 있다가 공후 소리에 넋이 나가 돌 다듬는 일을 잊어버린다. 그 사이에 음악 소리가 날아올라 돌을 깨뜨린다. 그리고 미처 깁지 못한 하늘 구멍에서 가을비가 주룩주룩 쏟아져 내린다. 이것은 격렬하게 고조된 음악 소리를 나타낸 것이다.

11, 12구의 해석도 여러 가지다. '신구'는 공후 연주에 능하다는 신녀(神女)이다. 일반적인 해석은, 일찍이 이빙이 꿈에 신산에 올라가서 신구에게 공후를 가르쳤다는 것인데,

이빙이 신구로부터 공후를 배웠다고 해석하기도 한다. 전자의
해석에 따르면 신구의 솜씨가 서툴러 이빙이 가르친 결과 잘
타게 되었다는 것이고, 후자의 해석에 따르면 이빙이
신구로부터 배운 뒤에 공후를 잘 타게 되었다는 것이다. 전자에
따르면 공후 연주의 주체는 신구이고 후자에 따르면 이빙이
주체가 된다. 신구가 타건 이빙이 타건 공후 소리를 듣고 "늙은
고기 뛰어오르고 야윈 교룡 춤을 춘다." 고기가 '늙고' 교룡이
'야위어' 기운이 쇠약한데도 뛰어오르고 춤을 출 만큼 공후의
선율이 매혹적이라는 것은 분명하다.

　제13구의 "오질"의 정체에 대해서도 해석이 두 갈래로
나뉜다. '오질'을 '오강'(吳剛)의 오기(誤記)로 보는 것이 일반적
견해이다. 즉 계수나무를 찍어 내는 도로(徒勞)의 벌을 받고
있는 오강이 음악에 매료되어 잠자는 것도 잊고 계수나무에
기대어 있다는 해석이다. 또 다른 견해는 '오질'을 역사상의
실제 인물 그대로 보자는 것이다. 오질은 삼국시대 위나라
사람으로 조비, 조식 형제와 막역한 사이였다. 그가 비록 왕위
계승 과정에서 조비를 도왔지만 조식과도 친밀한 관계에
있었다. 역사에는 그가 모신(謀臣)으로만 기록되었지만 최근의
한 연구에서는 조식이 그에게 보낸
서간(「여오계중서」與吳季重書)과 조식의 작품
「공후인」(箜篌引)을 분석한 결과 오질은 음률에 통달했고 오랜
수심 끝에 병을 얻었다는 점을 밝혔다. '계중'(季重)은 오질의
자(字)이다.

　오질을 실제 인물로 보는 견해에 따른 해석은 이렇다.

13, 14구는 이빙의 공후 연주가 끝난 후의 상황이다. 무아지경에서 음악을 듣고 있던 시인은 연주가 끝난 후에도 현실로 돌아오지 못하고 환상에 빠진다. 그는 환상 속에서 위나라 오질을 떠올린다. 평소에 음악을 무척 좋아했고 오랜 수심 끝에 병까지 얻은 오질과 동병상련의 일체감을 느낀 것이다. 그가 왜 하필 환상 속에서 오질을 떠올렸는지는 모른다. 당시 이하의 의식의 흐름을 분석하는 것은 불가능하기 때문이다. 이하 자신이 오질에 투영된 상태에서 그는 지금까지 드나들던 천상의 세계로 다시 올라가 오질을 오강(吳剛)에 오버랩 시킨다. 공후에 도취되어 잠자는 것도 잊고 계수나무에 기대어 있는 오강의 형상으로 오질을 묘사했고 이는 곧 시인 자신의 형상이기도 하다.

천상에서 여와를 만나고 신산에서 신구를 만난 시인이 이번에 날아간 곳은 달이다. 공후 연주가 끝난 후 하늘에 밝은 달이 떠 있었기 때문이다. 달 속의 계수나무에 오강이 기대어 있고 그 앞에는 토끼가 이슬에 젖어 있다. 토끼는 털이 이슬에 흠뻑 젖었는데도 떠나지 않고 있다. 이 토끼도 공후의 감동으로부터 벗어나지 못하고 있는 것이다.

지금까지 이하의 대표작 중의 하나로 일컬어지는 「이빙이 공후를 타다」를 분석해 보았지만 해석상의 미진한 부분이 아직 많이 남아 있다. 수학 문제 풀 듯이 명쾌하게 해결되지 않는 것이 시의 속성이긴 하지만 특히 이 작품은 논리적인 접근을 허용하지 않는다. 이런 의미에서 이하는 문제적인 시인이고 이 시 또한 문제적인 작품이다.

제가 사는 곳 횡당(橫塘)이온데
붉은 비단옷엔 계수나무 꽃향기 가득하지요

푸른 구름 시켜서 머리 틀어 올리고
밝은 달이 귀고리 만들어 주었어요

연꽃에 바람 일고 강변엔 봄인데
대제(大堤)에서 북쪽 임을 붙들어 둘래요

낭군께선 잉어 꼬리 드셔요
저는 원숭이 입술 먹겠어요

양양(襄陽) 가는 길 가리키지 마세요
푸른 포구에 돌아오는 배 드물답니다

오늘은 창포 꽃이 피어 있지만
내일 아침엔 단풍이 시든답니다

大堤曲

妾家住橫塘　　紅紗滿桂香
青雲教綰頭上髻　明月與作耳邊璫
蓮風起江畔春　　大堤上留北人
郎食鯉魚尾　　妾食猩猩脣
莫指襄陽道　　綠浦歸帆少
今日菖蒲花　　明朝楓樹老

大堤(대제)-지금의 호북성 양양(襄陽) 부근의 지명으로 남조(南朝) 때
기생들의 집단 거주지·橫塘(횡당)-대제 부근의 지명·綰(관)-틀어 올리다
·璫(당)-귀고리·北人(북인)-북쪽에서 온 남자
·鯉魚尾(이어미)·猩猩脣(성성순)-잉어 꼬리와 원숭이 입술로 모두 진귀한
음식이다.

이 시의 무대인 양양은 한수(漢水) 중류의 상업 도시로 상인과
유람객들이 남북으로 오가는 길목이었다. 따라서 이들과 이곳
여인들과의 로맨스가 많았을 법하다. 남조 악부시(樂府詩)에
이런 구절이 있다.

　아침에 양양성을 출발하여
　저물녘에 대제에서 숙박하는데

400

대제의 아가씨들 꽃 같은 용모가
사나이 눈을 놀라게 하네

朝發襄陽城　暮至大堤宿
大堤諸女兒　花艶驚郎目

이하의 시는 이런 환경에서 대제의 한 여인이（아마
기생이었을 것） 한동안 정을 나누고 떠나려는 북쪽 남자를 가지
못하게 만류하는 내용으로 되어 있다.

1~4구에서 여인은 자신의 아름다운 모습을 과시하고 있다.
걸치고 있는 붉은 비단옷에는 계수나무 꽃향기가 난다고 했다.
3, 4구에서는 "푸른 구름 시켜서 머리 틀어 올리고/밝은 달이
귀고리 만들어 주었어요"라고 하여 의인화 수법을
사용함으로써 환상적인 분위기를 연출한다. 사실은 구름과
달이 그렇게 한 것이 아니고 여인 자신이 '푸른 구름 같은
머리를 틀어 올리고, 명월주（明月珠）로 만든 귀고리를 차고
있다'는 말이다. 반달 같은 눈썹이나 앵두 같은 입술 등의
직접적인 묘사가 없어도 여인이 얼마나 아름다운가를 상상할
수 있다.

이어지는 구절의 "연꽃에 바람 일고"와 "강변엔
봄인데"라는 표현은 서로 모순된다. 연꽃은 여름에 피는데
강변에 봄이 왔다는 것은 계절이 일치하지 않는다. 또
제2구에서 말한 계수나무는 가을에 꽃을 피운다. 그러므로 이
시에 나오는 계절은 실제의 계절이 아니라고 봐야 한다.

계수나무 꽃향기는 여인의 옷을 미화하기 위한 수식이고, 연꽃에 바람이 인다는 것은 연꽃 같은 여인의 가슴에 파문이 인다는 말이다. 그러므로 강변의 '봄'은 실제의 계절이 아니고 여인의 마음을 나타낸다. 봄날같이 따뜻한 마음으로 여인은 춘정(春情)을 이기지 못한다. 그래서 "북쪽 임"을 못 가게 만류한다.

여인은 자신이 이렇게 아름다운데도 떠나려 하는 남자를 더 적극적인 방법으로 만류한다. '8진미'에 드는 귀한 음식인 잉어 꼬리와 원숭이 입술을 드릴 터이니 가지 말고 함께 먹으며 즐겁게 지내자고 한다. 많은 연구자들은 잉어 꼬리와 원숭이 입술을 먹는 것이 남녀 간의 농염한 성애(性愛) 행위를 암시한다고 지적하기도 한다. 즉 여인은 함께 황홀한 잠자리를 갖자고 남자를 유혹한다는 것이다. 그러니 떠나지 말라고. '양양으로 가는 길을 가리키지 마세요. 서 물실엔 떠나는 배는 많지만 돌아오는 배는 드뭅니다. 이번에 가시면 오고 싶어도 올 수 없습니다.'

이에 더해서 여인은 마지막으로 창포와 단풍을 들어 호소한다. 창포는 쉽게 꽃을 피우지 않지만 한번 꽃이 피면 이를 상서로운 일로 여겼다고 한다. 단풍나무는 서리를 맞아 붉게 물들지만 곧 시들어 버린다. 또 단풍나무가 늙으면 옹이가 많이 생겨 모양이 추하다고 한다. 여인이 자신을 창포와 단풍으로 비유한 것은, 오늘은 막 피어난 창포 꽃처럼 아름답지만 내일이면 시든 단풍과 같이 추해지리니 이 청춘이 가기 전에 함께 즐기자는 말이다. 시는 여기서 끝나 여운을

402

남긴다.

　이하가 쓴 일련의 '귀신 시'에 보이는 섬뜩한 느낌은 없으나 이하 시의 특징이 잘 드러난 작품이다. 다양한 색채의 대비를 통한 강렬한 인상, 대담한 비유를 동원하여 펼치는 몽환적인 분위기, 감각적인 세부 묘사 등이 돋보이는 시이다.

그윽한 난초에 맺힌 이슬은
눈물 고인 그대의 눈동자인가

한마음으로 묶어 줄 정표도 없는데
안개 같은 꽃 꺾어, 드리지도 못하네

풀밭은 그대의 요
소나무는 그대 양산

바람은 치마요
물 걸온 패옥(佩玉)

유벽거(油壁車)
저녁에 기다리는데

차갑고 푸른 등불
하릴없이 반짝이고

서릉(西陵) 아래에는
비바람 치네

蘇小小墓

幽蘭露　　如啼眼
無物結同心　煙花不堪剪
草如茵　　松如蓋
風爲裳　　水爲佩
油壁車　　夕相待
冷翠燭　　勞光彩
西陵下　　風吹雨

蘇小小(소소소)-중국 위진남북조시대에 남조(南朝) 제(齊)나라의 유명한
기생·結同心(결동심)-사랑하는 두 사람의 마음을 하나로 묶어 주다
·煙花(연화)-안개같이 자욱한 꽃·茵(인)-요·蓋(개)-일산(日傘), 양산
·佩(패)-옥으로 만든 장신구·油壁車(유벽거)-청유(淸油)를 칠한 수레로
귀부인들이 타는 호화로운 수레·冷翠燭(냉취촉)-차갑고 푸른 등불,
여기서는 무덤에서 나는 도깨비불·勞(노)-도로(徒勞), 즉 헛된 수고
·西陵(서릉)-지금의 항주 전당강(錢塘江) 서쪽, 소소소가 살던 곳

이하를 일컬어 흔히 '귀재'(鬼才), '시귀'(詩鬼) 또는
'귀선'(鬼仙)이라고 한다. 그만큼 귀기(鬼氣) 서린 시에
능하다는 말이다. 이 작품도 그의 이른바 '귀신 시'를 대표하는
절창이다. 이하는 27세로 요절한 천재 시인으로 중국문학사의
특이한 존재였다. 그는 "몸이 가냘프고 여위었으며 양쪽 눈썹이

이어져 있고 손가락과 손톱이 길었다"는

기록에서(이상은李商隱의「이장길 소전」李長吉小傳) 볼 수 있듯이

외모에서부터 예민한 감수성을 지닌 인물이었던 것 같다.

게다가 17세 때에 머리칼이 하얗게 세는 신체적 변화를

겪었다고 한다. 그는 18세에 이미

「안문태수행」(雁門太守行)이란 시로 당대의 문호인

한유(韓愈)의 인정을 받았으나, 어이없는 이유로 과거 시험에

응시조차 하지 못하고 고향으로 돌아가 쓸쓸한 생활을 하다가

27세로 세상을 하직했다. 그러므로 그의 시에는 현실에 대한

불만과 좌절을 뛰어넘으려는 낭만적 상상력이 짙게 배어 있다.

그가 천상(天上)의 세계, 사후(死後)의 세계를 노래한 환상적인

시를 많이 남긴 것도 이러한 이유에서이다.

　「소소소의 무덤」도 그러한 작품 중의 하나이다. 소소소는

남제(南齊) 시기의 재색(才色)을 겸비한 명기(名妓)였다고

하는데, 고악부(古樂府)의「소소소가」(蘇小小歌)에 이런 노래가

전한다.

　　나는야 유벽거(油壁車) 타고
　　그대는 청총마(靑驄馬) 탔네요

　　어디 가서 한마음 맺어 볼거나
　　서릉(西陵)의 소나무, 잣나무 아래라네

　　我乘油壁車 郎乘靑驄馬

何處結同心 西陵松柏下

전하는 말에 의하면 소소소가 유벽거를 타고 가다가 항주 서호(西湖)의 백제(白堤)에서 청총마를 타고 오는 한 청년을 만나 첫눈에 반하여 이 시를 지었다고 한다. 그렇게 두 사람은 인연을 맺었지만 얼마 후 청년은 서울로 떠나 다시는 돌아오지 않았고 그녀는 평생 그 청년을 그리며 살았다고 한다. 지금 서호 가에 소소소의 무덤이 있다.

이하는「소소소의 무덤」에서 죽은 소소소의 혼을 불러내어 살아 움직이게 하고 있다. 제1연에서 소소의 무덤가 난초에 맺힌 이슬을 그녀의 눈물로 묘사하고 있다. 그녀는 못 이룬 사랑 때문에 죽어서도 눈물을 흘리고 있다. 무덤 속에서도 그녀는 두 마음을 한마음으로 묶어 줄 사랑의 정표를 찾고 있다. 무덤가에 피어 있는 안개 같은 꽃을 꺾어 사랑의 정표로 낭군에게 드리면 되겠지만 그 꽃을 꺾을 수가 없다, 꽃은 무덤가에 피어 있고 그녀는 무덤 속에 누워 있으니까.

3, 4연에서는 무덤 주위의 풍경을 빌려 소소소의 모습을 그리고 있다. 풀은 그녀가 깔고 자는 요이고 소나무는 그녀가 쓰는 일산(日傘)이다. 바람결에 그녀의 치맛자락이 나부끼는 듯하고 물소리는 그녀가 차고 있는 패옥이 부딪치는 소리와 같다. 무덤 주위의 모든 물상에서 소소소의 숨결을 느낀다. 이제 소소소의 영혼이 무덤에서 나와 주위를 가득 채운다. 이하의 주술(呪術)이 그녀의 혼을 불러낸 것이다.

어느덧 저녁이 되자 그녀가 평소 타고 다니던 유벽거가 와서

대기하고 있다. 물론 이것도 환상이다. 유벽거에는 "차갑고
푸른 등불"이 켜져 있다. 이 등불은 낭군과의 만남을 위하여 켜
놓은 것이다. "차갑고 푸른 등불"은 빛만 있고 불꽃은 없는
등불 곧 도깨비불이다. 도깨비불이 실제 등불이 아니듯이
소소소도 유벽거를 타려고 나오지 않는다. 무덤 속에 누워 있기
때문이다. 이 귀화(鬼火)를 보고 이하는 환상에서 현실로
돌아온다. 현실로 돌아와 보니, 그녀가 살았고 죽어서 묻힌 이
서릉 땅에는 비바람이 불고 있었다. 비바람 속에 소소소의
하소연이 들리는 듯하다.

이 시는 소소소의 형상에 이하 자신의 모습을 투영한 것으로
보아도 좋을 것이다. 생전에 못 이룬 사랑을 죽어서도 잊지
못하는 소소소의 형상과, 뛰어난 재능을 지니고도 사람들이
알아주지 않아서 웅대한 이상을 실현하지 못하는 자신의
모습이 겹쳤을 것이다.

이하가 과거 시험에 응시할 수 없었던 것은 '휘'(諱)하는 관습
때문이었다. 중국에서는 황제나 부모의 이름에 쓰인 글자를
피해서(諱) 쓰지 않는 관습이 있었는데 당나라 때에는 이
관습이 더욱 까다롭고 엄격하게 지켜졌다. 즉 같은 글자를
쓰지 못하는 것은 물론이고 글자가 다르더라도 음(音)이
같으면 역시 쓸 수가 없었다. 이하가 진사과에 응시하자 그의
경쟁자들은, 이하의 아버지 이름인 '진숙'(晉肅)과 진사과의
'진사'(進士)가 음이 같다는 이유(물론 중국어 발음으로)를 들어

그의 응시를 방해했다. 참으로 어처구니없는 일이지만 이하는 결국 응시 자격을 박탈당했다. 이 사건을 계기로 한유가 저 유명한 「휘변」(諱辯)을 지어 지나친 휘법(諱法)의 부당함을 신랄하게 지적한 바 있다.

휘하는 관습은 시대에 따라 약간의 차이가 있다. 서진(西晉)의 사마염(司馬炎)은 황제에 등극하자 부친인 사마소(司馬昭)의 '昭' 자를 휘해서 왕소군(王昭君)을 명군(明君)으로 개칭했다. 그는 또 안휘성에 있는 소정산(昭亭山)도 '昭' 자를 휘해서 경정산(敬亭山)으로 개칭하는 등 매우 엄격하게 휘법을 적용했다. 그러나 당 고종(高宗)은, 선대 황제 태종(太宗)의 이름 이세민(李世民)의 '世' 자를 휘해서 불경의 '세존'(世尊)을 성존(聖尊)으로, '세계'(世界)를 생계(生界)로 고쳐 부르자는 건의가 있었으나 그럴 필요가 없다고 하여 휘법에 대하여 다소 관대했다. 하지만 당 고종 이치(李治) 사후에는 '治' 자를 휘하여 모든 글에서 '治'를 '理'로 바꿔 쓰게 했다.

이렇게 휘하는 관습이 문자 생활을 크게 제약했기 때문에 우리나라의 역대 왕들은 이 제약을 덜어 주기 위해서 세종 이후에는 왕의 이름을 한 글자로 정했다. 문자 생활의 불편을 한 글자라도 덜어 주기 위한 배려이다. 그 한 글자도 잘 쓰이지 않는 벽자(僻字)이거나 『옥편』(玉篇)에도 없는 글자를 만들어 썼다. 세종은 이도(李祹), 성종은 이혈(李娎), 영조는 이금(李昑), 효종은 이호(李淏), 순조는 이공(李玜)과 같은 식이다. 이씨 조선 왕실의 배려가 돋보인다.

85   꿈속에 하늘에 올라

늙은 토끼 찬 두꺼비 흐느끼는 하늘 빛
구름 누각 반쯤 열려 하얀 빛이 빗겨 드네

백옥 같은 바퀴가 이슬 위를 구르니
둥그런 달무리도 촉촉이 젖었는데

계수나무 꽃향기 은은한 길목에서
난새 조각 패옥 찬 선녀들 만나네

삼신산(三神山) 밑, 맑은 물 누런 먼지가
서로 바뀐 천 년은 달리는 말과 같고

저 아래 중국은 아홉 점 먼지
드넓은 바다는 한 잔의 물

夢天

老兎寒蟾泣天色　雲樓半開壁斜白
玉輪軋露濕團光　鸞佩相逢桂香陌
黃塵淸水三山下　更變千年如走馬

410

遙望齊州九點烟 一泓海水杯中瀉

老兎寒蟾(노토한섬)-늙은 토끼와 찬 두꺼비. 달 속에 옥토끼와 두꺼비가
산다는 전설이 있다. • 雲樓(운루) - 하늘에 낀 구름을 누각에 비유한 것
• 壁斜白(벽사백)-누각의 벽에 달빛이 하얗게 비치다 • 玉輪(옥륜)-옥과
같은 바퀴, 즉 달 • 軋露(알로)-이슬 위를 삐걱거리며 구르다 • 團光(단광)-
둥근 빛, 곧 달무리 • 鸞佩(난패)-난새를 아로새긴 패옥. 여기서는 이 패옥을
찬 월궁(月宮)의 선녀 • 黃塵淸水(황진청수)-누런 먼지와 맑은 물. 누런
먼지는 육지를, 맑은 물은 바다를 가리킨다. • 三山(삼산)-신선이 산다는
전설 속의 삼신산(三神山), 봉래(蓬萊), 영주(瀛洲), 방장(方丈). 三山下는
삼신산 아래 곧 인간세상 • 更變(경변)-바다가 육지로 바뀌고 또 육지가
바다로 바뀌다, 상전벽해(桑田碧海) • 齊州(제주)-중국 • 九點烟(구점연)-
고대에 중국을 구주(九州)로 나누었다. 烟은 연기와 먼지

현실에서 겪은 좌절과 고독이 그로 하여금 죽은 자의 영혼과
대화를 나누게 하고, 인간세상을 벗어난 천상의 세계에 노닐게
한다. 이 시는 시인이 꿈속에서 하늘에 올라 인간세계를
내려다본 감회를 노래한 작품이다.

　어느 날 밤, 시인은 달을 바라보고 있었는데 갑자기
사방에서 구름이 모여들어 가랑비를 뿌리기 시작한다. 이런
상황을 그는 "늙은 토끼 찬 두꺼비 흐느끼는" 모습으로
표현했다. 가랑비는 토끼와 두꺼비가 흘리는 눈물이다. 토끼와
두꺼비는 달에 산다는 동물들이다. "늙은" 토끼라 한 것은,
토끼가 태곳적부터 달에서 살아왔기 때문에 이제는 늙었을

411

것이라 여긴 것이고, "찬" 두꺼비라 한 것으로 보아 계절이
가을이나 겨울임을 알 수 있다.

가랑비가 내리다가 누각 같이 웅장한 구름이 반으로
갈라지면서 그 사이로 하얀 달빛이 비쳐 든다. 토끼와 두꺼비가
울음을 그친 것이다. 이에 시인은 백옥 같은 수레를 타고
하늘을 오른다. 그의 수레는 비 온 뒤 아직 남아 있는 이슬 즉
작은 물방울 위를 굴러간다. 이 이슬로 인해서 달빛도 젖어
있다. 달에 도착하니 계수나무 꽃향기가 은은한 길목마다
난새를 아로새긴 패옥을 찬 선녀들을 만날 수 있었다. 참으로
아름답고 평화로운 정경이다. 이것이 그가 동경하는 세계이다.
그리고 이 동경은 현실에 대한 불만과 좌절에서 비롯되었다.

이 시의 후반부는 달에서 바라본 인간세상을 그리고 있다.
인간세상의 현상은 그야말로 변화무쌍하다. 육지가 바다가
되고 바다가 육지가 되는 '상전벽해'의 변화도 달에서 보면
"달리는 말과 같이" 빠르기 짝이 없다. 그렇기 때문에
인간세상에서는 영속적인 가치를 지닌 것이 없다. 너무나 자주,
빠르게 변하기 때문이다. 일종의 허무주의적인 인생관이다.
그에 비하면 천상의 세계, 신선의 세계는 항속적인 평화와
자유를 누릴 수 있는 곳이다. 그러니 광활한 중국 대륙도 "아홉
점 먼지"로 보일 수밖에 없고, 넓은 바다도 "한 잔의 물"로 보일
수밖에 없는 것이다.

28세에 요절한 이하가 젊은 나이임에도 인생과 우주에
대하여 이만한 통찰력을 보여 줄 수 있었던 것은, 현실에서
그가 겪은 좌절이 너무나 뼈저렸기 때문일 것이다. 그리고

이러한 사상과 정서를 예술 작품으로 성공적으로 형상화할 수 있었던 데에는 그의 종횡무진한 낭만적 상상력이 결정적인 역할을 했음에 틀림없다.

평소 천상의 세계를 동경했던 이하는 죽어서 달나라로 갔다는 이야기가 전한다. 이상은이 쓴 「이장길 소전」을 간추리면 이렇다. 장길(長吉)은 이하의 자(字)이다. 그가 죽을 무렵에 홀연히 붉은 옷을 입은 사람이 손에 문서를 들고 나타났는데(아마 저승사자일 것이다) 그 문서에는 "마땅히 장길을 불러오라"고 쓰여 있었다. 이에 장길은 머리를 조아리며 "어머님이 늙고 병드셔서 저는 가고 싶지 않습니다"라고 말하니 붉은 옷 입은 이가 웃으며 말하기를 "상제께서 백옥루(白玉樓)를 지으시고 그대를 불러 기문(記文)을 지으라고 하시는 것이니 천상은 즐겁지 고생스럽지는 않을 것이네"라 하였다. 잠시 후 장길이 죽었다고 한다. 이것은 28세의 아까운 나이에 죽은 이하를 그냥 죽게 할 수 없었던 후세 사람들이 만들어 낸 말일 것이다. 그토록 동경했던 천상에서 그를 영원히 살게 하고 싶은 후대 사람들의 염원이 담긴 이야기이다.

오동잎에 부는 바람, 장사(壯士) 마음 쓰라린데
희미한 등불 아래 저 베짱이는, 겨울옷 짜느라 울고 있어라

그 누가 푸른 대쪽 나의 시들을
좀먹어 가루되지 않게 해 줄까

오늘밤 그 생각에 창자가 곧추서니
찬비 속 향혼(香魂)이 글쟁이를 조문하네

가을 무덤 귀신들이 포조(鮑照) 시를 노래하니
한 맺힌 피, 천년 동안 흙 속에서 푸르나네

秋來

桐風驚心壯士苦　衰燈絡緯啼寒素
誰看靑簡一編書　不遣花蟲粉空蠹
思牽今夜腸應直　雨冷香魂弔書客
秋墳鬼唱鮑家詩　恨血千年土中碧

絡緯(낙위)-베짱이. 우는 소리가 베 짜는 것과 같다고 하여, 베를 짜서
겨울옷을 준비하라는 신호로 여겼다. • 寒素(한소) 겨울옷. 素는 무명
• 靑簡(청간)-죽간(竹簡) • 一編書(일편서)-죽간에 써서 엮어 놓은(編) 글,
즉 자기가 쓴 시들을 가리킨다. • 遣(견)-~로 하여금 ~하게 하다(사역동사) •
花蟲(화충)-좀벌레 • 蠹(두)-좀먹다 • 香魂(향혼)-불우하게 죽은 옛 시인의
향기로운 혼 • 鮑家詩(포가시)-양(梁)나라 포조의 시, 구체적으로는 포조의
「대호리음」(代蒿里吟). 호리(蒿里)는 태산 남쪽에 있는 산 이름인데 사람이
죽으면 그 혼백이 와서 머문다는 곳. 따라서 「대호리음」은 호리, 즉 죽은 자의
혼을 대신해서 인생의 무상함과 한을 노래한다는 뜻 • 土中碧(토중벽)-
주(周)나라 장홍(萇弘)이 억울하게 죽었는데 그 피를 땅에 묻었더니 3년이
지나 푸른 옥으로 변했다고 한다.

이하의 이른바 '귀신 시' 중의 하나이다. 그가 모든 미련을
버리고 고향으로 돌아온 직후의 작품으로 추정된다. 가을은
누구에게나 쓸쓸함을 느끼게 한다. 더구나 가난하고 병약하여
힘겨운 삶을 살아가는 그에게는 가을을 맞는 감회가 남달랐을
것이다. 오동잎에 가을바람이 분다. 희미한 등불 아래서
베짱이는 겨울옷을 준비하라고 재촉한다. 그에게는 이 가을이
인생의 가을처럼 느껴진다. 실제로 그가 28세에 죽었으니 이
시를 쓸 무렵은 그의 인생의 가을이었음에 틀림없다. 그래서
"장사 마음 쓰라린데"라고 했다. 장사는 시인 자신을 가리킨다.
　그의 마음이 특히 "쓰라린" 이유는 제2연에 나와 있다.
후대에 자기 시를 알아줄 사람이 없을 것이라는 안타까움이
그의 마음을 "쓰라리게" 하는 것이다. 현실에서 절망한 그가 할

415

수 있는 유일한 일은 시를 짓는 것이다. 그러나 피를 토하듯
짓는 나의 시를 누가 알아줄 것인가? 생각이 여기에 미치자
창자가 곤추선다. 자고로 '창자가 꼬인다'(腸回)든가 '창자가
끊어진다'(腸斷)는 표현은 있어도 '창자가 곤추선다'(腸直)는
표현은 없었다. 꾸불꾸불한 창자가 곤추설 정도로 그의 고뇌가
깊었음을 알 수 있다.

　여기서 이하 특유의 상상력이 발동한다. 자기처럼 불우하게
살다 간 옛 시인들의 "향기로운 혼"(香魂)이 찾아와 그를
"조문"한다는 환상에 빠진다. 이 무슨 해괴한 발상인가? 원래
산 사람이 죽은 사람의 혼을 위로하는 것이 '조문'이다. 그런데
여기서는 죽은 사람이 산 사람을 조문한다. 아직 살아 있는
그가 죽은 사람과 어울린다. 그는 이승과 저승을 넘나든다.
어느덧 저승에 간 그가 이미 죽은 옛 귀신들과 함께 포조의
시를 함께 노래한다. 포조의 시는 이승에서 뜻을 펴지 못해
한을 품고 죽은 귀신들의 노래이다. 이 귀신들은, 불우하게
살다가 한을 품고 죽어서 그 붉은 피가 푸른 옥으로 변했다는
장홍의 귀신과 같은 무리들이다. 이하 자신도 그들 중의
하나이다. 피가 푸른 옥으로 변했다는 것은 영원히 썩지
않는다는 말이다. 그렇듯 그들의 원한도 결코 소멸되지 않을
원한이다. 그만큼 그들의 원한은 깊고 피맺힌 원한이다. 그들의
원한이 곧 이하 자신의 원한이다. 살아서 자기를 알아줄 사람을
만나지 못해, 죽은 귀신들과 어울리는 그의 절망과 좌절의
깊이를 읽을 수 있다.

시에 대한 이하의 애착은 이상은이 쓴 「이장길 소전」의 다음과 같은 일화에 잘 나타나 있다. 이장길은 늘 아이 종을 따르게 했는데 야윈 나귀를 타고 등에는 낡고 찢어진 비단 주머니(錦囊)를 메고 다니면서, 우연히 떠오르는 시구가 있으면 곧 적어서 주머니 속에 던져 넣었다. 저녁에 돌아오면 그 어머니가 계집종을 시켜 주머니를 받아 열어 보게 했는데 지은 것이 많은 걸 보고서는 "이 아이는 마땅히 심장을 토해 내야만 그만두겠구나"라 말했다. 불을 밝히고 밥을 먹고 나면 그는 계집종으로부터 글을 받아 먹을 갈고 종이를 접어서 만족할 만하게 시를 완성하고는 다른 주머니에 던져 넣었다. 크게 취하거나 문상(問喪)가는 날이 아니면 대개 이와 같이 했고, 이미 써 놓은 것은 다시 돌아보지 않았다고 한다. 여기서 '시낭'(詩囊)이란 말이 생겼는데 시고(詩稿)를 넣어 두는 주머니 또는 상자라는 뜻이다.

87   장진주

유리라 술잔에 호박 빛 진한 술
술통에 방울지는 진주홍(眞珠紅)일세

용(龍) 삶고 봉(鳳) 구우니 옥 기름 흐느끼고
수놓은 비단 장막, 향기로운 바람

용 피리 불어대고 악어가죽 북 치며
하얀 이빨 노래하고 가는 허리 춤춘다

하물며 푸른 봄날 저물어 가고
복사꽃 붉은 비 어지러이 떨이지니

권컨대 그대는 종일 실컷 취하게
유령(劉伶)도 무덤에선 술 마시지 못한다네

將進酒

琉璃鍾琥珀濃   小槽酒滴眞珠紅
烹龍炮鳳玉脂泣   羅幃繡幕圍香風
吹龍笛擊鼉鼓   皓齒歌細腰舞

418

況是靑春將日暮　桃花亂落如紅雨
勸君終日酩酊醉　酒不到劉伶墳上土

琉璃鍾(유리종)-유리로 만든 술잔으로 당시엔 매우 진귀한 물건
· 琥珀濃(호박농)-술의 색깔이 보석의 일종인 호박 빛으로 진하다는 뜻
· 小槽(소조)-술 짜는 기구인데 여기선 술통으로 보아도 좋다.
· 眞珠紅(진주홍)-술의 이름 · 烹龍炮鳳(팽룡포봉)-삶은 용 고기와 구운 봉
고기, 즉 좋은 안주 · 玉脂泣(옥지읍)-육류를 조리할 때 기름이 끓는 소리를
흐느끼는 것에 비유했다. · 圍香風(위향풍)-향풍은 화장 냄새를 풍기는
미녀들. 수놓은 비단 장막이 미녀들을 둘러싸고 있다. · 龍笛(용적)-용처럼
생긴 긴 피리. 불면 용의 울음소리 같은 음이 난다고 한다.
· 皓齒(호치) · 細腰(세요)-하얀 이빨과 가는 허리의 가기(歌妓)와
무희(舞姬) · 酩酊(명정)-크게 취하는 것 · 劉伶(유령)-진(晉)나라 때
죽림칠현의 한 사람으로 평소 술을 무척 좋아했다. 술을 찬미한
「주덕송」(酒德頌)이란 글을 남겼다.

이 시 역시 자신의 이상과 포부를 보상받지 못해 좌절한 이하의
내면세계를 잘 보여 주고 있는 작품이다. 1, 2, 3연은 술 마시고
즐기는 장면을 매우 화려하게 묘사하고 있다. 여기 등장하는
술과 술잔, 안주 등은 호화로움의 극치이다. 이러한 호화로움을
강조하기 위해서 "용 삶고 봉 구우니"라 하여 과장법을
동원하기도 한다. 술과 안주만 있는 것이 아니다. "용 피리,
악어가죽 북"과 같은 악기가 아름다운 음악을 연주하고,
미녀들이 노래하고 춤을 춘다. 인간세상에 이만한 즐거움이
없다. 그러니 짧은 인생에서 이 즐거움을 어찌 누리지 않을 수

있겠는가? 게다가 "푸른 봄날"도 "저물어 가고" 붉은 복사꽃은 비처럼 떨어지고 있다. "푸른 봄"(靑春)은 계절의 봄과 인생의 봄을 동시에 가리킨다. 이 봄이 저물기 전에, 인생의 봄이 가기 전에 술 마시고 즐겨야 한다. 죽고 나면 즐길 수 없다. 그토록 술을 좋아했던 유령도 죽은 후에는 아무도 그에게 술을 권하지 않는다. 아니 권할 수가 없다.

지극히 퇴폐적이고 허무주의적인 시의 문맥 속에는 시인 이하의 분노와 세상에 대한 비웃음, 조롱의 뜻이 숨겨져 있다. 이것은, 불합리한 현실에서 '종일 취하지 않고 또 무얼 하겠는가'라는 자조이고 이 자조는 소리 없는 분노를 동반하고 있다. 또 이것은 자기 힘으로는 어찌할 수 없는 완강한 현실에 대한 분노이기도 하다.

두목

杜牧, 803~852

자는 목지(牧之), 호는 번천거사(樊川居士)이다.『통전』(通典)을
저술한 유명한 사학가인 두우(杜佑)의 손자이다. 828년 진사에
급제한 두목은 원대한 포부를 지니고 정치 개혁에 앞장섰으나
당나라 말기의 부패하고 어지러운 정국에서 끝내 이상을
실현하지 못하고 중앙과 지방의 관직을 전전하다가 생을 마쳤다.
그는 시에도 능하여 '소두'(小杜 : 작은 두보)라 불리기도 했으며
또 동시대의 시인 이상은과 함께 '소이두'(小李杜)로 병칭되기도
한다. 흔히 이백과 두보를 '이두'(李杜)로 병칭하는데 이와
구별하여 이상은과 두목을 '소이두'라 부르는 것이다. 국운이
기우는 만당(晩唐) 시기에 살면서 풍류를 즐기고 구속을
싫어했지만 평탄치 않은 벼슬살이 때문에 그의 작품에는 인생의
감개를 말하며 우환과 애상의 정서를 담았다. 그의
영사시(詠史詩)는 수준 높은 정치적 사상과 인식을 보여 주며
특히 절구와 같이 짧은 시형 속에 시상을 한 폭의 그림처럼
표현하는 데 능했는데 언어가 정련되고 시상이 함축적이며, 맑고
뛰어난 정조 속에 담담한 애수를 담았다.『번천문집』(樊川文集)에
522수의 시가 전한다.

천 리에 꾀꼬리 울고, 푸른 잎 붉은 꽃 어우러졌는데
강마을 산마을에 술집 깃발 나부낀다

남조의 사백이라 팔십 개 사찰
수많은 누대(樓臺)가 안개비에 젖었네

江南春

千里鶯啼綠映紅　水村山郭酒旗風
南朝四百八十寺　多少樓臺煙雨中

綠映紅(녹영홍)-푸른 잎과 붉은 꽃이 서로 어우러졌다는 뜻 · 山郭(산곽)-
문자 그대로의 뜻은 '산에 쌓은 성곽'인데 여기서는 성곽 안에 있는 산마을
· 南朝(남조)-남북조시대 건강(建康: 지금의 강소성 남경)에 도읍한 송(宋),
제(齊), 양(梁), 진(陳)의 네 왕조 · 多少(다소)-많다 · 연우(煙雨)-안개비

어느 봄날에 바라본 강남땅의 풍경화다. 이 풍경화 속에는 봄의
모든 것이 어우러져 있다. 푸른 잎과 붉은 꽃이 어우러졌고,
물과 산이 어우러졌고, 봄바람과 술집 깃발이 어우러졌으며

사찰과 누대가 어우러졌다. 또한 꾀꼬리의 소리, 꽃의 색깔, 깃발의 움직임, 사찰과 누대의 고요함, 1, 2구의 맑은 날씨, 3, 4구의 비오는 풍경이 서로 어우러져 1천 리 강남땅의 꿈같은 풍광이 파노라마처럼 펼쳐진다. 이 시는 두목의 걸작으로 천고의 절창이라 칭송되는 작품이지만 여기에 이의를 제기하는 사람도 있다. 명나라 양신(楊愼, 1488~1559)은 『승암시화』(升庵詩話)에서 이렇게 말했다.

천 리에 꾀꼬리가 운다고 했는데 누가 들을 수 있겠는가? 천 리에 푸르고 붉은 색이 어우러졌다고 했는데 누가 볼 수 있겠는가? '십 리'라 하면 꾀꼬리 우는 푸르고 붉은 색의 풍경, 강마을과 산마을, 누대와 사찰, 깃발 등이 모두 그 속에 있게 된다.

과학적으로 따져서 응당 '천 리'를 '십 리'로 해야 한다는 말이다. 이에 대하여 청나라 하문환(何文煥, 1732~1808)은 『역대시화고색』(歷代詩話考索)에서 "십 리라 해도 반드시 다 듣고 다 볼 수는 없다"라고 반박하면서 제목을 「강남의 봄」이라 한 것은 강남의 보편적인 봄 풍경을 개괄해서 그리려 한 것이지 '십 리' 안에 있는 특정 풍경에 한정한 것이 아니라 말했다. 또 과학적으로 따져서 '십 리'라 한다 해도 그 십 리 안에 480개의 사찰이 존재할 수 없다. 이외에도 1, 2구의 화창한 봄 날씨와 3, 4구의 비오는 날씨가 모순된다는 설도 있으나 이런 트집이 이 시의 예술적 가치를 손상시키지는 못한다.

찬 물에 안개 끼고 사장(沙場)엔 달빛 가득
진회 술집 근처에 배를 정박했는데

술 파는 아가씨, 망국(亡國)의 한을 모르는지
강 건너서 아직도 후정화(後庭花)를 부르네

泊秦淮

煙籠寒水月籠沙　夜泊秦淮近酒家
商女不知亡國恨　隔江猶唱後庭花

煙(연)-연기, 안개의 뜻이 있는데 여기서는 안개 · 籠(롱)-둘러싸다
· 商女(상녀)-술 팔고 노래하는 여자 · 隔江(격강)-강 건너 · 猶(유)-
오히려, 아직도 · 後庭花(후정화)-정식 명칭은 '옥수후정화'
(玉樹後庭花)로 남북조시대 남조 진(陳)의 마지막 군주 진숙보(陳叔寶)가
만든 악곡명(樂曲名). 음악에 조예가 깊었던 진숙보는 이 노래를 만든 후
궁녀 천여 명을 뽑아 연습시켜 부르게 하고는 국정을 돌보지 않고 신하들과
밤새도록 연회를 베풀었다. 그는 귀비(貴妃) 장여화(張麗華)와 이 노래를
들으며 환락에 빠져 있다가 수(隋)나라 군대가 궁성에 진입하자 궁중의 우물
속으로 피신했다는 얘기가 전한다. 그래서 이 노래를 '망국의 노래'라 부른다.
진숙보는 진후주(陳後主)로 통칭된다.

진회(秦淮)는 진회하(秦淮河)로, 여섯 왕조가 도읍을 정했던
남경을 통과해 서북쪽으로 장강(長江)에 흘러 들어가는 강이다.
총 길이 110km. 진회하는 남경으로 들어오면서 외진회와
내진회로 나뉘는데 내진회의 일단에 술집이 즐비하게
들어서면서 육조시대 고관대작들의 유흥지가 되었다고 한다.
이곳이 이른바 '십리진회'(十里秦淮)이다.

「진회에 정박하여」는 시인이 846년 지주자사(池州刺史)에서
목주자사(睦州刺史)로 부임하는 도중에 금릉(金陵: 지금의
남경)을 지나면서 쓴 시로 보인다. 제1구는 배를 타고 가다가
밤이 되어 십리진회의 한곳에 배를 대고 바라본 풍경이다.
논리적으로는 제2구의 "夜泊秦淮"(밤에 진회에 배를 대다)가
먼저 나와야 한다. 배를 정박한 후에 바라본 풍경이 제1구이기
때문이다. 이렇게 순서를 바꾸어 묘사하는 것은 두목이 즐겨
사용하는 시적 기교이다. 그가 진회의 밤 풍경을 먼저 묘사한
것은 시 전체의 분위기를 먼저 제시하여 독자에게 강렬한
인상을 심어 주기 위한 것이다. 그림에 비유하자면, 그림을
보는 사람이 일반적으로 화면을 먼저 보고 그다음에 그림의
제목을 보는 것과 같다. 이 시에서 제2구의 '야박진회'는 그림의
제목에 해당하고 제1구의 풍경은 화면에 해당한다.

제1구에 묘사된 진회의 밤 풍경은 밝고 명랑한 분위기가
아니고 어딘지 모르게 처량하고 적막한 느낌을 주는데 이것은
제3구와 제4구를 말하기 위한 복선이다. 강 건너 술집에서 술
파는 여자들의 노래가 들려온다. 그들은 '망국의 한'을 모르고

「옥수후정화」를 부르고 있다. 그러나 시인이 「옥수후정화」를
부르는 여자들을 탓하는 것은 아니다. 술집 여자들이야 고객의
요청에 따라, 고객의 기호에 따라 부를 뿐이다. 시인이
개탄하는 것은 향락에 젖어 취생몽사(醉生夢死)하는
고관대작들의 행태이다. 오히려 이들이야말로 '망국의 한'을
모르는 자들이다. 이를 통하여 시인은 쇠락해 가는 당나라
말기의 암울한 현실을 풍자하고 있다. 제1구의 스산한 풍경은
이를 나타낸 것이다.

　격조설(格調說)을 주장한 청나라 시인 심덕잠은 이 시를
절창이라 극찬했다. 무슨 이유인지 모르지만 두목은 죽기 전에
자신의 시를 모두 불태워 버렸다고 하는데 지금 전하는
시만으로도 그의 시재(詩才)가 어떠했는지 충분히 짐작할 수
있다.

현재 오의항 근처의 진회하 일대는 그 옛날 두목이 보았던
풍경을 재현한 듯 화려한 유흥장이 되어 있다. 밤이 되면
붉은색 네온사인이 휘황찬란한 가운데 확성기에서는
노랫소리가 어지럽게 들려오고 강변에는 불을 밝힌 찻집,
술집, 음식점들이 즐비하게 늘어서 있다. 또 수십 척의
유람선이 끊임없이 관광객을 실어 나르고 있었다. 유람선의
코스는 문원교(文源橋), 평강교(平江橋)를 지나
백로주(白鷺洲)에 이르러 동쪽으로 동수관(東水關)을 거쳐
돌아오는 것으로 약 40분이 소요된다.

비탈진 돌길로 멀리 가을 산 오르는데
흰 구름 이는 곳에 사람 사는 집 있네

수레 멈춤, 저물녘 단풍 숲을 사랑하기 때문이라
서리 맞은 잎사귀가 이월의 꽃보다 더욱 붉구나

山行

遠上寒山石徑斜　白雲生處有人家
停車坐愛楓林晚　霜葉紅於二月花

寒山(한산)-가을 산·坐(좌)-~때문이다

시인은 수레를 타고 산길을 오른다. 돌길이 비탈졌다는 것은
험한 산세를 암시한다. "멀리" 올라간다는 표현은 '돌고 돌아서
멀리' 올라간다는 뜻으로 산이 깊다는 말이다. 산은 깊고 험할
뿐만 아니라 높기도 하다. "흰 구름 이는 곳"이면 꽤 높은
산임에 틀림없다. 계절은 가을이다. "寒山"이 이를 말해 준다.

427

시인은 산길을 오르다가 수레를 멈춘다. 단풍을 보기 위해서이다. 가을 산을 수놓은 현란한 단풍을, 지나가면서 보는 것이 아니라 좀 더 자세히 감상하기 위하여 수레를 멈춘 것이다. 저물녘의 단풍 숲은 더욱 장관이다. 황혼의 저녁노을을 배경으로 한 단풍은 시인의 넋을 잃게 할 정도로 아름답다.

그래서 시인은 "서리 맞은 잎사귀가 이월의 꽃보다 더욱 붉구나"라며 감탄한다. 2월에 피는 봄꽃은 일차적으로 그 아름다운 자태로 사람을 매혹시킨다. 여기에 더하여 만물이 움츠러든 긴 겨울을 깨고 생명의 약동을 알리는 계절의 전령이기에 사람들은 봄꽃을 보고 열광한다. 이렇게 봄은 만물이 소생하는 생명력의 계절인데 이 계절에 피어나는 꽃이 그 생명력을 상징한다. 단풍잎이 봄꽃보다 더 붉다고 한 것은 실제로 단풍잎이 꽃보다 더 붉고 더 아름다웠기 때문일 것이다. 그러나 여기에는 좀 더 깊은 뜻이 들어 있다.

가을은 모든 것이 쇠락하는 상실의 계절이다. 따라서 많은 시인들은 가을을 맞아 애상(哀傷)의 정서를 작품에 담아 왔다. 그런데 이 시에 그려진 가을은 다르다. 가을의 찬란함을 찬미하고 있다. 단풍잎이 봄꽃보다 더 붉다고 함으로써 가을이 백화가 만발한 봄 못지않게 아름답다고 말한다. 결코 쓸쓸한 계절이 아니다. 쓸쓸한 계절이 아닌 데서 그치지 않고 봄 못지않게 활력이 넘치는 생명의 계절임을 나타낸다. 봄꽃은 아름답지만 유약한데 가을 단풍은 아름다우면서도 굳세다. 서리를 이겨 내고 이렇게 의연히 버티고 있는 것이다. 이 점이 이 시의 특징이다. 깊어 가는 가을날 우수에 잠기지 않고

찬란한 아름다움과 활기찬 생명력을 노래하는 시인의 모습을
그려 본다.

91　청명

청명절, 어지러이 비 내리는데
길 가는 나그네 혼, 끊어지려네

묻노라, 술집은 어디 있는가?
목동이 저 멀리 행화촌(杏花村)을 가리키네

清明

清明時節雨紛紛　路上行人欲斷魂
借問酒家何處有　牧童遙指杏花村

清明(청명)-24절기의 하나로, 음력 3월 초순경・欲斷魂(욕단혼)-혼이
끊어지려 하다, 매우 서글픈 심정・借問(차문)-물어보다, 묻노라
・杏花村(행화촌)-보통명사로는 '살구꽃 피는 마을'이란 뜻. 고유명사로서의
행화촌의 소재에 대해서는 산서성 분양(汾陽), 안휘성 귀지(貴池), 강소성
풍현(豊縣) 근처 등 여러 설이 있다.

널리 알려진 두목의 대표작 중의 하나이다. 청명절에 어지러이
비가 내리고 있다. 청명절은 문자 그대로 날씨가 맑아서

430

가족들과 성묘(省墓)하는 것이 고대 중국인의 관습이었다.
그런데 맑아야 할 청명절에 비가 내린다. 그것도 "어지러이"
내리는 비다. 2구의 "길 가는 나그네"는 가족들과 성묘하러
가는 사람이 아님이 분명하다. 아마 객지에서 떠도는 나그네인
것으로 보인다. 그러니 이 나그네의 심사가 편할 리 없다. "혼이
끊어지려 한다"는 것은 억제할 수 없는 고독과 수심에 싸여
있다는 말이다. "어지럽다"(紛紛)는 말은 비가 내리는 모양을
나타내기도 하고 동시에 나그네의 심사를 나타내기도 한다.

이쯤 해서 나그네는 좀 쉬고 싶었을 것이다. 지친 다리도
쉬고 비도 피하고 젖은 옷도 말릴 장소가 필요했음 직하다.
그러나 무엇보다도 수심을 달래 줄 한 잔의 술 생각이 간절했을
것이다. 그래서 누구에게랄 것 없이 묻는다, "술집은 어디
있느냐?"고. 그리고 목동이 멀리 행화촌을 가리키는 것으로
시가 끝난다. 여운을 남기는 결말이다. 나그네의 다음 행동은
독자의 상상에 맡기고 있다. 아무런 기교를 부리지 않고
평이하게 시상을 전개하고 있어 마치 한 폭의 그림을 보는 것
같다.

행화촌의 소재지에 대해서는 여러 설이 분분하지만, 산서성
분양현의 행화촌에서는 「청명」시의 행화촌이 그곳임을
기정사실화하고 있다. 더구나 그곳에는 유명한 백주(白酒)인
분주(汾酒)를 만드는 공장이 있다. 이 공장은 종업원 8천 명을
거느린 거대 그룹인데 정문을 들어서자마자, 술집을 묻는

나그네와 소를 탄 목동이 먼 곳을 가리키는 거대한 조각상이 눈에 띈다. 뿐만 아니라 공장 곳곳에 이러한 조각과 그림을 많이 배치해 놓고 있어서 「청명」시의 판권을 독점한 듯이 보인다. 모택동 주석이 이곳을 방문하여 모필(毛筆)로 쓴 「청명」시를 전시하고 있기도 하다. 또 공장 안 공원에 살구나무를 수백 주 심어 놓고 있다. 지금 출시되는 분주의 술병에도 "借問酒家何處有 牧童遙指杏花村"이라는 시구를 새겨 놓았다. 그러나 이 시의 행화촌은 어느 특정 지명을 지칭한다기보다 '살구꽃 피는 마을'의 범칭으로 보는 것이 타당할 듯하다.

　　2012년 4월 1일에는 산서성 행화촌에 「청명」시를 기념하는 음시대(吟詩臺) 광장을 조성하고 높이 4m의 두목상을 건립했으며 이곳에서 제1회 두목공제(杜牧公祭)를 거행했다고 한다.

피가 묻어 얼룩진 아름다운 무늬에
그 옛날 남긴 한이 지금도 있어

상비(湘妃)가 흐느낀 걸 분명히 알겠거니
어찌 차마 눈물 흔적에 누울 수 있으랴

斑竹筒簟

血染斑斑成錦紋　昔年遺恨至今存
分明知是湘妃泣　何忍將身臥淚痕

血染斑斑(혈염반반)-피에 물들어 얼룩이 지다 • 錦紋(금문)-비단같이
아름다운 무늬

반죽(斑竹)은 동정호 안의 섬 군산(君山)에서 자라는 특수한
대나무인데 여기에는 이런 전설이 전한다. 고대 중국의
전설적인 제왕 요(堯)임금은 만년에 두 딸 아황(娥皇)과
여영(女英)을 순(舜)에게 시집보내고 58세에 죽었다. 순은

61세에 제위에 올라 천하를 다스리다가 100세 때 끊임없이 반란을 일으키는 삼묘(三苗)족을 정벌하기 위하여 남쪽으로 순행하던 중 창오(蒼梧)의 들판에서 붕어하고 구의산(九嶷山)에 장사지냈다.

한편 돌아오지 않는 순임금을 찾아 남쪽으로 떠난 아황과 여영은 군산에 이르러 순임금이 붕어했다는 소식을 듣고 사흘 밤낮을 통곡하다가 동정호에 투신하여 죽었다. 사람들은 이들을 상수(湘水)의 신으로 모시고 상비(湘妃) 또는 상군(湘君)이라 불렀다. 여기서 군산(君山)이란 명칭이 나왔다. 즉 섬의 원래 이름은 동정산이었는데 두 비가 죽은 후 '湘君'의 글자를 따서 '상산'(湘山)으로 부르다가 후에 '군산'(君山)으로 고쳐 불렀다고 한다.

아황과 여영이 사흘 밤낮을 울었을 때 눈물이 마르고 눈에서 핏물이 나왔는데 이 핏물이 주위의 대나무에 뒤어 줄기에 붉은 반점이 얼룩졌다고 한다. 이것이 반죽(斑竹)이다. 일명 상비죽(湘妃竹)이라고도 하는 이 대나무는 이곳 군산과 순임금이 묻힌 구의산에서만 자라고 다른 곳에 옮겨 심으면 반점이 없어진다고 한다. 그래서 이곳의 반죽림은 보호수로 지정되어 있다. 이 슬픈 사랑 이야기를 두고 후세의 시인들이 많은 시를 남겼는데 두목의 시도 그중의 하나이다.

반죽을 소재로 한 대부분의 시들과 달리 이 시의 소재는 독특하다. 시인은 반죽으로 만든 대자리를 가지고 있는데 그 무늬가 비단처럼 아름답다고 했다. 그는 이 아름다운 대자리에 누우려고 하다가 아황과 여영의 슬픈 전설을 떠올리고는 차마 그 위에 눕지 못하겠다는 것이다. 시가 평이하기 때문에 더 이상의 해설이 필요 없겠다.

　반죽의 전설은 우리나라에도 널리 전파되어 이를 소재로 많은 작품이 쓰였는데 이제신(李濟臣, 1536~1583)의 『청강시화』(淸江詩話)에 수록된 일화가 흥미를 끈다. 용재(容齋) 이행(李荇, 1478~1534)이 젊었을 때, 어떤 재상의 집에서 반죽을 그린 족자를 꺼내 놓고 그 자리에 모인 여러 대가에게 화제(畵題)를 지어 달라고 요청했다. 내로라하는 대가들이 시를 짓지 못해 끙끙대는 걸 본 용재가 먼저 시 한 수를 지었다.

　　쓸쓸한 상강(湘江) 언덕
　　소슬한 반죽 숲

　　이 사이에 그림으로 얻을 수 없는 것은
　　당일의 두 왕비 마음일레라

　　淅瀝湘江岸　蕭蕭斑竹林
　　這間難畵得　當日二妃心

　무명의 젊은이가 지은 시이지만 모인 사람들이 모두 감탄하고 이 시를 족자에 화제로 써 넣었다고 한다. 『용재집』(容齋集)에는 「제화」(題畵)란 제목으로 수록되어 있다.

435

우
무
릉

于武陵, 810~?

이름은 업(鄴)이고, 자가 무릉(武陵)인데, 자로 행세했다.

선종(宣宗) 대중(大中) 연간(847~859)에 진사 시험에 응시했지만
낙방한 후 출사의 뜻을 접고 상락(商洛)과 파촉(巴蜀) 사이를
유랑했으며 일찍이 시장 거리에서 점을 쳐 주며 생계를 꾸렸다.
일설에는 당나라 말기에 진사 시험에 급제하여 오대 때
후당(後唐)에서 벼슬하고, 일찍이 도관원외랑(都官員外郎)과
공부낭중(工部郎中)을 지냈다고도 한다. 만년에는 숭양(崇陽)에
별장을 두고 은거하다가 목을 매 죽었다고 한다. 시를 잘
지었는데, 특히 오율(五律)에 뛰어났다. 『우무릉집』에 시 50수가
전한다.

그대에게 권하노니, 황금 술잔에
술 가득 따랐으니 부디 사양 마시게

꽃이 피면 비바람 잦은 법이고
인생엔 이별이 원래 많은 것

勸酒

勸君金屈巵 滿酌不須辭
花發多風雨 人生足別離

金屈巵(금굴치)-굽은 손잡이가 달린 술잔으로 귀한 손님을 접대할 때 썼다고
한다. • 花發(화발)-꽃이 피다

내용상으로 이 시는 길 떠나는 친구를 위해 베푼 송별연에서의
간배사(乾杯辭)의 성격을 띤다. 그런데 주인의 정성이
지극하다. 진귀한 술잔에 술을 가득 따라 사양하지 말고
마시라고 간곡히 권한다. 주인이 이렇게 정성을 다해 술을

권하는 이유가 3, 4구에 드러난다. 그 이유는 두 가지인데, 하나는 떠나는 친구의 벼슬길이 순탄치 않거나 또 다른 이유로 불우한 처지에 있기 때문에 이를 위로하기 위함이다. 꽃이 피면 시샘하는 비바람이 잦은 것이 자연의 이치이니 그 비바람에 너무 가슴 아파하지 말라는 위로이다. 또 하나의 이유는 이별을 아쉬워하는 친구의 마음을 달래기 위함이다. '만나면 헤어지게 되어 있고 또 언젠가는 다시 만나는 날이 있을 것이니 우리가 지금 헤어진다고 해서 너무 상심하지 말라'는 위로의 말을 해 주고 있는 것이다. 좌절과 실의에 빠진 친구를 달래기 위해서 주인은 지극한 정성을 황금 술잔에 담아 권하고 있다.

시인 우무릉에 관해서는 그 행적이 자세하지 않지만 일찍이 진사에 급제하고도 출세하지 못해 평생 불우하게 지냈다고 한다. 이렇게 보면 이 시는 친구를 위로하기 위하여 쓴 것이지만 자기 자신에 대한 자위(自慰)의 표출이기도 하다. 이 시의 3, 4구는 격언에 가까운 명구로 인구에 회자되고 있다.

술자리에서 '건배(乾杯)합시다'라고 할 때의 '건배'의 뜻을 살펴볼 필요가 있다. '乾'에는 두 가지 뜻이 있다. 하나는 '하늘'이라는 뜻이고 또 하나는 '마르다, 말리다'의 뜻이다. 그런데 이 글자는 뜻에 따라서 독음(讀音)이 달라진다. '하늘'이라 했을 때의 독음은 '건'이고 '말리다'라고 했을 때의 독음은 '간'이다. '건배합시다'는 '술잔의 술을 말리자', 즉 '다 마시자'는 뜻이다. 그러니 이 경우에는 '건배'가 아닌 '간배'라

발음해야 원칙이다. 중국어에서도 '마르다'의 경우에는
'깐'으로 '하늘'의 경우에는 '치앤'으로 구별해서 발음한다.
당연히 '乾杯'도 '깐배이'로 발음한다. 그러나 오랜 관습에
따라 '건배'로 발음해 온 것을 굳이 '간배'로 바꾸어야
하는가에 대해서는 사회적 논의가 필요하다.

진
도

陳陶, 812?~885?

자는 숭백(嵩伯). 여러 차례 진사 시험에 응시했으나 실패하자
출사의 뜻을 접고 은거하며 스스로를 '삼교포의'(三教布衣)라
칭했다. 후에 병란을 피해 강서성의 홍주(洪州) 서산(西山)에
은거하면서 선도(仙道)를 배웠다고 하는데, 그 후 행적은 알 수
없다. 후대에 편집한 『진숭백시집』(陳嵩伯詩集) 1권이 전한다.

흉노 소탕 맹세하고 몸 돌보지 않았는데
오천의 정예병이 오랑캐 땅에서 죽었다네

가엾다, 무정하(無定河) 강변의 저 백골들은
아직도 안방에서 꿈에 보는 사람일세

隴西行

誓掃匈奴不顧身　五千貂錦喪胡塵
可憐無定河邊骨　猶是春閨夢裏人

隴西(농서)-지금의 감숙성 영하(寧夏)의 서쪽 지역 · 貂錦(초금)-
초구(貂裘)와 금의(錦衣), 즉 담비 가죽으로 만든 갖옷과 비단 옷으로,
한(漢)나라 때 황실 호위병들의 복장. 여기서는 선택된 정예병을 말한다.
· 無定河(무정하)-지금의 섬서성 북부에 있는 황하의 지류 · 猶(유)-여전히,
아직도 · 春閨(춘규)-여인이 거처하는 안방

진도의 「농서행」은 모두 4수인데 이 시는 제2수이다. 대부분의
변새시가 그렇듯이 이 시도 전쟁의 참혹함을 노래하고 있다.

시의 배경은 한나라로 되어 있으나 실은 당나라 때 변방에서 있었던 잦은 전쟁과 그로 인한 참상을 한나라에 빗대어 말한 것이다. 이것은 당시의 도덕관으로 볼 때 자신이 속한 왕조를 직접 비판하는 것을 꺼려했기 때문이다. 많은 시에서 이러한 예를 볼 수 있다.

1구에서는 기세충천한 병사들의 드높은 사기를 그리고 있다. 이렇게 결연한 의지를 가지고 참전한 5천의 정예병들이 무참히 전멸했다는 대비적인 표현을 통하여 시인은 전쟁의 허무함을 부각시키고 있다. 나아가 여기서 시인의 반전사상을 엿볼 수 있다. 3구와 4구는 인구에 회자되는 유명한 구절이다. 3구는 현실이고 4구는 꿈이다. 아무도 수습해 주는 사람 없이 무정하 강변에 널려 있는 백골은 전쟁이 가져다준 엄연한 현실이다. 이 백골이 아내의 꿈속에서는 아직도 살아 있는 믿음직힌 남편이다. 아내의 꿈이 즈나마노 안방과 부정하 사이의 거리를 좁혀 주기는 하지만 어디까지나 꿈일 뿐이다. 아마 아내는 계속해서 꿈을 꿀 것이다. 꿈이 아니면 만날 수 없는 사람이기에. 죽은 줄도 모르고 언젠가는 만나리라는 희망을 품고 꿈을 꾸는 여인의 모습을 통하여 전쟁이 초래한 비극을 가슴 저리게 묘사하고 있다.

이 시는 전쟁의 참상을 노골적으로 직접 묘사하지 않고 있다. 아내의 슬픔 또한 전면에 내세우지 않는다. 설정 자체가 아내는 남편의 죽음을 모르는 것으로 되어 있다. 이렇게 비통에 젖어 있는 아내를 등장시키지 않고도 독자로 하여금 깊은 슬픔에 잠기게 하는 것이 이 시의 예술적인 성과이다. 그래서

우리나라의 이익(李瀷)도 그의 저서 『성호새설』(星湖僿說)에서
이 시의 3, 4구를 인용하고 "이것을 채록하여 삼백편(三百篇)의
끝에 붙여 봄직도 하다"라고 말한 바 있다. 삼백편은 『시경』을
지칭하는 것이니 이 시를 『시경』의 시들과 견줄 만하다고
생각한 것이다. 이익은 이 시가, 인간의 성정지본(性情之本)을
해치지 않고 온유돈후(溫柔敦厚)한 시풍을 추구한다는 점에서
『시경』의 본뜻을 계승한다고 보았다.

이
상
은

李商隱, 813~858

하남성 회주(懷州) 출신으로 자는 의산(義山), 호는
옥계생(玉溪生)이다. 젊은 시절 영호초(令狐楚)에게 발탁되어
837년에 진사에 급제, 관직이 경원절도사(涇原節度使)에
이르렀고, 왕무원(王茂元)의 막부에서 서기로 있으면서 그의 딸을
아내로 맞이했다. 황제도 제지힐 수 없는 환관들의 선횡과 심한
당파 투쟁의 사회 모순 가운데 그는 어두운 현실에 맞서
적극적으로 정치 활동을 전개하며 혁신적인 소망을 품기도 했다.
그러나 붕당의 소용돌이 속에 결국 배척당해 하급 관리로서
46세에 생을 마감했다. 그의 시 600여 편은 내용이 다양한데
특히 남녀의 애정을 주제로 한 시들이 많다. 절묘한 상상 기법을
구사하여 예술적인 매력이 풍부하며 두목과 명성을 나란히 해
'소이두'(小李杜)라 불렸다. 다만 어떤 시들은 시어가 어렵고 전고
사용이 까다로워 이해하기 어려운데, 이러한 점은 송초(宋初)의
형식주의 시파인 서곤체(西崑體)의 출현에 많은 영향을 끼쳤다.
『이의산시집』(李義山詩集)과 『번남문집』(樊南文集)이 전한다.

그대, 돌아올 날 물었지만 기약 없는데
파산(巴山)의 밤비에 가을 못물 불어나네

언제나 서창(西窓)에서 함께 촛불 자르며
파산 밤비 오던 때를 다시 얘기할는지

夜雨寄北

君問歸期未有期　巴山夜雨漲秋池
何當共剪西窓燭　却話巴山夜雨時

寄北(기북)-북쪽에 부치다. 이 시를 쓸 당시 작자는 사천성(四川省)에
있었고 그의 가족은 하남성(河南省)에 있었으므로 북쪽 하남성에 있는
아내에게 보낸다는 뜻. 제목이 '夜雨寄內'로 된 것도 있다. ・君(군)-아내
・未有期(미유기)-언제 돌아갈지 모른다・巴山(파산)-파촉(巴蜀), 즉 사천
지방의 범칭・漲(창)-물이 불어나다・何當(하당)-어느 때에나~할까?
・剪燭(전촉)-촛불의 심지를 자르다・却(각)-거듭, 다시

이상은이 아내에게 부친 시라고도 하고 친구에게 부친

시라고도 하는데 아내에게 보낸 시라는 설이 일반적이다. 어떤
학자는 이상은이 이 시를 쓴 연대를 고증하여, 이 시를 쓸
당시에는 이상은의 부인 왕씨(王氏)가 죽은 이후이므로 장안에
있는 친구에게 준 시라는 설을 제기하기도 했지만 시의
내용으로 보아 부인을 그리며 쓴 시로 보는 것이 무리가 없을
것 같다.

이상은은 가족과 오래 떨어져 객지에서 혼자 지내고 있다.
떠날 때 아내는 언제 돌아오느냐고 물었지만 돌아갈 기약이
없다. 이렇게 기약 없는 객지 생활을 하며 부인을 그리던 어느
가을날, 밤비가 내린다. 그는 자신의 외로운 심경을
문면(文面)에 드러내지 않고 객관적인 경물(景物)만 제시하고
있다. "파산의 밤비"를 바라보며 촉발된 자신의 심회가 어떤
것인가를 말하지 않고 있다. 그러나 그저, 밤비가 내려 못물이
불어나고 있다고만 말할 뿐이지만 이 밤비에 젖는 그의 심경이
어떠하리라는 것은 짐작하고 남음이 있다. 더구나 때는
가을밤이다.

어느덧 그의 마음은 아내가 있는 곳 "서창"(西窓)으로
달려간다. 서창에서 아내와 함께 밤늦도록 촛불의 심지를
자르며 도란도란 얘기할 날을 그린다. 제3구에서 "함께 촛불
자를" 날을 고대한다는 것은, 지금은 '혼자' 촛불을 자르고
있다는 쓸쓸함을 나타낸 것이다. 그리고 그때 아내와 함께 나눌
얘기가 바로 "파산에 밤비 내리던 때"이다. 제2구에서 객관적
경물로만 제시했던 "파산의 밤비"가 먼 훗날 아내와 만났을
때의 얘깃거리가 되리라는 것이다. 먼 훗날 그때 아내에게

애기할 것이다, '파산에 있을 때 가을날 밤비는 내리는데 당신이 너무나 보고 싶었오'라고. 제2구에서 "파산의 밤비"를 보고 느낀 심회가 제4구에 와서야 구체화된다. 그러나 이러한 심회를 직설적으로 토로하지 않는데도 그 간절한 그리움을 함축하고 있다. 이것이 시인 이상은의 능력이다.

　이 시는 인구에 회자되는 이상은의 대표작인데, 여기에는 시간과 공간을 교묘하게 운용하는 그의 시적 기교가 한몫을 차지하고 있다. 시간적으로 이 시는 현재와 과거와 미래를 넘나들고 있다. 제1구는 과거이고 제2구는 현재이고 제3구는 미래이다. 제4구는 현재와 미래가 착종되어 있다. 공간적으로도 이 시는 시인이 있는 '이곳'과 아내가 있는 '저곳'을 왕복한다. 제2구의 "파산"은 이곳이고 제3구의 "서창"은 저곳이다. 그리고 제4구는 이곳과 저곳이 섞여 있다. 이렇게 이곳과 저곳을 왕래하고 현재와 과거와 미래를 넘나들면서, 오늘밤 객지에서의 쓸쓸함과 그리움, 훗날 다시 만났을 때의 기쁨과 즐거움을 애잔하게 노래하고 있다. 또한 이 시에는 "巴山夜雨"라는 말이 두 번 사용되는데 이는 근체시에서 금기시하는 것이다. 그러나 여기서는 중복되었다는 사실을 독자가 느끼지 못할 뿐만 아니라 오히려 중복 사용됨으로써 시인의 고적감(孤寂感)을 배가시키는 효과를 얻고 있다.

447

자천궁(紫泉宮)은 안개와 놀에 잠겨 있는데
무성(蕪城)을 취하여 수도로 하려 했네

옥새가 일각(日角)에게 돌아가지 않았다면
비단 돛이 응당코 하늘 끝에 닿았으리

지금도 썩은 풀엔 반딧불 없고
그 옛날 수양버들엔 갈가마귀만 앉아 있네

만약에 지하에서 진후주(陳後主)를 만난다면
마땅히 후정화(後庭花)를 다시 물어보겠소?

隋宮

紫泉宮殿鎖煙霞　欲取蕪城作帝家
玉璽不緣歸日角　錦帆應是到天涯
於今腐草無螢火　終古垂楊有暮鴉
地下若逢陳後主　豈宜重問後庭花

448

紫泉(자천)-원래 이름은 자연(紫淵)으로 장안 북쪽에 있는 강인데, 당나라
고조(高祖)의 이름이 이연(李淵)이므로 淵을 泉으로 바꾸었다. 여기서
자천궁은 장안궁을 가리킨다. • 鎖(쇄)-잠그다, 잠겨 있다 • 蕪城(무성)-
지금의 양주(揚州) • 帝家(제가)-수도, 서울 • 玉璽(옥새)-황제의 인장으로
나라의 상징 • 不緣(불연)-인연이 없다 • 日角(일각)-고대 점술가의 용어로
'앞이마 뼈가 튀어나와 마치 해와 같아서 제왕의 기상이 있다'는 것인데
여기서는 당 고조를 가리킨다. • 錦帆(금범)-비단으로 만든 돛.
수양제(隋煬帝)가 비단 돛을 단 배 500척을 만들어 강에 띄우고 유람을
했다고 한다. • 於今(어금)-지금까지, 지금도 • 腐草無螢火(부초무형화)-
수양제가 밤놀이를 할 때 반딧불이 몇 섬을 잡아 골짜기에 풀어놓으니
대낮같이 밝았다고 한다. "썩은 풀이 변해서 반딧불이가 된다"는 말이 있는데
그때 수양제가 다 잡아 버려서 지금까지도 썩은 풀에는 반딧불이가 생기지
않는다는 말 • 垂楊(수양)-수양버들. 수양제가 운하를 만들 때 양쪽 연안에
수양버들을 심으라고 했다. • 陳後主(진후주)-남조 진나라 마지막 임금인
진숙보. 황음 방탕한 생활을 하여 수나라에게 멸망당했다. • 後庭花(후정화)-
진후주가 지었다는 곡명. 원명은 「옥수후정화」(玉樹後庭花)로 망국의
노래로 통한다. 기록에 의하면 진후주가 수양제를 만났을 때 그의 귀비(貴妃)
장여화(張麗華)로 하여금 이 노래에 맞추어 춤을 추게 하여 수양제를 기쁘게
한 적이 있다고 한다. 또 다른 기록에 의하면, 진나라가 망한 뒤 후주는
수나라에 투항하여 당시 태자였던 수양제와 친밀하게 지냈는데, 수양제가
천자가 되어 어느 날 꿈속에서 죽은 후주와 장여화를 만나 장여화에게
「옥수후정화」를 춤추게 했다고 한다.

수양제는 중국 역사상 가장 방탕하고 사치한 황제 중의
하나였다. 그는 재위 기간에 100만 명의 인원을 동원하여
통제거(通濟渠), 영제거(永濟渠) 등의 대운하를 건설했고,
장안에서 양주에 이르기까지 40여 개의 별궁을 건설했다고

한다.

　제1연에서는 수양제의 끝없는 탐욕을 그리고 있다. 웅장한
장안의 궁전을 안개와 노을에 잠기도록 버려 둔 채 무성 곧
양주에 새로운 궁전을 지으려고 했을 만큼 사치하고
탐욕스러웠다는 것이다. 제2연의 뜻은 이렇다. "옥새가
일각에게 돌아가지 않았다면" 즉 수나라가 당나라에 망하지
않았다면, 수양제가 타고 유람했다는 비단 돛배가 응당 하늘
끝에 닿았을 것이다. 그의 사치와 탐욕과 방탕함이 끝없이
이어졌을 것이라는 말이다.

　제3연은 너무나 유명한 구절이다. 그 옛날 반딧불이를
풀어놓고 밤놀이를 하던 곳이 지금은 폐허가 되어 썩은 풀만
무성한데 그 썩은 풀에선 반딧불이도 생기지 않는다고 했다.
왜냐하면 그 당시 수양제가 모조리 잡아 버렸기 때문이다.
신랄한 풍자이다. 또한 오하 양쪽에 심었던 버드나무에 지금은
갈가마귀만 앉아 있다고 했다. 그 옛날 비단 돛배를 타고
풍악을 울리며 바라보았을 아름다운 버드나무가 지금은 다만
갈가마귀의 서식처가 되었을 뿐이다. 과거와 현재의 절묘한
대비를 통해 권력의 무상함과 폭군의 말로가 어떠한가를
함축적으로 노래한 절창(絶唱)이라 하겠다.

　제4연의 「옥수후정화」는 망국의 노래이다. 진후주가 이
노래를 지어 사치와 방탕을 일삼다가 결국 나라를 빼앗겼다.
수양제는 그런 진후주를 자기 손으로 패망시키고도 그
사실에서 교훈을 얻지 못했다. 교훈을 얻기는커녕 꿈속에서
진후주와 장여화를 만나 장여화에게 「옥수후정화」 노래에 춤을

추게 했을 만큼 그 자신도 사치와 방탕에 빠져 마침내 패망을
자초했다. 만일 지하에서 진후주를 다시 만난다면 그때에도
장여화에게 춤을 추게 할 것인가? 이 마지막 구절은 무한한
여운을 남긴다. 아마 시인은 당시 기울어 가는 당나라의 황제를
염두에 두고 이 시를 썼을 것이다. 이 마지막 물음은
수양제에게 던진 질문이라기보다 당나라 황제에게 던진 질문일
것이다.

만나기도 어렵더니 이별 또한 어렵구나
봄바람, 힘이 없어 온갖 꽃 시드네

누에는 죽어서야 실을 다 뽑아내고
촛불은 재가 돼야 눈물이 마른다오

새벽엔 거울 보고 근심하겠지
구름 같은 머리채 변하는 것을
밤에는 시 읊으며 응당 깨달으리라
달빛이 이리도 차가운 것을

봉래산이 여기서 멀지 않으니
파랑새야 날 위해 가만히 찾아보렴

無題―相見時難

相見時難別亦難　東風無力百花殘
春蠶到死絲方盡　蠟炬成灰淚始乾
曉鏡但愁雲鬢改　夜吟應覺月光寒
蓬萊此去無多路　靑鳥殷勤爲探看

東風(동풍)-봄바람・方(방)-바야흐로・蠟炬(랍거)-촛불
・淚始乾(루시간) 눈물이 비로소 마르다・雲鬢(운빈)-젊은 여인의 구름
같은 머릿결・蓬萊(봉래)-신선이 산다는 삼신산(三神山) 중의 하나
・此去無多路(차거무다로)-여기서 떨어진 거리가 멀지 않다・殷勤(은근)-
가만히, 몰래・探看(탐간)-찾아가 보다

이 시는 이별한 여인을 그리워하는 한 남성의 연가(戀歌)이다.
예로부터 "헤어지기는 쉽고 만나기는 어렵다"는 말이 있는데
제1구에서 만나기도 어렵거니와 헤어지는 것 역시 어렵다고
했다. 여기서 헤어지는 것이 어렵다는 것은 그것을 견디기가
어렵다는 뜻이다. 제2구는 이 시가 쓰인 계절을 말한다.
"봄바람이 힘이 없는" 늦봄이다. 그래서 온갖 꽃이 시들어
떨어진다. 이 구절은 계절을 말함과 동시에 작자의 심경을 함께
나타내고 있다. 봄바람에 화려한 꽃이 피듯, 서로 만나
행복했던 시절이 지금은 꽃이 시들 듯 가 버렸다는 허탈감과
절망의 표현이다.

　　그러나 작중화자는 절망 속에 주저앉지 않는다. 이별의 슬픔
속에서도 그는 변치 않는 그리움을 간직하고 있다. 제3구와
제4구에서 그는 기상천외의 비유를 통하여 이 그리움을
토로하고 있다. 누에는 뽕잎을 먹고 자라다가 실을 뽑아내어
자신의 몸을 감기 시작한다. 이 작업은 죽을 때까지 계속된다.
몸에 있는 실을 다 뽑아내어 자신의 몸을 칭칭 동여매고 나서
죽어 버린다. 작중화자의 그리움도 누에가 실을 뽑듯 죽어야

453

끝나는 그리움이다. 그리고 이 그리움은 슬픔 속에서도 다시 만날 날을 기다리겠다는 의지가 담긴 그리움이다. 비록 기약 없는 기다림일지라도 죽을 때까지 평생 기다리겠다는 것이다. 또 실을 뜻하는 '絲'는 '思'와 음이 같기 때문에 '실'은 '생각'을 환기시킨다. 한문에서는 음이 같은 두 글자를 같은 뜻으로 통용하는 경우가 있기 때문이다. 누에가 죽을 때까지 '실'을 뽑듯, 작중화자도 죽을 때까지 상대방을 '생각'하겠다는 비유이다.

제4구의 비유도 마찬가지이다. 촛불이 타면서 떨어지는 촛농을 눈물에 비유했는데 이 촛농은 촛불이 다 타서 재가 되어야 떨어지기를 멈춘다. 작중화자의 눈물도 촛불이 재가 되듯 육신이 없어져야, 즉 죽어야 마르는 눈물이다. 죽을 때까지 흘리는 눈물이다. 이 얼마나 처절한 그리움이며 이 얼마나 필사적인 기다림인가! 그리고 이 얼마나 아름다운 표현인가!

이렇게 기다리며 그리워하기에, 늦은 봄날 작중화자는 부재(不在)하는 임의 모습을 선연히 떠올릴 수가 있다. 제5구와 제6구는 작중화자의 상상 속의 임의 모습이다. 아마도 임은 새벽이면 거울 앞에 앉아 조금씩 희어지는 머릿결을 보고 수심에 잠겨 있겠지. 그리고 밤이면 시를 읊으며 응당 달빛이 차다는 걸 깨닫고 있겠지. 시의 번역문에서는 적절히 표현되지 못했지만 제5구의 '但' 자와 제6구의 '應' 자에 묘미가 있다. 임은 거울 앞에서 "다만" "구름 같은 머리채 변하는 것"만을 근심할 것이라 상상한다. 구름 같은 머리채가 변한다는 것은,

머리숱이 빠진다거나 머리칼이 희어진다거나 머리에 윤기가
없어진다는 것을 뜻한다. 이런 현상을 근심하는 것은 여자의
본능일 수도 있지만, 임이 유독 구름 같은 머리채가 변하는
것만을 근심할 것이라는 상상은 임도 작중화자를 생각하고
그리워하리라는 전제에서 나온 것이다. 이것은 일방적인
상상이다. 달빛이 차다고 느낄 것이라는 상상 또한 일방적이다.
이 시의 배경이 되는 늦봄에 달빛이 차게 느껴질 리 없다.
따뜻한 봄날에 달빛이 차다고 느낀다는 것은 마음이 차다는
것을 의미한다. 아마 임도 나를 그리워하기 때문에 "응당"
마음이 시릴 것이라고 일방적으로 상상한 것이다. 이러한
일방적인 상상을 통하여 우리는 작중화자의 처연한 몸부림을
읽을 수 있다.

　　마지막 연에서는 만날 수 없는 기다림을 끝내 신화(神話)를
빌어 해결하려고 한다. 임은 이제 봉래산에 살고 있는 신선으로
묘사된다. 그리고 "봉래산이 여기서 멀지 않으니" 파랑새로
하여금 가서 찾아보게 하겠다는 것이다. 이것은 눈물겨운
안간힘이다. 봉래산은 신선들만 사는 곳으로 인간의 접근을
허용하지 않는다. 그러므로 인간세상에서 너무나 먼 곳이다.
그런데도 "여기서 멀지 않다"고 말한 것은 '멀다'는 의미의
역설적인 표현이다. 너무나 멀어서 갈 수는 없지만 가깝다고
생각하고 싶은 것이다. 생각만이라도 가까워야 한다. 그러나
아무리 가깝다고 생각해도 그곳은 인간이 갈 수 없는 곳이다.
신선들의 세계이기 때문이다. 그래서 파랑새를 시켜 안부라도
묻게 하려고 한다. 파랑새는 중국 신화에 나오는 여신

서왕모(西王母)의 심부름꾼이다. 파랑새는 신선의 세계와 인간의 세계를 넘나드는 사자(使者)이기 때문에 임이 있는 봉래산에 갈 수가 있다. 그러나 파랑새에게 부탁한다는 것은 현실적인 만남이 이미 불가능하다는 것을 뜻한다.

파랑새에게라도 부탁하여 소식이라도 듣고 싶지만 그것이 부질없는 짓이라는 것을 작중화자는 너무도 잘 알고 있다.

운모 병풍에 촛불 그림자 깊은데
은하수 기울어지고 새벽별 가라앉네

불사약 훔친 것, 항아 응당 후회하리
푸른 바다 푸른 하늘에서 밤마다 외로우니

嫦娥

雲母屏風燭影深　長河漸落曉星沈
嫦娥應悔偸靈藥　碧海靑天夜夜心

雲母(운모)-진주 빛 광택이 나는 투명한 광물. 얇은 조각으로 병풍 등을
장식하는 데 쓴다. · 長河(장하)-은하수 · 嫦娥(항아)-고대 전설상의
명궁(名弓) 예(羿)의 아내. 예가 서왕모에게 불사약을 요청하여 얻었는데
그가 미처 복용하기 전에 항아가 먼저 훔쳐 먹고 달로 도망간 후 광한전에서
홀로 쓸쓸히 살고 있다고 한다. 달의 이칭(異稱)으로도 쓰인다.
· 碧海靑天(벽해청천)-달은 벽해에서 솟아 청천을 지나 다시 벽해로
들어간다.

시의 제목이 항아(嫦娥)이지만 시의 내용은 항아를 읊지 않고 항아가 처한 상황과 비슷한 처지에 있는 인물의 심정을 노래하고 있다. 이런 현상은 이상은의 시에 흔히 나타난다. 예를 들어 「춘우」(春雨)란 제목의 시에서도 봄비에 대한 묘사는 없고 봄비를 바라보는 시인의 내면 풍경을 그리고 있다. 일반적으로 한시에서는, 제목의 뜻을 시의 내용에 얼마나 잘 반영하느냐 하는 것이 시를 평가하는 하나의 기준이 된다. 그러나 대량의 '무제시'(無題詩)를 포함한 이상은의 많은 시는 이 기준에 따라 평가하기 어렵다.

　제1구는 주인공이 있는 실내 풍경이다. 화려한 운모 병풍에 "촛불 그림자가 깊다"고 한 것은, 촛불이 이미 많이 타서 짧아졌기 때문에 그림자가 더 짙어졌다는 말이다. 밤이 깊은 것이다. 제2구는 실외 풍경이다. 하늘엔 "은하수가 기울어지고 새벽별이 가라앉는다." 시간이 지나 날이 밝으려 하는 즈음이다. 주인공은 기나긴 밤을 잠 못 이루고 지샌 듯하다. 홀로 잠 못 이루는 주인공에게 그나마 짝이 되어 주었던 은하수와 새벽별마저 사라지려 하고 있다. 이 1, 2구에서 주인공의 심리 묘사가 없고 주인공이 처한 실내외의 풍경만을 묘사하고 있지만 이 풍경만으로도 밤새 잠 못 이루는 주인공의 내면 풍경 또한 쓸쓸하고 고독하다는 것을 알 수 있다.

　여기서 주인공은 달을 바라보며 달에 얽힌 항아의 전설을 떠올린다. 새벽별이 가라앉을 무렵에 아직도 하늘에 달이 떠 있는지 없는지의 객관적 사실은 중요하지 않다. 이 시의

시간적인 배경이 되는 밤과 달이 자연스럽게 연결되면
그만이다. 달을 바라보면서 주인공은 항아가 불사약을 훔쳐
먹은 것을 "응당 후회했을 것이라" 추측한다. 불사약을 훔쳐
먹은 결과 달 속에서 외롭고 쓸쓸하게 살고 있기 때문이다.
이렇게 추측한다는 것은 주인공 자신의 처지가 항아처럼
외롭고 쓸쓸하기 때문이다.

  그렇다면 이 주인공은 누구를 가리키는가? 이에 대한 해석도
구구하다. 시 어디에도 단서가 없기 때문이다. 혹자는 죽은
아내를 가리킨다고도 하고, 혹자는 그가 옥양산(玉陽山)에서
인연을 맺었던 여도사 송씨를 가리킨다고도 하고, 또 혹자는
시인 자신을 가리킨다고도 하는데 모두가 추측일 뿐이다. 이
모든 추측 중에서 시인이 자신의 고적(孤寂)한 심경을
토로했다는 것이 비교적 이치에 맞는 해석이라 생각한다.
이상은이 지닌 높은 이상과 이 이상을 실현할 수 없는 현실과의
괴리에서 오는 좌절감이 시로 표출된 것이다.

459

하늘 위 백옥당(白玉堂) 휘장이 나부끼고
푸른 상아 침상에 대자리가 걷힌다

초나라 신녀(神女)의 그 당시 의태(意態)
찰랑이는 머릿결 광채가 서늘하다

細雨

帷飄白玉堂　簟卷碧牙床
楚女當時意　蕭蕭髮彩凉

白玉堂(백옥당)-천제가 있는 백옥루(白玉樓), 즉 천궁(天宮)
・碧牙床(벽아상)-푸른색 상아로 조각한 침상, 즉 하늘・蕭蕭(소소)-긴
머릿결이 바람에 날려 찰랑거리는 모습・髮彩(발채)-머릿결의 광채

이상은의 시는 난해하다. 그는 비약적인 상상과 기상천외의
비유법을 동원하여 시를 쓰기 때문에, 그 뜻을 쉽게 짐작할 수
없는 이른바 '몽롱시'(朦朧詩)가 많다. 이 시도 그런 시 중의

하나이다. 가랑비를 묘사한 시인데 시 전체가 비유로 이루어져 있다. 그것도 직유(直喩)가 아닌 은유(隱喩)이기에 뜻을 파악하기가 더욱 어렵다.

1, 2구는 내리는 가랑비를 형상화한 표현이다. "휘장"(帷)은 커튼이다. 백옥당에 쳐진 커튼이 바람에 나부끼듯 가랑비가 내리고 있다. 또한 하늘에 비유된 푸른 상아 침상의 대자리가 걷히듯 가랑비가 내리고 있다. "휘장이 나부낀다"고 말함으로써 가랑비가 바람에 흩날리는 모양을 표현하고, 이어서 대자리가 걷히는 듯하다고 말함으로써 가랑비가 일순간에 바람에 휘날리는 모습을 다시 나타내고 있다. 이 1, 2구의 묘사만으로도 이상은의 대담한 비유법을 살필 수 있다.

가랑비가 내리는 것을 보면서 이상은의 상상력은 날개를 달고 먼 옛날로 날아간다. "초나라 신녀"(楚女)는 두 가지로 해석할 수 있다. 하나는 송옥(宋玉)의 「고당부」(高唐賦)에 나오는 무산신녀(巫山神女)로 보는 견해이다. 그 내용은 이렇다. 초(楚) 회왕(懷王)이 고당(高唐)에서 유람하다가 피곤하여 낮잠을 자는데 꿈에 한 여인이 나타나서 말하기를 "첩은 무산(巫山)의 여자로 고당의 나그네가 되었는데 왕께서 고당에 유람한다는 말을 듣고 잠자리를 모시고 싶었습니다"라 했다. 왕이 여인과 잠자리를 같이했다. 여인이 떠나면서 말하기를 "첩은 무산의 남쪽, 양대(陽臺)의 언덕에 있어서 '아침이면 아침 구름이 되고 저녁이면 비가 되어 내립니다. 아침이면 아침마다 저녁이면 저녁마다 양대의 밑에 있을 것입니다'(且爲朝雲 暮爲行雨 朝朝暮暮 陽臺之下)"라 했다.
아침에 바라보니 과연 여인의 말과 같아서 왕은 여인을 위하여
이곳에 사당을 짓고 '조운'(朝雲)이라 이름 지었다고 한다.
내리는 비를 보면서 시인은 '저녁이면 비가 되어 내립니다'라고
한 무산신녀를 떠올렸다는 것이다. 이렇게 보면 제4구는 비에
젖은 무산신녀의 머리칼이라 해석할 수 있다.

초라나 신녀를 『초사』(楚辭) 「구가」(九歌)
'소사명'(少司命)에 나오는 신녀로 보는 것이 또 하나의
견해이다. '소사명'의 해당 구절은 이렇다.

그대와 함지(咸池)에서 머리 감고
양지쪽 언덕에서 그대 머리 말리려 했는데

ㄱ대를 바라도 오지 않으니
바람 앞에 멍하니 큰 소리로 노래 부르네

與女沐兮咸池　晞女髮兮陽之阿
望美人兮未來　臨風怳兮浩歌

이 해석은 "찰랑이는 머릿결 광채가 서늘하다"는 제4구와
자연스럽게 연결된다. 함지에서 머리를 감고 난 후 신녀의
찰랑이는 머릿결에서 서늘한 기운이 풍긴다는 것이다.
"서늘하다"는 것은 청량한 느낌을 말한다. 또한 이 말은 실제로
가랑비가 내리는 가운데 시인이 느끼는 서늘하고 청량한

분위기를 표현한 것이기도 하다.

상기한 두 가지 해석 중에서 어느 것이 옳은 해석인지 단정하기는 어렵다. 그만큼 이상은이 구사하는 예측 불허의 상상을 따라가기 어려운 것이다. 그러나 한 가지 공통점이 있다. '백옥당의 휘장(커튼)' '푸른 상아 침상의 대자리' 등의 표현이 여인의 침실을 암시하고, 이를 「고당부」나 『초사』의 내용과 연관시키면 이 시가 남녀 간의 은밀한 애정을 그리고 있다는 점이다. 그렇다면 '신녀'는 구체적으로 누구를 가리키는가? 이에 대해서도 해석이 구구하다. 이상은이 이 시를 아내가 죽은 후에 쓴 것으로 보아 이상은의 망처(亡妻) 왕씨를 가리킨다고도 하고, 젊은 시절 그가 옥양산에서 도가(道家) 수련을 할 때 만나서 사랑을 나누었던 여도사 송씨를 가리킨다고도 한다.

최
도
융

崔道融, 생몰년 미상

호북성 형주(荊州) 출신으로 자호는 동구산인(東甌散人)이다.
895년을 전후로 하여 영가현령(永嘉縣令)을 지냈으며 나중에
장안에 가서 우보궐(右補闕)을 역임했다. 당나라 말에 양왕(梁王)
주온(朱溫) 밑에서 벼슬하는 것을 부끄럽게 여겨 민(閩)으로 피해
들어갔다. 『전당시』에 시가 80수 수록되어 있다.

백비(伯嚭)가 오나라를 망하게 했는데
서시(西施)가 악명을 뒤집어썼기에

급하게 흐르는 완사강(浣紗江) 봄 물결 속
불평하는 소리가 나는 듯하네

西施灘

宰嚭亡吳國　西施陷惡名
浣紗春水急　似有不平聲

이 시의 배경이 되는 역사적인 사실은 다음과 같다. 춘추시대
월왕(越王) 구천(句踐)은 오왕(吳王) 부차(夫差)와의 전쟁에서
크게 패해 회계산(會稽山)으로 퇴각하여 화친을 요청했으나
받아들여지지 않자 오나라의 실력자인 백비에게 뇌물을 바쳐
그로 하여금 오왕을 설득케 하여 굴욕적인 화친을 맺는다.
화친의 조건으로 오나라에 인질로 잡혀 치욕적인 노예 생활을
하다가 귀국한 구천은 오나라에 복수하기 위하여 20년 장기

계획을 세워 국력을 키우는 한편 미인계를 써서 부차를 방탕에 빠지게 한다.

이 미인계에 동원된 여인이 서시이다. 구천의 신하 범려(范蠡)가 완사강에서 빨래하던 시골 처녀 서시를 발탁하여 곱게 단장시키고 부차에게 바친 것이다. 주위에서는 서시를 받아들이지 말자고 만류했음에도 백비의 적극적인 권유로 서시를 얻은 부차는 서시를 위해 고소대(姑蘇臺)를 짓고 그녀와 환락에 빠져 국정을 소홀히 한다. 이를 틈타 구천은 오나라에 침입하여 오나라를 멸망시킨다.

이 시는 작자 최도융이 어느 봄날 서시가 빨래했다고 하는 완사강을 지나면서 그녀의 옛 자취를 회고하고 그 감회를 노래한 작품이다. 제목 「서시탄」(西施灘)은 완사강 서쪽의 물살이 급한 여울목으로 시인이 서시와 연관시켜 이렇게 이름 붙인 것이다.

서시 이야기를 두고 수많은 시가 쓰였는데 대부분의 논조는 '여자가 화근'이었다는 것이다. 특히 오나라 측에서는 요망한 계집 서시 때문에 나라가 망했다고 여겼다. 이 시는 이러한 전통적인 관념을 뒤집는다. 말하자면 서시에 대한 변명이다. 제1구에서 오나라를 망하게 한 장본인이 백비임을 분명히 밝히고 있다. 그런데도 '여자가 화근'이라는 관념에 따라 서시가 오나라를 망하게 했다는 악명을 뒤집어썼다는 것이다.

여기까지는 의론이다. 일반적으로 시에 삽입된 의론은 무미건조하고 딱딱하게 마련이다. 이 딱딱한 의론이 3, 4구의 서정적인 가락에 힘입어 단순한 의론에 머물지 않고 시를

구성하는 한 요소로서의 역할을 수행한다. 의론과 서정이
유기적으로 결합하여 조화를 이룬 것인데 이것이 이 시가
성공한 이유이다. 서시탄의 물결에서 "불평하는 소리가 나는
듯하다"고 했는데 이는 물론 시인의 상상이지만 과연 서시는
지하에서 무어라고 불평했을까? 서시가 오나라 멸망의 한
원인임은 서시 자신도 잘 알고 있을 것이다. 그렇다면 '내가
오나라 멸망에 일조를 했지만 사실은 백비의 죄가 더 크다.
그런데도 온갖 죄를 나에게만 뒤집어씌우는 것은 억울한
일이다'라는 정도의 불평이 아니었을까?

최도융과 비슷한 입장에서 서시를 변명한 또 다른 시 한 수를
소개한다. 나은(羅隱)의 「서시」(西施)이다.

나라의 흥망은 저절로 때가 있는데
오나라 사람 어찌 그리 서시를 원망하나

서시가 오나라를 망하게 했다면
월나라 망한 것은 또 누구 때문인가

家國興亡自有時　吳人何苦怨西施
西施若解傾吳國　越國亡來又是誰

한 나라가 멸망한 데에는 여러 가지 복합적인 요인이 있는

것이지 여자 한 명에게 그 책임을 떠넘길 수 없다는 논리이다.
"오나라 사람 어찌 그리 서시를 원망하나"라는 말은,
오나라의 통치자들이 이미 나라를 망쳐 놓고 왜 한 여자에게
그 죄를 뒤집어씌우느냐는 항변이다. 오나라가 구천의
미인계로 멸망했다고 한다면 그 후 월나라의 통치자들은 응당
여색을 멀리했을 터인데 결국 월나라가 멸망한 것을 보아도
여색이 한 국가의 멸망을 좌우하는 것이 아니라는 것이다.

중국의 4대 미인

● ─ 서시(西施)-완사강에서 빨래를 하는 서시를 보고 그
  아름다움에 홀린 물고기가 지느러미 흔드는 것을 잊고
  물밑으로 가라앉았다고 해서 '침어미인'(沈魚美人) 즉
  '물고기를 가라앉힌 미인'이란 별칭을 얻었다. 발이
  크다는 약점이 있었다고 한다.

● ─ 왕소군(王昭君)-흉노 추장에게 시집가면서 말 위에서 비파
  타는 그녀를 보고 기러기가 넋이 나가 날갯짓하는 것을
  잊고 땅에 떨어졌다고 해서 '낙안미인'(落雁美人) 즉
  '기러기를 떨어뜨린 미인'이라는 별칭을 얻었다. 이
  미인의 약점은 양쪽 어깨의 높이가 다르다는 것이다.

● ─ 초선(貂蟬)-밤에 달을 쳐다보는데 달이 그녀보다
  못하다고 여겨 구름 속에 숨어 버렸다고 해서
  '폐월미인'(閉月美人) 즉 '달을 가두어 버린 미인'이라
  불렸다. 이 미인의 약점은 양쪽 눈의 크기가 다르고 귀가
  작은 것이라 한다.

● ─ 양귀비(楊貴妃)-그녀가 모란꽃을 구경하는데 모란꽃이
양귀비의 아름다움에 비해 자신의 모습이 초라한 것을
부끄러워하여 꽃잎을 움츠렸다고 해서
'수화미인'(羞花美人) 즉 '꽃을 부끄럽게 한 미인'이란
별칭을 얻었다. 이 미인은 겨드랑이에 냄새가 나서 목욕을
좋아했다고 한다.

김
창
서

金昌緒, 생몰년 미상

생애가 자세하지 않다. 『전당시』에 시 1수가 전한다.

101   봄날의 원망

꾀꼬리를 두들겨 쫓아내어서
가지 위서 울지를 못하게 하노라

울 적에 첩의 꿈이 놀라서 깨면
임 계신 요서(遼西)에 갈 수 없기에

春怨

打起黃鶯兒　莫敎枝上啼
啼時驚妾夢　不得到遼西

打起(타기)-두들겨 쫓아 버리다・黃鶯兒(황앵아)-꾀꼬리・莫敎(막교)-
~하지 못하게 하다・驚(경)-놀라게 하다, 즉 꿈을 깨게 하다・遼西(요서)-
요하(遼河)의 서쪽으로 당시 동북 변방의 중요한 요새였다.

수자리 살러 멀리 간 남편을 그리워하는 여인의 원망을 노래한
시이다. 봄은 여인의 마음을 설레게 하는 계절이라 봄을 맞은
여인은 수자리 간 낭군이 더욱 그리워진다. 꾀꼬리는 봄의

471

전령(傳令)이다. 그리고 꾀꼬리의 아름다운 노랫소리는
사람들을 즐겁게 해 준다. 그런데 여인은 "꾀꼬리를 두들겨
쫓아낸다"고 했다. 응당 꾀꼬리 노랫소리를 들으며 즐거워해야
할 터인데 왜 쫓아 버리는가? 그 해답은 제2구에 있다. "가지
위서 울지를 못하게" 하려는 것이다. 왜 울지 못하게 하려는
것일까? 그 해답이 제3구에 나온다. 꾀꼬리 소리가 여인의 꿈을
깨우기 때문이다. 원래 꾀꼬리는 봄날 새벽에 울어 사람의 잠을
깨우는 새이다. 요란하게 울어 잠을 깨워도 사람들은 꾀꼬리를
탓하지 않는다. 그런데 여인은 왜 잠을(꿈을) 깨운다고
꾀꼬리를 탓하는가? 그 해답이 또 제4구에 있다. 꿈을 깨면
낭군이 있는 요서에 갈 수 없기 때문이다. 현실에서는 만날 수
없는 낭군을 오직 꿈속에서만 만날 수 있는데 그 달콤한 꿈을
깨우는 꾀꼬리가 얄미운 것이다.

　여기서 하나의 문제가 생긴다. 여인이 꾀꼬리를 쫓아내는
행동은 이미 꿈에서 깨어난 후에 일어난 일이다. 이미 꿈을
깼으면서도 꿈을 깨우는 꾀꼬리를 쫓아낸다는 것은 논리적으로
모순이 된다. 하지만 이것이 큰 문제가 되지는 않는다. 꿈을
깨운 꾀꼬리가 괘씸해서 꿈 깬 후에 꾀꼬리를 쫓아 버린 것일
수도 있고, 다음날의 꿈이 방해받지 않게 하려고 미리 쫓아낸
것이라 볼 수도 있기 때문이다.

　후대의 평자들은 이 시의 표현 기법이 매우 독특하다고
평가했다. 제1구부터 제4구까지 긴밀하게 연결되었다. 즉
제1구에서 "꾀꼬리를 두들겨 쫓아낸다"는 돌올한 구절을
제시하고 그 이유를 순차적으로 밝히고 있어서

왕세정(王世貞)이 말한 바와 같이 "중간에 한 글자도 더할 수 없고 한 뜻도 덧붙일 수 없다." 완벽한 구조로 짜여 있는 것이다. 마치 양파 껍질을 벗기듯 한 꺼풀씩 벗겨 나가서 마지막에 속살이 드러나는 격이다.

시의 제목이 '봄날의 원망'이지만 시에는 '怨' 자가 하나도 없다. 그런데도 여인의 절절한 원망을 간접적으로 전달하고 있다. 사실은 돌아오지 않는 낭군을 원망하는 것일 터이지만 시에서는 낭군을 원망하지 않고 꾀꼬리를 원망하고 있다. 꾀꼬리를 원망함으로써 더 깊은 원망을 넌지시 나타낸 것이다.

시의 작자 김창서의 일생에 대해서는 알려진 바가 거의 없고, 『전당시』에도 그의 작품이 이 시 한 수만 실려 있다. 그는 시 한 수만으로도 후세에 길이 이름을 남기는 시인이 되었다. 그러니 이 시의 예술적인 가치를 알 만하다.

당시(唐詩)에 대하여

1. 당시 개관

중국문학을 역사적으로 개관할 때 흔히 한문(漢文), 당시(唐詩), 송사(宋詞), 원곡(元曲), 명청소설(明淸小說)을 거론한다. 그만큼 당나라는 시문학을 활짝 꽃피운 시대였다. 청나라 강희(康熙) 연간에 편찬된 『전당시』(全唐詩)에는 2,300여 작가의 시 5만여 수가 수록되어 있는데, 이는 당나라 이전까지 제작된 시의 총량을 훨씬 초과하는 편수이나. 과연 당나라 300여 년은 시의 황금시대라 할 만하다.

중국의 시가는 멀리 기원전 11세기에 저작된 『시경』에서부터 시작된다. 북방의 황하 지역을 중심으로 형성된 『시경』에 이어 기원전 4세기경에는 남방의 양자강을 중심으로 『초사』(楚辭)가 형성되었다. 현실주의적 경향을 띠는 『시경』과 낭만주의적 경향을 띠는 『초사』의 전통을 바탕으로 중국 시는 한(漢), 위(魏)·진(晉), 남북조(南北朝)를 거치면서 나름대로 발전해 오다가 당나라에서 화려하게 만개한 것이다.

당시가 흥성한 원인은 여러 가지이겠으나 무엇보다 중국을 통일한 후의 정국의 안정과 이를 바탕으로 한 경제적인 발전을 들 수 있다. 그리고 태종, 고종, 현종을 비롯한 역대 제왕들이 문학을 애호했고 또 과거 시험에서 시부(詩賦)의 능력을 중시한 것도 당시의 발달을 촉진하는 계기가 되었다. 여기에다 당대(唐代)에는 사상의 자유가 어느 정도 보장되어 있어서 시인들은 폭넓은 사유 공간을 확보할 수 있었다. 그리하여 유교적 이념에 투철해 '시성'(詩聖)이라 일컬어진 두보(杜甫)와, 도교에 경도되어 '시선'(詩仙)의 칭호를 얻은 이백(李白)과, 불교에 심취한 '시불'(詩佛) 왕유(王維) 등이 별다른 사상적 제약을 받지 않고 자유롭게 시작(詩作) 활동을 펼칠 수 있었다.

이러한 여건 하에서 당시는 사상과 내용이 풍부해졌을 뿐만 아니라 형식과 기교 면에서도 완숙한 경지에 이르렀다. 특히 시사(詩史)의 꽃이라 할 수 있는 율시, 절구, 배율 등의 근체시가 완성되었고, 이에 따라 평측(平仄), 압운(押韻), 대장(對仗) 등의 형식미가 완비되었다. 그러나 당시를 중국문학 최고의 반열에 올려놓은 데에는 당시 자체의 높은 예술적 성취가 밑바탕이 되었음은 말할 필요도 없다.

2. 당시의 시기 구분

당시의 시기 구분은 2분설, 3분설, 4분설 등 다양한 이론들이 있어 왔지만, 명나라 고병(高棅)이 『당시품휘』(唐詩品彙)에서 시도한 4분설이 지금까지도 일반적으로 통용되고 있다. 이

'4분설'에 따라 각 시기의 특징과 주요 시인들을 간단히
언급하기로 한다. 물론 이 네 시기가 기계적으로 획연히
구분되는 것은 아니어서 때로는 겹치는 시기도 있고 애매한
시기도 있다.

1) 초당(初唐, 618~712)
심전기(沈佺期), 송지문(宋之問)을 비롯하여 최융(崔融),
이교(李嶠), 소미도(蘇味道), 두심언(杜審言)의
'문장사우'(文章四友)와 왕발(王勃), 노조린(盧照隣),
낙빈왕(駱賓王), 양형(楊炯)의 이른바 '초당사걸'(初唐四杰),
하지장(賀知章), 장욱(張旭), 포융(包融), 장약허(張若虛)의
'오중사사'(吳中四士) 그리고 왕적(王績)과 진자앙(陳子昂) 등이
활동한 시기이다.

이 시기는 아직도 육조의 유미주의(唯美主義) 시풍을 완전히
벗어나지 못하고 있었다. 위진남북조의 시는 경박하고
화려하기만 해서 사상 내용이 공허했는데, 특히
제(齊)·양(梁)·진(陳) 3조의 100년간은 오로지 문자의
아름다움만 추구하여 시는 궁체(宮體)가, 문(文)은
변문(騈文)이 주류를 이루었다. 이런 육조의 폐습을 완전히
청산하지는 못했지만 그런 가운데서 심전기와 송지문은 율시의
정형을 완성했고 '초당사걸'은 나름대로 전대에 비해서는
진일보한 시풍을 보여 주었다. 또한 왕적은 당대 전원시의
선구라 할 만한 업적을 남겼다.

무엇보다 이 시기의 중요한 시인으로 진자앙을 빼놓을 수

없다. 그는 시가 혁신의 기치를 내걸고 제, 양 이래의 형식주의 시풍을 타파하는 데 앞장섰다. 그의 대표작인 「등유주대가」(登幽州臺歌)에 보이는 바와 같이 그의 시는 한(漢), 위(魏)의 강건한 풍골을 지니고 있어서 성당시의 기틀을 마련해 주었다고 평가된다. 실로 그는 초당 최후의 완성자로서 당시의 번영과 발전에 중요한 공헌을 한 것으로 평가된다.

2) 성당(盛唐, 713~765)

개원(開元), 천보(天寶) 연간의 번영과 그 후 안사(安史)의 난이 겹친 시기로 시대적 배경에 걸맞게 많은 시인들이 등장하여 다양한 작품을 만들어 낸 중국 시의 황금기라 할 만하다. 이 시기에 활약한 이백(李白)과 두보(杜甫)의 존재만으로도 성당시의 위상을 짐작할 수 있거니와, 이 두 시인은 워낙 높은 일가를 이루고 있기 때문에 일단 접어 두고라도 이들을 제외한 성당의 시는 흔히 크게 두 부류로 나뉜다. 즉 왕유(王維), 맹호연(孟浩然)을 비롯한 저광희(儲光羲), 상건(常建), 조영(祖咏) 등의 산수전원시파와, 고적(高適), 잠삼(岑參)을 비롯한 왕창령(王昌齡), 이기(李頎), 왕한(王翰), 왕지환(王之渙) 등의 변새시파(邊塞詩派)가 그것이다.

산수전원시는 멀리 도연명, 사령운을 계승하여 초당의 왕적을 거치면서 왕유, 맹호연에 이르러 완숙한 경지에 이르렀다. 소동파가 왕유의 시와 그림을 평하여 "시 속에 그림이 있고 그림 속에 시가 있다"고 평한 바 있듯이 왕유는 정(情)과 경(景)이 융합된 성당 산수시의 절정을 이루는 작품을 많이 창작했다. 맹호연 역시 청담(淸淡)한 풍격의 산수전원시를 다수 남겼다. 왕유와 맹호연의 산수시는 후일 중당(中唐)의 위응물(韋應物), 유장경(劉長卿), 유종원(柳宗元) 등에게 큰 영향을 미쳤다.

성당시의 또 하나의 특징은 변새시가 다량 창작되었다는 점이다. 현종의 끊임없는 영토 확장 의욕과 주변 민족들의 침입으로 당 일대(一代)에는 전쟁이 그치지 않았는데 이것이 변새시 창작의 배경이 되고 있다. 이 시기의 변새시를 대표하는 시인은 '고잠'(高岑)으로 일컬어지는 고적과 잠삼이다. 두 사람 모두 칠언가행(七言歌行)에 능했는데 그들의 시는 변방의 풍광과 전쟁의 상황을 잘 묘사했으며 시의 기세가 웅혼하고 정조가 강개하다는 평을 받았다. 특히 잠삼은 10여 년간 직접 변방 생활을 하면서 몸소 체험하고 느낀 바를 시로 표현하여 더욱 절실한 작품을 남겼다. 이 밖에도 왕창령, 이기, 왕한, 왕지환 등의 변새시가 유명하다.

이백은 자신의 능력을 알아주지 않는 정치 현실에서 느낀 환멸과 고독을 술로 달래며 추악한 인간세상을 초월해 있는 천상의 세계를 동경했다. 그의 시에 술과 달이 자주 등장하는 것은 이러한 이유에서이다. 타고난 시재(詩才)가 회재불우(懷才不遇)의 강개한 처지와 만나서 만들어 낸 그의 시는 웅기(雄奇)하고 호방한 품격을 지니고 있다. 거기에다 풍부한 상상력을 바탕으로 한 거침없는 시 세계는 중국 낭만주의 시의 고봉(高峰)을 이룬 것으로 평가되고 있다.

두보는 이백과 함께 성당뿐만 아니라 전체 중국 시의 쌍벽을 이루고 있어 통상 '이두'(李杜)로 병칭된다. 그러나 이백과는 달리 안사(安史)의 난 전후의 침울한 시대상을 사실적으로 묘사한 시를 많이 남겨 현실주의적인 시인으로 평가된다. 당나라의 성세(盛世)에서 쇠퇴기로 넘어가는 역사적 과정을 잘 보여 주기 때문에 그의 시를 세상에서는 '시사'(詩史)라 일컫는다.

성당 시기에는 초당에서 뿌리 내린 율시의 규범이 확립되었고 한대(漢代) 이래의 악부시(樂府詩) 전통을 이어받아 이를 더욱 확대 발전시켰다. 특히 고적, 잠삼의 변새악부와 이백, 두보의 악부시는 중국 시의 내용을 한층 풍부하게 해 주었다. 이백의 「장진주」(將進酒), 「촉도난」(蜀道難), 「자야오가」(子夜吳歌) 등의 악부시와 두보의 「병거행」(兵車行), 「여인행」(麗人行) 등의 시편들은 중국 시사에 길이 남을 명편들이다. 그리고 이 시기에 와서야 초당시의 귀족성과 궁정체를 벗어날 수 있었다. 이것은, 초당의 시인들이 대부분 조정 대신이거나 귀족 자제들이었던 데 반해 성당의 시인들은 벼슬이 높지 않은 관료이거나 낙척불우(落拓不遇)한 한사(寒士)들이 많았기 때문으로 생각된다.

3) 중당(中唐, 766~835)

고병의 『당시품휘』에는 대종(代宗) 대력(大曆) 원년(765)에서 문종(文宗) 태화(太和) 말년(835)까지의 53년간을 중당으로 분류하고 154명의 시인을 수록하고 있다. 중당은 전후 두

시기로 구분된다. 전기에는 안사의 난이 초래한 상처가 채
아물지 않았고 토번의 침입으로 왕조가 아직 안정을 찾지
못하고 있던 시기여서 시단 또한 별다른 성취를 보이지 않았다.
전기(錢起), 이익(李益), 노륜(盧綸) 등 이른바
'대력십재자'(大曆十才子)가 활동했으나, 그들은 대부분 실의한
중하층의 사대부들이어서 권문세가에 의탁하여 시작 활동을
했다. 따라서 그들의 시는 내용이 공허한데다가 화려한
형식미만 추구하여 성당에 비하면 그 격이 크게 떨어진다. 그런
가운데에서도 간담(簡淡)한 시풍의 위응물과
'오언장성'(五言長城)의 칭호를 얻은 유장경이 '왕맹'(王孟)
산수전원시의 맥을 이어 가고 있었다.

중당 후기의 특기할 만한 일은, 장적(張籍), 왕건(王建)에서
비롯되어 백거이(白居易), 원진(元稹)에 이르러 본격화된
신악부(新樂府) 운동이다. 신악부 운동은 원진과 백거이가
창도한 일종의 시가 혁신 운동이다. 이 운동의 주지는 백거이의
「신악부서」(新樂府序)에 잘 나타나 있는데 그는 『시경』의
정신을 계승하여 광범위한 사회 현실을 반영함으로써 시는
마땅히 민생의 고통과 사회 모순을 주제로 삼아야 함을
강조했다. 이러한 그의 시 정신이 『신악부』 50수와
『진중음』(秦中吟) 10수를 비롯한 170여 수의 풍유시(諷諭詩)를
창작케 했다. 풍유시 이외에 그는 「장한가」(長恨歌),
「비파행」(琵琶行) 등의 장편 거작을 남겼다. 또한 백거이는
원진과 함께 쉽고 평이한 시를 쓸 것을 주장하여 이른바
'원백체'(元白體)를 유행시키기도 했다.

중당의 시를 논함에 있어 백거이와 함께 당시 시단의 영수로 군림했던 유우석(劉禹錫)을 빼놓을 수 없다. 그는 기주자사(夔州刺史)로 있을 때 그 지방의 민가를 바탕으로, 그 지역의 자연 풍광, 민중 풍속, 남녀 애정 등을 소재로 하는 새로운 가사를 창작했는데 이것이 죽지사(竹枝詞)이다. 이전에 고황(顧況)의 죽지사가 있긴 했으나 본격적인 죽지사의 창작은 유우석에서 비롯된 것이다. 이 새로운 시체는 후대에 널리 유행되었다. 그의 시풍은 송대의 강서시파(江西詩派)에도 일정한 영향을 끼쳤다.

산문 쪽에서 더 많은 걸작을 남긴 유종원은 시에 있어서도 도연명의 산수전원시를 계승하여 그 나름의 시 세계를 확립했다는 평가를 받고 있으며, 이른바 '맹한도수'(孟寒島瘦)라 하여 불우하고 가난한 선비의 수심과 곤궁한 삶을 노래한 맹교(孟郊)와 가도(賈島)도 이 시기에 활동한 시인들이다.

논자에 따라서 '기험파'(奇險派)로 분류되기도 하는 한유(韓愈)와 이하(李賀)도 중당의 중요한 시인들이다. 고문 운동을 창도했던 한유는 산문가답게 산문이나 부(賦)의 작법으로 시를 썼으며 기자(奇字), 벽자(僻字), 험운(險韻)을 사용하여 전통적인 시 작법을 벗어났기 때문에 '이문위시'(以文爲詩)한다는 평을 듣기도 했지만 그의 시풍은 송대의 시에 커다란 영향을 주었다. 28세에 요절한 천재 시인 이하는 기발한 상상력으로 대담한 비유와 상징을 구사하여 신기하고 괴려(瑰麗)한 시 세계를 창조했으니 당시의 새로운 경지를 개척했다고 할 만하다. 그의 시는 정치적으로 뜻을 얻지 못한 데에서 오는 비분(悲憤)이 굴절되어 표현된 작품이 많다. 귀재(鬼才), 시귀(詩鬼), 귀선(鬼仙)으로 불릴 만큼 그의 시에 귀신이 자주 등장하는 것도 그가 절망의 현실 너머에 있는 피안의 세계를 동경했기 때문이다.

이상에서 살펴본 바와 같이 중당은 실로 다양한 시인들이 다채로운 작품을 생산한 시기였다. 그래서 성당이 아니라 중당이 당시의 성세라는 설을 제기하는 논자도 있다. 정치, 경제적으로는 성당이 전성 시기였지만 문학적으로는 중당이 성당에 조금도 뒤지지 않고 오히려 성당을 능가한다는 주장이다. 실제로 위응물과 유장경의 5언시는 왕유, 맹호연에 손색이 없고, 왕건의 궁사(宮詞)와 유우석의 죽지사는 절구의 새로운 경지를 개척했으며, 백거이, 유우석, 이하 등의 시적 성취 또한 성당시와 당당히 겨룰 만하다는 것이다.

4) 만당(晚唐, 836~907)

이 시기에도 많은 시인들이 활동했으나 이미 당 왕조가 기울어지고 있던 시기여서 시는 성당, 중당의 건전성을 잃고 유미주의에 빠졌다. 시인들은 아름다움과 섬세함을 추구한 나머지 연구(練句), 연자(練字)에만 집중하고 시 전체의 완성도나 품격에는 별 관심을 두지 않았다. 따라서 악부가행이나 고시는 극히 적고 5언, 7언 율시가 대량으로 창작되었다. 후대에 '만당체'라 칭하는 시는 바로 이 5언, 7언 율시를 두고 하는 말이다. 그만큼 만당의 시는 내용보다 형식에

484

치중하는 경향이 짙었다.

그런 가운데에서 '소이두'(小李杜)라 일컬어진 이상은(李商隱)과 두목(杜牧)이 단연 두드러졌다. 이상은의 시는 정치적 풍자시와 영사시(詠史詩)에도 가작(佳作)이 많지만 그의 특징적인 면모는 무제시(無題詩)와 영물시(詠物詩)에서 잘 드러난다. 600여 수에 달하는 그의 시 중에 「무제」라는 제목의 시가 20수이고, 「금슬」(錦瑟), 「일편」(一片)과 같이 시의 처음 두 글자로 제목을 삼은 것과, 「석계」(西溪), 「즉일」(卽日)처럼 시의 중간 혹은 마지막 두 글자로 제목을 삼은 것을 합하면 근 100여 수의 시가 '무제'에 속한다. 이 시들은 남녀 애정을 소재로 한 것이 대부분인데, 고사를 많이 사용하여 직서(直敍)하지 않고 완곡하게 표현했기 때문에 난해한 대목이 많아 지금까지도 해석을 둘러싸고 논란이 분분하다. 그의 시는 후대에 큰 영향을 미쳐서 북송 초에 그의 시풍을 모방해서 창작한 일군의 시인들이 나타났는데 이들의 시풍을 '서곤체'(西崑體)라 부른다.

두목의 시는 화려하고 염정적이라는 것이 일반적인 평이다. 이론상으로는 "의(意)를 주로 삼고 기(氣)를 보좌로 삼는다"(以意爲主 以氣爲輔)라 했고, "기려(綺麗)한 것에 힘쓰지 않는다"(不務綺麗)고 말했지만 그의 시는 이론과는 달리 화미(華靡)한 색채를 띠고 있어 만당의 시풍으로부터 자유로울 수 없었다.

3. 후대의 영향

당시는 시 자체가 지닌 예술적 가치가 높기 때문에 후대에도 지속적으로 읽혀 당대로부터 송, 금, 원, 명, 청을 거치면서 많은 당시 선집들이 나왔다. 그중 지금 가장 널리 읽히고 있는 것은 『당시 삼백수』이다.

우리나라에서는 고려 시대에 소식(蘇軾)과 황정견(黃庭堅)을 모범으로 삼아 송시(宋詩)가 크게 유행했고 조선조 초기까지 이러한 여풍이 계속되었다. 그러다가 조선 중기에 최경창(崔慶昌), 백광훈(白光勳), 이달(李達)의 이른바 '삼당시인'(三唐詩人)이 출현하면서 본격적인 당시풍의 시를 쓰게 되었다. 이후 조선의 시단에서 당시는 확고부동한 지위를 점하게 되어 모든 시인들이 당시를 배우려 했고 또 모든 시의 우열이 당시를 기준으로 판단되었다.

따라서 중국의 당시 선집들이 활발하게 유입되었고 우리나라에서도 당시 선집이 지속적으로 편찬되었다. 허균(許筠)이 『당시선』 60권을, 이수광(李睟光)이 『당시휘선』(唐詩彙選) 8권을, 민진량(閔晉亮)이 『당시유선』(唐詩類選)을 편찬했다는 기록이 보인다. 당 시인 개인에 대한 선집은 주로 두보에 집중되었다. 성종 12년(1481)에 25권 19책의 『분류두공부시언해』 (分類杜工部詩諺解)가 간행되었고, 정조 22년(1798)에는 두보의 율시 777수를 운자(韻字)에 따라 나누어 편집한 5권 2책의 『두율분운』(杜律分韻)이 간행되었다. 이와 별도로 이식(李植)은

『찬주두시택풍당비해』(纂註杜詩澤風堂批解)라는 26권 14책의
두시 평석서(評釋書)를 저술했다. 이 책은 두시 약 1,300수에
주(註)와 평석을 단 연구서로 우리나라의 대표적인 두시
연구서이다.

488

489